《夷坚志》的故事类型与传播研究

王 瑾 ◎ 著

暨南大学出版社
JINAN UNIVERSITY PRESS

中国·广州

图书在版编目（CIP）数据

《夷坚志》的故事类型与传播研究/王瑾著 . —广州：暨南大学出版社，2022.5
ISBN 978 - 7 - 5668 - 3222 - 1

Ⅰ. ①夷…　Ⅱ. ①王…　Ⅲ. ①《夷坚志》—小说研究　Ⅳ. ①I207.419

中国版本图书馆 CIP 数据核字（2021）第 174154 号

《夷坚志》的故事类型与传播研究
《YIJIANZHI》DE GUSHI LEIXING YU CHUANBO YANJIU
著　者：王　瑾

出 版 人：张晋升
责任编辑：冯　琳　王辰月
责任校对：张学颖　林玉翠　黄晓佳
责任印制：周一丹　郑玉婷

出版发行：暨南大学出版社（510630）
电　　话：总编室（8620）85221601
　　　　　营销部（8620）85225284　85228291　85228292　85226712
传　　真：（8620）85221583（办公室）　85223774（营销部）
网　　址：http：//www.jnupress.com
排　　版：广州市天河星辰文化发展部照排中心
印　　刷：佛山市浩文彩色印刷有限公司
开　　本：787mm×1092mm　1/16
印　　张：18
字　　数：290 千
版　　次：2022 年 5 月第 1 版
印　　次：2022 年 5 月第 1 次
定　　价：72.00 元

目 录
CONTENTS

绪　论

南宋志怪小说《夷坚志》，为洪迈用近 60 年时间创作完成。该书最早著录于南宋尤袤的《遂初堂书目》小说类，陈振孙的《直斋书录解题》对《夷坚志》全书 420 卷做了较为详细的记录。但由于此书随编随印，卷帙浩繁，宋以后已亡佚一半，《宋史·艺文志》记录 140 卷，到《四库全书》只有 50 卷，现在仅存 180 卷，有涵芬楼刻本。在中国小说史上，《夷坚志》既是个人编写的小说中卷帙最多的一部，也是对后世影响极大的一部志怪小说。历代关于《夷坚志》的研究述评颇多。

一、《夷坚志》研究述评

长期以来，学术界多认为宋代文言小说价值不高，包括《夷坚志》在内的宋代文言小说研究一直没有得到足够的重视，许多文学史、小说史研究著作对其避而不谈，二十世纪八十年代以前只有鲁迅的《中国小说史略》和刘大杰的《中国文学发展史》对宋代文言小说有一定程度的关注，但批评多于褒扬。八十年代以后，尤其是九十年代以来宋代文言小说的研究状况才有所改变，《夷坚志》真正进入研究视野。

（一）1911 年以前

这一阶段对《夷坚志》的评论主要见于历朝笔记和序跋之中，从创作、内容、艺术、文学成就等多方面展开，论者往往褒贬不一。如陈振孙在《直斋书录解题》中概述了《夷坚志》的创作、编排等情况："未有卷帙如此其多者，不亦谬用其心也哉！……晚岁急于成书，妄人多取《广记》中旧事，改窜首尾，别为名字以投之，……虽叙事猥酿，属辞鄙俚，不恤也。"[①] 陆心源的《夷坚志序》与陈振孙的观点相似，称此书"饰说剽窃"，但同时又承认《夷坚志》为"文人之能事，小说之渊海"。胡应

---

① （宋）陈振孙：《直斋书录解题》，北京：中华书局 1985 年版，第 324 页。

麟的《少室山房类稿》卷一百〇四有《读夷坚志》五则，除对所见版本进行描述外，还谈到《夷坚志》的内容："今阅此书记载，不仅止语怪一端，凡禨祥梦卜，琐杂之谈，随遇辄录。"① 赵与峕《宾退录》卷八云"洪文敏著《夷坚志》，积三十二编，凡三十一序，各出新意，不相复重，昔人所无也。今撮其意书之，观者当知其不可及"②，肯定《夷坚志》序言的价值和洪迈的小说理论造诣。有些评论针对《夷坚志》的创作动机、主旨及功用，如陈栎的《勤有堂随录》说洪迈"借此练习其笔"③，祝允明的《志怪录》自序曰："昔洪野处《夷坚志》至于四百二十卷之富，彼其非有真乐者在，则胡为不中辍而能勉强于许久哉！"④ 阮元云："小说家唯《太平广记》为五百卷，然卷帙虽繁，乃搜集众书所成者，其出于一人之手而卷帙有《广记》十之七八者，唯有此书。"⑤ 其书"可资采录"，"多足为劝戒（诫）"。沈岯瞻的序评论了作品的艺术成就："滉瀁恣纵，环奇绝特，可喜可愕，可信可征。"罗烨的《醉翁谈录》则从对说话艺人影响的角度提到《夷坚志》为其必须研习的书目。《古今小说》卷一五《史弘肇龙虎君臣会》高度评价《夷坚志》，把洪迈与苏轼并列。赵汝淳、陆游等人有诗赞美《夷坚志》，如陆游《剑南诗稿》卷三七《题夷坚志后》称："笔近《反离骚》，书非《支诺皋》。岂惟堪史补，端足擅文豪。"这些评论虽然从各个方面对《夷坚志》进行了初步探讨，但只是零散、只言片语式的论述，对《夷坚志》的研究是分散式、印象式的，缺乏系统性和完整性；并且受传统小说"小道"地位的影响，及以史学家实录观念的标准来衡量，故对《夷坚志》的评价有失公允，对其价值、审美情趣等认识不足。

（二）1912年—20世纪90年代以前

这个阶段对《夷坚志》的研究与宋代文言小说的研究现状相似，基本处于被遗忘的地位，但宋元话本及明清拟话本因符合西方小说的评价标准而得到一定程度的重视。受欧美实证主义思潮的影响，二十世纪上半叶的研究偏重小说文献的搜集、整理，白话小说的故事本事考证成为小说研究的一项重要内容，《夷坚志》因成为白话小说、戏曲的本事来源而进入研究视野，引起了研究者的注意。如关于《夷坚志》的题材对《水浒传》的

---

① （明）胡应麟：《少室山房笔丛》，北京：中华书局1958年版。
② （宋）赵与峕（shí，时）：《宾退录》卷八，上海：上海古籍出版社1983年版，第97页。
③ （清）纪昀等：《夷坚支志·摘要》，《钦定四库全书总目（整理本）》卷一四二，北京：中华书局1997年版。
④ （明）祝允明：《志怪录·自序》，《纪录汇编》卷三二百十（影明刻本）。
⑤ （清）阮元：《揅经室外集》卷三《揅经室集》，北京：中华书局1993年版。

影响，鲁迅《华盖集续编·马上支日记》认为《夷坚志》甲志卷十四"舒民杀四虎"与《水浒传》四十三回"黑旋风沂岭杀四虎"的情节相似，孙楷第《沧州后集》卷一《水浒传人物考》附一《夷坚志与水浒传》认为《夷坚志》有三则故事与《水浒传》相近。有关《夷坚志》的题材对"三言""二拍"的影响，孙楷第是最早涉足此领域的研究者，撰有《三言二拍源流考》①，赵景深有五篇文章分别探讨"三言""二拍"的来源和影响②，戴望舒发表在《俗文学》第六期上的文章等研究成果认为，"三言""二拍"中有相当一部分故事取材于《夷坚志》。

二十世纪五十年代以后，虽然学术界进入以社会历史批评为主导的研究阶段，但《夷坚志》的研究依旧延续前一阶段的思路，还是作为故事本事而被探讨，如王古鲁《二刻拍案惊奇故事本事介绍》③、胡士莹《话本小说概论》④第十四章"明代拟话本故事的来源和影响"，谭正璧《话本与古剧》⑤上卷话本第六部分"三言二拍本事源流述考"、谭正璧《三言二拍资料》⑥等，这些研究认为"三言""二拍"40篇与《夷坚志》中51篇有情节上的沿袭现象。这些故事本事考证虽是因为研究话本、章回小说而被涉及，但客观上凸显了《夷坚志》的深远影响。

随着二十世纪八十年代思想多元化的发展，宋代文言小说研究逐渐引起重视，《夷坚志》开始摆脱只成为资料研究的困境，取得了独立的研究地位。法国巴黎第七大学张瑞福1980年在《沈阳师范学院学报》第二期发表文章《夷坚志对文学作品的影响》，首次从《夷坚志》的角度谈其对后世章回小说、话本小说、戏曲在题材上的影响，提出《水浒传》《西游记》《封神演义》的一些内容借鉴了《夷坚志》有关篇章的构思和情节。张白山在1983年、1984年发表文章《读洪迈〈夷坚志〉》⑦、《〈夷坚志〉扎记》⑧，介绍了《夷坚志》的成书、内容及作者情况。康保成1986年在《文献》第三期发表论文《〈夷坚志〉辑佚九则》，李剑国在《宋代志怪传奇叙录》中考定认为其中可信者有四则。此外，1981年中华书局出版了何卓点校本207卷，这个版本是在180卷涵芬楼刻本的基础上，从《新编分

---

① 孙楷第：《三言二拍源流考》，《国立北平图书馆馆刊》1931年第5卷第2期。
② 赵景深：《中国小说丛考》，济南：齐鲁书社1980年版。
③ 王古鲁：《二刻拍案惊奇故事本事介绍》，上海：古典文学出版社1957年版。
④ 胡士莹：《话本小说概论》，北京：中华书局1980年版。
⑤ 谭正璧：《话本与古剧》，上海：古典文学出版社1956年版。
⑥ 谭正璧：《三言二拍资料》，上海：上海古籍出版社1980年版。
⑦ 张白山：《读洪迈〈夷坚志〉》，《读书》1983年第5期。
⑧ 张白山：《〈夷坚志〉扎记》，《社会科学战线》1984年第4期。

类夷坚志》《宾退录》《永乐大典》等书中辑佚，编成《志补》二十五卷、《再补》一卷、《三补》一卷，是目前最好的通行本。

这一阶段中国港台地区及国外对《夷坚志》也有一定的研究，如1965年日本爱宕松男发表在《文化》第十期的文章《洪迈〈夷坚志〉佚文拾遗（2）》、张馥蕊编写的工具书《〈夷坚志〉通检》①。台湾政治大学中文研究所研究员王年双1988年的博士论文《洪迈生平及其〈夷坚志〉研究》堪称此阶段最有分量的研究成果，全书约五十万字，分十个章节，对洪迈的生平及《夷坚志》的版本、故事来源、内容、反映的社会生活以及其价值，进行了详尽深入的分析探讨②。

（三）20 世纪 90 年代至今

这一阶段随着学术思想的活跃，学术视野日益开阔，宋代文言小说越来越受到重视，从《夷坚志》的版本、成书过程、辑佚，洪迈的小说观，《夷坚志》的内容，《夷坚志》反映的社会生活、民俗、宗教信仰等方面展开蓬勃的研究，不仅从文学、文献、叙事学等角度切入，也从宗教、法律、经济、科举、医药等视角展开，呈现出多元化的研究趋势，充分体现了《夷坚志》社会文化百科全书的价值。

这一阶段研究者众多，研究成果丰富，其中李剑国和张祝平的研究尤为突出，李剑国专著《宋代志怪传奇叙录》③ 《宋代传奇集》④，书中对《夷坚志》的研究介绍所占比例最高，2007年高等教育出版社出版了李剑国、陈洪主编的《中国小说通史》，在"唐宋元卷"中单独把《夷坚志》列为一章，详细介绍《夷坚志》及其支流，这在小说史著作中绝无仅有。张祝平1997年的博士学位论文《〈夷坚志〉研究》⑤ 对《夷坚志》的材料来源、搜集方式、版本流传及价值、洪迈的小说观等方面进行研究。许逸民的专著《夷坚志》⑥ 从洪迈的人生经历谈起，对《夷坚志》的文学成就做了简要的勾勒。具体而言，这一阶段的研究主要从以下六个方面展开：

1. 《夷坚志》成书研究

李剑国的论文《〈夷坚志〉成书考——附论"洪迈现象"》⑦，根据甲志

---

① 张馥蕊：《〈夷坚志〉通检》，台北：台湾学生书局1976年版。

② 王年双：《洪迈生平及其〈夷坚志〉研究》，台北：花木兰文化出版社2010年版。

③ 李剑国：《宋代志怪传奇叙录》，天津：南开大学出版社1997年版。

④ 李剑国：《宋代传奇集》，北京：中华书局2002年版。

⑤ 张祝平：《〈夷坚志〉研究》，华东师范大学博士学位论文，1997年。

⑥ 许逸民：《夷坚志》，沈阳：春风文艺出版社1999年版。

⑦ 李剑国：《〈夷坚志〉成书考——附论"洪迈现象"》，《天津师范大学学报（社会科学版）》1991年第3期。

卷一八《邵昱水厄》后的小注及其他各志序言，得出各志成书的具体时间及编写周期：甲志 20 卷创作时间最长，历 20 年；乙至己五志 100 卷，历时 28 年；庚至癸四志 80 卷，历时 6 年；支志、三志、四志 220 卷，只用了 9 年。写作速度越来越快，得力于洪迈的全力以赴和大范围的调动人马提供素材，李剑国称之为"洪迈现象"。毫无疑问，这种新颖的创作方式有利于提高小说的地位和影响、扩大小说反映社会的范围。洪迈用近 60 年时间创作《夷坚志》，"可以说在洪迈那里文人小说第一次由末事、末技变为正宗文事"。此外还有凌文生《洪迈诗文辑佚系年》（上）①、《洪迈诗文辑佚系年》（下）②，凌郁之《洪迈著作系年考证》③ 对《夷坚志》各志的创作时间进行考究，他们的结论基本与李剑国相同，只是在甲志的成书时间上有分歧。

张祝平 1996 年发表在《南通师范学院学报》第六期的文章《〈夷坚志〉材料来源及搜集方式考订》，对《夷坚志》的成书方式进行了研究，认为作者的编纂方针是志异审实，具体成书方式有两种，即记录口述和直接抄录传记、墓志、史志等书籍，并详细地列举出笔记小说 14 种、文集三种。李剑国在《〈夷坚志〉引用宋人小说考》④ 中论及《夷坚志》引用书目 70 余种。通过记录口述的方式，日本学者大冢秀高研究了洪迈三族在《夷坚志》编写过程中参与的角色⑤，《夷坚志》的取材来源除家人、姻族外，还有庞大的社会网络。孙世家在研究《夷坚志》故事主题时，对书中口传者进行了统计和分类，把可考的 460 位口传者分为官员、平民、僧道等六类。⑥

《夷坚志》的成书方式与《搜神记》等志怪小说的传统编创方式虽然没有很大的区别，但洪迈详细标注故事发生的时间、地点、传说故事者的姓名，在如实记录中保存了来自不同地域、组成成分复杂的故事提供者所关注的话题，这些内容多倾向于民间化、日常化、实用化，如科举、法术、贸易、商贾、医药、农桑等，具有鲜明的时代特征和创作特色。

---

① 凌郁之：《洪迈年谱》，上海：上海古籍出版社 2006 年版。
② 凌郁之：《洪迈年谱》，上海：上海古籍出版社 2006 年版。
③ 凌郁之：《洪迈著作系年考证》，《文献》2000 年第 2 期。
④ 李剑国：《〈夷坚志〉引用宋人小说考》，南开大学中文系《南开文学研究》编委会：《南开文学研究 1988 年》，天津：天津古籍出版社 1990 年版。
⑤ ［日］大冢秀高著，张真译：《〈夷坚志〉是如何成书的——论洪迈三族在〈夷坚志〉编纂中所参与的角色》，《文学研究》（第 2 卷），南京：南京大学出版社 2016 年版。
⑥ 孙世家：《〈夷坚志〉口传故事主题研究》，陕西理工学院硕士学位论文，2016 年。

2. 《夷坚志》版本研究

李剑国《宋代志怪传奇叙录》、张祝平《〈夷坚志〉的版本研究》①、胡绍文《〈夷坚志〉版本研究》② 对《夷坚志》的版本做了探讨。李剑国和张祝平认为《夷坚志》在宋代有三个选本：陈晔选本，何异类编本，叶祖荣选本——《分类夷坚志》本。其中 51 卷的《分类夷坚志》是对后世影响最大的《夷坚志》精选本，有清平山堂刻本。三人都认为《夷坚志》在宋以后主要分三个版本系统流传：宋刻元修本系统，即《夷坚初志》甲、乙、丙、丁四志 80 卷本，现《十万卷楼丛书》本、《丛书集成初编》本、《宛委别藏》本、涵芬楼刻本属此系统；支志、三志零散卷帙系统，现《笔记小说大观》本、《四库全书》本属此系统；《分类夷坚志》系统，类编本都与此本有关。胡绍文以自己在上海图书馆、北京图书馆所见 14 个版本为基础探讨《夷坚志》的版本系统，张祝平以明、清官私书目的著录为基础，如宋刻元修本系统列出 20 条书目著录，支志、三志零散卷帙系统列出 9 条书目记录，然后分别梳理各种版本系统的流变、承传关系，研究极为详尽。

《夷坚志》因为卷帙繁多，版本极为复杂，《夷坚乙志序》云："《夷坚》初志成，士大夫或传之，今镂版于闽、于蜀、于婺、于临安，盖家有其书。……（乾道）八年夏五月，以会稽本别刻于赣……淳熙七年七月又刻于建安。"从作者的记载中可看出，仅甲、乙两志就曾刊刻多次，其影响之大可见一斑。

3. 《夷坚志》辑佚

在这个阶段，李裕明、王秀惠、李剑国、赵章超等人在《夷坚志》的辑佚工作上成就突出。李裕明 1990 年发表在《文献》第四期的论文《〈夷坚志〉补遗三十则》，主要从《舆地纪胜》《竹庄诗话》中辑出正文 29 则，在《清波杂志》中辑出《夷坚戊志序》，根据李剑国的考定，其中可信者有 23 则。王秀惠在论文《〈夷坚志〉佚文辑佚》③ 辑出佚文 29 则，主要从《宝庆会稽续志》《景定建康志》《咸淳临安志》等方志中所得。李剑国论文《〈夷坚志〉佚文考》辑出 22 则，主要采自《异闻总录》《宾退录》等小说笔记。赵章超自 2004 年在《文献》第四期发表文章辑得《夷坚志》佚文 21 则后，2007 年又在《古籍整理研究学刊》第三期上发表文

---

① 张祝平：《〈夷坚志〉的版本研究》，《古籍整理研究学刊》2003 年第 2 期。

② 胡绍文：《〈夷坚志〉版本研究》，《大理学院学报》2002 年第 2 期。

③ 王秀惠：《〈夷坚志〉佚文辑佚》，《汉学研究》第 7 卷第 1 期。

章《〈夷坚志〉佚文拾补》辑佚 80 则，主要采自《本草纲目》《佩文韵府》《骈字类编》等。

由于《夷坚志》内容广泛，遍布经史子集，反映的地域范围较大，所以给《夷坚志》的辑佚工作带来一定难度，但这些辑佚成果可以给下一步工作的开展提供线索。有些辑佚成果尚待考定，而且在对《夷坚志》的研究中还未得到利用。

4. 洪迈的小说观研究

对此问题的探讨，基本上可分为两种观点：一种以刘良明和周榆华、罗宗阳为代表，高度评价洪迈的小说理论，认为其观点代表了当时小说理论的发展水平。刘良明 1996 年发表在《武汉大学学报》第六期的文章《洪迈对志怪小说理论批评的历史性贡献》指出，我国古代小说虽然在宋以前积累了丰富的作品，但理论建树不多，至洪迈才在《夷坚志》的多篇序言中从各方面探讨了志怪小说的理论问题，主张提高小说地位，揭示了艺术虚构是小说作品的重要特征，阐释了小说寄寓着作者的情志。周榆华、罗宗阳 2004 年发表在《南昌大学学报》第一期的文章《〈夷坚志〉的编撰及洪迈对志怪小说的看法——从〈夷坚志〉的多篇序言谈起》也认为《夷坚志》有"寓言其间"的编撰目的、"言不必信"的虚构意识，这体现了洪迈作为一个理论家的巨大勇气和宏远见识。张祝平和李剑国则持相反的观点。张祝平 2001 年发表在《淮阴师范学院学报》第五期的文章《论洪迈的小说观》认为洪迈虽然肯定了小说的价值，但依旧徘徊在小说的虚实之间，怀疑鬼神又相信天命，其小说观革新与保守并存。李剑国在《宋代志怪传奇叙录》中认为："从根本上说他对小说尤其是志怪小说的特性并无明确自觉的认识，仍以一种史家'传信'意识来看待小说写作，……并绝对排斥作者的再创造，排斥虚构。"①

这些观点的得出是依据洪迈对唐传奇的评价、《夷坚志》的序言及创作现实，还有《容斋随笔》中的相关言论。陈寅恪指出："对于古人之学说，应具了解之同情。"毫无疑问，洪迈首先的身份应该是一个史学家，《容斋随笔》是一部以考证为主的笔记，汪辟疆在《清学出于宋学》② 中说洪迈等人是清代考据学之源头。史学家的小说作品难免会有征实的现象，尤其在史学极为发达的宋代。洪迈小说观念的研究应放在整个小说史的发展链条中，以文言小说的标准去衡量、去客观评价，若用白话小说理

---

① 李剑国：《宋代志怪传奇叙录》，天津：南开大学出版社 1997 年版，第 351 页。
② 汪辟疆：《清学出于宋学》，《汪辟疆文集》，上海：上海古籍出版社 1988 年版，第 749 页。

论或西方的小说观念来思考，便难免圆凿方枘，产生分歧，自然得不出准确的结论。

5. 《夷坚志》的思想内容、艺术研究

关于《夷坚志》的思想内容及艺术研究往往和整部作品的介绍联系在一起，而且多为概貌式的介绍。如武汉大学李菁 2005 年的博士学位论文《南宋四洪研究》涉及《夷坚志》内容的部分只从"忠义爱国""爱民关注民生"两方面展开。萧相恺《宋元小说史》则谈到了六个方面：强烈的爱国主义精神；抨击欺压、盘剥小民的豪恶势力；官府吏制的腐败；主人虐杀妾婢奴仆；对仁慈官员、富人的赞扬；歌颂青年男女的诚挚爱情。萧相恺还指出："从小说的角度看，《夷坚志》乃是宋代志怪小说发展到顶峰的产物，也是《搜神记》以来志怪小说的又一高潮，中国小说发展史上的又一座丰碑。书中许多小说不仅思想底蕴深厚，而且人物形象鲜明、性格突出，其叙事委蛇曲折，则明显与《搜神记》异趣而近于唐人传奇的风格。"[①] 程毅中《宋元小说研究》重点介绍了《夷坚志》中的两类名篇，即恋爱婚姻故事和冤报复仇故事，关于艺术成就，程毅中认为《夷坚志》重视细节，这些细节也合乎史实和情理，合乎生活的逻辑，其叙事简洁而不枯燥，在写作方法上向现实主义走近了一步，"在志怪体小说的发展史中，《夷坚志》是起了承上启下、推陈出新的作用的"[②]。苗壮的《笔记小说史》从六个方面介绍《夷坚志》的内容，指出其最大的艺术成就是审美情趣市民化。[③] 杨义的《中国古典小说史论》则把《夷坚志》与《酉阳杂俎》作对比，说《夷坚志》有南方习俗的投影，洪迈借小说显示义理和忧患，把历史和虚幻交织在一起，某些作品有说书习气。[④] 邱昌员的《洪迈与〈夷坚志〉综论》研究《夷坚志》与宋代朝政和政治、宋代市民文化、宋代诗歌文化传播的关系，并重点关注了作品中的情爱、侠义公案主题。[⑤] 解陆陆认为《夷坚志》中的民间知识由经验知识和神秘知识两部分组成，经验知识多以"背景"方式存在，神秘知识直接作为内容呈现在文本上，洪迈通过对神秘知识的诠释，将神异合理化，洪迈的创作体现了志怪小说

---

① 萧相恺：《宋元小说史》，杭州：浙江古籍出版社 1997 年版，第 231 - 214 页。
② 程毅中：《宋元小说研究》，南京：江苏古籍出版社 1999 年版，第 142 页。
③ 苗壮：《笔记小说史》，杭州：浙江古籍出版社 1998 年版。
④ 杨义：《中国古典小说史论》，北京：中国社会科学出版社 1995 年版。
⑤ 邱昌员：《洪迈与〈夷坚志〉综论》，北京：中国社会科学出版社 2018 年版。

从传统的学术性、知识性向民间、日用、个体知识的转向。①

除整体介绍外，二十一世纪以来涌现了一批硕士、博士学位论文，聚焦某一专题来探讨《夷坚志》的内容。如台湾中国文化大学中文研究所陈昱珍 2001 年的博士学位论文《唐宋小说中变形题材之研究——以〈太平广记〉与〈夷坚志〉为主》，台湾东吴大学中国文学系金周映 2005 年的博士学位论文《〈太平广记〉与〈夷坚志〉比较研究——以定命观为主》，台湾中兴大学中国文学研究所陈静怡 2007 年的硕士学位论文《〈夷坚志〉梦故事研究》。宁夏大学关冰 2004 年的硕士学位论文《〈夷坚志〉神鬼精怪世界的文化解读》，陕西师范大学朱文广 2006 年的硕士学位论文《〈夷坚志〉报应故事所见南宋民众观念与基层社会》，东北师范大学于国华 2006 年的硕士学位论文《佛禅与〈夷坚志〉》，山西大学刘倩倩 2016 年的硕士学位论文《〈夷坚志〉中的宋代士人生活状态考述》，湖北大学严晓燕 2016 年的硕士学位论文《从〈夷坚志〉看宋代婚姻》，中国石油大学赵金琳 2016 年的硕士学位论文《洪迈〈夷坚志〉女性故事类型研究》等。李剑国在《文言小说的理论研究与基础研究——关于文言小说研究的几点看法》② 中指出，文言小说研究有其特殊性，志怪小说与宗教文化、民俗文化有密切关系，同时又反映着广泛的生活，具有多元文化的丰富内容，适合做跨文化研究。这些专题研究论文都从不同的文化角度来认识《夷坚志》的内容。

除了从文化角度来研究《夷坚志》外，还有些成果从民俗、宗教信仰、地域文化等视角切入。如刘黎明的论文《〈夷坚志〉与南宋江南密宗信仰》③、《〈夷坚志〉"建德妖鬼"故事研究》④、《〈夷坚志〉"黄谷蛊毒"研究》⑤，艾朗诺的论文《〈夷坚志〉中不公正的苍天和软弱的神仙》⑥，武

---

① 解陆陆：《志怪中的"小道"之学：论洪迈〈夷坚志〉中的民间知识世界》，《内蒙古大学学报（哲学社会科学版）》2017 年第 6 期。

② 李剑国：《文言小说的理论研究与基础研究——关于文言小说研究的几点看法》，《文学遗产》1998 年第 2 期。

③ 刘黎明：《〈夷坚志〉与南宋江南密宗信仰》，《四川师范大学学报（社会科学版）》2002 年第 3 期。

④ 刘黎明：《〈夷坚志〉"建德妖鬼"故事研究》，《清华大学学报（哲学社会科学版）》2003 年第 1 期。

⑤ 刘黎明：《〈夷坚志〉"黄谷蛊毒"研究》，《四川大学学报（哲学社会科学版）》2003 年第 1 期。

⑥ 艾朗诺：《〈夷坚志〉中不公正的苍天和软弱的神仙》，《人文中国学报》编委会：《人文中国学报》（第 19 期），上海：上海古籍出版社 2013 年版。

清旸的论文《从〈夷坚志〉看南宋宗教多元竞争中的道士形象》①，多从民俗的角度来研究宗教和巫术。杨宗红的系列论文②、耿淑艳的岭南小说研究专著③则从地域文学角度探讨了《夷坚志》的丰富内容。

此外，有一些研究从叙事学的角度探讨《夷坚志》的艺术成就。如刘勇强《论"三言二拍"对〈夷坚志〉的继承与改造》④，以叙事学为切入点，从故事的价值、语言—语境、叙事方式等多种角度将"三言二拍"和《夷坚志》进行比勘，认为文各有体，得体为佳，不同文体在对同一题材的处理上有不同的要求和特点。小说最突出的特点是叙事性，洪迈的小说观明显有这样的思想倾向，所以从叙事学角度可深化对《夷坚志》的研究。

6. 《夷坚志》影响研究

程毅中在《宋元小说研究》中说："《夷坚志》对于中国小说的影响，远远超过以往任何一部志怪小说，这是它的历史贡献。"⑤ 谈到对后世的影响时，程毅中从两个方面论及：一是《夷坚志》成为宋元话本的素材、明代拟话本的资料库；二是《夷坚志》成为通俗小说本事的直接来源，还可作为通俗小说的旁证资料，如《蔡侍郎》记蔡居厚枉杀"梁山泺贼五百人"得到冥报，可以与《水浒传》中宋江等人受招安后被害的结局相印证。李剑国在《宋代志怪传奇叙录》中谈到，《夷坚志》对后代戏曲小说产生了重大影响，具体表现在三方面：一是元明许多文言小说汇编的大量选材产生于《夷坚志》，如《异闻总录》《汴京勼异记》《情史》等；二是续书较多，除王质的《夷坚别志》外，还有元好问的《续夷坚志》、无名氏的《湖海新闻夷坚续志》；三是书中许多素材被编为话本和戏曲，而且情节模式、故事原型也给后世小说家以创作启示。程毅中和李剑国两人对《夷坚志》的影响研究均从整体概观的角度展开，有一定的资料价值，并且为进一步的研究提供了线索和思路。

这个阶段在本事考证方面出现了一些新成果，朱一玄编的《〈聊斋志

---

① 武清旸：《从〈夷坚志〉看南宋宗教多元竞争中的道士形象》，《宗教学研究》2017 年第 3 期。

② 杨宗红：《在场性与流动性：〈夷坚志〉地域书写之考察》，《兰州学刊》2017 年第 7 期；杨宗红：《〈夷坚志〉所见南宋四川的民间信仰与民生》，《求索》2016 年第 7 期。

③ 耿淑艳：《岭南古代小说史·〈夷坚志〉中的岭南小说》，北京：社会科学文献出版社 2015 年版，第 41 页。

④ 刘勇强：《论"三言二拍"对〈夷坚志〉的继承与改造》，《文学遗产》1995 年第 4 期。

⑤ 程毅中：《宋元小说研究》，南京：江苏古籍出版社 1999 年版，第 142 页。

异〉资料汇编》①《〈金瓶梅〉资料汇编》②，认为《聊斋志异》中的《夜叉国》等八个故事取材于《夷坚志》，《夷坚志·西湖庵尼》与《金瓶梅词话》第三十四回的情节相同。侯会的《〈水浒〉源流新证》③认为鲁智深形象的塑造与《夷坚志》中的《永悟使者》《武唐公》等篇有关，还把《水浒传》中的一些情节与《夷坚志》比勘，认为《水浒传》借鉴利用的《夷坚志》素材有二十余则。项裕荣的《〈夷坚志〉与小说〈西游记〉——也论孙悟空的原型》④，认为孙悟空形象的塑造借鉴了《夷坚志》中的《宗演去猴妖》等四则。这些考证成果为深入探讨《夷坚志》对后世的影响提供了资料。

此外，张祝平 1997 年发表在《华东师范大学学报（哲学社会科学版）》第三期的论文《〈分类夷坚志〉研究》，探讨此版本在《夷坚志》的仿作、故事来源、小说集编纂等方面的影响。大冢秀高《明代后期的〈夷坚志〉及其影响》也重点探讨了《分类夷坚志》对《清平山堂话本》的重要意义。⑤ 版本的流传、演变也是研究《夷坚志》对后世影响的内容之一，尤其是《夷坚志》的重要版本在不同时代的接受和借鉴，更能证明《夷坚志》的影响力。此外，张祝平的《明代戏剧对〈夷坚志〉的改编再创作》⑥ 重点介绍了《死生缘》《赚青衫》《旗亭记》《霸亭秋》《苏门啸》的故事本事，是唯一一篇具体探讨《夷坚志》对戏曲影响的文章。

《夷坚志》在宋代就已在国外流传，《宾退录》有引语："章德懋使虏，掌逆者问：《夷坚》自丁志后，曾更续否？"⑦ 对于《夷坚志》在国外的影响研究，周以量 2006 年发表在《明清小说研究》第二期的文章《〈夷坚志〉在古代日本的传播与接受》首次作了探讨。《夷坚志》也东传到韩国，李圭景《小说辩证说》引录⑧，延世大学、高丽大学现藏有清刊本。

（四）小结

从以上《夷坚志》的研究现状可看到，《夷坚志》在现当代的研究起

---

① 朱一玄：《〈聊斋志异〉资料汇编》，天津：南开大学出版社 2002 年版。
② 朱一玄：《〈金瓶梅〉资料汇编》，天津：南开大学出版社 2002 年版。
③ 侯会：《〈水浒〉源流新证》，北京：华文出版社 2002 年版。
④ 项裕荣：《〈夷坚志〉与小说〈西游记〉——也论孙悟空的原型》，《复旦学报》2005 年第 2 期。
⑤ ［日］大冢秀高著，王子成译：《明代后期的〈夷坚志〉及其影响》，《九江学院学报（社会科学版）》2015 年第 2 期。
⑥ 张祝平：《明代戏剧对〈夷坚志〉的改编再创作》，《艺术百家》2005 年第 1 期。
⑦ （宋）何异：《容斋随笔总序》，北京：中华书局 2005 年版。
⑧ ［韩］李圭景：《小说辩证说·引录》，《五洲衍文长笺散稿（卷七）》，汉城：明文堂1982 年版。

步晚：二十世纪六七十年代，中国港台地区及国外才将其作为独立的研究对象，中国大陆则更晚，一直到八十年代才有所研究。各阶段成果极不平衡：早期研究比较薄弱，九十年代之后，研究成果激增，研究范围扩大，从文献、文化、民俗、宗教等各方面展开，研究成果不仅有单篇论文，还包括具有一定分量的专著。

可以说已有研究在成书、版本、资料的整理等方面已取得很大进展，为进一步深入研究打下了基础。但《夷坚志》是一座宝藏，在研究宋代经济、政治、法律、民俗乃至医药等方面都是不可回避的重要文献，也是古代说部中极具价值的一部志怪小说集，现有研究成果与其在文化史、小说史上的地位相比，还远远不够，仍有许多可以开拓的研究空间：

第一，中华书局1981年出版的《夷坚志》，收有故事2 725则，加上近些年辑佚的200多则，保留下来的故事近3 000则。但这些故事至今没有人对其进行全面的研究归类，也没有探讨《夷坚志》在故事类型及创作题材上的开拓性意义。

第二，现有研究在文献方面有相当多的成果，如辑佚，《夷坚志》中的故事作为后世白话小说、戏曲文学的本事考证等。但这些成果没有被充分利用起来，没有从文化、民俗、地域、小说观念、文体变迁与融合等角度探讨内在的关系，进而去把握作品的传播和嬗变规律。

第三，《夷坚志》不但成为后世白话小说、戏曲文学的创作素材来源，而且对后来的文言小说创作、文言小说集的编纂产生了深远的影响。但《夷坚志》对后世文言小说发展的贡献，却鲜有人提及。

第四，《夷坚志》在编纂时，因大量采用各阶层尤其是下层民众所讲述的故事，使《夷坚志》具有民间文学的性质。但从故事来源及民间文学角度来探讨《夷坚志》的研究成果较为缺乏。

若能从以上诸方面展开探讨，将会充实和深化宋代文言小说的研究，彰显《夷坚志》对后世文学创作的深远影响，体现《夷坚志》的文学价值及其在小说发展史上的意义，从而正确评价《夷坚志》及宋代文言小说在小说发展史上的地位。

二、《夷坚志》的版本

《夷坚志》结集时全书有420卷：甲志到癸志十志每志20卷，共200卷；支甲到支癸十志每志10卷，共100卷；三甲到三癸十志每志10卷，共100卷；四甲、四乙两志每志10卷，共20卷。全书三十二志，除四乙志外，其余各志都有序言。①

《夷坚志》现存 180 卷：初志甲、乙、丙、丁四志每志 20 卷，共 80 卷；支志甲、乙、景、丁、戊、庚、癸七志每志 10 卷，共 70 卷；三志己、辛、壬三志每志 10 卷，共 30 卷；四志不存。

《夷坚志》的版本非常复杂，李剑国、张祝平等对此有极为详尽的研究②，笔者摘录如下，以示不敢掠美：

1. 甲、乙、丙、丁四志 80 卷本

此本主要是洪迈于宋淳熙七年（1180）刻于建安的建本和元沈天佑以古杭本补刻的部分，即宋刻元修本。此本辗转多人之手，文徵明、季沧苇、徐乾学、严元照、阮元、黄丕烈、陆心源都曾收藏过，最后原本流入日本，傅增湘曾于静嘉堂文库亲见。

《十万卷楼丛书》本、《丛书集成初编》本、《宛委别藏》本均属此系统，篇目大致相仿，只有个别篇章有出入。

2. 支志三志 100 卷本

这部分分两个系统流传：

明嘉靖十五年（1536）叶邦荣所刊《夷坚志》五十卷系统，即支甲到支戊五志，《笔记小说大观》本、《四库全书》本属此系统。

明万历唐晟所刊《夷坚志》十卷系统，分甲、乙、丙、丁、戊、己、庚、辛、壬、癸十卷，是《支志》《三志》在明代残本的汇刻，黄丕烈藏旧抄本属此系统，现藏于北京图书馆，存七卷。

3. 《分类夷坚志》51 卷本

此本指南宋叶祖荣从《夷坚志》420 卷中精选的类编本，宋版不存，有三种明本，即明嘉靖二十五年（1546）洪楩清平山堂刻本、明写本、明活字印本，除明写本外，其余收藏在北京图书馆和上海图书馆。

明万历二十四年（1596）王光祖《感应汇征夷坚志纂》四卷为《分类夷坚志》的再选本，上海图书馆有藏。明代钟惺增评的《新订增补夷坚志》50 卷也以《分类夷坚志》本为基础，现藏于北京图书馆。

张元济涵芬楼《夷坚志》是对所存零篇残卷的汇刻，共 206 卷：甲、乙、丙、丁四志 80 卷本系统，支志甲、乙、丙、丁、戊、庚、癸，三志

---

① 根据陈振孙《直斋书录解题》卷十一、阮元《揅经室外集》卷三、严元照跋、赵与峕《宾退录》卷八。

② 参见李剑国：《宋代志怪传奇叙录》，天津：南开大学出版社 1997 年版，第 338－341 页；张祝平：《〈夷坚志〉的版本研究》，《古籍整理研究学刊》2003 年第 2 期。

己、辛、壬 100 卷据黄丕烈校定旧写本，将《分类夷坚志》中不见于前 180 卷的 277 则编成 25 卷，作为《夷坚志补》，又辑佚文 34 则编成《再补》一卷。

1981 年，中华书局以张元济涵芬楼刻本为底本，由何卓校点，重新排印，并增佚文 28 则，作为《三补》一卷。

本书的研究即以中华书局排印本为依据。

第（一）章

洪迈的小说观及《夷坚志》写作原因

第一节 洪迈的生平及《夷坚志》产生的时代

洪迈（1123—1202），字景庐，号容斋，晚年号野处老人，饶州鄱阳①（今江西鄱阳）人。其父洪皓生于秀州（今浙江嘉兴），司录事官舍。宋建炎三年己酉（1129），洪皓奉命使金，被羁十五年，洪迈与兄适、遵在母沈氏教导下苦读。宋绍兴十二年壬戌（1142），洪适、洪遵中博学鸿词科，又三年（1145），洪迈亦中博学鸿词科。父子四人皆为宋代政坛显宦，皆入直学士院，均任中书舍人，洪迈在《谢表》中说："父子相承，四上銮坡之直；弟兄在望，三陪凤阁之游。"②魏了翁也作如是评价："中兴以来，学士之再入者十有六人，而洪氏之兄弟与焉；自绍圣立宏博科，讫于淳熙之季，所得不下七十人，而至宰执至翰苑者仅三十人，洪氏之兄弟又与焉。呜呼，何其盛与！"③

宋乾道、淳熙年间，洪迈累迁起居舍人、中书舍人兼侍读、直学士院、同修国史、翰林学士、知制诰兼侍讲兼修国史、焕章阁学士、龙图阁学士、端明殿学士等职，其间历知泉州、吉州、赣州、建宁、婺州、镇江、太平、绍兴诸州府。后赠光禄大夫，谥文敏。洪迈为政，继承父亲

---

① 还有一种说法认为洪迈为江西乐平人，鄱阳为其占籍，如清同治年间乐平人石景芬编纂的《饶州府志》称洪氏"乐平人，居鄱阳"，清代道光以前的鄱阳县志，也未将洪氏列入县籍。但《宋史》、洪氏的著述中多次提及故乡为鄱阳。

② （宋）洪迈：《容斋随笔》卷十六《兄弟直西垣》，北京：中华书局 2005 年版。銮坡，学士院别名；凤阁，中书省别称。

③ （宋）魏了翁：《鹤山先生大全文集》卷五十一《三洪制稿序》，四部丛刊本。

"洪佛子"① 爱民恤民的做法，得到百姓的拥护，"经行之地，笔墨飞动，人诵其书，家有其像，平易近民之政，悉能言之。有诉不平者，如诉之于其父，而谒其所欲者，如谒之于其母"②。

父子四人跻贵显，皆以文章取盛名，"迈尤宜博洽受知孝宗，谓其文备众体。迈考阅典故，渔猎经史，极鬼神事物之变，手书《资治通鉴》凡三。有《容斋随笔》《夷坚志》行于世，其他著述尤多"③。其中《容斋随笔》74 卷、《夷坚志》420 卷，此外还有《万首唐人绝句》101 卷，《野处猥稿》104 卷，《野处类稿》2 卷，《赘稿》30 卷，《史记法语》8 卷，《经子法语》24 卷，《南朝史精语》10 卷，《左传法语》6 卷等。其作品问世后得到社会各界的高度评价，宋孝宗赞扬《容斋随笔》"煞有好议论"，朝野士子文人称之为"近世笔记之冠冕"④，《钦定四库全书总目》也认为"其中自经史诸子百家以及医卜星算之属，凡意有所得，即随手札记，辩证考据颇为精确"，"南宋说部终当以此为首焉"⑤。

《夷坚志》同样得到广泛的认可，张端义《贵耳集》卷上云："宪圣（高宗）在南内，爱神幻怪诞等书。郭象《睽车志》始出，洪景庐《夷坚志》继之。"⑥ 可见高宗皇帝曾为此书的读者；《夷坚志》甚至拥有国外读者人群，赵与峕《宾退录》有引语："章德懋使虏，掌迓者问：《夷坚》自丁志后，曾更续否？"⑦《夷坚志》随编随刊，其影响力不限于仕宦阶层，其他社会人群甚至下层民众也积极投身于《夷坚志》的阅读创作之中，搜集异闻，千里寄说。社会各阶层的参与使《夷坚志》不同于以往的志怪小说，其广泛反映了当时的社会生活和民族心理，尤其是宋金交战的大动乱年代里，人们所承受的精神痛苦，体现了志怪小说在宋代走向世俗的新发展趋势。

《夷坚志》书名出自《列子·汤问》："有冥海者，天池也。有鱼焉，其广数千里，其长称焉，其名为鲲。有鸟焉，其名为鹏，翼若垂天之云，

---

① 宋宣和六年甲辰（1124），洪皓为秀州司录，秋大水，洪皓以救荒自任，人呼为"洪佛子"。其后秀军叛乱，民无一人得脱，惟过皓门曰："此洪佛子家也。"不敢犯。见《宋史》卷三七三《洪皓传》，北京：中华书局 1977 年版。

② （宋）何异：《容斋随笔总序》，北京：中华书局 2005 年版。

③ （元）脱脱等：《宋史》卷三七三《洪迈传》，北京：中华书局 1977 年版，第 11574 页。

④ （宋）史绳祖：《学斋占毕》卷四，《丛书集成初编》，北京：中华书局 1985 年版。

⑤ （清）纪昀等：《钦定四库全书总目（整理本）》，北京：中华书局 1997 年版，第 1528 页。

⑥ （宋）张端义：《贵耳集》卷上，《宋元笔记小说大观》，上海：上海古籍出版社 2007 年版，第 4266 页。

⑦ （宋）赵与峕：《宾退录》卷八，上海：上海古籍出版社 1983 年版，第 98 页。

其体称焉。世岂知有此物哉？大禹行而见之，伯益知而名之，夷坚闻而志之。"① 大禹、伯益、夷坚均为传说中的上古博物者，洪迈以此为书名，标明其作上溯魏晋六朝志怪的"鸠异崇怪"的文体特征。而晚唐文人的笔记小说则是其近淑，晚唐陆希声在《北户录序》中说："近日著小说者多矣。大率皆鬼神变怪、荒唐诞妄之事；不然则滑稽诙谐，以为笑乐之资。离此二者，或张言故事，则诋訾前贤，使悠悠者以为口实。"② 如段成式以"古艳颖异"著称的《酉阳杂俎》、苏鹗以记载奇技宝物为主的《杜阳杂编》等，说明晚唐文人喜作笔记、小说已形成风气，《夷坚志》在一定程度上实为晚唐语怪之风的延续。

《夷坚志》创作于南宋这个特殊时期，当时正是民族矛盾和阶级矛盾较为尖锐的时期，救亡图存、收复失地、驱除异族、关心民瘼，应是每一个有良知的士大夫必然要考虑的重大问题。洪氏以忠孝传家，自然也不可避免，而且复杂的民族矛盾、阶级矛盾，远离家园的迷惘情结，乱世之民的悲欢离合，本身就是丰富的故事素材，所以洪迈在《夷坚志》中不再一味地侈谈神鬼，而是将目光投向现实社会，《夷坚志》许多篇章不涉鬼神，而是对宋代社会生活的记录，即使是记载鬼神的篇章也尽染世情，体现了作者对现世的观照，寄寓着作者的情感，使宋代的志怪小说在题材、审美等方面发生了变化。

宋代也是一个"郁郁乎文哉"的文化时代，陈寅恪说："华夏民族之文化，历数千载之演进，造极于赵宋之世。"③ 宋代文化继承汉唐，开启明清，理学的产生是宋代学术文化中最辉煌的成就，是在儒学的基础上，融入道教精神、吸收佛教思想而成的，体现了儒释道的合流与互补，是民族文化与外来文化的再创造和再整合。从北宋庆历年间开始，范仲淹、欧阳修等充分发扬孟子和韩愈的思想，将儒学置于前所未有的高度，随后周敦颐的宇宙本源论糅合儒、道，指出宇宙的本源是太极，太极动产生阴阳，由阴阳而立天地，并认为太极即"理"，将"理"作为理学的基本范畴。张载的气本论哲学提出"立天理，灭人欲"的命题，程颐、程颢将"理"作为哲学最高范畴，注重内心和精神修养，强调道德原则对个人和社会的意义。陆九渊认为"心"是天地万物的本源，"心即理也"。朱熹则是理学

---

① 杨伯峻：《列子集释》，北京：中华书局 1979 年版，第 157 页。

② （唐）段公路：《北户录》，《文渊阁四库全书》史部地理类，上海：上海古籍出版社 1981 年版。

③ 陈寅恪：《邓广铭〈宋史职官志考证〉序》，《金明馆丛稿二编》，上海：上海古籍出版社 1980 年版，第 245 页。

的集大成者，其思想以儒家伦理学为核心，糅合释、道及诸子学说，把自然、社会、人生等方面统统纳入其学术体系中。理学在强化孔孟伦理道德学说的同时，又强调在"人伦日用"中体现"至理"，在平时"履践"中"尽性至命"，主张在现实生活中提高觉悟，以达到崇高的精神境界。《夷坚志》的创作与理学的发展、兴盛同步，在一定程度上受到理学的影响，有些篇章体现出强烈的道德劝诫倾向，重视社会教育和道德批判，这也是明清小说最突出的特点，仅从这个角度上说，宋代小说对理性精神的有意识追求，对中国古典小说发展而言具有巨大的意义。

宋代采取崇文抑武的基本国策，大兴文教，建立了发达的文官制度，"取士不问门第"的科举制度使汉唐时期建立的贵族政治体系逐步瓦解，由平民士大夫政治取而代之，这是我国封建社会政治的一大转变。两宋是以士大夫阶层为主的封建地主阶级专政，宋太宗对士大夫说："且天下广大，卿等与朕共理。"① 士大夫也承认："国朝待遇士大夫甚厚，皆前代所无。"② 南宋后期杂剧中说："满朝朱紫贵，尽是读书人"③，均反映了宋代平民士大夫政治的特点，即以科举出身的士大夫为主体的官僚政治。钱穆在《中国文化传统之演进》中说："宋、明两代，中国社会上始终不再有贵族，不再有特殊阶级。韩、吕大姓也不能算贵族，其他著名人物都是道地的从平民社会出身。"④ 政治生活的新变化，在《夷坚志》丰富的科举仕宦小说中得到了体现，是《夷坚志》中极具时代特征的内容之一。

科举考试在造就许多官僚、政治家的同时，也产生了许多学者，宋代的士大夫、官僚、学者往往三位一体，在学术上达到较高的造诣。张舜徽在《中国史论文集》中高度评价宋代的学术水平及其地位："宋代学者气象博大，学术途径至广，治学方法至密，举凡清代朴学家所矜为条理缜密、义据湛深的整理旧学的方式与方法，悉不能超越宋代学者治学的范围，并且每门学问的讲求，都已由宋代学者创辟了途径，准备了条件。"⑤《夷坚志》虽然有"叙事猥酿，属辞鄙俚"⑥ 的一面，但也有体现洪迈学

---

① （宋）李焘：《续资治通鉴长编》卷二十六"雍熙二年十二月"，上海：上海古籍出版社 1986 年影印本。

② （宋）王林：《燕翼诒谋录》卷五，北京：中华书局 1981 年点校本。

③ （宋）张端义：《贵耳集》卷下，《宋元笔记小说大观》，上海：上海古籍出版社 2007 年版。

④ 钱穆：《中国文化传统之演进》，《国史新论》，北京：生活·读书·新知三联书店 2001 年版，第 363 页。

⑤ 张舜徽：《中国史论文集》，武汉：湖北人民出版社 1956 年版，第 78 页。

⑥ （宋）陈振孙：《直斋书录解题》，北京：中华书局 1985 年版，第 324 页。

者精神的一面。

魏晋隋唐的门阀士族政治具有排他性和世袭性，而宋代的平民士大夫政治则具有开放性和非世袭性，没有以往门阀士族的强大实力和深厚根基，未来的科举、仕途具有了许多不确定因素，因此洪迈在《夷坚志》中体现出强烈的定命论思想。在前途不可预料中，广结朋党、纠集势力成为改变现状的方式之一，其中以地域文化为纽带的科举、政治势力分布特征突出，程民生对《宋史》列传中人物的籍贯统计显示，南宋时文臣最多的是两浙路，其次是福建路和江西路，① 陆游在《老学庵笔记》卷一所记也反映了这种情形：

> 绍兴末，朝士多饶州人。时人语曰："诸公皆不是痴汉。"又有监司发荐京官状，以关节，欲与饶州人。或规其当先孤寒，监司者愤然曰："得饶人处且饶人。"时传为笑。②

政治势力在地域上的相对集中，使宋代的地域文化特征突出，出现了许多地方精英家族，王明清在《挥麈录》卷二中说："本朝一家为宰执者，吕氏最盛，……近日如钱参政端礼之于文僖，史签书才、从子丞相浩，亦一家。而洪右相适、枢密遵为伯仲，数十年未尝见也。"③ 包弼德认为："在南宋，士是为数更多而家世却不太显赫的地方精英家族，这些家族输送了官僚和科举考试的应试者。"④ 作为地方精英家族，洪迈对地域文化有更切实的感受，他在写作《夷坚志》时，本就有以此为方志的用意，加上每则故事标明详细发生地区，使《夷坚志》的地域文化特征比较显著。

科举以高官厚禄为诱饵，而且取士不问家世，激发了全民的学习热情，带来了宋代社会文化的相对普及和再深入，各类型学校较为完备，除太学及遍布各地的书院外，宋元丰年间还创设了中央官办小学，宋崇宁元年（1102）又命州县建立小学，由通都大邑普及到穷乡僻壤，《三字经》《百家姓》《千家诗》等都是宋代编写的小学教材。

文化的普及离不开必要的物质条件，租佃制带来宋代生产关系的变革，使农业获得巨大发展，剩余农产品增多，从某种程度上促进了手工

---

① 程民生：《略论宋代地域文化》，《历史研究》1995 年第 1 期。

② （宋）陆游：《老学庵笔记》，《宋元笔记小说大观》，上海：上海古籍出版社 2007 年版，第 3456 页。

③ （宋）王明清：《挥麈录》，《宋元笔记小说大观》，上海：上海古籍出版社 2007 年版，第 3585 页。

④ ［美］包弼德著，刘宁译：《斯文：唐宋思想的转型》，南京：江苏人民出版社 2001 年版，第 4 页。

业、商业的繁荣。宋代又改革了传统的坊（居民居住区）市（商业贸易区）分离制度，采取坊市合一，城市经济发达，开封、洛阳、扬州、杭州、成都为当时户数众多、商人云集的著名都会。吴自牧在《梦粱录》卷十三中描述了宋代城市经济的盛况："自大街至诸坊巷，大小铺席，连门俱是，即无空虚之屋""杭州大街，买卖昼夜不绝，夜交三四鼓，游人始稀；五鼓钟鸣，卖早市者又开店矣。"① 商人拥有大量财富，带来了富与贵、钱与权的分离，"社会上最富有的往往并不是被视为'贵者'的达官，反倒是被看作'贱者'的巨商"②。经济的发展、商业的繁荣、人们思想观念的剧变等内容构成了《夷坚志》中丰富多彩的世俗民情类题材，是《夷坚志》与宋前志怪小说迥然不同之处，也是对后世产生深远影响的题材之一。

富与贵、钱与权分离的发展趋势使人们改变了对商人的传统观念，其娱乐消费促进了市民文化的高度发展，通俗话本小说和民间表演艺术拥有广阔的市场，《东京梦华录》《梦粱录》《武林旧事》《醉翁谈录》等宋元文献资料的记载表明，宋杂剧及"说话"艺术非常发达，尤其是白话小说的兴起，"实在是小说史上的一大变迁"③，标志着我国通俗小说的产生。文言小说和白话小说作为我国古代小说的两大系统，其双向互动、相互影响渗透从此更为突出，受白话小说繁荣的影响，文言小说不再作为贵族沙龙文学，它已突破原有的文体规范走向世俗化，而白话小说向文言小说借鉴素材，扩大了原故事的传播范围，并向雅文学靠拢。洪迈在说话艺术兴盛背景下写作的《夷坚志》，就是文言小说与白话小说双向互动、相互影响的一个范例。

从宋代小说的总体传播环境来看，没有出现过对小说进行控制、禁毁的现象，④ 加上宋代民众文化水平的普遍提高，社会各阶层对小说的创作、阅读都持有高度的热情，尤其是得到了最高统治者的提倡，宋太祖得天下后说："人生如白驹之过隙，所谓好富贵者，不过欲多积金银，厚自娱乐，使子孙无贫乏耳。汝曹何不释去兵权，择便好田宅市之，为子孙立永久之

---

① （宋）吴自牧：《梦粱录》，杭州：浙江人民出版社1984年版，第117、119页。
② 张邦炜：《宋代"省官益俸"的构想及其实践》，《四川师范大学学报（社会科学版）》1987年第1期。
③ 鲁迅：《中国小说的历史的变迁》，《鲁迅全集》（第九册），北京：人民文学出版社1981年版，第319页。
④ 参见林平：《宋代禁书研究》，四川大学博士学位论文，2006年。

业；多置歌儿舞女，日饮酒相欢，终其天年。"① 郎瑛《七修类稿》有如此记载："小说起宋仁宗。盖时太平盛久，国家闲暇，日欲进一奇怪之事以娱之；故小说得胜头回之后，即云'话说赵宋某年'。"② 在宋代统治者的倡导下，宋代形成追求享乐的社会风气，小说作为宋代重要的娱乐方式之一，可以让世人释放远离家园的乱世情结，排除内心的空虚，因此拥有广阔的传播、接受市场，说话艺术繁荣，说话艺人较多，而且已有较为细致的分工，如周密《武林旧事》卷六"诸色技艺人"条，计有讲小说 52 人，谈浑话 1 人，说经 17 人，讲史书 23 人。

宋代士大夫阶层流行剧谈之风，许多文言小说因此产生，如王明清《投辖录》自序所记："因念晤言一室，亲友情话，夜漏既深，共谈所觌。"③ 其《挥麈录》也是如此陈述："明清乾道丙戌（1166）冬奉亲会稽，居多暇日。有亲朋来过，相与晤言。可记者，归考其实而笔录之，随手盈秩，不忍弃去，遂名之曰'挥麈录'。"④ 满中行在王辟之《渑水燕谈录》的题记中也说："从仕以来，每于燕闲得一嘉话，辄录之。"⑤《夷坚志》的成书及其形成的"洪迈效应"正是宋代剧谈之风的体现，可看出小说在宋代社会生活中的意义。

白话小说由于出版和传播条件的限制，流传下来的不多。对于宋代文言小说，《四库全书总目提要》小说家类总序如是评价："唐宋而后，作者弥繁。"《四库全书总目提要》共录入小说著作 319 部，其中正选部分录入 123 部，分别为杂事 86 部、异闻 32 部、琐语 5 部；其中宋代有 63 部，占 51% 之多，可见宋代小说最接近四库馆臣们的小说标准，也最符合其小说观念。宋人的小说也在明代得到高度评价，明编《五朝小说》中，桃源居士在《宋人百家小说》的序中说：

（小说）尤莫盛于唐，盖当时长安逆旅，落魄失意之人，往往寓讽而为之。然子虚乌有，美而不信，唯宋则出士大夫手，非公馀纂录，即林下闲谭，所述皆生平父兄师友相与谈说，或履历见闻、疑误考证，故一语一笑，想见先辈风流。其事可补正史之亡，裨掌故之阙。

丁峰山也对唐、宋小说的价值重新做了判断，说："从小说（文学）

① （宋）司马光：《涑水纪闻》，北京：中华书局 1989 年版，第 11 页。
② （明）郎瑛：《七修类稿》卷二十二辩证类《小说》，北京：中华书局 1959 年版，第 330 页。
③ （宋）王明清：《投辖录》，上海：上海古籍出版社 1991 年版。
④ （宋）王明清：《挥麈录跋》，四部丛刊续编本。
⑤ （宋）王辟之：《渑水燕谈录》，北京：中华书局 1981 年版。

发展的综合历史维度着眼，宋代对中国古典小说的贡献和影响不低于甚至高于唐代，其历史地位在唐代之上。""唐代笔记的风格和追求只是笔记小说史上昙花一现的特例，并没有继承者，而宋却浸润后世近七百年，其影响力超过唐代是难以否认的客观事实。"① 在文言小说和话本小说中，"从实绩看，文言小说在宋代仍占有重要地位，而白话小说到元代才出现了新的高潮"。②《夷坚志》作为宋代文言小说中的杰出代表，全方位地反映了宋代的政治、经济、文化、习俗、世风等内容，可谓宋代社会生活的万花筒，也体现了宋代小说偏重写实、面向现实人间社会的时代特征，尤其是包括了市井生活的创作新特点。洪迈在《夷坚志》的写作中追求通俗化和生活化，力求有据可依、讲究合情合理，提高了小说的写实手法，对古代小说的发展具有积极的意义。

与小说兴盛相对应的是宋人小说理论的进一步发展和对创作实践的指导，萧相恺在《宋元小说理论的新贡献》中认为，南宋初郑樵的《通志·乐论》中的"琴操"是整个宋元小说理论的第一座高峰，"从理论是实践的指导而言，则南宋绍兴以后各类小说都进入了宋元时代的高峰期，当然也与郑樵理论的出现有一定关系。……《夷坚志》的出现是在与郑樵小说理论接近的洪迈自己的小说观的指导下进行，又从而将宋元志怪小说的发展推向高峰应该是肯定无疑的"。③ 宋代文言小说最具有时代特征并达到创作顶峰的阶段是南宋中期，这与郑樵小说理论的指导分不开，也与洪迈长期的写作实践积累的丰富经验有关。宋代作为中国古代小说理论发展的第一个阶段④，洪迈从创作角度对小说功能、特点的探讨，刘辰翁从鉴赏角度对《世说新语》的评点，罗烨对话本小说的总结和分类，等等，为古代小说理论的发展作出了巨大的贡献。尤其是洪迈，他对唐以前小说创作在理论上作了总结，主张提高小说的地位，在创作实践中对小说的艺术虚构、寄寓作者主观意志的特性也有了较为明确的意识，并形成了自己独特的写作追求和小说理念，在小说理论发展史上都极具价值。

---

① 丁峰山：《宋代小说在中国小说史上历史地位的重新估价》，《福建师范大学学报（哲学社会科学版）》2003 年第 6 期。

② 程毅中：《宋元小说研究》，南京：江苏古籍出版社 1999 年版，第 3 页。

③ 萧相恺：《宋元小说理论的新贡献》，《明清小说研究》2000 年第 3 期。

④ 方正耀：《中国古典小说理论史》，上海：华东师范大学出版社 2005 年版。

第二节　洪迈的小说观

赵与峕《宾退录》卷八提到"洪文敏著《夷坚志》，积三十二编，凡三十一序，各出新意，不相复重，昔人所无也"。① 可知洪迈通过序言表达的小说理论极为丰富。虽然这些序言大多散佚，流传下来的只有 13 篇，但仍可从中看出洪迈一方面试图对唐以前的小说创作实践进行总结，另一方面从自己的创作实践中得出真知灼见，这是我国古代小说理论史上的重要文献资料。洪迈的小说观因此受到学界的重视，如李剑国②、刘良明③、张祝平④、周榆华、罗宗阳⑤等都对此问题进行探讨，其研究呈现出两个特点：一是以《夷坚志》保存下来的各志序言为中心和依据；二是以洪迈是否主张虚构为讨论的焦点，并由此形成两种不同的观点。这些研究对把握洪迈的小说理论成就，正确认识《夷坚志》的内容及价值大有裨益。然而序言固然可以反映作者的小说理论，但创作实践更能充分揭示作者的文体意识和对小说的看法。本书以《夷坚志》的写作实际为考察中心，结合各志序言，对洪迈的小说观念进行探讨。

一、类似新闻的小说文体内涵

《夷坚志》虽然是一部志怪小说，但从其成书过程、洪迈的创作手法、创作追求等方面考虑，可看出洪迈有自觉的题材意识，《夷坚志》实为当时社会新闻的汇编，在文体上表现出的新闻特征极为明显。

1. "征实求异""远不过一甲子"的新闻创作宗旨

洪迈在《夷坚乙志序》中说："若予是书，远不过一甲子，耳目相接，皆表表有据依者。"⑥ 说明洪迈所关注的事件有时间的限制，围绕近六十年的时间段取材，并且所记皆有来源，有据可依。

洪迈编创《夷坚志》时，坚持客观著述，记录耳目相接之传闻，力图

---

① （宋）赵与峕：《宾退录》卷八，上海：上海古籍出版社 1983 年版，第 97 页。

② 李剑国：《宋代志怪传奇叙录》，天津：南开大学出版社 1997 年版。

③ 刘良明：《洪迈对志怪小说理论批评的历史性贡献》，《武汉大学学报（哲学社会科学版）》1996 年第 6 期。

④ 张祝平：《论洪迈的小说观》，《淮阴师范学院学报》2001 年第 5 期。

⑤ 周榆华、罗宗阳：《〈夷坚志〉的编撰及洪迈对志怪小说的看法——从〈夷坚志〉的多篇序言起》，《南昌大学学报（人文社会科学版）》2004 年第 1 期。

⑥ （宋）洪迈：《夷坚志》，北京：中华书局 2006 年版，第 185 页。

将各地新奇之事真实呈现出来。为了使所记之事显得真实，洪迈采用志怪笔法，对所记之事不加夸饰渲染，以平实之笔直接道来。在具体写作中，严格标明每则故事发生的时间、地点，展开故事时追求细节的真实，力求所记与当时的环境相符，因此每个故事都有特定的发生背景，即使是相似的故事，也因发生时空的不同而有所区别。《夷坚志》因此成为一些方志编写的依据，宋以后所修方志多有取材《夷坚志》的现象，洪迈也在《夷坚三志景序》中说："郡邑必有图志，鄱阳独无，而《夷坚》自甲施于三景，所粹州里异闻，乃至五百有五十，它时有好事君子，采以为志，斯过半矣。"①

洪迈为了显示其征实的创作态度，还为每则故事标注目击者、参与者、说者、传者等来源，努力廓清故事的传播渠道，让读者相信故事的真实性。现保存在《夷坚志》各篇章中的口传者就有六百余人，他们有的直接把故事讲给洪迈，有的充当第三人，把故事转述给洪迈。这些人将故事讲或传给洪迈时，本身承担着第一手材料的通讯和报道工作，洪迈其实承担着编辑的角色，通过对别人提供的材料进行整理、加工而编著《夷坚志》各集。从《夷坚志》的成书过程明显可看到通讯员、记者、编辑的角色分工，因此其是他们共同参与的结果，洪迈将他们的姓名保存在故事篇章中，就是征实的创作态度使然，这与对新闻真实性的追求同出一辙。

《夷坚志》不但重视征实，而且强调时效性，所记"远不过一甲子"，《夷坚志》中的故事全部发生在作者生活的时代，体现了时事和志怪的结合，形成了《夷坚志》独特的创作风貌。

支庚卷四《花月新闻》记姜寺丞与女剑仙的故事，是直接以"新闻"命名的篇章。"新闻""邸报"在宋代已出现，但内容、流通仅限于官方和朝政。赵升《朝野类要》卷四《朝报》说："日生事宜也。每日门下后省编定，请给事判报，方行下都进奏院，报行天下。其有所谓内探、省探、衙探之类，皆衷私小报，率有漏泄之禁，故隐而号之曰'新闻'。"② 可见洪迈将有泄漏之禁的"新闻"改换门庭，用来写社会奇闻怪事，满足各种人群的好奇心，并屡次印刷出版广泛传播，让天下人皆知，其实质正是盛行于当时的小报的做法，"小报出现在北宋末年，盛行于南宋，它适应了

---

① （宋）赵与旹：《宾退录》卷八，上海：上海古籍出版社 1983 年版，第 99 页。
② （宋）赵升编，王瑞来点校：《朝野类要》卷四《朝报》，北京：中华书局 2007 年版，第 88 页。

社会的发展和民众的知情权要求"①。南宋时政局动乱，朝廷对民众实行消息封锁，私营小报迎合、满足了民众了解社会时政的需求，《夷坚志》的写作追求与小报相似。

2. 与现代新闻报道相似的故事写法

《夷坚志》不仅在题材、真实性、时效性上与现代社会新闻类似，而且有些篇章在写法上与现代新闻报道相似。如丙志卷十二《僧法恩》：

> 绍兴十年，明州僧法恩坐不轨诛。恩初以持秽迹咒著验，郡人颇神之。不逞之徒冀因是幸富贵，约某月某日奉以为主，举兵尽戕官吏及巨室，然后扫众趋临安；不得志则逃入海。②

此则故事讲法恩聚众欲杀富豪官吏，并攻打临安，结果被算命先生包大常察觉，包大常巧妙斡旋，献上女儿来稳住法恩然后报官，最后法恩及同伙皆被捉拿处死。这则故事在写法上很有特色，开头一句简明扼要地交代时间、地点、事件的结果，然后才具体展开事情的来龙去脉，颇似现代新闻导语先给读者留下深刻印象，让读者马上抓住事件的梗概和重点内容，并引起读者的阅读兴趣。

又如丙志卷十三《长乐海寇》：

> 绍兴八年，丹阳苏文瓘为福州长乐令，获海寇二十六人。先是，广州估客及部官纲者凡二十有八人，共僦一舟；舟中篙工、柂师人数略相敌，然皆劲悍不逞，见诸客所赍物厚，阴作意图之。行七八日，相与饮酒，大醉，悉害客，反缚投海中。③

此则故事中海盗杀人劫财、抢夺妇女，可谓作恶多端，到福建长乐境内时，被县令苏文瓘盘查船只时识破而全部抓获。文章首句也具有现代新闻导语的特征，随后对海盗的行为展开详细叙述，具体呈现其为盗经过，揭露其累累罪行，从而突出苏文瓘的正义之举。尤其是事件记录中具体数字的应用，以及目击者福州太守张子戬对事件的评论，更增添了新闻的纪实性。

研究新闻的人一般不会注意到志怪小说，但古人多将志怪小说称为"新闻"却是一个事实。因为志怪小说和新闻都有新奇、不事渲染的特点，都以新奇为目标，对作家本人的创作特色要求不高，"志怪琐碎的形式和

① 林平：《宋代禁书研究》，四川大学博士学位论文，2006年，第112页。
② （宋）洪迈：《夷坚志》，北京：中华书局2006年版，第470页。
③ （宋）洪迈：《夷坚志》，北京：中华书局2006年版，第480页。

报纸在某种意义上是相同的，都不需要前后次序，都是随听随录，长短不论，关键在于故事本身的新奇性，文笔也大众化，排斥个人特征"①。而且洪迈所记主要以传闻为主，传闻本身具有历史继承性和类型化的特点，因此作者的创作主体性体现得不是那么明显。有的人认为《夷坚志》中的故事与他人作品似曾相识就指责洪迈抄袭，认为《夷坚志》中的一些故事相似或雷同就批评洪迈粗制滥造、创造力匮乏，这些论调是不准确的。其实《夷坚志》在大多数貌似相同的故事中体现了宋代特有的社会生活、民风民俗、宗教信仰等时代内容，这正是洪迈小说创作中有记录新闻的自觉意识使然，新闻性是洪迈小说观不同于他人的重要特色之一。

二、重视"街谈巷语、道听途说"中的社会题材

洪迈继承了传统目录学家的小说观，《夷坚志》是对"街谈巷语、道听途说"的记录，而且洪迈在故事内容、叙事重心、创作方式上真正贯彻了这一做法，使其志怪小说创作呈现出世俗化、平民化的特点。

1. "街谈巷语、道听途说"之言

班固在《汉书·艺文志》中说："小说家者流，盖出于稗官，街谈巷语，道听途说者之所造也。孔子曰：'虽小道，必有可观者焉，致远恐泥。是以君子弗为也。'然亦弗灭也。"② 洪迈本身是一位著名的史学家，又生活在史学极为发达的宋代，对传统目录学家的小说观比较认同，《夷坚志》体现出来的"街谈巷语、道听途说"之特征非常突出。

一方面从《夷坚志》的成书可知，书中故事由街谈巷语构成，由道听途说者所造，洪迈作为记录者，在原作中保留了这些故事提供者的姓名、身份、故事发生的具体时间及空间，使其记录传闻的创作特征格外突出。洪迈在各志序中也多次提及，如《夷坚支庚序》："盖每闻客语，登辄记录，或在酒间不暇，则以翼旦追书之，仍亟示其人，必使始末无差庚乃止。"③

另一方面从《夷坚志》的故事题材看，"街谈巷语、道听途说"的取材原则在洪迈笔下真正得到了贯彻。胡应麟在《少室山房笔丛》中说："唐人以前，记述多虚，而藻绘可观。宋人以后，论次多实，而彩艳殊乏，

---

① 占骁勇：《清代志怪传奇小说集研究》，武汉：华中科技大学出版社 2003 年版，第 302 页。
② （汉）班固：《汉书》，北京：中华书局 2007 年版，第 338 页。
③ （宋）洪迈：《夷坚志》，北京：中华书局 2006 年版，第 1135 页。

盖唐以前出文人才士之手，而宋以后率俚儒野老之谈故也。"① 从故事的真正创作者而言，《夷坚志》所记大多为"俚儒野老之谈"，洪迈《夷坚丁志序》云：其所记"非必出于当世贤卿大夫，盖寒人、野僧、山客、道士、瞽巫、俚妇、下隶、走卒，凡以异闻至，亦欣欣然受之"②。可见洪迈在长期的创作实践中已强烈地意识到民间是其创作的深厚源泉，这正是《夷坚志》的生命力所在，也是其在后世得到广泛传播的重要原因之一。

2. 重视世俗社会题材

《夷坚志》中关于国家政治、军事、历史等方面的记录甚少，以文人作为故事主人公的篇章也有限，在古代小说史上，《夷坚志》中首次大量出现了名不见经传的普通人物，如"江阴民""成都镊工""严州乞儿""董染工""童银匠"等，许多故事的主人公为"某生""某氏"，甚至去掉姓氏，直呼为"某"，洪迈记录下他们的嬉笑怒骂、悲欢离合，有生存的艰辛，有乱世的痛苦，有金钱的纠缠，有情欲的诱惑。这些平凡人物、普通生活成为洪迈关注的对象，在作品中得到充分的展示，使《夷坚志》堪称"宋代世俗生活的百科全书"。《夷坚志》虽为文言小说，但在表现内容和反映对象上已经和白话通俗小说没有区别了，甚至在艺术风格上也具有话本的特征，体现了南宋繁荣的说话艺术对文言小说的影响和渗透，《夷坚志》将志怪与世俗生活结合在一起，体现了宋代文言小说话本化的倾向。

当然，不可否认的是，《夷坚志》是一部志怪小说，大多数篇章以鬼怪神佛为内容，但这些鬼怪尽染世情，也具有一定程度的市民特征，正如程毅中所言："实际上《夷坚志》里最好的作品却主要是那些反映现实、贴近生活的人间故事。即使是写鬼神怪异的故事，也往往接触到了现实生活里常见的矛盾，写出了人和人之间的复杂关系。"③ 洪迈对世俗社会生活题材的重视，使《夷坚志》具有了世俗化、平民化的创作特征，给文言小说带来了新的面貌，影响了文言小说的整体走向。

传统目录学家认为，稗官将"街谈巷语、道听途说"之事说与统治者听，以观风俗、明厚薄、知得失，《夷坚志》从某种意义上也是一种采风行为，洪迈以毕生精力从事着"君子弗为"的"小道"，记录了当时的人间百态。

---

① （明）胡应麟：《少室山房笔丛》丙部《九流绪论下》，北京：中华书局1958年版，第375页。

② （宋）洪迈：《夷坚志》，北京：中华书局2006年版，第537页。

③ 程毅中：《宋元小说研究》，南京：江苏古籍出版社1999年版，第141页。

三、好奇尚异的写作旨趣

《夷坚志》在反映当时的社会生活时，采用了志怪这种变形的方式，书中以神鬼精怪的故事居多，体现了洪迈追求奇异的艺术审美。"奇"在中国古代小说理论史上含义比较丰富，"奇"可以和"虚与实"中的"虚"相对应，也可以和"真与幻"中的"幻"相对应，甚至"奇"可以是一种笔法，即取材于现实生活，但人物特异独出，事件离奇曲折。从《夷坚志》各个序言、创作实际以及洪迈其他著作中的言论来看，洪迈所追求的"奇"是多层面的。

1. 奇幻的题材

《夷坚志》中的大量神鬼精怪故事来源于作者"好奇尚异"的个性，也是作者对志怪小说奇幻内容的认可。《夷坚乙志序》说"人以予好奇尚异"，故作者才会在有了故事素材时不惜千里相投。《夷坚支丁序》为作品中出现一些与事实、常理相悖的情节辩解，说："爱奇之过，一至于斯。"①自己的创作，"颛以鸠异崇怪"，"止不欲为，然习气所溺，欲罢不能"②，甚至"老矣，不复着意观书，独爱奇气习犹与壮等"③。在好奇性格的驱动下，洪迈锲而不舍地坚持创作近六十年，成为中国古代志怪小说史上个人编写小说卷数最多的人。

作者好奇的个性，表现在其著述时追求奇异的审美，《夷坚志》中绝大多数作品人物奇特不凡，故事情节奇幻莫测。作品中的僧道巫卜甚至精神病人等特殊人群，有超常能力，可准确预测未来之事：如《潘成击鸟》中的道士将一只乌鸦变成老太婆；《桂林老僧》能使新鲜蔬菜转眼间腐烂；《杨抽马》不仅料事如神，而且他用纸剪出的骡子可以骑；《谢石测字》里谢石测字时灵验的不可思议；《崔倅乳媪》中的乳媪能让小丫鬟站在小箕上，顷刻间从广州飞回福州老家；《邢氏补颐》《孙鬼脑》中活生生的人一夜之间被改变面孔换上他人的头；《文氏女》中本欲出嫁的新娘梦醒后却变成了男儿身；《猪嘴道人》中一片施过魔咒的瓦可载人随心所欲地去任何地方……还有许多作品以神仙、鬼怪、精灵等为主人公，表现出来的变化多端的故事情节更是非比寻常，极大地增添了作品的奇幻色彩，令读者叹为观止。这些奇幻的艺术形象和故事情节，正是洪迈格外感兴趣之处，

---

① （宋）洪迈：《夷坚志》，北京：中华书局 2006 年版，第 976 页。
② （宋）洪迈：《夷坚志》，北京：中华书局 2006 年版，第 363 页。
③ （宋）洪迈：《夷坚志》，北京：中华书局 2006 年版，第 795 页。

是作者追求的创作旨趣和审美风格。

洪迈对奇幻审美风格的竭力追求，显示了其对志怪小说特征的理解，即志怪就是写这些"怪怪奇奇"之事，"以三十年之久，劳动心口耳目，琐琐从事于神奇荒诞"，"天下之怪怪奇奇尽萃于是矣"①。洪迈明确承认志怪小说的特点之一是奇幻，这与前人对志怪小说虚幻内容闪烁其词的态度显然不同。

2. 虚构意识

对于作品中所记的"怪怪奇奇"之事，洪迈在《夷坚乙志序》中说："夫齐谐之志怪，庄周之谈天，虚无幻茫，不可致诘。"他认识到古代萌芽阶段的志怪、寓言不可以常理追究，是作者的虚构，自己在《夷坚志》所记诸事，如果读者"谓予不信，其往见乌有先生而问之"②。可见洪迈已意识到其所记奇幻之事在现实生活中是不存在的，是不真实的，这与魏晋志怪小说标榜"发明神道之不诬"相比，显示了洪迈对小说特征的进一步把握，是小说观念的一大进步。

洪迈在《夷坚支丁序》中进一步论述了其对小说虚构特征的认识："稗官小说家言不必信，固也。信以传信，疑以传疑，自《春秋》三传则有之矣，又况乎列御寇、惠施、庄周、庚桑楚诸子汪洋寓言者哉！《夷坚》诸志，皆得之传闻，苟以其说至，斯受之而已矣……读者曲而畅之，勿以辞害意可也。"③ 洪迈认为小说与史籍不同，小说所记之事，考之史实则非也，因为"稗官小说家言不必信"，读者在阅读小说时，可以驰骋想象，不要拘泥于史实，不要以辞害义。洪迈经过多年的小说创作实践，积累了丰富的小说创作经验，开始意识到志怪小说虚构的文学性特征，"洪迈大胆地突破正统的实录观，指出志怪小说幻奇内容的虚构实质，这在小说批评史上是一大创见"。④

3. 对唐传奇的借鉴

《夷坚志》是一部志怪小说，志怪的文体特征是"偏重事状，少所铺叙"，在记录事件时，文字极度简约，不事夸张藻饰，对事件极少解释和铺叙展开。《夷坚志》中的大多数篇章，呈现出和志怪文体相一致的特征。然而，《夷坚志》毕竟是在唐传奇辉煌之后出现的小说作品，因此不可避

---

① （宋）洪迈：《夷坚志》，北京：中华书局 2006 年版，第 185 页。
② （宋）洪迈：《夷坚志》，北京：中华书局 2006 年版，第 185 页。
③ （宋）洪迈：《夷坚志》，北京：中华书局 2006 年版，第 967 页。
④ 方正耀：《中国古典小说理论史》，上海：华东师范大学出版社 2005 年版，第 37 页。

免地带上了唐传奇的痕迹。

洪迈在《夷坚志》中经常提及唐人小说，如支甲卷一《河中西岩龙》云："唐小说所载：吴郡渔人张胡子，于太湖钓得巨鱼，腹上有丹书。"① 支庚卷六《海口谭法师》载："予记唐小说所书黎丘人张简等事，皆此类云。"② 补志卷四《荆南虎》称："唐小说多载虎将食人，而皮为人所夺，不能去，或作道士、僧与言语。"③ 等等。洪迈对唐人小说有很高的评价，在《容斋随笔》卷十五《唐诗人有名不显者》一则中说："大率唐人多工诗，虽小说戏剧，鬼物假托，莫不宛转有思致，不必颛门名家而后可称也。"④ 洪迈从创作经验中敏锐地意识到唐人小说"宛转有思致"的文体特征，即情节曲折离奇，语言华丽优美，寄寓着作者个人的人生感慨。洪迈所指"唐人小说"，其概念和传奇、志怪的内涵一致，而区别于笔记性质的"小说"，这也是洪迈小说意识的体现。

洪迈首次对唐人小说作出比较准确的整体把握，其对唐人小说的评价因而具有了权威性，被喜爱唐人小说的人奉为圭臬，甚至被书商伪造来获利。如莲塘居士陈世熙编撰的《唐人说荟》，在《例言》中引所谓的洪迈之语："唐人小说，不可不熟，小小情事，哀婉凄绝，洵有神遇而不自知者，与诗律并称一代之奇。"⑤ 此言在肯定唐人小说，尤其是唐传奇基本文体特征的基础上，将唐人小说与唐代主流文学诗歌相提并论，不仅是对小说描写细腻、富有感染力的认同，更是对正统文人不屑的小说给予的价值肯定。

由于洪迈对唐人小说的重视和高度评价，《夷坚志》在创作中不自觉地融入了唐传奇的精神，有些篇章已没有任何神仙鬼怪内容，而专记人间之奇，以市井社会为中心展开，构思上注意曲折情节的营造，笔法也较为婉转细腻，如《夷坚志》中的骗局小说、恋情小说、以奸情为内容的公案小说等。这些篇章与以往志怪小说一味追求超现实的神灵鬼怪不同，其以志怪反映现实，使文言小说呈现出新的面貌，体现了传奇、志怪的合流，

---

① （宋）洪迈：《夷坚志》，北京：中华书局 2006 年版，第 716 页。
② （宋）洪迈：《夷坚志》，北京：中华书局 2006 年版，第 1181 页。
③ （宋）洪迈：《夷坚志》，北京：中华书局 2006 年版，第 1586 页。
④ （宋）洪迈：《容斋随笔》，北京：中华书局 2005 年版，第 194 页。
⑤ （清）莲塘居士：《唐人说荟》，民国十一年（1922）上海扫叶山房石印本。此语不见于洪迈任何著述，最早见于莲塘居士《唐人说荟·例言》。《唐人说荟》本身比较粗糙，收唐、五代及宋初志怪传奇 164 种，还收录书画艺术、草木医药等内容，占骁勇在《清代志怪传奇小说集研究》（华中科技大学出版社 2003 年版）中认为此书"小说观念并不清晰，又对明人滥题之伪书不加甄别，可见乃低层次书商所为"，所以此言被书商借洪迈之名获利的可能性极大。

《夷坚志》"一书而兼二体"，是宋代"传奇体遁入志怪"的文言小说的发展新趋势。

四、自觉的小说意识

宋以前的官私书目中，志怪传奇类小说作品一般著录在史部杂传，而《崇文总目》第一次将志怪传奇置于小说类，并占据了小说类的主导地位，欧阳修《新唐书》继承《崇文总目》的做法，将《隋书·经籍志》《旧唐书·经籍志》史部杂传类本属志怪传奇性质的书划分进小说类。从书目对小说书籍的著录可看到小说观念的变迁，其中最突出的是宋人小说文体意识的自觉，这种自觉体现在对小说题材、写法的自觉把握，对小说价值、功能的发现和认识上。

1. 洪迈的小说家意识

洪迈的两部笔记巨著——《夷坚志》和《容斋随笔》，如果按传统的小说观来看，都属于"小说"，尤袤的《遂初堂书目》《宋史·艺文志》将二书均著录于小说类。其实两书有不同的题材和写法，因而具有不同的属性，呈现出相异的文体特征，《夷坚志》为志怪小说，《容斋随笔》为历史著作。陈振孙《直斋书录解题》将《容斋随笔》归入杂家，将《夷坚志》放在小说类，这种著录法正确把握了两书的不同性质，领会了洪迈不同的创作用意。

《夷坚志》以"怪怪奇奇"的故事为主要题材，在写法上以记述事件本身为中心，《容斋随笔》重在考辨历史名物，虽然也有故事，但多为历史性质，在写法上以评述议论为主。两书所记故事对后世小说创作的影响体现在不同类型的著作和题材领域上：如在章回小说方面，《西游记》《水浒传》《续金瓶梅》等虚构性突出、文学性相对较强的作品，对《夷坚志》在题材上多有借鉴；而《容斋随笔》的影响集中体现在历史演义类小说上，如《三国演义》的故事本事，取自《容斋随笔》的有《南夷服诸葛》《诸葛公》《曹操用人》《曹操杀杨修》《孙吴四英将》，取自《容斋续笔》的有《太史慈》《孙权称至尊》《名将晚谬》，取自《容斋三笔》的有《平天冠》《祢衡轻曹操》等。①

许多宋人笔记将志怪和杂史两类题材混为一谈，如欧阳修的《归田录》、司马光的《涑水纪闻》、周密的《齐东野语》等，与此相比，洪迈能分别独立撰写两书，表明其对《夷坚志》的小说性质有清晰的把握，在

① 朱一玄：《明清小说资料选编》，天津：南开大学出版社 2006 年版，第 43－49 页。

小说的题材、创作笔法上有不同于史的认识，即小说是以各类人群的普通生活作为表现对象，在创作中以叙事为主，从而体现了洪迈小说的文体意识和小说观念的进步。

《夷坚志》以"志"命名，表明洪迈的写作是采访、辑录"街谈巷语、道听途说"，即记录庞杂、无所不及的社会新闻。这种写作方式本来不具有原创性质，但从《夷坚志》的写作实际来看，却体现出了洪迈一定程度的主体意识。一方面《夷坚志》带有洪迈个人的生活烙印，如有许多篇章以第一人称的角度陈述个人见闻，有相当一部分作品的题材与洪迈的家乡江西有关。另一方面洪迈有自己的创作追求，这体现在作品呈现出的时空特征、世俗化倾向等方面，如在记录怪异鬼神时，注意将其与地方宗教、民间信仰紧密结合，体现出较强的地域特征，《江南木客》《会稽独脚鬼》《孔劳虫》《古塔主》《五通祠醉人》《吴二孝感》等都是关于五通神的篇章，从故事的发生地点看，主要集中于浙、闽、赣三省及苏南、皖南地区。

洪迈对小说文体的把握，在创作中主体意识的显现和突出，是小说成熟的表现，也是小说家角色意识的表现，正如刘勇强所言："宋元时期小说家的角色意识大大加强了，在文言小说方面，出现了像洪迈这样几十年坚持从事小说编创的人——他从二十一岁起开始编写《夷坚志》，到全书完成时，已是八十高龄了——这不只是简单的爱好，而是在传统诗文之外萌生出的对小说文体的执着。"①

2. 洪迈对小说价值、功能的重视

宋元时期对小说价值、社会作用的认识逐渐深化而多样，李昉在《太平广记·表》中称"得圣人之道""尽万物之情"，"足以启迪聪明，鉴照今古"。② 罗烨《醉翁谈录》提到"言其上世之贤者可为师，接其近世之愚者可为戒"③，陈振孙《直斋书录解题》谈到小说"游戏笔端，资助谈柄"，曾慥《类说·序》认为小说"资治体、助名教、供谈笑、广见闻"④，从这些言论可看出，宋人已充分认识到小说在教育、娱乐等多方面的功能。

洪迈重视小说的价值，在《夷坚丁志序》中针对责难与非议志怪小说

① 刘勇强：《中国古代小说史叙论》，北京：北京大学出版社 2007 年版，第 24 页。
② （宋）李昉：《太平广记》，北京：中华书局 1961 年版。
③ （宋）罗烨：《醉翁谈录》，上海：古典文学出版社 1957 年版。
④ （宋）曾慥：《类说》，北京：文学古籍刊行社 1955 年版。

的人，反驳道：

> 《六经》经圣人手，议论安敢到？若太史公之说，予请即子之言而印焉。彼记秦穆公、赵简子，不神奇乎？长陵神君，圯下黄石，不荒诞乎？书荆轲事证侍医夏无且，书留侯容貌证画工；侍医、画工与前所谓寒人、巫隶何以异？善学太史公，宜未如吾者。①

洪迈对自己采用寒人、野僧、山客、俚妇、下隶、走卒等人群的材料而辩解，认为自己的创作"非必出于当世贤卿大夫"，并特别指出志怪小说与史书有相同的地位和价值。在赵与峕《宾退录》所转述的《夷坚三志戊序》中说："'子不语怪力乱神'，非置而弗问也。圣人设教垂世，不肯以神怪之事治诸话言，然书于《春秋》、于《易》、于《书》皆有之，而左氏内外传尤多，遂以为诬诞浮夸则不可。"②洪迈在此处将志怪小说与儒家经典相提并论，认为二者都有神怪内容，"子不语怪力乱神"，世间不是没有鬼怪，只是不谈而已。洪迈将志怪小说与经史依傍，并在某种程度上将二者等量齐观，这是对小说地位的重新认识和对小说价值的充分肯定。

洪迈对《夷坚志》的著述，有着"寓言其间"的编写目的，这是对小说功能的丰富。《夷坚支丁序》说："干宝之《搜神》，奇章公之《玄怪》，谷神子之《博异》，《河东》之记，《宣室》之志，《稽神》之录，皆不能无寓言于其间。"③认为志怪小说寄托了作者的思想情感，蕴含着作家的主观情志，与正统诗文一样有抒写作者怀抱的功能。洪迈将自古以来被视为"小道""丛残小语""刍荛狂夫之议"的小说，与正统文学相比附，一定程度上提高了小说的地位。

洪迈不但在《夷坚志》各序言中阐述了其对小说功能和价值的认识，而且在具体创作中形成"洪迈现象"，扩大了小说的影响力，提升了小说的品位，"这种现象反映着小说地位、小说影响力、小说自身丰富化的提高和扩大。尽管可以说整部《夷坚志》基本上是提供故事而不是真正意义的作品，但如果从这一角度来考虑，就是洪迈凭借他的声望影响，组织起一支谈异说怪的、至少有五六百人参与，包括了上流社会和下层民众等各色人员的庞大队伍"④。洪迈以近六十年的时间从事一部正统文人不屑的志怪小说创作，将其视为终生的事业，反映了洪迈对小说创作的高度重视。

---

① （宋）洪迈：《夷坚志》，北京：中华书局2006年版，第537页。
② （宋）赵与峕：《宾退录》卷八，上海：上海古籍出版社1983年版，第100页。
③ （宋）洪迈：《夷坚志》，北京：中华书局2006年版，第967页。
④ 李剑国：《宋代志怪传奇叙录》，天津：南开大学出版社1997年版，第18页。

洪迈的诗文创作也染濡了小说的格调，其编辑的《万首唐人绝句》不少出自稗官小说。在书商兼诗人出身的陈起于宋绍定六年（1233）编刻的《江湖集》中，洪迈被列入江湖诗人行列①，洪迈对正统文人不屑的小说之重视，尤其广泛从民间汲取素材编写小说应该是其成为江湖诗人的原因之一。可以说，洪迈以自己的创作，将文人小说由"史官末事"变成正宗文事，带来了南宋文言小说创作的繁荣，宋元说话艺术的繁荣也与洪迈密不可分，说话艺人将其与苏轼相比肩，《夷坚志》成为他们说书时必备的参考书。

第三节　洪迈写作《夷坚志》的动因

《夷坚志》是私人撰写志怪小说中卷帙最大的一部，南宋陈振孙《直斋书录解题》记录了此书的情况："《夷坚志》甲至癸二百卷，支甲至支癸一百卷，三甲至三癸一百卷，四甲四乙二十卷，大凡四百二十卷。翰林学士鄱阳洪迈景庐撰。"②元代马端临《文献通考·经籍考》的著录也以此为据。根据洪迈撰写保留至今的序言和李剑国先生论文《〈夷坚志〉成书考——附论"洪迈现象"》③的结论，这部巨著开始创作于宋绍兴十三年（1143），作者时年21岁，最后绝笔之作为宋嘉泰二年（1202），此年作者逝世，享年80岁。可见洪迈从青春年少至耄耋年暮，用近60年的时间和精力孜孜不倦地进行《夷坚志》的创作。

洪迈对一部正统文人鄙视不屑的志怪小说保持近60年的创作热情，锲而不舍地坚持如此之久，实属罕见，故探讨其创作动机有助于深入了解洪迈的思想和小说观，有助于正确评价《夷坚志》的思想内容及价值。关于洪迈的创作动机，南宋赵与峕《宾退录》卷八提及《夷坚甲志》序中作者有创作动因的解释，但《夷坚甲志》前序今已不存，无从得知其要旨。古今学者对此有诸多见解，但比较零散，未成系统，且各执一说。概而言

---

　　①　陈起的《江湖集》共95卷，录诗人62家，与明末毛晋汲古阁景钞本《南宋六十家小集》收录诗人数相近，但汲古阁本少洪迈、林同等8家。

　　②　（宋）陈振孙：《直斋书录解题》，北京：中华书局1985年版，第324页。

　　③　李剑国：《〈夷坚志〉成书考——附论"洪迈现象"》，《天津师范大学学报（社会科学版）》1991年第3期。

之，大致有以下观点：南宋张端义的"呈进以供上览"说①，元代陈栎的"练史"说②，鲁迅先生的"晚年遣兴"说③，杨义先生的"适兴自娱"说④，武汉大学李菁博士的"发愤著书"说⑤等，各种观点都有其合理之处。但《夷坚志》卷帙浩繁，创作周期长，创作动机不仅应考虑初始时的情况，还应包括后续各志创作时的现实。在整个创作过程中，洪迈的创作动机复杂且有变化，受多种因素的影响。

一、洪迈对小说的钟爱和好奇尚异心理的驱使

《宋史·洪迈传》称其"博极载籍，虽稗官虞初，释老傍行，靡不涉猎"⑥，洪迈是一位学者，其渊博的知识来自饱览群书，甚至被我国古代正统文人斥为小道的稗官野史都是其广加阅读的对象，被他视为一种重要的知识而加以研究和总结。

古代小说自魏晋六朝至唐代以来，已有数目可观的小说作品，而且在思想内容和艺术水平上都有很大的发展，积累了相当多的经验，但在小说理论方面的总结却较为稀少，与创作成就不成比例，所以洪迈小说理论的出现尤为重要和可贵。赵与峕《宾退录》记载："洪文敏著《夷坚志》，积三十二编，凡三十一序，各出新意，不相复重，昔人所无也。今撮其意书之，观者当知其不可及。"⑦"三十一序"流传到现在只剩下其中的十三篇，结合《宾退录》中"撮其意"的内容，可看出洪迈的小说理论及其对小说的态度。洪迈对小说的评价很高，重视小说的价值和功用，意识到小说可以虚构，能寄寓作者情志等。这些真知灼见显示了正是由于洪迈对小说的钟情和酷爱才让他将时间和精力投入此中，发前人未发之言。

喜爱小说使洪迈致力于小说的阅读和研究，"好奇尚异"的个性则进一步驱使其投身小说的创作。他在《夷坚乙志序》中自称"予好奇尚异"⑧，三十年后所写《夷坚支乙序》说，"老矣，不复着意观书，独爱奇

① （宋）张端义：《贵耳集》，《宋元笔记小说大观》，上海：上海古籍出版社 2007 年版，第4266 页。

② （清）纪昀等：《钦定四库全书总目（整理本）》卷一四二《夷坚支志·摘要》，北京：中华书局 1997 年版，第 1884 页。

③ 鲁迅：《中国小说史略》，上海：上海古籍出版社 1998 年版，第 66 页。

④ 杨义：《中国古典小说史论 新版图志本》，北京：中国社会科学出版社 2004 年版，第275 页。

⑤ 李菁：《南宋四洪研究》，武汉大学博士学位论文，2005 年，第 273 页。

⑥ （元）脱脱等：《宋史》卷三七三，北京：中华书局 1977 年版，第 11570 页。

⑦ （宋）赵与峕：《宾退录》卷八，上海：上海古籍出版社 1983 年版，第 97 页。

⑧ （宋）洪迈：《夷坚志》，北京：中华书局 2006 年版，第 185 页。

气习犹与壮等"①。好奇的个性始终没有改变，甚至愈演愈烈，对怪奇之事广加搜访，悉数记录，以至背离其创作初衷，洪迈在《夷坚支丁序》中坦白："爱奇之过，一至于斯。"②洪迈长期勤奋著述，《宾退录》中提到，其子弟辈担心长此以往会累垮身体，便劝道："翁既作文不已，而掇录怪奇，又未尝少息，殆非老人颐神缮性之福，盍已之。"洪迈听从止笔，但没几天就觉得"膳饮为之失味，步趋为之局束，方寸为之不宁，精爽如痴"，曾相劝的人不知如何是好，洪迈笑道："岂吾缘法在是，如驶马下临千丈坡，欲驻不可？姑从吾志，以竟此生。"③小说创作之所以成为洪迈生活中不可或缺的内容，甚至成为其精神支柱，是因为洪迈对小说的痴迷和好奇的个性共同使然。

因为洪迈在创作《夷坚志》的整个过程中，表现出来的好奇心非常突出，所以许多人以此作为洪迈创作的动力源泉，如，张祝平认为洪迈编撰志怪小说是因为"好奇尚异"④，鲁迅称此书为作者"晚年遣兴之作"，杨义称此作是洪迈因"适兴自娱"的心态而著，是为了顺适作者"爱奇"的"气习"。从心理学的角度来看，好奇虽是绝大多数人所共有的心理活动，但以此视为洪迈的创作动力，有笼统浮泛之嫌，不足以解释洪迈的创作实际。洪迈已从理论上阐释了小说可寄寓作者的情志，联系洪迈生活的时代来看，南宋王朝受外族凌辱、战火频仍，百姓颠沛流离，洪迈父亲洪皓因反对偏安，触犯秦桧集团而全家遭到打压。对于一个有责任和抱负的文人而言，是不可能远离其生活时代的，不可能不顾国家百姓的灾难，对家族的遭遇无动于衷，长期沉浸在个人的小世界里自娱自乐。

二、喜欢小说的社会风气和读者对洪迈的鼓励支持

随着宋代手工业、商业经济的发展，城镇繁荣，市民阶层日益壮大，城乡百姓出现日益增长的娱乐需求，读小说成为人们重要的娱乐方式之一。宋太宗时期，国家耗费大量的人力、物力、财力编纂《太平广记》以满足社会所需。宋人笔记对时人喜爱小说的社会风气有相当多的记载，如欧阳修《归田录》提到钱惟演"平生惟好读书，坐则读经史，卧则读小说，上厕则阅小辞"⑤。文人聚会时，小说是一个重要的谈论话题，张邦基

---

① （宋）洪迈：《夷坚志》，北京：中华书局 2006 年版，第 795 页。
② （宋）洪迈：《夷坚志》，北京：中华书局 2006 年版，第 537 页。
③ （宋）赵与旹：《宾退录》卷八，上海：上海古籍出版社 1983 年版，第 99 页。
④ 参见张祝平：《论洪迈的小说观》，《淮阴师范学院学报》2001 年第 5 期。
⑤ （宋）欧阳修：《归田录》卷二，北京：中华书局 1981 年版，第 24 页。

《墨庄漫录》指出："予闲居扬州里庐，因阅《太平广记》，每遇予兄子章家夜集，谈记中异事，以供笑语。"① 洪迈的家人对小说也有偏爱，父洪皓"于书无所不读，虽食不释卷，稗官小说亦暗诵"②。兄洪遵所著《东阳志》的最后一卷《事类》皆为虚构不实的小说家之言。宋高宗磁州庙卜，宋孝宗诞前托梦，统治者不仅以行动演绎着小说情节内容，更是小说的忠实读者。宋高宗、宋孝宗喜爱小说屡见于宋明人的记载中，如宋张端义《贵耳集》卷上云："宪圣（宋高宗）在南内，爱神怪幻诞等书。郭象《睽车志》始出，洪景庐《夷坚志》继之。"③ 明笑花主人《今古奇观序》称："至有宋孝皇以天下养太上，命侍从访民间奇事，日进一回"④，因此产生了洪迈创作是由于"呈进以供上览"和孝宗皇帝鼓励的说法。

整个社会喜爱小说的浓厚风气，再加上宋代印刷业的发展和印刷技术的革新，为小说刊刻提供了必要的物质条件和技术支持，使小说传播更便捷、广泛，极大地扩大了小说的影响。《夷坚乙志序》说："《夷坚》初志成，士大夫或传之，今镂版于闽、于蜀、于婺、于临安，盖家有其书。人以予好奇尚异也，每得一说，或千里寄声，于是五年间又得卷秩多寡与前编等，乃以乙志名之。"⑤ 可见在全社会爱好小说的氛围下，《夷坚志》的问世形成一个较为显著的社会轰动效应，文人士大夫不仅口耳相传《夷坚志》中的故事，而且不惜重金刻版印刷，短短五年间已遍布大江南北，甚至"家有其书"，《夷坚志》得到社会的普遍接受和热烈欢迎可见一斑。洪迈在每则故事后署名故事讲述者或出处的做法，引起读者的高度兴趣，他们争相把自己知道的故事传给洪迈，甚至千里遥寄，由读者转变为小说创作者。不论这些人是出于对小说的兴趣，还是想借此扬名，他们的参与为《夷坚志》的创作提供了丰富的素材来源。同时这些读者兼创作者期待自己提供的故事早日成书问世，这对洪迈也是一种有力的督促，如此一来便形成一个良性循环。洪迈创作时有广大新鲜素材的提供者，有相当数量的小说接受者，这是促使洪迈持续创作的重要原因之一。

从《夷坚志》各集的创作时间来看，甲志二十卷创作历时二十年，而

----

① （宋）张邦基：《墨庄漫录》，《宋元笔记小说大观》，上海：上海古籍出版社 2007 年版，第 4652 页。

② （宋）洪适：《盘洲文集》卷七十四《先君述》，四部丛刊本。

③ （宋）张端义：《贵耳集》，《宋元笔记小说大观》，上海：上海古籍出版社 2007 年版，第 4266 页。

④ （明）抱瓮老人：《今古奇观》，广州：广东人民出版社 1981 年版。

⑤ （宋）洪迈：《夷坚志》，北京：中华书局 2006 年版，第 185 页。

与甲志相同卷数的乙志在四五年间完成，这正是《夷坚甲志》问世后产生的轰动效应所形成的良性循环的表现，这个动力在很大程度上源于读者的支持和鼓励。《夷坚丙志序》说："然得于容易，或急于满卷帙成编，故颇违初心。……惩前之过，止不欲为，然习气所溺，欲罢不能，而好事君子，复纵臾之，辄私自怨曰：'但谈鬼神之事足矣，毋庸及其它。'"① 洪迈创作《夷坚志》本有其他的意图和考虑，因材料来得容易，成书速度随之加快，创作渐渐偏离了初衷。洪迈欲就此止笔，但爱好小说的兴趣、好奇的个性及好事君子的鼓励又使其欲罢不能。

值得注意的是，《夷坚志》的接受者和参与创作的对象不局限于文人士大夫阶层，《夷坚丁志序》说："非必出于当世贤卿大夫，盖寒人、野僧、山客、道士、瞽巫、俚妇、下隶、走卒，凡以异闻至，亦欣欣然受之。"② 社会各阶层人士的广泛参与，能最大限度地接近各种读者的生活现实和审美爱好，从而赢得更多读者。《太平广记》和《夷坚志》是宋代说话艺人必须熟悉和研习的小说集，罗烨《醉翁谈录·小说开辟》中说，宋代说话艺人"幼习《太平广记》""《夷坚志》无有不览"，《夷坚志》能满足各阶层的需求和爱好，与其故事材料来源广泛密切相关。

三、避祸的考虑和以小说寄寓人生的需要

宋代社会固然有对小说的普遍需求，但毕竟仅将其作为一种娱乐方式。统治者和上层文人一方面指责小说荒诞不经，一方面又将其作为消遣之物，从整体来看对小说持贬斥态度，这也是传统观念长期以来对古代小说的态度。洪迈虽然对小说评价极高，但毕竟出身于书香门第、仕宦家庭，受传统文化濡染极深，如果将毕生精力倾注于为传统所轻视的小说，会被认为是不务正业者，遭到社会的唾弃，身为一个受儒家传统思想影响的文人，自然非洪迈所愿。

《夷坚志》开始创作于宋绍兴十三年（1143），当时正值秦桧擅权，而且自宋绍兴十一年（1141）确立与金和议，至宋绍兴二十五年（1155）秦桧死去，这十五年一直是秦桧独揽朝政，甚至连宋高宗都要避让他几分。秦桧为巩固其地位，广结朋党，纠集势力，进行长时间、大规模的"党禁"，抑制异论，并大兴文字狱，实行"文禁"和"语禁"，全面实施其专横独裁的相党统治。吕中《大事记》说：

---

① （宋）洪迈：《夷坚志》，北京：中华书局2006年版，第363页。
② （宋）洪迈：《夷坚志》，北京：中华书局2006年版，第537页。

甚矣，秦桧之忍也！不惟王庶、胡铨、赵鼎、张浚、李光、张九成、洪皓、李显忠、辛企宗之徒相继贬窜，而吕颐浩之子摭、鼎之子汾、王庶之子苟、之奇，皆不免焉。盖桧之心太狠愎，尤甚于章、蔡。①

文中提到的洪皓就是受到秦桧迫害的人之一。洪皓使金十五载，被称作苏武再世，他因主张恢复中原，反对偏安，归后没多久就被秦桧集团贬到英州，九年后客死南荒。洪皓三子也受牵连，先后被驱逐出朝廷，长子洪适被罢官，次子洪遵十二年不改官，三子洪迈卸任。

面对政治上的高压和迫害，洪氏父子产生畏祸心理，洪皓归国前烧毁使金时所著笔记《松漠纪闻》，到英州后"遂杜门避祸，不敢复为文章"②，洪适研究金石，洪遵研究钱币，联系《夷坚志》开始创作的时间可以看出，洪迈选择了志怪小说创作。志怪小说是政治风险较少的领域，洪迈在当时的政治背景和自己的兴趣驱使下，厕身于小说，用神灵鬼怪等异事寄寓对现实人生的不满和批判。《夷坚乙志序》说：

夫齐谐之志怪，庄周之谈天，虚无幻茫，不可致诘。逮干宝之《搜神》，奇章公之《玄怪》，谷神子之《博异》，《河东》之记，《宣室》之志，《稽神》之录，皆不能无寓言于其间。③

神奇怪异故事的背后寄托了作者的情怀，正是基于对志怪小说特点的这一认识，洪迈才借此来表达心中的不满。林辰说《夷坚志》等"鬼魅小说，与唐人的偏重人鬼情爱不同，走进了以鬼事而展现人情世态的新阶段，即以荒诞的鬼事揭示现实的社会人生"④。程毅中也认为："《夷坚志》里的故事往往反映了宋代的生活面貌，人物和鬼怪的形象上也往往带上宋代社会的特征。"⑤ 所以《夷坚志》并非为作者游戏人生、遣兴娱情而作，其承担着作者的社会责任和人生关怀。

武汉大学李菁在博士论文《南宋四洪研究》中认为洪迈创作《夷坚志》的动机是"发愤著书"，因为《夷坚志》开始创作时，正是洪迈人生中最艰难、最灰暗的阶段，不仅因父亲主张恢复中原而累祸在身，还要提防秦桧集团的文字狱，国事维艰，百姓苦难，人生郁闷，故有借鬼怪一吐

① （宋）李心传：《建炎以来朝野杂记》卷一六九"绍兴二十五年十月辛卯"条注引吕中《大事记》，北京：中华书局 2000 年版，第 2769 页。
② （宋）洪适：《盘洲文集》卷六十三《跋先忠宣公鄱阳集》，四部丛刊本。
③ （宋）洪迈：《夷坚志》，北京：中华书局 2006 年版，第 185 页。
④ 林辰：《神怪小说史》，杭州：浙江古籍出版社 1998 年版，第 215 页。
⑤ 程毅中：《宋元小说研究》，南京：江苏古籍出版社 1999 年版，第 141 页。

心中之怨的托辞。虽然从《夷坚志》开始创作时的社会政治状况、作者个人遭遇等情形来分析，似乎有其合理性，但"发愤著书"是一种强烈的感情的倾注和宣泄，而《夷坚志》中大部分作品情感表现极为平实，这与宋代尚理的文化思潮大环境一致。所以与其说洪迈是"发愤著书"，不如说是抑情自保。

而且，把"发愤著书"作为《夷坚志》整个创作过程中都具有的动机因素也不合实际。宋绍兴二十五年（1155）秦桧死后，宋高宗采用"更化""叙复"的政策，为受害者平反，洪迈三兄弟事业上迎来很大的转机。宋绍兴二十八年（1158），从二月到五月三个月期间，宋高宗四次召见洪遵、洪迈。宋孝宗是位有作为的皇帝，他在位期间，南宋社会政治最为清明稳定，文化政策也较为宽松自由。洪迈自婺州入朝后，与宋孝宗相处融洽，《宋史》称洪迈"以博洽受知孝宗，谓其文备众体"，宋孝宗称赞《容斋随笔》"煞有好议论"①，还亲自为洪迈《野处集》作序，甚至在选高宗的配享功臣时，都要征求洪迈的意见。可见秦桧死后，洪迈仕途得意，人生顺遂。《夷坚志》的绝大多数篇幅创作于此时，在这样优越的生活环境中，心中即使有"愤"也不会太强烈。《夷坚丙志序》说："予萃《夷坚》一书，颛以鸠异崇怪，本无意于纂述人事及称人之恶也。""但谈鬼神之事足矣。"②洪迈称自己的小说无所寄寓，只是纯粹记录异事而自娱，当然不排除他以此掩饰作品中寄寓人生的动机，这反映了随着生存环境改变，作者的创作动机也发生了变化。

四、练习史笔和征实补史的意图

因我国传统文化中的尚古意识较强，传世观念特别强调史书的重要性。自唐代开始官方修史以来，能够参与史书的编纂是文人的理想和目标。洪迈曾有三次修国史的经历：第一次是从宋绍兴二十九年（1159）至三十二年（1162），参与《三朝国史》编修；第二次是从宋乾道二年（1166）至四年（1168），修成《钦宗实录》并《帝纪》；第三次从宋淳熙十二年（1185）至十五年（1188），编修《四朝国史》之《列传》。根据《宋史·艺文志》等书的记载，洪迈的历史著作有26种之多，这些著作皆已失载，今人难以览其原貌，但从修国史的时间及所修历史著作的数量得知，洪迈与传统文人的追求相同，视修史为崇高的事业，洪迈因能去从事

---

① （元）脱脱等：《宋史》第33册，北京：中华书局1977年版，第11574页。
② （宋）洪迈：《夷坚志》，北京：中华书局2006年版，第363页。

这一工作而格外珍惜和投入。

《夷坚志》开始创作于宋绍兴十三年（1143），当时洪迈没有修国史的机会，也不敢著述私史。秦桧当权时期，实施的"文禁"政策中最突出的是禁修私史，由于洪迈当时身份受限，又不敢违令修私史，故著作《夷坚志》来显示史才尽兴，陈栎《勤有堂随录》认为，"迈欲修国史，借此练习其笔"①。其实在我国的传统文化中小说就具有"补史之阙"的功能，在洪迈的小说观中，虽认识到小说具有虚构的特点，但同时也认为小说可以补史。

宋代的史学极为辉煌，宋人以小说入史或以小说补史的现象非常普遍。如司马光在著《资治通鉴》之前，创作笔记《涑水纪闻》以做准备，在《进〈资治通鉴〉表》中明确指出"遍阅旧史，旁采小说"。《资治通鉴》是洪迈非常喜欢的历史著作，《宋史》中提到洪迈曾手书《资治通鉴》三遍。朱弁的《曲洧旧闻》也谈到修史时要广泛搜访，多采用众人所闻所见，尤其是小说中的资料，并对"本朝小说尤少"颇为不满，对欧阳修所撰《新唐书》给予很高评价，认为其比《旧唐书》内容丰富，"事倍于旧，皆取小说"②。事实确实如此，欧阳修在修正史之余，创作笔记小说《归田录》以资补史，他在《归田录自序》中说："《归田录》者，朝廷之遗事，史官之所记，与夫士大夫笑谈之余而可录者，录之以备闲居之览也。"③

朱弁是洪迈的江西老乡，和洪皓一同使金，一起出疆的有三十多人，十五年之后，只有洪皓、朱弁、张邵三个人归来，朱弁归国后又因洪皓触犯秦桧而受牵连。朱弁与洪皓可谓患难与共，交情深厚，其修史的观点、采集资料的方式、对小说的提倡应对洪迈创作《夷坚志》有所影响。《夷坚志》的故事材料就是广泛搜访，并采用了众人的言论和所闻，补史的意图非常明显。在《容斋四笔》卷十一《册府元龟》中，洪迈明确提出小说可以入史，批评北宋类书《册府元龟》"异端小说，咸所不取"的做法是错误的，也反对"诙谐小事""事多语怪"之类的书不在征引之列的规定。④

为了更好地补史，《夷坚志》在创作中重视求实征信，《夷坚乙志序》

---

① （元）陈栎：《勤有堂随录》，《文渊阁四库全书》子部杂家类，上海：上海古籍出版社1981年版。

② （宋）朱弁：《曲洧旧闻》卷九，北京：中华书局2002年版，第126页。

③ （宋）欧阳修：《归田录》，北京：中华书局1981年版。

④ （宋）洪迈：《容斋随笔》，北京：中华书局2005年版，第762页。

说："若予是书，远不过一甲子，耳目相接，皆表表有据依者。"① 所记录的即使不是亲眼所见，也要是亲自耳闻，这正是史家所坚持和追求的实录精神。在故事的叙述中，重视事情发生的具体时间、地点，在故事的末尾交代讲述者或来源，行文语言力求凝练简洁，不事铺陈夸张，这些做法旨在追求客观叙事，力图呈现真实可信的效果，以达到补史的目的，甚至在一些故事的末尾，直接发表议论称其所讲可以补史。如丙志卷十三《蓝姐》，婢女蓝姐面对强盗时灵敏机智，暗中把烛油涂在贼人身上做记号，后来凭此成功将强盗悉数抓获。洪迈说："婢妾忠于主人，正已不易得，至于遇难不慑怯，仓卒有奇智，虽编之《列女传》不愧也。"② 《夷坚志补》卷一《芜湖孝女》，詹氏在贼寇欲杀父兄时，挺身而出，说服贼人，帮助父兄脱离灾厄，后不愿受辱跳河而亡。洪迈称《芜湖孝女》为"故备录之，异日用补国史也"。③

《夷坚志》毕竟从整体而言是一部志怪小说，其荒诞不经的内容与史书追求的真实可信有距离甚至相矛盾，对此洪迈以《史记》比附，《夷坚丁志序》说：

> 若太史公之说，予请即子之言而印焉。彼记秦穆公、赵简子，不神奇乎？长陵神君，圯下黄石，不荒诞乎？书荆轲事证侍医夏无且，书留侯容貌证画工；侍医、画工与前所谓寒人、巫隶何以异？善学太史公，宜未有如吾者。④

洪迈认为既然《史记》都有荒诞神奇的内容，也采用寒人、巫隶之语，用《夷坚志》来补史，自然也就不应该被谴责。

总之，《夷坚志》是在一段较长的时间里完成的，作者本人的人生境遇、社会政治环境等处于变动之中，我们应该用动态的眼光，结合社会政治、文化、作者个人及小说本身的特点等多种因素，才能够对《夷坚志》的创作动机有较为全面、准确的把握。从洪迈创作《夷坚志》的整个过程来看，开始写作时有畏祸并以此寄寓人生的考虑，《夷坚甲志》问世引起了轰动效应，读者的支持，皇帝的鼓励，使其续写不已，因急于成篇而走上"适兴自娱"的道路，其中也不乏传统小说观以之补史的意图，而贯穿始终的是洪迈对小说的钟爱和"好奇尚异"的个性。

---

① （宋）洪迈：《夷坚志》，北京：中华书局2006年版，第185页。
② （宋）洪迈：《夷坚志》，北京：中华书局2006年版，第473页。
③ （宋）洪迈：《夷坚志》，北京：中华书局2006年版，第1553页。
④ （宋）洪迈：《夷坚志》，北京：中华书局2006年版，第537页。

第 ② 章
《夷坚志》的故事类型

第一节 《夷坚志》分类研究现状

《夷坚志》创作于小说分类意识自觉的宋代，文言小说中的传奇小说作为一个独立的类型便是由宋人确立的，《夷坚志》在文体类型上属于志怪小说，洪迈在编创方式上充分体现了这种类型小说应有的文体特征。但《夷坚志》在故事类型上已不同于传统的志怪小说，尤其是有了大量人事的内容，不少学者就此探讨了《夷坚志》的价值。但这些探讨仅限于作品部分内容，只属于概述性的点评，还有待于向宏观、系统、全面的分类研究上升。《夷坚志》的现有研究成果中，至今还没有学者从小说分类的角度去全面把握《夷坚志》的故事内容和小说类型，鉴于此，本章试图从《夷坚志》的题材类型入手，补充《夷坚志》作品内容研究之不足。

一、古代学者对《夷坚志》的分类

宋人有非常自觉的分类意识，宋代类书的大量编纂就足以充分证明这一点，如官修的《太平广记》《太平御览》《册府元龟》等，还有大量私人著述，如章如愚的《山堂考索》、祝穆的《事文类聚》、陈元靓的《事林广记》等，《宋史·艺文志》著录宋代类书达278部，10 526卷。宋代类书充斥图书市场，岳珂《愧郯录》卷九说："自国家取士场屋，世以决科之学为先，故凡编类条目，撮载纲要之书，稍可以便检阅者，今充栋汗牛矣。"① 可见类书的编纂是为了举业的需要，士子为了金榜题名，常常投机取巧、舍本逐末，追求分类之书权作敲门之砖。这种风气也延伸至小说领域，如《太平广记》即采取"事以类聚"的编排方式，将所选作品按题

---

① （宋）岳珂：《愧郯录》（卷一至十五），上海：上海书店出版社1984年版。

材分为 92 大类，150 多个细目，《云斋广录》《新编分门古今类事》等小说作品也采取分类的形式排列。

《夷坚志》因为创作周期长，采取随编随刊的方式，以干支纪年区别各册，没有以分类形式编排，对后来的流传和接受带来极大的不便。一方面，《夷坚志》内容芜杂，举凡幽冥报应、神仙鬼怪、僧人道士、淫祀妖巫、星相梦卜、遗闻轶事、诗词杂谈、医药科技、公案世情、风俗习尚等，无所不包，应有尽有。另一方面，420 卷的巨帙，也影响了全书的阅读和流通。所以在南宋就已出现了《夷坚志》的三种分类选本。

1. 陈晔选本

陈振孙《直斋书录解题》卷十一著录："《夷坚志类编》三卷，四川总领陈昱日华取《夷坚志》中诗文、药方类为一编。"

陈昱应为陈晔之误，陈晔所著《谈谐》一卷、《诗话》一卷在《钦定四库全书总目》中有著录，《谈谐》"所记皆俳优嘲弄之语"，《诗话》"尤为猥杂"。可见陈晔应是一个对"小说"有浓厚兴趣之人，洪迈的三志己卷七《善谑诗词》便采自其书，"滑稽取笑，加酿嘲辞，合于《诗》所谓'善戏谑不为虐'之义，陈晔编集成帙，以示予。因采其可书并旧闻可传者，并纪于此"①。可见陈晔不仅是《夷坚志》内容的提供者，还辑出《夷坚志》中的诗文、药方类作品，编写了以这两类题材为内容的《夷坚志》选本。这个选本不重志怪故事，专取与人事有关的实用内容，这个分类选本自然不能反映《夷坚志》的特点。

2. 何异类编本

何异写于宋嘉定壬申的《容斋随笔序》说："仆又尝风陈日华，尽得《夷坚》十志与支志、三志及四志之二，共三百二十卷（"三"为"四"之误），就摘其间诗词、杂著、药饵、符咒之属，以类相从，编刻于湖阴之计台，疏为十卷，览者便之。仆因此搜索志中，欲取其不涉神怪，近于人事，资鉴戒而佐辩博，非《夷坚》所宜收者，另为一书，亦可得十卷。俟其成也，规以附刻于章贡可乎？"②

何异的类编本不见其他材料记载，大概编写计划未能完成。何异编选明确提出"不涉神怪"，这与《夷坚志》作为志怪小说的整体特征相距甚远。

---

①（宋）洪迈：《夷坚志》，北京：中华书局 2006 年版，第 1352 页。

②（宋）洪迈：《容斋随笔》，北京：中华书局 2005 年版。

3. 叶祖荣分类选本——《分类夷坚志》

《分类夷坚志》的编者叶祖荣仕履无考，为南宋末期人。其书的宋版已亡佚，现有三种明本①，其中明嘉靖二十五年（1546）洪楩清平山堂刻本影响最广，此版分甲至癸集，每集五卷，其中己集六卷，前有田汝成写于嘉靖二十五年的序。

洪楩为"景庐之遥冑"，明王守仁《王文成公全书》卷二十五《外集》七《谥襄惠两峰洪公墓志铭》曰："维洪氏世显于鄱阳。自宋太师忠宣公皓始赐第于钱塘西湖之葛岭，三子景伯、景严、景庐，皆以名德相承，遂为钱塘望族。"②因洪皓赐第钱塘葛岭，次子同知枢密院事洪遵遂移家于钱塘，洪楩为其十三世孙。洪楩是明代著名的图书出版家，清平山堂为传播其祖辈的文学创作不懈努力，其刊刻的《分类夷坚志》、编辑的《六十家小说》扩大了《夷坚志》在明代的影响。洪楩根据南宋建阳书肆本重刻的《分类夷坚志》在明代非常流行，田汝成在序中说："今行于世者五十一卷，盖后人病其繁复而加择焉，分门别类，非全帙也。"清代陆心源在《重刻宋本夷坚志序》中也说："所通行者，有明仿宋刊《分类夷坚志》五十卷，盖宋人摘录之本。"由此可见，《分类夷坚志》是明清两代的通行本，明清小说总集对《夷坚志》的选录基本以此书为底本。

《分类夷坚志》是《夷坚志》的精选本，全面反映了作品的内容，陆心源在《仪顾堂题跋》卷九《分类夷坚志跋》中充分肯定此书的价值："此本犹宋人所辑，尝见四百二十卷全书。其所甄录，出于今存八十卷及支志、巾箱本之外者甚多。"叶祖荣是在《夷坚志》420卷的基础上，选录编成51卷，收故事625则，并且改变了原作的编纂体例，采用分门别类的编排方式，分36门，门下设113类，分别是：

甲集：忠臣门，孝子门，节义门；

乙集：阴德门，阴谴门，禽兽门；

丙集：冤对报应门，幽明二狱门，欠债门，妒忌门；

丁集：贪谋门，诈谋骗局门，奸淫门，杂附门，妖怪门；

戊集：前定门，冥婚嗣息门，夫妻门；

己集：神仙门，释教门，淫祀门；

庚集：神道门，鬼怪门；

辛集：医术门，卜相门，杂艺门，妖巫门，梦幻门；

---

① 见张祝平：《〈夷坚志〉研究》，华东师范大学博士学位论文，1997年，第126页。

② （明）王守仁：《王文成公全书》，上海：上海商务印书馆1936年版。

壬集：奇异门，精怖门，坟墓门；

癸集：设醮门，冥官门，善恶门，僧道恶报门，入冥门。

从门类的名称上，可看出《分类夷坚志》突出和强调志怪的特点，如"阴德门""冤对报应门""前定门""妖怪门""神仙门""鬼怪门""奇异门"等，体现了鬼神精怪、神巫佛道、奇人异事等志怪内容，还收录了《夷坚志》中与现实联系密切、艺术价值较高的篇章，如"夫妻门""冥婚嗣息门"收录了最为人称道并广泛流传的婚恋故事，"贪谋门""诈谋骗局门"主要针对现实社会、经济生活而设。

《分类夷坚志》门类的设置，比较全面地反映了原作的内容和创作特征，但也有显而易见的缺陷：

第一，门类设置繁复。作为一部志怪小说，《夷坚志》的题材非常广泛，《分类夷坚志》设36门113类来反映作品的内容，名称烦琐，上下门类混杂，甚至有些门和类名称重复，如"贪谋门"与"幽明二狱门"下的"贪谋类"，这种分类依旧给读者带来诸多不便。所以后来在此基础上出现了《感应汇征夷坚志纂》四卷①，此本只保留叶祖荣本的16个门，即忠臣、孝子、善恶、节义、阴德、阴谴、禽兽、冤对报应、断狱、医术、贪谋、奸淫、欠债、僧道恶报、妒忌、再生。

第二，门类设置的主导思想与原作不符。《分类夷坚志》将"忠""孝""节""义"放在各门类之首，与南宋后期理学盛行相一致，但不符合《夷坚志》的创作实际。因为在此书的创作过程中，理学数次被禁，洪迈本人在思想行为等方面与理学家相距甚远，《夷坚志》从许多方面体现出与理学相背离的倾向。

第三，设置门类过多地突出了《夷坚志》神仙鬼怪的内容，而《夷坚志》中较出色的篇章以反映世俗生活的内容为多，《分类夷坚志》对这部分内容虽设有相应类目，但还不足以充分揭示。

二、现代学者对宋代文言小说分类的研究

其后对《夷坚志》的分类工作一直付之阙如，二十世纪九十年代以来，当《夷坚志》作为独立的研究对象进入学术视野时，学者们更多的是对作品内容进行点评。如萧相恺《宋元小说史》说："《夷坚志》首先表

---

① 有明万历十年（1582）自刻本，四卷，藏上海图书馆。此书为《分类夷坚志》的再选本，分16门32类，保留了原书36门中的14门，断狱门、再生门据原书幽明二狱门、入冥门所改，类目名称基本沿用原书。

现了北方沦陷区人民对故国的无限怀念和对南宋政权的殷切期望，体现了包括作者在内的南北人民强烈的爱国主义精神"，"书中对于富户盘剥侵占小民、豪绅虐待残害妾婢以及官府吏治的黑暗窳败等，有很多细致的描写和生动的展现"，"《夷坚志》还有许多关于宋人伦理观念的形象表现"。①在 2005 年出版的《宋元小说简史》中又在以上基础上将《夷坚志》的内容概括为六个具体方面。程毅中《宋元小说研究》认为《夷坚志》中的名篇大体有两类：一类是恋爱、婚姻故事；一类是冤对、冥报故事。② 苗壮的《笔记小说史》也对《夷坚志》的部分内容做了评述。这些研究成果在一定程度从内容上确立了此书的价值，有助于读者透过一斑而览全豹，进一步深入把握作品的整体风貌。

学术界对《夷坚志》的分类研究重视不够，这与《夷坚志》本身大量篇章亡佚有关。据《直斋书录解题》等书目资料记载，《夷坚志》有 420 卷，近 6 000 余则，而目前收录最全的何卓点校本，有 207 卷，不到 3 000 则。虽陆续有一些辑佚成果，但与原作相比仍有很大的差距。另外，也与宋代文言小说长期以来被忽视有关。唐代小说的分类研究，盐谷温、卞孝萱、程国赋③等学者都有不同的分类依据和分类方法，而宋代小说的分类，目前只有赵章超一家。

赵章超在《宋代文言小说研究》一书中将宋代文言小说分为五类，即灵怪类、兆应类、仙释类、丽情类、贤能侠义类。赵章超认为："灵怪类小说主要包括鬼神类、妖怪精灵类等，兆应类小说包括征应类作品、谶应类作品、梦兆类作品、相兆类作品、卜兆类作品、墓兆类作品等，仙释类小说则以佛道两教人物为叙述对象，丽情类小说则是指以男女婚恋情爱为叙述对象的作品，贤能侠义类小说则包括清官能吏、侠义之士及医者百工之颖异者。"④ 赵章超以小说的作品内容、思想倾向，并结合艺术表现来分类，比较全面地揭示了宋代文言小说的创作实际，但仍有不足，也不能代替《夷坚志》的分类。

第一，该分类法将鬼和神混为一谈。这种做法在唐以前无可厚非，但在宋人的观念中，鬼和神之间已有了明显的不同，对二者已有明确的划

① 萧相恺：《宋元小说史》，杭州：浙江古籍出版社 1997 年版，第 204、206、212 页。
② 程毅中：《宋元小说研究》，南京：江苏古籍出版社 1999 年版，第 138 页。
③ 分别参见盐谷温：《中国小说概论》，郑振铎：《中国文学研究》，北京：人民文学出版社 2000 年版；卞孝萱：《从〈唐代小说与政治〉说文史兼治》，《古典文学知识》1993 年第 5 期；程国赋：《唐代小说嬗变研究》，广州：广东人民出版社 1997 年版。
④ 赵章超：《宋代文言小说研究》，重庆：重庆出版社 2004 年版，第 23 页。

分，如《太平广记》就有"神类"和"鬼类"之分。鬼通过社庙祭祀、享受人间香火可成为神，这些鬼神构成了宋代民间信仰的重要内容，其地位不亚于释道所供奉的神灵。宋代鬼神的大量出现，使得淫祠遍布各地，巫因而成为一种重要的社会人群，成为民间信仰的一部分，和僧人、道士一样受到民众的欢迎。《夷坚志》的民间信仰特征突出，因此这些内容不应缺少或割裂开来。

第二，贤能侠义类的设置不符合《夷坚志》的创作实际。此类目旨在反映作品中所塑造的"一批有血有肉的关心民生疾苦、伸张正义及救危济难的正面人物形象"。而《夷坚志》绝大部分篇章以故事为主，不是以塑造人物形象为核心和创作目标，这从各篇的具体标题就可看出。与唐以前的小说相比，《夷坚志》有将带传记色彩的题目改成叙述色彩题目的倾向，以追求曲折、离奇情节著称的"三言""二拍"，之所以大量选取《夷坚志》进行改编传播，原因也在于此。

第三，《夷坚志》的创作实际是文人及故事提供者合作的结果，在反映世俗民情、奇事异闻的同时，洪迈身为文人的生活经历、人生追求及审美情趣也构成了《夷坚志》的内容之一，这部分应设置类名给予反映。

第四，《夷坚志》虽为文言小说，但创作于说话技艺盛行的南宋，不可避免地受话本小说的影响，《夷坚志》问世后也成为宋元说话的重要参考资料，所以有些内容应该与宋元说话相同，在《夷坚志》类目的划分上可参考分类研究相对成熟的话本小说。

笔者借鉴前人对《夷坚志》及文言小说分类的合理成果，并汲取白话小说的分类经验，从《夷坚志》的创作全局入手，以故事内容的题材为主，结合文言小说文体特性，将《夷坚志》分为六类：鬼灵精怪类题材、佛道巫神类题材、婚恋丽情类题材、科举仕宦类题材、世风民情类题材、博物杂记类题材。

这六种类型中，鬼灵精怪类和佛道巫神类作为志怪小说的传统题材，涉及的篇章较多，故占用两个类目来揭示这部分内容；婚恋丽情类既是文学作品的一个永恒话题，也是宋元说话爱好者的一个兴奋点，深受人们的欢迎，《夷坚志》中爱情婚恋内容丰富，表现的女性观念和爱情态度较为开明，与宋元白话小说较为相似；洪迈及《夷坚志》的创作团队以士人官宦群体为多，表现其生活状态的作品也自然不少，因此专门设科举仕宦类予以展示；《夷坚志》虽然语怪，但有相当多的篇章不涉鬼怪，而谈现实之奇，这是不同于传统志怪小说之处，故设世风民情类突出其价值；博物杂记类是志怪小说的传统内容之一，虽然没有离奇的人物、情节，但可以广见闻、长见识，甚至解决民众的实际问题，在《夷坚志》中也是一个重要的主题。

第二节　《夷坚志》的题材类型

一、鬼灵精怪类题材

鬼灵精怪类小说指以冥鬼幽魂、精灵怪异作为主要表现对象，具体包括入冥、托生、鬼索命与作祟、动植物精灵幻化故事等。

（一）鬼故事

《说文》曰："人所归为鬼。"《礼记·祭法》解释为人死曰鬼。鬼的观念为国人所固有，《墨子·明鬼》篇通过鬼的赏善罚恶之类的描述证明鬼是实有的，但鬼的具体形象如何、生存环境如何，对此没有明晰的概念。佛教传入中国后，鬼才开始从抽象到具体。魏晋六朝至唐代，鬼话在小说中异彩纷呈、蔚为大观，随着宋代佛道信仰在民间的普及，鬼的故事更为丰富，具有了新的特点，《夷坚志》诸多与鬼有关的篇章即体现了这种变化。

首先，鬼的形态多样而具体。如补志卷十七《沁阳人杀鬼》："色黑发狞然，遍体有毛，色如蓝靛，皆长三尺许。"又如《鬼巴》："鬼长二尺，靛身朱发。"这两则都提到鬼的身体为蓝色，有二三尺长。《夷坚志》更多展示的是因战乱而亡身的鬼，如乙志卷八《吹灯鬼》："细观其形状，略与人同，而或断臂，或缺目，或骈项，无一具体。"又如丙志卷十七《沈见鬼》："见桥上下被发流血者，斩首断臂者，三两相扶，莫知其极，奇形异状，毫毛不能隐。"三志壬卷四《杨五三鬼》中杨五三在兵马司前所见烤火群卒皆无头。显然，这些披发流血、缺胳膊少脑袋的鬼，是兵祸中的遇难者。

这些非正常死亡者多成为厉鬼，厉鬼会给人间带来灾难，如乙志卷十四《鱼陂厉鬼》，作者洪洋夜行遇一物，"身长可三丈，从顶至踵皆灯也"，"二轿仆震怖殆死，担仆窜入轿中屏息。洋素持观音大悲咒，急诵之"，此物退入小民家，后洪洋得知，轿夫、挑担仆人及小民家五六口人无一幸存。厉鬼之间也会刀枪相见，如支丁卷二《盛八总干》，盛八家的院子即上演了一场鬼魂争斗："有异怪起，甲士铁马可百辈，各长三寸，分两阵，驰骤战斗于庭除。凡历半月，日增数十骑；稍闻金鼓之声，喧闹特甚。"这些群鬼的故事，很容易让人联想到金兵南下入侵，农民起义军揭竿而起的战火频仍的宋代社会现实。

许多生命死去为鬼，幽魂广布于各种处所。传统的地狱便是一个井然有序的鬼魂世界，由最高主宰阎罗王对幽魂生时功过是非进行裁决。此外还有分散于其他处所、从事着不同工作的孤魂野鬼，甲志卷十四《潮部鬼》，沈富父亲"死为江神所录，为潮部鬼，每日职推潮"。还有许多鬼和人亲密无间地生活在一起，使人鬼难以分辨。如支丁卷三《阮公明》，阮公明是一个阴司不收的鬼，向世人讲述自己在鬼界的情形："昼日听出，入夜则闭吴山枯井中。如我等辈，都城甚多，每到黄昏之际，系黄裹肚低头匍匐而走者，皆是也。"显然此篇中人鬼之间在傍晚时分已经没有了区别。丙志卷九《李吉燔鸡》、丁志卷四《王立燔鸭》讲了两则相似的故事：某官员在集市上碰到已死多年的仆人在卖烧鸡（鸭），官员大为惊骇，鬼仆解释说："今临安城中人，以十分言之，三分皆我辈也。或官员，或僧，或道士，或商贩，或倡女，色色有之。与人交往还不殊，略不为人害，人自不能别耳。"并揭发为主人家服务三十年的乳母也为鬼，可用小白石去验证。补卷十六《王武功山童》，鬼山童突然离开，因为主人家新来的乳母亦为鬼，山童遭到了其万般刁难和陷害。《夷坚志》中的鬼为世间人做仆，世间人反过来也为鬼效劳，如三志壬卷十《颜邦直二郎》，农民何一为已死十九年之久的颜二郎服务。

人鬼距离的拉近，使鬼具有了人的情感，丁志卷二《宣城死妇》、补志卷二十一《鬼太保》都记鬼母育儿事，演绎了伟大的母子深情。补志卷十六《卖鱼吴翁》将父女爱、爷孙情交织在一起，这种骨肉之情穿越了阴阳两隔的时空，女孩丑儿虽已死去，但人世间的父亲和冥界的爷爷对其无微不至的关爱，消减了死亡带来的悲痛。

正是由于情，使鬼的面目不再恐怖可憎，反而弥漫着浓浓的人间温情，即使在鬼界，也一如既往地关心着人世间的亲人。如支庚卷八《李山甫妻》，鬼妻要求丈夫的新婚妻子善待自己的孩子；又如支癸卷八《李大哥》，鬼父亲关心阳间生病的女儿；在支丁卷六《证果寺习业》中，鬼托世人挖出生前埋藏的银两，用来养活因妻改嫁而无人照顾的儿子。在丙志卷七《蔡十九郎》中，已死的丈夫通过为士子偷改错卷获得报酬，去资助其尚在人世的贫困妻儿。鬼甚至对素不相识者也尽其力相助，如补志卷十七《湖田陈曾二》，二鬼救活了吃糕噎死的张婆儿，"鬼未受生，犹恻隐存心如是"。

具有情感的鬼，同时具有俗人的性格。一方面，他们可以帮助人降妖捉怪。如支乙卷九《徐十三官人》，附在张氏身上的妖怪不怕枷锁、手镣、鞭打，众道士一时难以制服，在一筹莫展之际，从一无名小鬼处得知怪为铁钻精，用焚烧熔化的办法使张氏摆脱了妖怪的捉弄。另一方面，鬼也祈求世人帮助自己。如甲志卷十六《晏氏媪》，晏媪的鬼魂自称年高体弱缺少使唤的人，晏家画两个妇女烧给她；晏媪嫌弃所送之人身衰体弱干不了事，晏家用厚纸做成骨架制成两个漂亮的丫头烧给她；晏媪又说两个年轻风流的丫头和人私奔了，晏家又用纸做了两个老妇女烧给她，晏媪终于满足心愿。这则鬼向人类求助的故事，极有情趣又充满世俗意味，令读者忘却了阴阳两隔，鬼物和人类已全然没有了区别。又如三志己卷五《王东卿鬼》，王东卿客死他乡后成了异乡孤鬼，向人间为官的朋友求助返乡之路，朋友向阴间官员下公牒，通知城隍、社庙、关津河渡的主管神，令他们不得阻截王东卿的魂魄，让他畅通无阻地回到老家祖先的坟墓去。

鬼的世俗性还体现在对生前人世的冤仇债务的念念不忘上，鬼的复仇索债事例在《夷坚志》中比比皆是。如甲志卷十四《芭蕉上鬼》，被滥杀者的鬼魂向害死他们的官员索命；丙志卷七《安氏冤》，鬼丈夫生前被有奸情的妻子安氏相害，寻找二十五年后附在安氏身上让她饱受病痛的折磨；三志己卷四《燕仆曹一》，曹一用蒙汗药将十二个商人迷倒后杀死，鬼魂前来复仇；丙志卷十一《施三嫂》，施三嫂鬼魂出现，是为了追债，"曩与君买婢，君约谢我钱五千，至今未得。我怀之久矣，非时不得至此，幸见偿"。这些鬼魂为复仇或索债出现时，往往给人带来灾难，要么性命不保，要么家庭败落。有些鬼魂的复仇不那么直接和强烈，而是采用一种较为温和的方式，如补志卷十六《嵊县山庵》，鬼附身在新死之人的尸体上，托人间朋友向官府告状："我不幸而去世，未期年，妻即改嫁，凡箱箧货财，田庐契券，席卷而去。一九岁儿，弃之不顾，使饥寒伶仃，流于乞丐。幽冥悠悠，无所朔质，愿君不忘平生，为我言与官。"

此外，鬼的世俗性还表现在他们会骗吃、骗财，对人搞恶作剧上。如乙志卷三《窦氏妾父》，窦氏因金兵侵犯河北与父母失去音信，有鬼魂自称窦父，全家被贼寇所杀，希望得到祭祀，"又再岁，其父乃自乡里来，初未尝死也。前事盖黠鬼所为以窃食云"；丁志卷十五《詹小哥》，詹小哥因赌博欠债而外逃，"母思之益切，而梦寐占卜皆不祥，直以为死矣"，有一鬼自称詹小哥，享用了詹母的纸钱和法事超度，几个月后，在外给人做佣的詹小二回家，"乃知前事为鬼所诈云"。有些鬼会和世人讨价还价，如丙志卷十二《饶氏父》，饶氏父为鬼所祟，饶氏焚香拜祷愿建山庙祭祀，鬼笑曰："吾岂痴汉耶？如许高堂大屋舍之而去，乃顾一小庙哉！"补志卷十七《刘崇班》记鬼对世人的捉弄，鬼假扮成土地神，武将刘崇班不知情，遵照其安排连杀三十多"恶鬼"，后发现所杀皆为家人。

鬼的世俗性使人和鬼的距离进一步缩小，人对鬼也不再那么畏惧，如甲志卷八《金四执鬼》，金四夜间在莲池巡逻时，发现一人举止行走均非人类，便说："我家在江南，偶饮酒多，觉醉不可归，欲与汝相负。汝先自此负我至合沙门，我乃负汝至马铺，汝复负我过浮桥。"金四利用完鬼后，乘机将其抓住烧死。丙志卷十四《黄乌乔》中，黄乌乔和金四所作所为相同，而且黄乌乔还敢擅自拿庙中乡民施舍的缣帛，用来给女儿做嫁妆。丙志卷十二《朱二杀鬼》、支丁卷九《王直夫》都是不怕鬼的故事，王直夫告诫家人："无以异物置疑而畏之。吾曹人也，肖天地真形，禀阴阳正气。彼阴鬼耳，乌能干阳？"

有时鬼的出现为世人心理产生的幻觉。丁志卷三《翁起予》，相同的一幕，翁与两年轻人所见却不同："翁起予商友，家于建安郭外，去郡可十里。上元之夕，约邻家二少年入城观灯，步月松径，行未及半，遇村夫荷锄而歌，二少年悸甚，不能前，但欲宿道傍民舍。翁扣其故，一人曰：'适见青面鬼持刀来。'一人曰：'非也，我见朱鬤豹禅持木骨朵耳。'翁为证其不然。明旦，方入城，其说青面者不疾而卒。朱鬤者得疾，还死于家。翁独无恙。"二少年死于心理恐惧，即自己被自己吓死。乙志卷十九《韩氏放鬼》也是一个疑心生暗鬼的故事。丙志卷十三《蔡州禳灾》，令官府上下兴师动众、连设三日道场禳灾的鬼物，其实是深夜用竹竿撑着被单避雨前行的七八个学生。支甲卷九《史省干》，一直传闻闹鬼的宅子，史省干住进去之后却安然无恙，因"向来处者皆非正直有德之士，故不能胜邪"。从《夷坚志》中这些不怕鬼的篇章可看出，洪迈对鬼的存在持怀疑态度，所以以写鬼神狐怪为主要内容的《夷坚志》，一定程度上是对现实世界的观照。

（二）入冥故事

人死后为鬼，但有些人死后却会复活，由此构成了《夷坚志》中丰富多彩的入冥故事。这类故事的情节大致相似：某人被黄衣急足所执，或在梦中进入冥府，看到阴间地狱形形色色的刑讯和对生前作恶者的苛责酷罚，一段时间后某人因误捉或积德而放回，某人苏醒复活后陈述所见所闻。

具体篇章中，凡人入冥的原因多种多样。有些与案件有关，如补志卷二十四《何侍郎》，正直刚介的人间官员入冥是为了审查妇女残杀婴儿案，乙志卷四《张文规》、乙志卷五《张女对冥事》，入冥都是为了到阴间做证人。有些凡人入冥是被抓去当差，如乙志卷七《孙尚书仆》，入冥是为阴间官府牵船；乙志卷二十《徐三为冥卒》，入冥是到阴间充役卒，专门负责用锤击打鬼囚；支癸卷五《神游西湖》，陈五入冥是去为妖神游览西湖做导游。有些入冥与死去的亲人有关，如甲志卷二十《曹氏入冥》，曹氏被死去的婆婆召去，是由于阴间的大女儿因嫉妒杀死了婢女，婆婆需要钱打点索贿的狱吏；补志卷六《细类轻故狱》，许颜入冥是被当阎王的父亲召去参观地狱。还有许多入冥是缘于误捉，如乙志卷十六《云溪王氏妇》、甲志卷十三《黄十一娘》等。

这些入冥者有些在完成阴间官员交付的任务或被阴官审判裁定惩罚后，被认为罪不至死而放回，有些能则是通过个人努力。重新回到人世间，如《黄十一娘》，急足本来要捉的是王十一娘，但误唤了黄十一娘的名字，急足怕被怪罪便威胁黄十一娘将错就错，黄十一娘偶然碰到在阴府为官的父亲，才得以弄清真相生还。《曹氏入冥》中曹氏也是由于阴间做官的公公才得以复活。甲志卷十九《误入阴府》，李成季误入冥府后，碰到以前认识的贩缯老太，老太死后也在阴间从事着同样的工作，出入于各位阴官家庭，与一些冥官相识，在她的张罗斡旋下，李成季被放回，"自是李氏春秋设媪位祠之"。支戊卷四《太阳步王氏妇》，王氏之所以复活，是因为阴间亡母向紫袍官爷告状才被判回。支景卷五《董性之母》，董氏因虔诚诵三十年《观音普门品经》而死后复活。支庚卷三《孙监酒再生》，孙某复活是因尚有一天公事未干，三餐饭未吃而放回。补志卷二十五《韩蕲王》，韩世忠入冥，阴间对其极为客气，韩世忠提出有三件事未完成：第一件事是他一生杀人无数，虽奉皇帝所命为国而杀戮，但难免枉杀无辜，希设水陆道场超度那些亡灵；第二件事是安排他家中侍妾的去处，令其归家或再嫁；第三件是焚烧别人借自己钱财而留下的债券，以免家人追索扰乱别人的安宁。阴官因韩世忠悲天悯人而让他返阳一个月去办理。同卷《程朝散捕盗》，程朝散一天杀四人为冥府所追，后来被放回的原因是将强盗正法是朝廷的法度，程朝散的行为不属于滥杀无辜。

入冥者复活后会谈及冥府所见。如丁志卷十二《淮阴人》，书生死而复活后称在阴间看到迎接新皇帝的仪仗，而第二年宋孝宗即位。补志卷二十五《郭权入冥》，郭权看到冥间设有"宰相狱"，有一人戴着枷锁在房子里受烟熏火烤。补志卷六《细类轻故狱》，许颜在冥府参观的地狱有三重：第一、第二重为轻故狱，第三重叫细类狱，而"轻故细类之名，佛经及传记皆未之有"。阴府地狱中受难最多的是和尚官员，"吏舞文、僧破戒为多"，补志卷十三《高安赵生》中也说："彼多僧与官吏，僧逾分，吏坏物，故耳。"乙志卷一《变古狱》，郭权死而复活后，说阴曹地府中的囚犯多为最近辞世的达官贵人。可见《夷坚志》中的冥府地狱，实际隐喻着洪迈对现实政治、社会生活的评价。

《夷坚志》中的入冥故事具有强烈的劝世色彩。如丙志卷八《黄十翁》，黄十翁被放还时，冥府官员说："汝当再还人世，若见世人，但劝修善，敬畏天地，孝养父母，归问三，行平等心。莫杀生命，莫爱非己财物，莫贪女色，莫怀嫉妒，莫谤良善，莫损他人。"乙志卷四《张文规》中提到在阴间众生平等，"凡贪淫、杀害、严刑酷法、谗潜忠良、毁败善类，不问贵贱久近，俱受罪于此。"乙志卷五《司命真君》，阴间使者告诉余嗣人世间的重罪："不孝为大，欺诈次之，杀生又次之。"《太阳步王氏妇》，亡母也告诉即将还世的女儿："不孝最重，杀生罪次之。"

冥狱中的罪犯所受的惩罚超乎寻常。三志辛卷三《许颖贵人》，许颖在世时极其富贵，但为人刻薄严酷，其孙女入冥后见到许颖在阴间受到酷刑："入墨暗一室，镬汤滚沸，便剥去衣服，又向其中，闻叫苦之声，移时乃息。旋又出之，赫然一烂躯，肌肉糜溃。覆以锦被，良久揭示，已一切如初。复导去元坐处，席未暇暖，又报时节到，一日之间，若是者四五。"许颖死后每天要受四五次沸水的蒸煮，正是这种苛刻的惩罚，从冥府传来的告诫之语才会引起世人的警惕，心生恐惧并在现世中约束自己的言行，积善去恶。阴间对世人一念之间的想法都了如指掌，如甲志卷十六《卫达可再生》，冥府官员说："心善者恶轻，心恶者恶重。举念不正，此即书之，何必真犯！"可见人一有恶念，冥府便会记录在案，卫达可在朝廷准备修建三山石桥时向皇帝上奏章阻止，但没有得到采纳，虽然善念未能落实，但"事之在君尽矣。君言得用，岂只活数万人命"。卫达可因善念抵消了以往所记录的过失，被冥府送回。

《夷坚志》的入冥故事有五十余则，这些入冥故事与魏晋唐代同题材故事相比，宗教色彩淡化，表现出的伦理教化和劝惩功能增强，是《夷坚志》中最能寄寓洪迈对现世关怀的题材之一。

（三）精灵故事

"物老则为怪"，精灵故事在魏晋以来的志怪小说中并不少见，《夷坚志》更是丰富了这类故事题材。在洪迈的笔下，除传统的动植物精灵外，大量新的动物、器物种类被纳入创作领域，表现出更强的变化能力。

《夷坚志》中动物精灵最多的是老鼠、龙、虎、猴、狐、蛇、鳖等。如甲志卷十四《鹳坑虎》，某妇女回娘家路上遇一猛虎，妇人对虎晓之以理，虎听完后离开；乙志卷十二《章惠仲告虎》，章惠仲奔弟丧途中坠落悬崖，在猛虎欲吞食的危急时刻，他向虎哭诉自己的祸不单行和老母的无依无靠，虎闻其言而离去。这两则故事中的虎都是有灵性的动物，"异类知义如此，与夫落陷阱不引手而挤之下石者远矣，可以人而不如虎乎。"虎作为精灵，还善于变化。如补志卷四《赵乳医》，雄老虎请赵乳医为雌老虎接生，说："吾平生不伤人，遇神仙，授以至法，在山修持，已三百年，今能变化不测。"同卷《荆南虎》，虎脱下皮变成一男子，并伪造文书假上天的命令捉拿张四。支景卷一《阳台虎精》，虎化作一妇人，"年可四五十，绾独角髻，面色微青，不施朱粉，双目绝赤，殊眈眈可畏，著褐衫，系青裙，曳草履，抱小狸猫，乍后乍前，相随逐不置。"此妇自称士大夫家女，因丈夫已亡而四处流浪，但所到之处，许多人家里丢猪、狗甚至小孩。三志辛卷九《香屯女子》，虎化作美女，穿着漂亮的黄色衣衫，向陈百四自荐枕席。

《夷坚志》中猿猴精灵的变化能力更为神奇。如甲志卷六《宗演去猴妖》，生擒的猴王，用泥包裹后成为能仁寺守护山林的神，享受许多人的祭祀，但会给人类带来灾难，巫师多次都未能将其捉拿。支戊卷九《蔡京孙妇》，猴妖纠缠上了蔡京孙妇，数十个道士皆奈何不得，张天师前去擒拿时，看到此怪的手脚、双眼都会喷火，身材高大无比，"大则首在空中"，张天师将其制服后收入袖中，流放到海外。补志卷二十二《侯将军》，猴精化作将军模样占有吴医生的女儿，当道士施法捉拿时，猴精变为黄雀，一会儿又变成老鹰，最后恢复原形时为一只长着蝙蝠样翅膀的大猴子。而且这些篇中的猴精都为众妖之首，党羽成千上万，有鸟、蛇、狐狸、木石等。猴喜淫，有时以原形与妇人交接，如丙志卷六《孙拱家猴》、支景卷六《道州侏儒》；有时则变化成特定的人，如三志己卷二《璩小十家怪》，璩小十在外做生意，猿猴精化成其模样与璩妻长期欢会。猴成为精怪，具有超强的变化能力，并成为众妖之首，是其能享受人间祭祀之故。如《宗演去猴妖》、三志己卷九《石牌古庙》均提到猴子成为妖神的经历："旧日有何师者，得一猕猴，缚之高木上，饿数日，乃炼制熟泥，塑于案上，送入山后古庙，祭以为神。"

江南多蛇，蛇的故事在《夷坚志》的精灵题材中占了很大的比例，这些蛇精变化能力较强。如支癸卷五《刘居晦设醮》，蛇精竟然假托为玉皇大帝，向老百姓勒索供奉。在《夷坚志》形形色色的蛇精故事中，蛇精行淫是其中的类型之一，大致记蛇精以原形或变为少年与女子私通。如丁志卷二十《蛇妖》所写："蛇最能为妖，化形魅人，传记多载，亦有真形亲与妇女交会者。"此则故事杂记"大竹村民妇""壕口胡氏""宜黄富家女""叶落坑董氏"等十余件事，其中蛇精表现出的行为极其残忍。同卷《巴山蛇》记一农妇被蛇精摄入山洞后长期霸占，而农妇却不知其为异类。支戊卷三《池州白衣男子》、三志辛卷五《程山人女》中，蛇精变化为风流倜傥的男子，寻找人间女性交配。

蛇妻是《夷坚志》中蛇精故事的另一种类型，这类故事与蛇精化作男子或以原形出现的丑陋凶残形象不同，蛇妻多美丽可爱。如支戊卷二《孙知县妻》，孙知县妻极美，但每次洗澡不许任何人在身旁，有次孙知县偷看妻子洗澡时，"正见大白蛇堆盘于盆内，转盼可怖"。补志卷二十二《钱炎书生》，一美丽女子在晚上向刻苦攻读的书生自荐枕席，度过许多甜蜜的日子后，女子怀孕，男子却日益憔悴，书生持法师的朱符试探，女子化为两条蛇，一大一小，爬出书生的房子。同卷《姜五郎二女子》中的蛇精不仅美丽，而且善弹琴对弈，因与狐狸精争宠互揭其短，被姜五郎识破身份。支癸卷九《衡州司户妻》、丁志卷二《济南王生》、三志辛卷五《历阳丽人》所记故事与前面诸篇大同小异，即白蛇化为美女，与世间男子配婚，男主人公与蛇女结合后生活和谐幸福，后蛇妻身份被识破，就死去或逃走。《夷坚志》中的蛇妻故事与唐代志怪《李黄》《李琯》等同题材作品不同，唐代小说中的蛇妻凶残恐怖，多会置人于死地。如《李黄》，男子与其同居三日后身子便化为水；《李琯》中，男子只闻其身上异香便头疼脑裂而死。显然《夷坚志》中的蛇妻善良重情，但遭遇不幸，令人怜惜，体现了蛇精人性的增强和兽性的消退。

狐狸精是《夷坚志》中出现较多的另一种动物精灵，但其变化能力似乎有限。如支庚卷七《双港富民子》，变成人的狐狸精，尾巴难以隐藏，故被人轻易察觉其真实身份。支乙卷一《管秀才家》："淳熙七年秋，有怪兴于某秀才家，幻变不常，或为男子，或为妇人。"《夷坚志》中的狐狸精可随意变化成男女，支庚卷六《海口谭法师》、支乙卷九《宜黄老人》、丁志卷十九《陈氏妻》等篇章，狐狸精以男性的形象出现，分别是戏弄兄弟俩的假父亲、陷害好人前来告状的老人、纠缠民妇的白衣男子，这些精怪邪恶、狡猾，给人带来灾难。如《海口谭法师》，兄弟俩在外辛苦劳作，慈父经常去送食物，儿子担心父亲辛苦而辞工回家，可父亲称最近没有去送食物，兄弟俩受到怪物捉弄后，将次日前来送饭的父亲打死，家中"父亲"闻悉非常高兴。自此父亲的行为与往常迥异，如打杀家中狗，要求儿媳妇陪睡。法师作法后，狐狸精现形，原来兄弟俩打死的是真正的父亲，狐狸的捉弄让孝子成了杀父凶手，导演了一出人伦惨剧。

与邪恶的男狐狸精相比，变成女子的狐狸可爱多情。如支乙卷二《茶仆崔三》、支乙卷四《衢州少妇》、支庚卷七《应氏书院奴》等，这些篇章中的狐狸精变成美丽、芳香扑鼻的女性，向孤独的看门人、辛苦的茶店雇工等下层男子自荐枕席，有些还向男子给予金钱上的援助，与男子的交往中，狐狸精一般不会像其他异类一样令男子消瘦憔悴。这些狐狸精不仅美丽聪明，而且多才多艺，如补志卷二十二《王千一姐》中的狐狸精，"容色美丽，善鼓琴弈棋，书大字，画梅竹。命之歌词，妙合音律"，可谓琴棋书画样样精通。三志壬卷三《张三店女子》中的狐狸精更是与众不同，她擅自闯入男子家门时，不是以可怜兮兮的遭遇去博取同情，而是表现得非常强势，"汝若不相容，我便呼厢巡诬汝以诱引之罪"；当其从屋顶下来相会引起男子的怀疑时，机智灵敏地辩白道："我家本微薄，亦曾去路岐为踏索之技，所以习熟，对汝岂应复羞？"

除以上精怪外，《夷坚志》中还有其他动物精灵，如三志己卷七《边换师》中的蚵蚾精，支庚卷二《蓬瀛真人》中的猪精，补志卷二十二《懒堂女子》中的白鳖精，支丁卷八《西湖判官》中的巨蟹精，《周女买花》《顾端仁》中的猫精，支乙卷一《张四妻》中的白鼠精、丁志卷二十《二狗怪》中的狗精等。这些精怪变化的人，从外形或性格等方面都具有原物的特征，如蚵蚾精变成的男子，满脸是疮，并贴着许多绿色植物；又如猪精变成的女子，常着皂衣，其家宽敞华丽，但饭菜粗糙，器皿不备。

《夷坚志》中还有许多篇章记植物精灵和器物精灵，如甲志卷十七《芭蕉精》《峡山松》，乙志卷十九《秦奴花精》，丙志卷七《新城桐郎》，丙志卷十二《紫竹园女》，丙志卷十六《陶象子》，丁志卷二十《红叶入怀》，支庚卷六《蕉小娘子》，三志己卷二《徐五秀才》，三志辛卷二《槐娘添药》等，所记有芭蕉精、松树精、花精、桐树精、柳树精、槐树精、红叶精等。《夷坚志》中的器物精灵有：三志壬卷四《南山独骑郎君》中会说话、善预知未来的刀；支癸卷六《鄂干官舍女子》中的旧屋剥风板；丁志卷四《皂衣蹇妇》中的唐代银杯精怪；支丁卷六《刘改之教授》中的古琴；支甲卷四《刘十二》中的古石磨；丙志卷八《无足妇人》中少了一只脚的锴鼎古器；丙志卷十《乐桥妖》中的铜铃，等等。这些植物、器物精灵的变化能力相对较小，他们变化为人，与世俗男女发生情爱纠葛，或以本来面目显示其灵异。

二、佛道巫神类题材

佛道巫神类小说主要指以僧人、道士、巫师、法师、术士等人群为主体，以寺庙、道观、鬼妖出没的场所为活动空间，兼及各种神灵信仰及其宗教活动的作品。

由于佛、道在宋代合流的特征明显，二者又与民间巫鬼信仰紧密相连，所以《夷坚志》中的佛道巫兆内容在很多时候没有严格的信仰区别。神灵信仰的名目众多，并与民间信仰合流，具有强烈的世俗性和功利性特征。

（一）僧、道、巫的形象

《夷坚志》中有许多僧、道、巫的形象，这些篇章多以人物传记的叙事方式，连缀了主人公一生经历的诸多奇异事件。如甲志卷九《宗本遇异人》描述了僧人宗本成为活佛的传奇故事：本为农家子弟的宗本，吃了道士所赐丹药，"本不复归家，入近村双林院，止佛殿上，即能谈僧徒隐事"。有预知未来的本领，前往问讯者络绎不绝，如书生的前途、官员的升迁、战争的发生、朝廷年号的更改等，"绍兴十六年，预言某日当去，至期，无疾而化"。同卷《惠吉异术》记载僧人惠吉的人生经历：惠吉本姓张，为无赖子，遇神奇妇人赐天书而悟道，善预知未来和用符水咒治病，文章罗列了展示其才能的一些异事，文末总结道："师白昼捕魑魅，逆说祸福，甚多，不胜载。绍兴四年死，泰宁人至今绘事其像，不呼其名，惟曰：'张公'或'张和尚'云。"丙志卷十五《鱼肉道人》、丙志卷六《范子珉》、丙志卷二《罗赤脚》《赵缩手》、补志卷十二《蓑衣先生》等，为宋代一些颇有声望之道士的传奇故事。三志壬卷三《刘枢干得法》、丁志卷一《王浪仙》、丙志卷三《杨抽马》等以巫师、术士为主人公，展示其生平和奇技异行。

作者为之立传的这些僧人、道士，大多德行高洁，道术精绝，具有较高的口碑，有些道士还得到皇帝的赐封，如何蓑衣得赐号"通神先生"，罗赤脚被封为"静应处士""太和冲夷先生"，鱼肉道人被赐封为"达真先生"等。而巫师、术士的形象多邪恶猥琐，如善旁门左道的杨抽马，利用其法术牟利欺诈——卖布时以少充多，巧取豪夺邻人的骏马，勾女子魂魄制造凶杀现场向富家子索钱。《夷坚志》诸篇章体现的对僧、道、巫的不同评价，与当时统治阶级对佛道的扶植和支持，朝廷崇佛道抑巫，甚至灭巫的政策主张一致。李小红的博士学位论文《巫觋与宋代社会》认为两宋政权不仅将巫觋完全排斥出国家机构和官方庙堂，而且对其在民间的活动也予以坚决的打击，使其"不仅在国家政治生活的残存影响消弭殆尽，而且其作为一个社会群体存在的合法性以及巫术活动的合法性也统统被否决"。①《夷坚志》中的一些具体故事也呈现出这种思想倾向和社会舆论，如丙志卷十九《无町畦道人》，有远大前途的书生弃学从道；支景卷九《陈待制》中官员也辞官学道，受吕洞宾的指点法术高明，深得人们敬重；甲志卷十九《杨道人》中甚至士大夫家的女儿也去学道。佛道在百姓心目中是头等大事，如丁志卷十二《淮阴民女》，即使母亲穷得把头发卖了，也要请和尚为死去的女儿做法事超度。对于巫师则态度迥异，如支戊卷三《张子智毁庙》，知府张子智毁掉管辖区的瘟庙，杖罚巫士并逐出境外；又如支丁卷九《陈靖宝》，搞邪术的巫师被官府悬赏缉拿。

《夷坚志》故事来源于各社会阶层，因此民间故事的特征鲜明。由于佛、道、巫在民间的影响深远，并形成了不同于上层意识形态的判断标准，大众对宗教的选择更为自由、功利，是否灵验是他们选择的主要原则，因此僧人、道士、巫师在民众心目中的形象也并非与统治者的预期相似。

首先，和尚触犯清规戒律、为非作歹的现象频繁出现。《夷坚志》有许多篇章记僧人的淫乱行为。如支甲卷八《宁行者》，宁和尚在为人做水陆道场时，与黄昏来访的女子缱绻欢洽。支甲卷十《陈体谦》，"素不检，嗜酒及色，既为僧，故态不少悛，虽居报恩光孝寺，而常常在家，且窃污邻比妇女，外间尽知，谦处之自若"。三志辛卷三《毗陵僧母》，五十多岁的和尚为与客人的歌妓私通，假称母亲死亡，而以棺材把歌女运走。补志卷九《奉先寺僧》，和尚引诱并霸占良家女子十几年之久，女子被藏在地洞里人鬼不如，靠偷祭品维生。丁志卷十九《盱江丁僧》，和尚不仅与客店女主人通奸，还将财物悉数卷走。有些僧人为了满足自己的淫欲，想方设法破坏别人的婚姻。如支景卷三《王武功妻》，化缘僧看中王武功妻，以百枚玉玺为礼，令王武功对妻起怀疑之心并休掉，从而落入奸僧手中。再补《义妇复仇》与此相似，说明这类事件在当时屡屡发生。有些僧人乔装成女子，骗奸良家妇女，如支乙卷三《妙净道姑》中妙净道姑实为男子所扮，"平日自称道姑，遍诣富室，或留恋十余夕，其为奸妄，不一而足"。

《夷坚志》中也有对道士淫乱行为的记载。如丁志卷十九《玉女喜神术》，道士利用法术，摄走女子魂魄供自己淫乐。又如支丁卷九《单志

① 李小红：《巫觋与宋代社会》，浙江大学博士学位论文，2004 年，第 138 页。

远》，丘道人用丹药将单志远变为阉宦，然后肆意与单妻妾淫乱私通。但与《夷坚志》中众多展示和尚淫乱行为的篇章相对比，此类事在道士身上发生较少。

其次，和尚、巫师多重财轻义。如丙志卷十二《奉阇梨》，僧人奉阇梨做水陆道场，报酬低时会破口大骂。丙志卷十九《感恩院主》，主持僧人俱会"惟酒肉钱财是务，晨香夜灯略不经意，屋庐老坏不葺毗"。支乙卷三《安国寺僧》，安国寺"名为禅林，而所畜僧行皆土人相承，以牟利自润"，寺中和尚妙辨，死后还对其财产念念不忘。对财物的孜孜以求，令僧人修持极差，如支景卷四《宝积行者》，寺中僧人偷菜贩的蔬菜；支甲卷一《淑明殿马》，和尚伙同他人偷盗神像上的装饰品、供桌上的金银器皿。有些僧人甚至成为聚众起义的首领，如丙志卷十二《僧法恩》。众生平等的教义被弃之若履，来寺院的客人按身份地位接待，如支景卷六《富陵朱真人》，太慈寺"据一府要会，每岁春时，游人无虚日，僧倦于将迎，唯帅守监司来始备礼延仵，视他官蔑如也"。

巫师的贪财程度甚于和尚。如丁志卷四《沅州秀才》，擅长妖术的秀才控制了十几个和尚的化斋所得。丁志卷十《邓城巫》，巫师能用妖法使好酒变坏、变臭，以此要挟酿酒作坊，收取保护费。丁志卷十二《谢眼妖术》，谢眼用妖法将饼变成蛇、猪头变成人头，然后据为己有。支丁卷四《张妖巫》，张妖巫为人施法时，如果钱财数量令其不满，便暴跳如雷，使人大病或死亡。支癸卷八《丽池鱼箔》，巫师索财，若不满足其愿望，便会弄鬼作怪，让渔人一条鱼都捕不到。这些贪婪的巫师凭妖术横行乡里，称霸一方，自然为朝廷所禁。但民间对巫术的信仰素来已久，宋代巫风浓厚，支庚卷六《金神七煞》说："吴楚之地，俗尚巫师，事无吉凶，必虑禁忌。"巫师在百姓中依旧广受欢迎，"在宋代，当人们有事需要帮助时，可以从许多不同类型的宗教人士中进行选择，那么人们怎样来决定是直接向神祇祈祷，还是求助于僧人、道士或巫师？可能是根据他们的声望、能否找到他们以及费用多少等"[1]。而巫师的费用相对比较低廉，如支戊卷六《王法师》，王法师不是真正的道士，但请其施法的费用比真道士少三分之一，所以百姓都喜欢请他；而王道士之所以假称道士，是因为佛、道二教受统治者支持，在社会中的影响越来越大，巫师假托道士、僧人可提高自己的身份。

---

[1]　［美］韩森著，包伟民译：《变迁之神：南宋时期的民间信仰》，杭州：浙江人民出版社1999年版，第44页。

《夷坚志》中也有道德高尚的巫师。如支丁卷三《廖氏鱼塘》，两兄弟分鱼塘，互请巫师驱赶对方池中之鱼，巫师用法术令两兄弟和好，作者感慨道："巫能不为利诱，警人使和协，为可嘉尚。"支癸卷八《鲁四公》，擅长法术的鲁四公安于贫困，靠做小生意来养活自己。但这种良巫为数不多。

《夷坚志》所塑造的僧、道、巫，从群体形象上评价，道士相对比较纯洁，最可靠；僧人次之；巫师则是需要警惕的人群。虽然道士好淫，但在《夷坚志》中较为罕见；道士好财，但取之有道。如支庚卷八《景灵宫道士》，八十多岁的道士在京城三省门外的空地上表演道术，以获得众人赏钱。道士也有比较独立的人格，如丙志卷九《沈先生》，沈先生善预言吉凶，皇帝召见时，他不跪拜，所言也不顺从皇帝的旨意；又如丙志卷十五《种茴香道人》，种茴香道人在几千人叩拜林灵素时，只有他站立着，且敢于怒目而视。朝廷对道士也颇为推崇，《夷坚志》中记载皇帝赐封道人、接见道士的事迹较多。如甲志卷十四《妙靖炼师》，皇帝召女道士妙靖到京城赐对；甲志卷二十《木先生》，木先生名字的由来，是当年被请入宫中说法时，皇帝称赞其得林灵素之半，故以木为姓。道士得到格外的肯定，也是作者人生感慨的一种寄托。如乙志卷一《庄君平》，汉朝庄君平在宋代现身，所留修身度世的道书上说，"事业与功名，不值一杯水"；又如乙志卷十一《玉华侍郎》，方朝散梦中在道士的指导下大悟"人世纷纭，真可厌苦"，于是辞官而去。

（二）善恶报应

佛教讲因果报应，《夷坚志》中有六百余篇以此为表现内容或故事框架，但从具体篇章来看，《夷坚志》中的报应故事不是佛教教义的简单宣讲，而是融入更多现实社会的内容。在信仰对象上，已不为佛家所特有，故事中的善恶报应观念体现着民众朴素的评价标准和思想情感。

杀生报是诸多报应之一，在《夷坚志》中极为常见。如乙志卷一《蟹山》食蟹得报，《羊冤》食羊得报，乙志卷十五《董染工》杀飞禽得报，丙志卷七《蝇虎报》杀蜘蛛得报，丁志卷六《张翁杀蚕》杀蚕得报，支丁卷四《九里松鳅鱼》杀泥鳅得报，支甲卷八《钱塘县尉》杀鹅得报，支甲卷九《从四妻袁氏》杀鳖得报，支癸卷二《穆次裴斗鸡》、三志壬卷八《杨四鸡祸》遭鸡报，三志辛卷十《李三夫妻猪》、支景卷五《童七屠》杀猪得报，甲志卷十三《董白额》、支甲卷十《蒋坚食牛》、三志辛卷六《牛头王》、补志卷四《汤七嫂》等记杀牛或食牛遭报……这些篇章所记内容简单相似：食生、杀生或虐待动物，其报应便为身死，或自己（家人）变为该动物。《夷坚志》里涉及的杀生种类极多，举凡杀羊、猪、鸡、鸭、鱼、鳖、蚕、鸟、兔、牛等均无一能免，这在以往及明清小说中极为少见，其他小说也有杀生报应之说，但反对的只是杀生过当。《夷坚志》中杀生报以杀牛为最重，这与我国作为一个农业大国、恃牛为助有关，许多朝代都有杀牛之禁，如三志己卷五《泰宁牛梦》，泰宁县就有规定："凡遇开剥病牛者，必投状给公凭乃许之，盖欲防私宰杀牛也。"陈知县在此基础上又规定："念牛有功于民，遂申严法禁，约束谕晓，自是此风为戢。"

与杀生遭恶报相对应的是放下屠刀、弃荤食素者得善报。如支癸卷五《新喻张屠》；又如补志卷四《村叟梦鳖》、丁志卷十六《吴民放鳝》，分别记村叟因放生鳖而家境转富、吴民因放生黄鳝而得到意外之财；再如补志卷四《李氏父子登科》《顾待问》均记不食牛肉得以考中进士。

佛教教义中有"十恶"说，即杀生、偷盗、邪淫、妄语、两舌（离间语）、恶口、绮语、贪欲、嗔恚、邪见。《夷坚志》中的报应小说除"杀生"报外，还有"不养父母、悖逆亲尊、虐待老人、不葬双亲以及残杀亲生父母等不孝之报，有借人钱财拒不归还之报，有已诺复悔、喜新厌旧、遗弃糟糠、有妻再娶等忘恩负义之报，有奢侈浪费、嗜酒懒惰之报等"①。丁志卷八《雷击王四》、卷九《龙泽陈永年》、卷十一《丰城孝妇》、卷十二《温大卖木》、卷十三《李氏虎首》等篇章均记不孝之报，这些逆子或抢夺父母的钱财，或卖掉父母的棺木，或辱骂、抛弃甚至残杀父母，其得到的报应或是被雷击，或是被虎食，或是直接变成动物。甲志卷七《罗巩阴谴》《不葬父落第》记不及时让亡故父母入土为安的读书人科举无望。借钱不还会积为来生债，死后变作动物来还，如丁志卷十三《高县君》、甲志卷十四《许客还债》，欠债者死后分别变成债主家的骡子和鸭子。男子悔婚遭报，如支癸卷六《张七省干》；嗜酒遭报，如支甲卷二《卫师回》，死后榨其骨髓做酒；浪费财物遭报，如丁志卷六《奢侈报》；不良商贩也遭报，如三志壬卷九《古步王屠》卖注水肉的屠夫、三志己卷九《会稽富翁》发不义之财的巨富。官员的贪婪残暴也是《夷坚志》中招致报应的内容之一，如支癸卷五《赵邦材造宅》中掠夺民脂、虐待仆人的官员，三志辛卷四《李昌言贪》中连寺院都要搜刮的贪官，三志辛卷八《岳州河泊》中贪婪霸占土地的宗室，三志辛卷六《金客隔织》中偷占商人货物的官员，补志卷六《张本头》中帮助金虏敲诈商人的官员，甲志卷十七《人

---

① 刘道超：《中国善恶报应习俗》，西安：陕西人民出版社 2004 年版，第 101–102 页。

死为牛》中残酷剥削百姓的盐官等，这些官员最后的结局不是人死财空，便是子亡家败，或变作牲畜来消解前生的罪孽。与恶报相对应的是对行善者的褒奖，如支戊卷六《青田富室》、支癸卷二《滑世昌》，记富人在饥荒、瘟疫、水患等天灾中因弃财救人，反倒令其财产毫无损失。又如甲志卷七《蒋员外》，蒋员外因轻财重义而在落水时为神所救；支癸卷二《李五郎》中割股救亲的孝子也免于灾难等。

《夷坚志》中有些作品的报应故事没有停留在现世，而是将报应和轮回结合，如支癸卷六《尹大将仕》、三志辛卷十《陈小八子债》、补志卷六《周翁父子》《王兰玉童》等，这些篇章所记故事大致相似：子忤逆不孝是因前生冤情，子前生为巨富或官员，父图其财害其命而发家，死者托生为子追债，不仅胡作非为败光家产，还会用早亡的方式给父带来白发人送黑发人的心灵创伤，而且死后鬼魂还要来索命，被害者用两世甚至三世来完成复仇。

《夷坚志》报应故事涉及当时社会生活的方方面面，体现的报应观念与佛教因果报应之说有别，有宋代政治、经济、道德等诸多内容，是佛教教义与现实生活相结合所形成的善恶报应观念。随着佛教信仰在宋代的普及，这种观念成为一种习俗而为广大群众接受，"在某种程度上符合了人民群众的利益和情绪，是古代人民表达其思想感情、道德观念与价值尺度的一条重要渠道，满足了人们对一切美好事物的颂扬和对一切恶人恶事谴责的情感需要，使人们获得由其他途径所无法获得的心理平衡"①。

（三）佛、道、巫的具体职事

《夷坚志》中对于佛、道、巫的信仰，常交织在一起，故事所展示的信仰内容与民众的现实需求有关，宗教信仰从高深的义理之学转为大众实用之学，广泛深入到各阶层人群的日常生活之中。佛、道、巫从业者的具体职责，基本上大同小异。

1. 预言

知道未来，趋福避祸是民众的美好愿望，从《夷坚志》所记故事来看，满足世人预知未来的途径多样，可通过梦的预示、神灵的告知，也可以通过一些特殊人群来预测。如乙志卷十四《王俊明》，盲人王俊明曾预测到京师脉气已绝，请求迁都洛阳。甲志卷十五《马仙姑》、丁志卷二《刘三娘》，精神病人马仙姑、刘三娘能预言人间吉凶祸福。擅长测算的占

---

① 刘道超：《中国善恶报应习俗》，西安：陕西人民出版社 2004 年版，第 64 页。

卦人极受欢迎，如补志卷十九《曹仁杰卜术》，没有路费赴京赶考的书生，扮作卦师算命，几个月就赚回了盘缠。这些善预言者得到民众的爱戴，甚至得到皇帝的召见，如靖康皇帝召见了王俊明。在诸多预言者中，僧、道、巫为数最多，预言几乎是其必备的技能。在《夷坚志》高僧名道的传记中，不乏这样的事例，如宗本、惠吉、鱼肉道士、范子珉、罗赤脚、赵缩手、何蓑衣等都以善预言闻名。其他社会声望不高的僧道因预言准确而留名，如甲志卷二《赵表之子报》，和尚预言赵表之行至晋州时有丧子之痛；甲志卷十五《陈尊者》，阆州僧准确预言隆祐皇后去世的日子；三志壬卷二《楚州方夫子》，僧人方夫子能预见火灾；乙志卷十八《赵小哥》，和尚赵小哥能预见瘟疫。道士的预见性不亚于僧人，如三志壬卷二《楚州陈道人》，睡在烂泥中的陈道人，不仅有将生食放在头顶上顷刻煮熟的神奇本领，还善预言官员的子嗣及前途。

巫也能预言，如支景卷五《圣七娘》、支戊卷九《余吏部》等。巫的预言往往通过占卜、扶乩等手段，如三志辛卷二《古步仙童》，陈青善言吉凶祸福的仙童术，实际靠女鬼的帮助才灵验。三志壬卷三《刘枢干得法》，法师刘枢干的预言有时灵验，有时则不准，刘解释说："此系一时神将灵否如何尔，一时之中，又每时换易，若值所直者明了，即报事通神，值其昏昧，则妄言矣！"刘法师将自己的预言灵验与否归于神灵是否清明。丁志卷六《翁吉师》，翁吉师也靠神灵告知来预言世事。

2. 司祭

宋代佛教徒的法事活动很多，如甲志卷四《江心寺震》中的诵佛会，三志壬卷六《蒋二白衣社》中佛教徒结成白衣会为乡人念经做法事，支庚卷七《盛珪都院》中的佛会旨在"禳除凶灾，且荐拔遭兵而死者"。除此之外还有水陆斋会、山头斋筵聚会、施饿鬼会等。

丙志卷十二《奉阇梨》提到僧人奉阇梨善主持醮会，宋代盛行各种类型的"醮"，《夷坚志》中的斋醮多属于道教，真德秀说："道家之法，以清净无为为本，修斋设醮，特教中之一事耳。然自汉以来，传习至今，不可废者，以其用意在于救度生灵，蠲除灾厄而升人悔过自新之路故也。"[1]《夷坚志》中道士常设的"醮"为黄箓醮和九幽醮，如丙志卷十《黄法师醮》，赵氏死后第四个"七天"请黄法师设九幽醮，第五个"七天"设黄箓醮。丙志卷九《吴江九幽醮》，吴江县宰请道士设九幽醮超度滞留在外

---

① （宋）真德秀：《西山文集》卷四九《代周道珍黄箓普说》，《文渊阁四库全书》，上海：上海古籍出版社 1981 年版。

的孤魂野鬼。三志壬卷八《集仙观醮》，吴道士率十四个同伴为在战争中死亡的人设黄箓醮，亡魂在法事中可得到食物或钱财，还可被超度转世为人。巫师也可主持斋醮祭祀，如丙志卷十一《胡匠赛神》。但有些斋醮具有欺骗性，如补志卷二十《神霄宫醮》，林灵素主持的法事，所谓的神仙下凡实际是用化学药品制造烟雾效果，令耍杂技的艺人冒充神仙踩着绳子在空中行走。

  3. 医疗、驱鬼

  《夷坚志》记载了许多名医药方，其实僧、道、巫也是另一类从事医疗职业的重要人群。如丁志卷十七《甘棠失目》，和尚用外科手术治好了甘棠已瞎十年的眼睛。支庚卷五《新安尤和尚》，和尚允机"天资警慧，又绝荤酒，其师工医，一意从事于此伎，声喧县邑"。丁志卷十四《武唐公》，武和尚"素精医技，凡所拯疗用药皆非常法"。乙志卷十二《真州异僧》，张和尚的药丸能治百病，而且不碾碎服用，可使家人无离散之苦。《夷坚志》中道士治疗祟祸、斩除妖鬼的情节最多，医疗的情节也较为丰富，显示的医术更为高明，如支景卷八《茅山道士》，茅山道士用普通的梨治好垂死的病人；支庚卷五《武女异疾》，几十位医生、巫师治不好的病，道士在谈笑间治愈，原来是缝衣针进入武女的体内。道士炼制丹药，善治万般疑难杂症，如三志壬卷一《南城毛道人》，毛道人的丹药能治愈"传尸痨瘵"；丁志卷二《李家遇仙丹》，道士的仙丹治好了盲眼断腿。道士还可用符水治病驱鬼，如三志壬卷八《集仙观醮》、支丁卷十四《武真人》。此外，丙志卷十二《河北道士》，宋善长从道士处学得五雷法看病，林灵素也以擅长五雷法著称。

  佛经中的一些咒语也可治病、驱鬼免灾，如补志卷十四《观音洗眼咒》能治愈眼病，补志卷二十三《解蛊毒咒方》能解毒，补志卷十四《蜀士白伞盖》中《愣严咒》保护书生躲过恶人伤害，乙志卷八《陈二妻》、支景卷二《孔雀驱厉鬼》中的佛母咒驱逐厉鬼等，这些咒语多出自佛经密宗法典。①

  受民间风俗信仰的影响，《夷坚志》中最为常见的是巫师治病驱鬼。如《张子智毁庙》谈到常州百姓生病拒绝服药，只相信巫师。支丁卷四《治汤火咒》，提到乡间巫师大多可以用咒语救治被热水烈火烫伤灼伤之人。巫师的咒语多取法道士，学习和借用了道家符水咒术，如支丁卷四

---

① 刘黎明：《宋代民间"人祭"之风与密宗的尸身法术》，《四川大学学报（哲学社会科学版）》2005 年第 3 期。

《张妖巫》，张妖巫称其"所行乃天心正法，最善疗人疾病"。"天心法"是始于北宋的符箓道法，张天师尤为擅长，主要用于治鬼。也有些巫师从佛教学得法术而从事宗教活动，如丙志卷六《福州大悲咒》、支景卷五《圣七娘》、甲志卷十九《秽迹金刚》等篇中所记。巫师治病的方法奇特，如乙志卷十六《张抚干》，病人求药，巫师在纸上写一"押"字，让病人舌舔此字即可。巫师治病驱鬼多从个人私利出发，其所谓的法术具有欺骗性。如补志卷二《陈俞治巫》，书生陈俞搬走巫师为驱逐瘟疫而供奉的神像，开窗让空气流通来消除疫情；又如支戊卷三《金山庙巫》，沈晖用假死揭穿巫师的骗局。

很明显，当人们有事需要向不同类型的宗教人士求助时，僧、道、巫都是其选择对象，大多数道士较为友善，而且相对可靠、专业，"与道士相比，大多数僧人则更像没有法力的普通人"①，他们也会主持法事，驱邪除祟。但很多和尚自己也会遭遇鬼祟，寺庙闹鬼更是屡见不鲜。巫师在大多数群众眼中是具有超自然力量的，他们可以治疗祟祸、请神上身，但也有一些被揭露为骗子，而且一般来说巫师的法术不如僧道。

（四）神灵信仰

"在宋代，佛教的寺院远多于道教的宫观，而神祠又远多于寺院……就其影响而言，宋人不信佛、道者甚多，但上自皇帝，下至百姓，无一不信奉神祠。"② 这些神灵具有超凡的能力，他们总能先知先觉，洞悉人世间即将发生的一切，能充分满足信徒多方面的要求，如治病驱鬼、求福避灾、升官发财等，几乎百求百应。

这些神祠中供奉的诸神，名目众多，有些来自传统信仰，如雷神、土地、泰山、阎罗、观音、弥勒等；有些为唐宋以来所盛行的，如城隍、妈祖、掠剩、八仙、梓潼神、文昌帝君等；有些属于道教仙尊，有些属于佛教神祇，有些则由巫演变而成，甚至有些普通的信徒也可通过享受祭祀而成为神。如三志辛卷七《阎大翁》，盐商阎氏夫妇喜施舍，安国寺建大雄佛殿时布施最多，寺中长老让人塑阎氏夫妇像，置于佛教神龛中供奉，阎氏夫妇死后，其塑像显灵。又如三志辛卷九《高氏影堂》，"鄱阳柴步龙安寺，元有高氏妇影堂，不记何时所立，寺轮拨行童，分司香火"。高氏夫妇能享受香火并显灵，应该也为佛寺的信徒。佛寺中供奉的这些人鬼神，

---

① 武清旸：《从〈夷坚志〉看南宋宗教多元竞争中的道士形象》，《宗教学研究》2017 年第 3 期。

② 程民生：《论宋代神祠宗教》，《世界宗教研究》1992 年第 2 期。

享有和佛寺正神同样的待遇，体现了佛教的世俗化和与民间信仰的进一步合流。佛寺中供奉的俗神，除由信徒演化而来的诸位神灵外，更多的是来源不详的信仰名目，如甲志卷一《铁塔神》记蔚州城浮屠中的铁塔神，甲志卷六《宗演去猴妖》记佛庙中供奉的护山林神，乙志卷七《黄莲山伽蓝》中出现的伽蓝神，乙志卷十四《南禅寺钟神》所记钟神。

道教素来便与民间信仰有难分的渊源，唐宋以来许多道教神灵都被纳入民间信仰体系，与普通民众的关系更为密切，神通更为具体。如补志卷二十三《赵荣杨祷雨》，至高无上的玉皇大帝以人间帝王的形象出现，并负责行雨这样具体的"小事"；三志己卷四《宁氏求子》，本来负责治鬼的北斗真君承担起送子的职责；在支癸卷三《闻人氏事斗》中，北斗真君还帮助孝子擒贼。从《夷坚志》来看，宋代民间传说使八仙故事进一步发展成熟，八仙之一的吕洞宾，其事迹在《夷坚志》中较为丰富，如甲志卷一《石氏女》、乙志卷十七《张八叔》、支庚卷九《鲍同及第》、支甲卷六《远安老兵》、补志卷十二《回道人》等三十余则故事中，吕洞宾以多种形象出现，与普通人群亲密无间，满足信徒多方面的愿望。支丁卷十《张圣者》《钟离翁诗》、补志卷十二《新乡酒务道人》等记钟离事，从丁志卷十三《邢舜举》可知，何仙姑也已被时人广为信仰。

《夷坚志》中更多的神灵为生人死后所担任，许多篇章是生人死后为神的故事，如补志卷十五《陈焕广佑王》，记陈焕死后任广佑王；丙志卷七《周庄仲》、丙志卷一《阎罗王》，周庄仲、林衡死后为阎罗王；丙志卷十《掠剩大夫》，推官沈君死后任此职；支丁卷五《李朝散》，知县俞佚死后为神，掌管世间的飞禽走兽、海底鱼虾。支癸卷三《太山府君印》、甲志卷二十《太山府君》等，记载生人死后升为太山神之事，还提到太山神三年一任。这些死后为神者生前多为清廉之官，刚强正直深受乡人推崇，但死后为神对当事人而言意味着不幸，故事弥漫着哀伤的气氛。这与明清同题材作品有所不同，如《剪灯新话》中的《修文舍人传》，夏颜死后在冥司为修文舍人，盛赞阴间的处事公道，其活在人间的友人希望得到其举荐。

死后为神的原因有很多，如支癸卷四《画眉山土地》，做扇的杨文昌因孝顺和诚信经商，死后为画眉山土地神；支丁卷七《郭节士》，郭节士因尽力抗敌、忠义殉国被阴间立为神；丁志卷十四《明州老翁》，富翁的豪宅被魏丞相所得，丞相为使屋宅安宁，塑富翁像供做土地神，可见土地神可由人间丞相任命；丁志卷十《天门授事》，胡雄因长相奇特，能看见自己的耳朵，死后得到百姓的供奉而为神。

随着神灵向人间社会的靠近，人神距离的拉近，这些神灵也有自己的世俗要求，如他们也渴望得到俗世的封赐。如丁志卷十《天门授事》，死后为神的胡雄向书生请教朝廷的赐封之道，作者评价说："神既受职于天，犹规规然慕世之荣名。"补志卷十六《太清宫试论》，死后为神的张勋，告诉妻子："汝但强为善，凡欺人之事，一毫不可为。倘一善堪录，径登仙籍。今无问名山洞府，只蓬莱宫自缺三千人。"可见神仙空缺很多，只要世人一心行善即可列入仙籍，这些神仙还要参加太上老君召集的考试，根据结果进一步升迁，这分明将神仙与人间官吏等同。神仙不再圣洁脱俗，他们和人形成一种互助关系：人对神虔诚膜拜，希望能解决面临的难题或满足心中的愿望，神也需要人帮助自己摆脱困境。如甲志卷十《观音医臂》，寺庙中观音菩萨像手臂受损，得同病的村妇梦见一白衣女子求助。丙志卷一《神乞帘》，土地神因庙窟简陋向何生求助门帘。丁志卷二《张敦梦医》，黄蜂在神仙耳朵中筑巢，医生张敦梦见神向自己求助。当人在虔诚事神却得不到庇护时，会对神提出质疑和警告，如丁志卷三《海门盐场》，刘某殷勤奉佛但常有妖怪骚扰，遂与神约定："能悉改前事，当召僧诵经，办水陆供，以资名福。不然，投偶像于海中，焚祠伐树。"补志卷十五《镇江都务土地》，王正邦因三十缸酒变臭而质问土地，最后神改过。有时神灵还会主动向人类承认自己的错误，如丁志卷五《威怀庙神》，书生就科举前途询问于神，连得阴珓，后梦见威怀王前来道歉，称由于自己外出，阴珓为不识时务的夫人误发。

《夷坚志》中还有大量不为政府所承认的邪神。如丁志卷十九《江南木客》、卷十三《孔劳虫》等篇中所记淫人妻女的五通神，支甲卷六《七姑子》中喜欢捉弄人的七姑子，补志卷十五《百花大王》《奉化三堂神》、支乙卷五《南陵蜂王》、三补《花果五郎》《护界五郎》等篇所记都是得到当时民众信奉的淫神，他们的世俗性更为突出，而且带着俗人的劣根性，大多行为不端，有些甚至需要信徒杀人来祭祀。这些邪神之所以拥有信徒，是因为他们也各自拥有神通，能满足世人的愿望，正如三补《张婢神像》中所言："幽冥间无问尊卑小大，皆能随力自表以享祭供。"甚至有人相信"尽敬则可不劳而厚获"①，这正是宋代民众信仰的普遍心理，是神巫佛道等为广泛民间接受的原因。

---

① （宋）洪迈：《夷坚志》，北京：中华书局 2006 年版，第 1448 页。

三、婚恋丽情类题材

婚恋丽情小说，指描写男女两性恋爱、婚姻的作品，主要包括人与异类的姻缘故事和人间男女的婚恋故事。《夷坚志》中的这类作品情节多曲折富有传奇色彩，是《夷坚志》中艺术成就较高的作品类型之一。

（一）异类姻缘故事

《夷坚志》中的异类姻缘故事数量较多，内容也比较丰富，有人和神（仙）、人和鬼、人和妖三种类型，这些异类可化身为女子，也可以男子的身份出现。在两性交往中，异类往往比较主动，一般自己直接向人间男女示爱并自荐枕席，少量作品由异类委托他人前来说合，如支癸卷五《连少连书生》，书生与萧家木下三神所化女子的婚姻，是由一个自称媒婆的紫衣老妇先来做媒的；支庚卷七《周氏子》，苦读的书生被一个穿道服的隐士看好，交往一个月后把妖女介绍给男子。这类故事情节大致相似：异类主动与人间男女修好并发生亲密关系，交往一段时间后异类离开，或被人发觉杀死，或者复活（托生）变为人类，与异类交往的人间男子往往消瘦憔悴甚至死亡，而人间女子一般没有什么大碍。具体篇章各有差异，现概述如下。

1. 人与神（仙）

人与仙的婚姻故事在《夷坚志》中比较少见，这类故事多发生在女仙与人间男子之间。如丙志卷十一《锦香囊》，坐馆的书生得到仙女的眷顾，女为天上一巨星下凡，"宝冠珠翘，瑶环玉珥，奇衣袀服，仪状瑰丽，图画中所未睹"。女子预言书生将科举及第，离开时叮嘱不许向外人道，并留锦香囊为纪念。丙志卷十八《星宫金钥》，李生被仙女带到一城，"瑶宫玉砌，佳丽列屋，气候和淑，不能分昼夜"。有许多绚丽缤纷的人间星星挂在屋檐上，后因李生思念父母，仙女用一包星宫金钥将其送回。丁志卷十九《留怯香囊》，中举后的书生暗中与水中仙女交往，书生赴任后女子才离开。三志己卷一《石六山美女》，一少年经石六山时，被一美女带至一处，"但见琼楼瑶砌，碧玉阶梯，中铺宝帐，名香芬馥，奇葩仙卉，不可殚述"。女能诗善歌，在少年不思归时，劝其归去以免家人挂念。这些仙女美丽又善解人意，男子与其交往，甚至更为强健长寿，其爱情生活美好而浪漫。

人与神的婚恋有时发生在男神与凡女之间。如补志卷十五《雍氏女》记北阴天王之子与雍氏的爱情，北阴天王之子爱上小胥吏的女儿雍氏，不仅赠送钱财，还为雍氏延寿十二年，雍氏父母不同意两人的婚姻，欲将女另嫁他人，并请道士、高僧行法驱治，北阴天王之子对雍氏婚事百般阻挠，直至无人提亲，后被一法术高明的道人制服，雍氏常常回忆两人曾经共处的快乐时光。同卷《嵊县神》记某庙大王看中某家人间女子，请媒婆前往说合并安排相亲，女子家人向天曹告状，城隍判大王另娶他人。支甲卷一《五郎君》，民妇郑氏美艳出众，丈夫刘庠不善治生而穷困潦倒，对丈夫不满的郑氏与五郎君交往，刘庠贪财而让出妻子。这类人神婚恋故事的世俗味浓厚，其中男性神灵表现得极为强势，他们利用自己超现实的能力占有人间女性。

2. 人与鬼

《夷坚志》中有许多人与鬼的婚恋故事，这类故事一般发生在人间男子与女鬼之间。其中书生与女鬼的故事最多，如支丁卷六《南陵仙引客》，刻苦攻读、一心以功名为念的书生深夜被女子造访，女子非常大胆直率，称"自媒自献"，书生从此放弃学业，并与女子育有一子，后寻访女子家乡，方知为鬼。丁志卷一《南丰知县》，书生与深夜而来的女子交往而日益憔悴，父母强行与子同睡，其健康状况才有所改善，后书生离开父母独处时，女鬼愤怒前来质问，欲将其领入八角井中，书生快要掉入井中时为土地神所救。这些女鬼为深夜苦读的书生带来了慰藉，但也影响了男子的健康。

还有些女鬼出现在男子孤独的旅途中。如三志己卷四《暨彦颖女子》，女鬼主动坦白自己身份并离开，男子相思成疾。支癸卷七《陈秀才游学》，在外求学的穷秀才也有女鬼来陪伴。男子在春游、观灯等休闲娱乐时也渴望女子相随，如补志卷十六《任迴春游》，支庚卷八《江渭逢二仙》，记书生正月十五观灯时，与前代妃嫒张丽华、孙贵嫔的交往，席间侍女所言道出书生的心理："歌曲只能动情，未畅真情；酌醴只能助兴，未洽真兴。与其徒然笑语，何似罗帐交欢？"这类婚恋故事多发生在书生孤独苦学时，或在书房，或在旅店、寺庙等地方。

女鬼主动与男子交往，有些是出于采阳补阴的目的。如乙志卷七《毕令女》，毕令二女儿看到书生桌上的铜镜，认出是姐姐灵柩中的陪葬品，才知亡姐与书生在交往，毕令打开棺板时，"长女正叠足坐，缝男子头巾，自腰以下，肉皆新生，肤理温软，腰以上犹是枯脂"。女鬼得到九天玄女所授起死复生法术，毕家的启棺令事半途而废。又如三志辛卷十《王节妻裴》，裴氏先后嫁给彭生、王节为妻，巴陵活神和云水道人都告诉王节："汝妻非人，乃三世之鬼。先在永州东关惑杀蔡氏儿，继在桂府化为散乐，惑杀杨二郎，其三则彭六也。既夺三人精气，养尸成人，他日汝定丧命。"
所以女鬼与男子交往，男子的阳气被其吸取后，往往会日渐消瘦、染病上身，甚至累及性命，这种结局实际暗含着对男子纵欲的警告。

女鬼与人间男子交往时，对男子的身份、地位等一般不加选择，《夷坚志》中除女鬼与书生交往外，还有文官、武弁、医生、商人、农民、和尚等人群。如支戊卷八《解俊保义》，武官解俊在寺中借宿，有一女飘然而至，经常拿金银相赠，武官不知其为女鬼，欲正式礼聘，女子说："吾父官颇崇，安肯以汝为婿，但如是相从足矣。"女鬼可谓狡猾，以其父官职高为借口阻止男子了解自己的身份。支甲卷三《吕使君宅》，武夫在骏马的引诱下与一对鬼姐妹来往。三志辛卷九《赵喜奴》，卢生四处行医，某日因觅旅店未果，来到美丽女子的小茅屋并共度良宵。支丁卷五《黟县道上妇人》，做苦力的农民清晨遇到一愁容满面的妇人求助。丁志卷十五《张客奇遇》中的婚恋发生在商人与女鬼之间，张客在旅店遇一美女求欢，女子承认其为死在客店中的鬼，生前为妓时与杨生交情颇佳，但杨生背信弃义，卷其家财另娶，张客同情女鬼遭遇，并助其复仇。支甲卷八《宁行者》、乙志卷十《余杭宗女》中的婚恋故事则发生在女鬼与僧人之间。

有些人鬼故事发生在男子的家中，即男子与亡妻之间。如支戊卷十《程氏买冠》，士子与妻子相敬相爱，恩义甚笃，但妻不到三十而亡，丈夫一直念念不忘，每日食宿皆同亡妻一起，有事也与亡妻商量。三志己卷三《睢佑卿妻》，睢佑卿妻美而慧，染疾而亡后，"睢妻所怜爱，殊不能堪，月夕花朝，未尝不兴念"。睢佑卿与妻的亡魂交往，当鬼魂不再来时，睢佑卿忧郁而终。这类故事体现了夫妻之间真挚、矢志不渝的感情。

有时男子真挚的爱情会令女鬼死而复生。如乙志卷九《胡氏子》，胡子常酌酒祭奠女鬼，"自是日日往，精诚之极，发于梦寐，凡两月余"。女鬼深受感动，现身与胡子交往，胡子父母后来欣然接纳女子为媳，正式向女家下聘。补志卷十《杨三娘子》，士人在战乱中与表妹亡魂结为夫妻，后才知妻为鬼物，但仍不离不弃，女"感君恩意之勤"，苦苦向阴官乞求托生女身，与男子结为正式夫妻。

《夷坚志》中痴情的女鬼也较多。如支庚卷一《鄂州南市女》，富家女对茶店男仆相思成疾，但男子"鄙其女所为，出辞峻却，女遂死"。樵夫盗墓，女子复活，又去寻找心上人，男子不为情所动，竟失手将女子打死，女子的痴情与男子的冷漠对比鲜明。又如支甲卷六《西湖女子》，一见钟情的男女，其姻缘被女方父母所阻，女子忧郁而终，鬼魂追随男子。甲志卷四《吴小员外》也记青年男女在人间不能结合，女子死后变作鬼来完成心愿。三志壬卷十《邹九妻甘氏》，妻子寻找经商多年未归的丈夫，不幸沦落风尘抑郁而终，鬼魂前去与丈夫交往，却遭到丈夫的嫌弃。同卷《解七五姐》也记妇女寻夫事，亡妇因九天玄女之术而复活。丁志卷九《太原意娘》，将鬼妻寻找丈夫放在金兵入侵的战乱背景下，不仅写出了王意娘的痴情，还体现了女子不愿受辱而选择自杀的气节。

总之，《夷坚志》中的女鬼与人间男子交往，有些抱着采阳补阴的功利目的，给男子带来了伤害，但也有许多女鬼善良可爱，她们与男子交往是为了自己的爱情，满足在人世间不能实现的愿望，虽然最后被迫分开，或被道士等识破身份，或男子病死，但她们表现出的勇敢和抗争精神体现了宋代女性对个人幸福的执着追求。

3. 人与妖

《夷坚志》中人与鬼的婚姻故事，男女性别角色比较固定，男子往往为世间人，女子一般为鬼物。而人与妖的故事，妖可以化身为男性，也可以化身为女子。《夷坚志》中的这些妖可以是某种具体的精灵，如狐、蛇、虎、猪、古琴、柳树等，精灵幻化的人，除变化多端、有超常的能耐外，有些还多才多艺。如三志辛卷五《历阳丽人》中的女蛇精，不仅貌美衣丽，而且能"商榷古今，咏嘲风月，虽文人才士所不逮"；补志卷二十二《姜五郎二女子》中的女蛇精也是琴棋书画样样皆通；支丁卷六《刘改之教授》，刘改之的抒情词引来了知音女琴精的相和；丙志卷十六《陶象子》中的柳树精出口成章，谈吐非凡。

这些精灵与人类交往，会怀孕生子，但所生往往为异类。如三志己卷二《璩小十家怪》，璩妻与猿猴精结合后，璩妻生下一个小猱；补志卷二十二《钱炎书生》，蛇妻怀孕后也生下一小蛇。这些女精怪与凡男交往后，会令男子日显羸疾，但有化解的办法。如补志卷二十二《懒堂女子》，法师捉住化作女子的白鳖精后，将其烹食做成丸药让男子服用，男子病愈。又如丁志卷二十《黄资深》，化作女子的狗精被打死后，"剖其腹，似有孕，一物如皮球，膜里皆精液"，煮熟后男子服用病愈。因为有化解之法，比鬼物变化的精怪对人类的威胁减轻，因此产生的恐惧感也就没有那么强烈。

《夷坚志》中人与妖的婚恋，除发生在人和精灵之间外，还有许多发生在人和画像、土偶之间。如补志卷十《崇仁吴四娘》，书生在旅店拾得美女画像，顿生爱慕之心，夜半画中人现身，两人极尽欢爱，画中人离别时预言书生的科举及婚姻，后书生所娶妻子与画中人长相相似。丁志卷十三《潘秀才》、支甲卷五《唐四娘侍女》、支甲卷七《建昌王福》等篇记男子与寺庙中女土偶之间的交往，男子多数身体受损但仍执迷不悟，后家人或长者毁坏泥像，男子才得以解脱。土偶妖可能比较容易识别，所以一般不需要特别的法师，如《建昌王福》是由男子父亲发现并处置的，《潘秀才》由学正降妖，支丁卷二《小陈留旅舍女》中书生有了同伴后，土偶女主动与男子告别。有些神庙中的侍女像变成美女直接与寺中和尚交接，如甲志卷十七《土偶胎》。当然，《夷坚志》中的这类故事并不完全发生在人间男子与女子画（塑）像之间，如甲志卷十七《永康倡女》，永康倡女喜欢灵显王庙门外的一尊骑兵塑像，塑像化作男子与倡女私会。

《夷坚志》中的人妖婚姻故事，有些妖身份不明。如支庚卷七《李源会》、支庚卷八《王上舍》，书生与不明来历的美女交往后均以死亡告终。支乙卷一《王彦太家》，王彦太外出经商，"历岁弗反，音书断绝"，家中妙龄妻被妖侵犯并占有，家人请道士和二十多个僧人尽力捉怪，但都无法对付，后王彦太归来，听完妻子的诉说，持剑刺死妖怪。僧道都难以处置的怪物，却被丈夫轻而易举地制服，篇中的无名之怪实为人的情欲，丈夫对妻子的宽容，肯定了妇女的正常需求。所以《夷坚志》中的妖可以变化为男子，与人间女性缠绵，体现的是一种男女平等意识，这与《聊斋志异》中极少有怪物骚扰人间女性是截然不同的。

（二）人间婚恋故事

《夷坚志》中有许多不涉鬼怪的人间婚姻故事，这些故事从男女恋情、婚姻家庭的角度，展示了宋代丰富的社会生活内容，反映了宋代妇女真实的生活状态及情爱态度。

1. 战乱中的婚姻家庭

宋代频繁的战乱造成了许多家庭的分崩离析和悲欢离合。补志卷十一《徐信妻》，金兵南侵，徐信在兵乱中与妻子离散，与一位"敝衣蓬首，露坐地上，自言为溃兵所掠，到此不能行"的落难妇女结为夫妻，后在街头碰到妇人亦因战乱失散的前夫，前夫已另娶他人，领新妇"登信门，信出迎，望见长恸，则客所携，乃信妻也"。两位男子都因战乱失去了结发妻子，当再见面时，妻已成为他人妇。妇女在战乱中不仅失去丈夫，生活没有着落，而且还要被金兵掳掠糟蹋，虽然故事中两对夫妻最后各复其故，但大团圆的结局仍掩饰不了战乱留下的阴影。

丁志卷十一《王从事妻》也记一对离散夫妻的重逢，官员王从事和妻子分散是由于妻子用被盗贼拐卖，五年后王从事在西安知县的宴会上吃到妻子特殊方法烹调的鳖肉，才与已成为知县妾的妻子团聚。可见宋代乱世下盗贼的猖獗，连官妇都敢拐卖。这些男子都重新接纳已经失贞的妻子，体现了宋代贞操观念的淡薄，也体现了作者对这些受害女子的同情。

2. 丰富多彩的奸情故事

《夷坚志》中许多篇章以奸情作为表现内容。如三志辛卷一《张渊侍妾》、支乙卷五《杨戬馆客》，均记妾与家庭塾师的私通，丈夫用阉割等残忍的方法惩罚奸夫。而妾之所以红杏出墙，与丈夫的严格管制有关。如篇中杨戬，"其姬妾留京师者犹数十辈，中门大门，悉加扃锁，但壁隙装轮盘传致食物，监护牢甚"。可见其妾与囚徒无二，杨妾在这样的监禁中敢于置梯和情人约会，足见其胆识，与三志辛卷七《舒椎货妾》中的舒妾相仿："此妾蹈死如归，视官刑如谈笑，固非笼中物也。"丁志卷三《南丰主簿》中的妾不但与某侯兵私通，而且欲投毒杀主谋财，由于狗误食毒粥，主簿幸免于难。

《夷坚志》中有许多因奸情引发的自杀或谋杀。如支癸卷四《郑四妻子》，郑四妻子与收养的义子公开通奸，年老的郑四含辱自杀。补志卷五《张客浮沤》，商人张客年轻的妻子与仆人李二私通，外出经商时，李二在暴雨中杀死了主人，娶张妻为妇。

《夷坚志》中有些奸情类故事的重点在于展示如何策划、实施奸情。如支景卷三《王武功妻》、再补《义妇复仇》等，奸僧为了达到占有官人妻子的目的，故意送其贵重物品或情书让官人知道，官人因此疏远甚至休掉妻子，妻子在生活无着落时沦入奸僧魔爪。支景卷三《西湖庵尼》，少年为满足和官员之妻私通的愿望，用施舍大量钱财的方式巴结在官员家出入的尼姑，尼姑以设缘会为名邀请官员之妻出席，并安排场所供少年通奸。奸计败露后，僧人、尼姑都受到官府的惩处，女子也得到大家的原谅和同情。

整体来观照《夷坚志》中的奸情故事，涉入其中的女性只要不是谋财害命，多能得到世人的理解和宽容，甚至有些令男子命丧黄泉的奸情，作者也给出一些通奸的理由，如《张客浮沤》："张年五十，而少妻不登其半，美而且荡，李健壮，每与私通。"又如《郑四妻子》，郑四体弱多病，"年六十余，唯一妻，而年方及半"。老夫少妻带来了家庭生活的不稳定，由此引发的奸情得到人们的同情。

3. 重财与重情——婚姻生活中的抉择

《夷坚志》中婚姻故事体现了金钱在现实婚姻生活中的重要地位。如三志辛卷五《汪季英不义》，男子弃妇离家，甚至在妻病危时都不愿归来探视，如此不满是由于妻子的嫁妆不多。补志卷二《吴任钧》，即将入仕的读书人打算抛弃有了婚约的普通女子，到京城官宦人家或地方富户中选择更好的配偶。补志卷十一《满少卿》，满少卿在"穷冬寒雪，饥卧寓舍"时，被平民百姓焦大郎收留，并娶焦女为妻。两年后满少卿考中进士，嫌弃焦氏门户寒微，另娶嫁妆丰盛的朱氏为妻，焦女在家苦等，最后抱恨而终。三补《崔春娘》，书生在落魄时受到妓女崔春娘的资助，两人情感甚笃，约为婚姻，书生连获乡举后，违背誓言娶一富家寡妇为妻，书生认为："半世困于书生，苦贫为祟，若更聘一娼，两穷相守，何时可苏。"这些书生发迹后，为了钱财而背信弃义，成为令人唾弃的负心汉，最后都得到该有的惩罚。

由于婚姻生活中金钱的重要性，有些穷家男子甚至娶富人痴呆女为妻。如支戊卷十《芜湖王氏痴女》，虽然物质富裕，但这种婚姻难以久长。《夷坚志》中以钱财为出发点的婚姻故事反映了宋代婚姻观念的变化，即由以前的门第婚向钱财婚的转向。作者对这些唯利是图、见利忘义的男子予以揭露和批评。作品同时也记载了有些书生在发迹后对糟糠之妻的不离不弃，如支丁卷九《盐城周氏女》，书生吴公佐落魄时连家人都瞧不起他，朋友捉弄他，为其娶乞丐周氏为妇，后吴公佐获意外财而且金榜题名，夫妻感情依旧融洽。周氏当初被夫家所休沦为乞丐，嫁与吴生后，才成为美丽聪明的尊贵夫人，灰姑娘变成公主，不是命中注定，书生的重情重义才是根本原因。有些书生发达后甚至对位卑貌丑的妻子也能一如既往，如支丁卷九《张二姐》，刘逸民娶了在富人家坐馆时认识的婢女张二姐，张二姐"形体枯悴，肌肤靫散，绝可憎恶"，后来刘逸民科举及第做了京官，觉得丑妻温良贤惠，能与其同甘共苦。这种婚姻已超越了财富和相貌，建立在双方的德行和情感上。

丁志卷四《孙五哥》记一对痴情男女的故事，青年男女真心相爱并私订终身，但女方家长嫌弃男子没有功名，将女儿许配他人，女子婚后染疾大病数月，苦苦相思而瘦骨嶙峋的男子吐血殉情。补志卷十九《蔡州小道人》则以有情人终成眷属为主题，男子通过下棋觅偶，所钟情的女子也为棋林高手，令两人的婚恋在自主中多了分知己之爱。

《夷坚志》中也有些婚姻故事突出了女性的主体地位，塑造了聪明能干、自立自强的女性形象。如丙志卷十四《王八郎》，商人王八郎恋上娼妓，欲逐妻子出门，王妻聪明地转移财产，然后主动与丈夫离婚，并争得女儿的抚养权，移居别村靠做点小生意平静度日，王八郎找上门时，妻斥责曰："既已决绝，便如路人，安得预我家事？"甚至死后都不愿与丈夫同穴。又如支乙卷一《翟八姐》，翟八姐年近四十，容貌丑陋，因其健壮能干、擅长经营，被大商人王三娶为妻子。这些和男子一样投身商海，甚至巾帼不让须眉的女性，不但令男子尊敬爱慕，而且在婚姻生活中居于主动地位，有时还被男子所依赖。如乙志卷一《侠妇人》，董国度赴任莱州时，恰值中原陷落被困在旅店，店主帮他买得一妾，"性慧解，有姿色，见董贫，则以治生为己任。罄家所有，买磨驴七八头，麦数十斛，每得面，自骑驴入城鬻之，至晚负钱以归。率数日一出，如是三年，获利愈益多，有田宅矣"。女子帮董国度解决了经济上的困难，还帮助董国度安全抵达阔别已久的家乡。补志卷十四《解洵娶妇》，武官解洵被困在北方的沦陷区，妻子又被溃兵抢走，生活无着，沦为乞丐，有人为他娶了新妻，女子帮其度过困境，护送其回归南宋，一路上"水宿山行，防闲营护，皆此妇力也"。这些妇女的能干使其形象蒙上了一层传奇的色彩，反衬出男子的无能和软弱。

《夷坚志》中人间婚恋故事还包括妓女和士子之间的爱情。如补志卷二《义倡传》，义倡"善讴，尤喜秦少游乐府，得一篇，辄手笔口咏不置"。闻知秦少游死后，义倡殉情。三志己卷一《吴女盈盈》也记文士和妓女因诗文而结缘，小说中连缀八首诗词，显示了男女才华和其感情的发展，这种大量掺杂诗词的做法，为明代的文言传奇小说所继承。

总之，从《夷坚志》中的婚恋故事可看出，宋人的婚姻观念比较开放，男女大胆相恋，少有礼教的束缚，正常情欲得到肯定并获得世人的支持，妇女贞操观念淡薄，再嫁不受社会舆论的谴责，而且妇女在经济生活中具有一定的地位。

四、科举仕宦类题材

科举仕宦小说指描写士子科举及科举成功后入仕的执政与官场状况的作品。具体包括中举的征兆、考生、试题、考官等科举内容，官场的尔虞我诈、以公谋私、贪污受贿、草菅人命等现象。

洪迈对科举有过亲身体验，中博学鸿词科后步入仕途，逐步成为令人羡慕的高官显宦。《夷坚志》中的故事有相当一部分由和洪迈有着相同人生经历的士子官员所提供，与其生活相关的科举仕宦题材成为《夷坚志》的重要内容之一。

（一）科举

宋代科举考试的普及和相对完善，使得录取考生的社会阶层范围及数量比唐代明显扩大。唐代规定："工商之家不得预于士。"① 而宋代承认："工商之子亦登仕途。"② 宋代士农工商家庭出现应举热，如补志卷二《吴任钧》，帽匠吴翁教子吴任钧读书，邻居商人史老，"亦重儒术，欲以女归钧"。补志卷七《赵富翁》："抚州赵富翁，家饶于财，常以名不挂仕版为慊。"又如甲志卷十一《潘君龙异》，富翁潘军"生自擢进士第，至郡守"。贫寒之家更热衷于科举，如丁志卷五《威怀庙神》，宋神宗时拜相的陈升"少年时，家苦贫"，通过科举才得以出人头地。甲志卷十一《何丞相》，何丞相为布衣时，穷得连赴京考试的路费都没有，去富人家借钱时甚至遭到守门人的歧视。宋代"名卿士大夫，十有八九，出于场屋科举"③。入官为仕是士子科举的目标，因为"有官便有妻，有妻便有钱，有钱便有田"④。在及第后高官厚禄的诱惑下，科举成为世人心目中的头等大事，充满着神圣而又神秘的色彩。

《夷坚志》中的科举故事多体现出一种定命论的意识，即科举成功与否，取决于考生命运的好坏与命中的有无，一切在冥冥中自有安排。如支庚卷九《扬州茅舍女子》，扬州某士人误入仙界蟾宫，看到仙女在织登科记录，而士人在仙界所见与朝廷宣布的录取名单完全一致。丙志卷十一《赵哲得解》，李某梦见死去的同事抱着一堆文书，说："此本州今科解试榜，来书岳帝。"可见书生能否金榜题名，神灵先要过目审查。

积阴德与否是神灵审查的重要内容。如补志卷九《童蕲州》，童蒙"未第时，居城北郭外曰塔步，贫甚，聚小儿学以自给"。邻家女爱慕其年轻英俊而主动投怀送抱，并大胆表白："苟不见容，当死于此耳！"遭到童蒙的严厉拒绝，后童蒙因此考中进士，"识者谓童蒙不欺暗室，当置古人中，天报施矣！"丙志卷三《费道枢》也记载了费道枢拒绝女色而登科。支戊卷二《胡仲徽两荐》，富家翁想以三百贯钱为报酬，让穷书生胡仲徽在科举考试时帮助其子，胡仲徽不为利所动，百般拒绝，后得以金榜题名。甲志卷五《许叔微》，许叔微家境贫寒，梦见神人相告："汝欲登科，须积阴德。"从此许叔微学医，救治了不计其数的病人，后来果然以第六名的成绩中举。

阴德有些是自己所积，有些则为祖先所积。补志卷三《袁仲诚》中

① （唐）李林甫等：《唐六典》卷三《尚书户部》，北京：中华书局2014年版。

② （宋）徐松：《宋会要辑稿》，北京：中华书局1957年版。

③ （元）戴表元：《剡源文集》卷九《陈晦文诗序》，《文渊阁四库全书》，上海：上海古籍出版社1981年版。

④ （宋）洪迈：《夷坚志》，北京：中华书局2006年版，第1030页。

说："士人中第，非细事否，要须由阴德，然后得之。大抵祖先所积为上，己有德次之。"同卷《曾鲁公》记曾鲁公为己、为后代积阴德事：曾鲁公还是一介平民时，不相识的邻人夫妇为生活所迫，欲把女儿卖给商人还债，一家人深夜痛哭不已，曾鲁公行侠仗义慷慨解囊，令一家人完聚后，悄无声息地离开。"公至宰相，年八十，及见其子入枢府，其曾孙又至宰相，盖遗德所致云。"由于祖上积阴德，其后代即使才学一般也能中第。如支丁卷二《吴庚登科》，吴家非常富有，"专务阴德，凡可以济众振贫者，无所不尽"。到吴承事这一代生了两个儿子，次子吴庚"才短思涩"，但在考场上文思泉涌，朋友解释说："乃君家累世阴骘，彰闻天地，神祇故以善祥相报。"

相反，损阴德者多半考试不中。如丁志卷十七《刘尧举》，刘尧举本应科举及第，但因考试期间挑逗船家女并设法私合，不道德之举令其终生都未能考上进士。甲志卷七《不葬父落第》，陈杲因未能及时将亡父入土为安而被推迟登第。支丁卷七《丁湜科名》，富家子丁湜"少年俊爽，负才气，特酷嗜赌博"，赴京赶考时与两书生聚赌，因当天贪婪赢得六百万，被视为居心不善的牟利之举，后虽将钱退还，但本应为魁首的丁湜最后只居第六。

可见阴德和考试结果之间有密切的联系，而阴德的大小或有无，在很大程度上依赖于神灵的裁决，所以神灵对考生的暗示显得尤为重要。这些暗示多以梦、征兆等形式出现，所以考生在赴考前，首先是拜神，《陈尧咨梦》提到名山古刹"每当科举岁，士人祈祷，赴之如织"。梓潼神、紫姑神等民间神灵非常受文士垂青，相传可保佑科举及仕途的顺利。乙志卷五《梓潼梦》、乙志卷八《歌汉宫春》等篇记四川士人考试前拜梓潼神，祷告祈求神能赐科举考试的梦兆，而梓潼神的梦兆都非常灵验，甚至可以预言几十年后的中举情形。乙志卷十九《二相公庙》中二相公神也为京城士子所敬奉，"举人入京者，必往谒祈梦，率以钱置左右童子手中，云最有神灵"。神灵有时直接在梦中告知考试结果，有时则以物兆的形式预示，如丁志卷十一《郑侨登云梯》、甲志卷十三《卢熊母梦》等分别记梦见云梯、棺材而及第。神灵不仅通过梦兆预知考试结果，而且还会告诉家人通过改变可扭转劣势，反败为胜，如更名或换考试科目。在诸多改变中，通过更改名字而中举者比比皆是。如甲志卷六《李似之》，李子约的三个儿子弥行、弥伦、弥大参加乡试，均未考中，第四个儿子弥远在太学读书时梦见神要其更名为弥逊，弥远按神的安排更名，并取字似之，后果然中榜。支景卷八《黄颜兄弟》《平阳王爕》、支景卷九《谢枢密梦》《丁逢及

第》、支景卷十《赵积智》等篇，均记考生因梦中神人相告改名而中举。丁志卷十六《黄安道》，黄安道则双管齐下，改名、更换考试科目，终遂所愿。甚至书斋的名称也与科举成功息息相关，如丁志卷十四《存心斋》，士人先后更换书斋名为"亦乐（亦落）斋""居易（白乐）斋"，最后取名"存心斋"才获第。

征兆也是神灵暗示考试结果的一种方式。如支庚卷一《洪先辈鼓》，洪舜臣参加省试科举，到了揭榜日期，"鼓在架上，不击自鸣者三，其声振彻于外"。洪舜臣果然金榜题名。支庚卷二《浮梁二士》，浮梁书生冯一飞、朱文郁的考试结果，分别提前进入了卖豆腐村民、邻居的梦中。支景卷十《婆惜响卜》，河畔妇骂人的话竟然是书生科举成功的兆头。丁志卷一《夏氏骰子》，赌具给久试不中的书生带来希望，中举后骰子被其家顶礼膜拜。

这些梦告、征兆使科举充满了神秘色彩，用梦来预示未来，通过神灵告知考试结果，一方面反映了考生迫切希望科举及第的心理以及难以把握现状而无可奈何的精神状态，另一方面也形成了科举命定的结论。正如洪迈在支丁卷四《林子元》篇末所言："则凡朝至暮徙，倏去忽来，世以纷更数易，迎送烦费，归咎于造物。殊不知冥冥主张，信而有证，特假手于人。尽心力而营之，只可笑也。"丁志卷十《建康头陀》，被人瞧不起的秦桧还是书生时，就被人预言"他时生死都在其手"。丁志卷七《汤史二相》、丁志卷八《何丞相》主人公均在科考前就被认为前途不可限量，将来会拜为宰相。甲志卷十一《何丞相》还提到何丞相以黑龙之身出现在乡人梦中。被神灵圈定为有前途的考生，即使遭遇困难，神也会帮其解决。如甲志卷十九《沈持要登科》，因离考期只有两日，沈持要担心来不及欲放弃科考，晚上却被神人驱赶至河边，发现船夫早已在此等候；抵达后已过了考期，考卷却意外被暴雨沾湿，考试延期，沈持要得以顺利参加秋试并获第一。次年参加省试，沈持要欲交卷，巡逻者极力挽留让其检查考卷，结果沈持要发现错误并及时改正得以考中进士。这一切令沈持要觉得事非巧合，"盖旅中所见邻人拿舟，雨污试卷，轨革之卜，逻者之言，皆有默相之者"。

神人对书生帮助，有时会将考题直接相告。如甲志卷十三《传世修梦》、卷十四《王刊试卷》分别记考生在梦中、在街上遇黄衣卒而得到考题。支景卷三《三山陆苍》，士子将塾师陆苍的灵柩迁葬故里，并设道场超度，陆苍为答谢书生将题目泄露。支景卷五《伍相授赋》，考生家因供奉伍子胥的神像连续两天梦见考题。支景卷二《方耒招紫姑》，由于书生的数次祷告，紫姑神满足了其索要考题的愿望。

宋代的科场竞争空前激烈，"秉笔者如林，趋选者如云"①。在这场改变并决定一生命运的较量中，士子将成败归功于神的行为，因此《夷坚志》中的科举故事强烈地呈现出定命论的倾向，但在某些篇章里作者也对此表达了一定程度的质疑。如支乙卷二《邵武试院》，考生试卷因火灾被毁，小吏以臆想中考生得神人钱或遭棒击而定考试结果。作者篇末评论道："然则名场得失，当下笔作文之时，固有神物司之于冥冥之中，无待于考技工拙也。"科举成败虽为冥冥中注定，但神人也不会优待那些不学无术之人。

这些科举故事反映了一定的社会现实，首先展示了宋代书生的精神风貌，有些考生不仅满腹经纶，而且文武双全、多才多艺。如支癸卷八《游伯虎》，游伯虎"能读书作文，且习弓矢骑射。词场荐不利，遂应武举"。丁志卷十一《霍将军》，霍秀才等六人结伴赴京参加进士考试，"共买纱一百匹，一仆负之"。路遇一伙凶恶的强盗，官府悬赏都未能抓获，而霍秀才"独操所策短棒奋而前"，将七八个强盗打得东滚西爬。有些书生在饱读诗文时，比较务实，善于治生，如霍秀才和同伴凑钱买纱，实有经济之谋。又如补志卷十九《曹仁杰卜术》，曹仁杰没有盘缠赴京赶考，于是扮作卦师赚路费。此外，考试不中，退而经商务农的不少。如丁志卷十六《黄安道》，"番阳士人黄安道，治诗，累试不第。议欲罢举为商，往来京洛关陕间，小有所赢，逐利之心遂固"。支丁卷四《林子元》，"其兄自诚者，虽尝业儒，久已捐弃笔砚，为商贾之事矣"。甲志卷一《三河村人》，三河村"有村民颇知书，以耕桑为业"。可见宋代的士风既不同于唐代的轻浮、任情，也不同于明清的迂腐无能。

其次，《夷坚志》中出现了一大批久试不中的考生。如支戊卷十《朱南功》，朱南功"自幼嗜书，博览强记"，但多次应试而屡屡不中。支丁卷四《黄状元》，黄瀛"善属文""负俊声"，但自视甚高，多次未能考中。甲志卷十七《张德昭》，张德昭考进士考到年事已高都未能如愿。三志辛卷八《杜默谒项王》，科举失利的杜默在项王庙哭诉："英雄如大王，而不能得天下；文章如杜默，而进取不得官，好亏我。"支甲卷六《吴渗二龙》，屡试不中的考生跳井自杀。这些考生多才华出众，却流落不偶，作者在同情其遭遇时，不免有世道不公的感叹。

第三，《夷坚志》中有一些篇章是对考官行为的揭露。如支庚卷一

---

① （元）脱脱等：《宋史》卷二九六《梁灏传》，北京：中华书局 1977 年版，第 9863 页。

《林子安赴举》，某教授为了得到饶州试官的官职，与儒生林子安私下交易：林子安负责从其亲戚处讨得教授的荐书，教授则保证林在考试中金榜题名。教授达到目的后任主考官，将题目及答案交付林子安。除考官因私下交情泄题外，熟人请托也是影响科举公正的一个原因。如支癸卷二《杨教授母》，高栗晚上批阅试卷时，一妇女亡魂乞求手下留情将其子录取，而其子文章一般，高教授拗不过妇女之魂的再三恳求而答应。虽是一则鬼魂求情的故事，但改卷老师可决定士子的命运，如支乙卷二《黄五官人》，黄竑的考卷被某考官严重批抹而废黜，但同院的另一教授包履常却十分喜欢，包履常说："举人灯窗勤苦，一战殊弗易，亦可深惜。"某考官闻此自责说："前以所见一时谬误致尔，非君见临，几失一士。"书生的科举结果在顷刻间被改写。洪迈曾经经历过考场的失利，也曾身为科场试官，[①] 在科考制度还比较完善、公平的宋代，能站在考生的角度对阅卷者的行为进行警示，难能可贵。

（二）仕宦

《夷坚志》中的许多仕宦故事和科举故事一样，呈现出一种定命论的倾向。如支景卷二《蜀中道人》，预言张浚将来会出将入相，掌握军权，还预言盛极一时的秦桧将来会陷入困境。甲志卷十五《猪精》，善于看相的舒翁预言岳飞将来会掌十万之师建功立业，但也会遭人陷害。

宋朝帝王采取多种措施加强皇权，如把原来的相权一分为二，即中书和枢密院，分掌全国行政、军事，对于军队采取兵将分离，即"兵无常帅，帅无常师"，对于官员采取职和权的分离，相互之间构成牵制。宋代许多士子通过科举步入仕途，形成宋代士大夫官僚政治，而宋代没有任何一个士大夫家庭像以往的门阀士族那样，具有浓厚的根基和强大的实力，不仅不能世袭，甚至自身难保。如官高位尊的宰相一职，据周道济统计[②]，宋代共有 134 名宰相，任期累计 120 月以上者 9 人，其中蔡京四起四落，赵普、吕夷简、文彦博三起三落，秦桧两起两落，大多数平均任期不到 42个月。仕途的风云变化莫测，令入仕者觉得一切非人力所掌控，三志壬卷五《大和刘尉》记两个同名的书生刘彦宏，辛苦一生，合起来才享受三年

---

① 根据《宋会要辑稿》115 册、《宋诗纪事》卷四五、乙志卷八《无缝船》等，洪迈在绍兴十九年（1149）春补试，翌年解试。绍兴三十年（1160）春礼部省试中任考官，淳熙十四年（1187）春礼部省试中知贡举。

② 周道济：《宋代宰相名称与其实权之研究》，《宋史研究集》（第三辑），台北：台湾"中华丛书"编审委员会 1956 年版。

微薄的俸禄，"然则古往今来，蒙高爵厚禄，巍巍如山者，皆赋于造化，其栖迟厄穷，不怨天尤人可也"。

除福禄无定外，《夷坚志》有许多篇章记载了官场的尔虞我诈。首先是告密诽谤，捏造事实陷害。补志卷二十五《桂林走卒》，"是时秦方开告讦之路，数兴大狱"。周生在国忌日与歌妓饮酒作乐，遭到汪圣锡的批评，故对汪耿耿于怀，写信诬陷，多亏送信走卒截留，周生才幸免于难。甲志卷十三《陈升得官》，兵卒陈升因向郡守告发营中将领的预谋而得承信郎之职，甲志卷十五《辛中丞》，岳飞以前的部将王贵为迎合秦桧的心意，告岳飞谋反。乙志卷九《王敦仁》，待制胡汝明与转运使吕源曾有职务纠纷，遭到胡汝明杖打的府吏徐竿，暗中搜集胡汝明的过失呈给吕源，吕据此向朝廷劾奏，胡汝明被捕并死于狱中。乙志卷十九《贾成之》，新任知州赵持对通判贾成之不满，严加拷打通判府的其他官吏，追问贾成之的过失，将搜集到的诬陷之词向上级汇报，然后投毒将贾成之置于死地。挖空心思构陷对手的故事在《夷坚志》中举不胜举。《夷坚志》还记录了官员之间因告密争斗而引发的两败俱伤，如支丁卷一《建康太和古墓》、丙志卷三《李弼违》。

由于告密之风盛行，有些人专门以捏造别人长短来谋生。如甲志卷二十《邓安民狱》，"郡有贵客，素以持郡县长短通赇谢为业，二千石来者多委曲结奉"。因邵博没帮此贵客办事，被其编造十余条罪状诬告，牵连而死者除受邵博赏识的邓安民外，多达十几人。在陷害对手的诬告之词中，与金兵串通是常见的措辞之一。如乙志卷十九《马识远》，金兵南侵，通判开城投降，守将马识远因曾使金，被相识的金将放过并保全了城池，于是通判四处散布流言，称马识远和金兵勾结，金兵撤退是自己的功劳，愤怒的百姓杀了马识远及其家人，通判因此得到朝廷的提拔。乙志卷二十《龙世清梦》，由于金兵侵犯，处州失守，知州被罢官，与知州有宿怨的后任落井下石，编排罪状将知州逮捕入狱。丁志卷一《许提刑》，金兵渡过黄河，洛口失守，许提刑被贬，与两个儿子在一座小寺庙安身，被恶僧以盗贼之名告发，结果父子三人死于狱中。这些以金兵入侵为背景的篇章，写出了官员在国难当头遭同族陷害，自身难以保全的不幸。《夷坚志》中有些篇章以土匪猖獗的社会现实为背景，展示官员的丑态。如补志卷一《吴氏父子二梦》，土匪劫城时，守将黄某及各部门官员携财躲入山中，只有吴信誓死抗击，但后来黄某谎报军情把功劳据为己有，因而得到朝廷的赏赐，吴信则差点受惩处。

官员间的相互倾轧有时不只停留在捏造事实置对方于不利处境上，甚至还设阴谋置其于死地。如补志卷二《英州太守》，刘器之被贬到英州，宰相章子厚还一心想取其性命，林某领会宰相的意图，千里追寻到英州准备半夜动手。支庚卷三《林宝慈》所记本为官员间的私下恩怨，却闹到出动军队来围困并取对方性命的结局。

无论是捏造事实，抢占别人的功劳，还是置对方于死地，大多都以获得奖赏、职位升迁等私利为目的。为了满足自己的欲望，有些人还会为自己制造一些神秘的经历。如支景卷六《富陵朱真人》，安处厚向众人宣称自己曾被不相识的寺僧特别照顾，因为僧人梦见神人相告安为中书相公，安处厚又扬言自己为学生时，梦见真官说其前身为富陵真人，今生当为宰相。作者认为安处厚妄自尊大，故作玄虚是为升官制造舆论。由于宋代皇帝对所谓天书、祥瑞的重视，有些官员也对此加以利用，为自己的升迁铺道。如支乙卷九《宜黄青蟆》，"县人言神多化为青虾蟆而出，惟以小为贵。如体不逾寸，则邑宰必荐召，或以治最饰擢，胥吏按堵，不罹鲸逐"。小的青蛤蟆出现，官员会因此而得到提升。

当然，最行之有效的升迁之道莫过于巴结权贵，直接行贿。如甲志卷十八《杨靖偿冤》，"临安人杨靖者，始以衙校部花石至京师，得事童贯，积官武功大夫，为州都监"。任期快满时，又送重礼给皇宫、蔡京、童贯，以便连任。支癸卷九《沈大夫磨勘》，沈大夫总结其升迁经验："以为省部事无巨细，尽出此曹手，若挟贵临之，愈生节目。吾所费至微，然能撼之者，盖寻常士大夫行赇，经涉非一，及真入主吏家，不能十二。"可知士大夫通过行贿来升官，大多不是一次就能成功的。有些官员为讨好权贵，成为官场的"变色龙"。如丙志卷十八《徐大夫》、支乙卷四《再书徐大夫误》，徐大夫对来京汇报的韩姓官员很是怠慢，后发现其他官员对韩某毕恭毕敬，才知衣着简朴的韩某为监察御史，"徐大骇，急起欲谢过。燎炉在前，袖拂汤瓶仆，冲灰蔽室，而不暇致一语"，可谓狼狈至极。京西巡按使知道自己百般刁难的人为陶中丞女婿时，急忙迎来奉为嘉宾，恬不知耻地说："闻君有才，适来聊相沮，君词色俱不变，前途岂易量邪！"另一巡按使知道被自己嫌弃年老的护卒为当朝宰相的舅舅时，马上改变语气说："虽年高，顾精神不减，不知服何药?"三言两语便将这些见风使舵的势利之人塑造得栩栩如生。

《夷坚志》的有些篇章揭露了官员的贪婪、草菅人命，以及断案能力低下，是非不分。如甲志卷十一《陈大录为犬》、甲志卷十七《人死为牛》等篇记贪官死后变为动物，陈大录"冒贿稔恶"，王某"以刻核僵鸷处官"，强迫盐民加倍纳税，交不出便抄没财产。支景卷五《临安吏高生》，押录高生伙同妻子私吞官钱。

再如支癸卷三《张显祖治狱》，张显祖从监狱关押的富人处收受贿赂，担心事情败露而将富人杀死在狱中。丙志卷十二《吴旺诉冤》，一同饮酒的朋友，其中一个醉酒溺水而死，另外一方被刑讯拷打逼迫自认凶手。乙志卷十六《何村公案》，秦桧弟弟秦棣做宣州知州时，将私自酿酒的爷孙三人打死。丁志卷二《李元礼》，李元李主簿为凑足七个强盗邀功领赏，将一平民抓来凑数，结果七人均被处以死刑。乙志卷六《袁州狱》，三个弓箭手被杀，县尉两个月追查不出凶手，为了向上级交代，县尉许之以财说服四村民扮作凶手，承诺只是杖责，绝无性命之忧，结果四个无辜村民却被处死。这些草菅人命的官员是非不分，办案能力低下。如丁志卷十《新建狱》，县官仅凭死者亡前一句话认定凶手，结果制造了冤案。丁志卷十三《汉阳石榴》，婆婆年老无病而亡，孝妇被诬告投毒致命，在酷刑逼供下，孝妇被迫承认，死前向天盟誓：若无辜而死，插在石头缝的石榴花会长成大树，次日果然验证。

为了满足贪欲，有些官员利用职权收受贿赂，制造了许多冤案。补志卷六《安仁侠狱》记某少年犯杀人罪，其父通过贿赂推官，逃脱了法律的制裁。支戊卷五《刘元八郎》，富人林氏欠钱不还被告到官府，官府老爷因收了林氏贿赂而颠倒黑白，反说对方欠林氏钱。甲志卷十九《毛烈阴狱》，毛烈以欺诈的手段占有陈祈的田产，陈祈去县府告状，县吏因受毛烈贿赂，将陈祈以诬陷罪杖责。

《夷坚志》中也出现了为数不多的正直、恤民的清官。如支癸卷一《薛湘潭》，薛大圭本着为民负责的态度，微服私访侦破了无头女尸案。支丁卷一《营道孝妇》也以薛大圭为主人公，记其平反冤案事。支景卷十《向仲堪》，向仲堪对已经结案判了死刑的杀人犯重新提审，结果案犯无罪而被释放，向仲堪的理由很简单："若无罪而就死地，想仁人不忍为也。"补志卷三《郑庚赏牒》，叛将杨勃在郑庚的帮助下弃暗投明，为感谢郑庚，杨勃抓了二十多个普通百姓扮作强盗让郑庚以此为功请赏，郑庚查核后全部释放。

总之，《夷坚志》中的科举仕宦小说在定命论的影响下，不免具有神怪的色彩，但也有相当多的篇章不涉怪异，记载了以士子为中心的科举、官场中出现的现实生活之奇，比较全面地反映了宋代士人的真实生活状态。

五、世风民情类题材

世风民情类小说指描写社会各阶层普通人群在经济、日常生活中的所作所为，以展示其生存的社会状态，反映时代生活与世情风貌。

《夷坚志》由于故事提供者遍布社会各阶层，具有不同的身份，使得故事题材广泛、丰富。洪迈并非一味侈谈鬼怪以娱心性，对社会现实也有较多关照，《夷坚志》中有不少作品从多个角度反映了宋代的世风民情。

（一）战争与乱世

《夷坚志》中的许多婚恋、仕宦等题材作品都以战争为背景，而且有些篇章直接以战争作为表现对象，写出了金兵南下入侵时，惨绝人寰的杀戮和大量无辜生命的死亡。如支癸卷七《光州兵马虫》记载："光州经建炎之乱，被祸最酷。民死于刀兵者，百无一二得免。"郑人杰做光州太守时，看到屋梁上数百卷绳子，经历过兵乱的吏卒相告："方离乱时，民逃匿无地，悉自经于兹室，此即缢索也。风雨晦暝之夕，鬼哭不堪听。非特如是，州治之内，掘土过尺，则枯骸枕藉其间。"三志辛卷四《巴陵血光》，金兵的掳掠、土匪的猖獗令巴陵血光满天，并向周围蔓延。补志卷十《王宣宅借兵》，"虏逢人辄杀"，甚至连孕妇也不放过，仅一处就堆积数百具尸首。乙志卷十七《沧浪亭》，韩世忠的后花园，"金人入寇时，民入皇圃避匿，尽死于池中"。这些死者"或僧，或道士，或妇人，或商贾"，达数百人之多。

金兵的残杀令百姓纷纷南下避难。如支景卷五《圣七娘》云："建炎初，车驾驻跸扬州。中原士大夫避地来南，多不暇挈家。"有些百姓则奋起抗击。如支甲卷二《宿迁诸尹》："宿迁大姓尹氏，当离乱时，聚其族党起兵，劫女真龙虎大酋之垒，获祖宗御容与宫闱诸物，置于家。"夺得金国皇帝的财物，可谓战果颇丰；杀金人官兵者亦有之，如支庚卷七《村民杀胡骑》，金兵南犯江西时，四处攻城略地烧杀抢夺，几乎通宵不绝，被金兵挟持的女子，伺机挥棒将骑兵脑袋打碎，另一妇女凭自己的智慧将金兵推入井中，百姓们挥棍搏斗，为保全自己的家园而拼杀。

金兵的大肆屠戮，激发了民众的爱国热情，如丁志卷九《陕西刘生》，枢密院派李忠去沦陷区侦察情况，被田庠识别身份并遭到敲诈勒索，刘生劝李忠以大局为重："极知庠不义，然君在此如落阱中，奈何可较曲直？身与货孰多？且败大事，盍随宜饵之。"后来刘生找到敲诈成功的田庠，先询问乡里年甲，说："然则汝乃中国民，尝食宋朝水土矣……我亦宋遗民,不幸沦没伪土,常恨无以自效……吾与汝无怨恶,但恐南方士大夫谓我北人皆似汝,败伤我忠义之风耳。"刘生杀死田庠后将财物归还李忠,其爱国之情与胆识代表了沦陷区百姓的忠义之举。丙志卷九《聂贲远诗》,聂贲远任和议使"割河东之地以贿北虏",绛州人爬上城墙,将聂贲远的眼睛挖出,身体切成小片,以表达其痛恨之情。

宋金战祸不绝,盗贼纷而四起,如支乙卷十《傅全美仆》,士人正宴客时,数十强盗闯入,"急唤壮仆治御备,妇人皆登山。盗入门,见酒馔,恣饮食焉,掠财物四千缗而去"。又如支景卷一《张十万女》,"绍兴初,巨盗桑仲横行汉、沔间",所到之处抢劫一空。某巨富为家财所累无法远避,只得迎来匪盗奉为嘉宾,又被迫将女儿嫁与其为妻,但后来巨富全家还是未能幸免于难。《夷坚志》所记盗贼有些极为凶残,如支甲卷九《张离义仆》,张离"为盗所掠,求货不得,缚于大木之下,将生啖之"。支乙卷五《张花项》,"建炎、绍兴之交,江湖多盗,张花项、戚方尤凶虐",这些匪贼掠夺无数妇女,官兵在后追赶时,将其中不能行走的"八百女双足剁叠于庭","尽戕官吏不遗余"。

有些盗匪具有一定规模并形成了较为严密的组织,甚至士人也加入其中。如支庚卷七《盛珪都院》,"建炎庚戌,妖贼王念经啸聚旁邑,狂僭称尊。步市之人皆窜伏山谷"。因罪逃亡的官员前去投奔,并被授以官职。补志卷一《吴氏父子二梦》,土匪将郝大夫的母亲劫持,郝不得不陷身于土匪行列中。匪盗势力猖獗,朝廷常对其无可奈何,抓捕起来十分不易,如丁志卷三《谢花六》,"吉州太和民谢六以盗成家,举体雕青,故人目为花六,自称曰'青狮子'",官府多次追捕都被其逃脱,后官府通过其同伙的告密才成功抓获。丁志卷五《陈才辅》:"建炎末,建贼范汝为、叶铁、叶亮作乱。"这些人来势凶猛,甚至攻占了城市,朝廷难以对付只能将其招安。

当然,由于作者身份和时代的局限,这些所谓的匪盗中,有些其实是对贪官不满、为生活所迫揭竿而起的农民。如支景卷七《王宣二犬》,绍兴年间谢军九聚众起义,只杀豪族官员。《吴氏父子二梦》中的"土匪"也只抢劫贪官的财物。有些"土匪"胆量超群、勇悍多力,如支甲卷二《吴皋保义》,吴皋"聚亡赖,潜度淮",去抢劫富室,金主完颜亮责问宋朝官府限期追索,太守抓获后认为其是罕见的有胆有勇之人,遂将其释放。

在宋金交战、农民起义频仍的乱世中,不法之徒肆虐云集,如支戊卷四《黄池牛》:"黄池镇隶太平州,某东即为宣城县境,十里间有聚落,皆亡赖恶子及不逞宗室啸集。屠牛杀狗，酿私酒，铸毛钱，造楮币，凡违禁害人之事，靡所不有。"又如三志壬卷九《复州谢鲸》，荆湖南、北路居住的大多是行凶抢劫之人，这些人占当地居民的十之七八。

（二）"利"字当头的社会风尚

《夷坚志》全面展示了宋代发达的经济生活，描绘了一幅幅唯利是图者的肖像图，商人作为一个新的群体，在诸多篇章中成为故事的主人公，其商业活动和行为得到了较为充分的书写。

1. 屡见不鲜的谋财害命者

宋代的官员往往成为不法之徒实施抢劫的目标。如丙志卷十九《朱通判》，假道士以对弈获得拥有大量财物的卸任官员之信任，同船前行二十天后，与壮汉合伙劫财害命。支庚卷五《金沙滩舟人》，官人妻在船上将黄铜做的器物说成黄金而炫耀，船主夫妻伙同篙工起了歹心，将官员全家杀死并投入江中。支庚卷三《兴化官人》，船上篙工不仅抢劫卸任官员的财物，还食其子、奸污其妻女。这类命案多发生在四顾无人的江上舟中，作案者多为舟人，丁志卷十七《西江渡子》、支庚卷五《辰州监押》等都是此类故事，这些案犯极为嚣张，如《辰州监押》中的船夫在"湖弥漫万顷，四无他船"时，呵斥官人道："常德府是官人世界，这里是我世界。"作者在此篇中提到湖南境内多有此类事情发生。除舟中行凶外，有些官员被抢劫遇害的地点是客店，由店主和强盗同谋实施，如支甲卷三《刘承节马》。

除官员外，商人也是被劫持的对象。如支景卷一《江陵村侩》，村侩对商人的钱财起了贪念，趁机将其灌醉后杀死。支乙卷八《王七六僧伽》，布商王七六借钱给赵十二，赵久借不还，干脆将索债的王杀掉。支癸卷五《陈泰冤梦》，陈泰贩布发家后，以放贷获利，收钱时和仆人一道被曾小六谋杀。宋代商业经济发达，商人财产动辄数十万甚至百万，"位极人臣的当朝宰相，收入仅相当于中等商人"[1]。商人因为拥有财富，经常成为不法之徒的刀下冤鬼。

不法之徒除直接杀人劫财外，有些还通过从事人口买卖或绑架勒索而获利。《夷坚志》所记人口买卖的受害者多为官宦人家妻女，如丁志卷十一《王从事妻》、支戊卷九《董汉州孙女》，甚至连王室宗亲家的小姐歹人也不放过，如补志卷八《真珠族姬》，歹徒冒充王爷府的仆人，以正月十

五看灯为由,将真珠骗至偏僻古庙中奸污,然后卖给他人做妾。有些被拐者惨遭杀害,如支庚卷四《李成忠子》,官员年幼的儿子在外读书,被冒充仆人朋友的歹人接走,寻找一夜后,在丛林中发现被弃的尸体。三志壬卷九《俞杰孝感》记歹徒实施绑架来勒索钱财。

　　2. 工于心计的设局行骗者

　　有些歹徒工于心计,通过精心设计骗局达到占有别人钱财的目的。如三志己卷九《干红猫》,孙三每天出门前大声叮嘱妻子看护好猫,旁人因此产生了好奇,某天惊讶地发现猫全身为红色,于是有人出高价将其买下,可没多久红猫变成了白猫,原来不过是染色所致,而孙三夫妻早已人去楼空。补志卷八《吴约知县》《李将仕》《临安武将》等记歹人设美人计使官员蒙受巨大的财产损失,如《吴约知县》,年轻富有的吴约到京城参加吏部的考核,认识了皇家宗族赵监庙,赵宴饮时常带美貌的妻子来作陪,吴对赵妻表现得很放肆,但赵似乎无介于怀。一天,赵妻趁丈夫外出邀请吴前去幽会,就在两人准备同享春梦时,赵破门而入,以侵犯宗室妇为名要吴交出三百万钱,其实所谓的宗室妇不过为妓女所扮。用美人计设局时各有不同,如《李将仕》,女子躲在帘后唱歌,以互相交换礼物为借口,一步步引诱李将仕上床,之后实施敲诈;《临安武将》,以落魄美女来激发士人的同情心,进而让其慢慢上钩。《夷坚志》中的这类故事多发生在京城,男子往往年轻富有,缺乏处事经验,从而被奸猾之徒诱入陷阱。

　　除丰富多样的美人计外,补志卷八《王朝议》《鲍八承务》等篇记奸人巧设赌局来骗取来京客官的财物。如《鲍八承务》,一起赴京的朋友在旅途中以小赌来打发日子,奸人见其财物颇多而混入,先以多次输钱令对方放松警惕,然后加大赌注赢得对方一穷二白。同卷《郑主簿》是一宗买卖诈骗,歹徒以低价美女为诱饵,独自来京调官的郑主簿以为捡了大便宜,某天外出买书返回客店时,美女及其他财物已无影无踪。

　　《夷坚志》中的有些骗局是由僧人、道士或巫师设计实施的,他们利用世人对宗教信仰的热忱而获利。如支甲卷九《宋道人》,孪生兄弟分别扮作道人、和尚,然后在不同的地点、时间出现,给信奉者造成一种分身隐现之术的幻觉,从而使信奉者愈发虔诚,这些骗子则因此得到更多财物。同卷《益都满屠》《关王袱头》等篇也记宗教从业者设计骗财事,如《关王袱头》,关云长庙中有一个黄衣急足的塑像和士兵王云极其相似,主持此庙的巫师喻天佑把王云奉为贵宾迎入家中,并让他去耿迁的头巾店定做一顶与黄衣急足一样的帽子。耿迁做好帽子后一直不见有人来取,后看到关庙中黄衣急足时惊呆了,"事浸淫传,一府争先瞻敬。天佑正为庙史,藉此鼓唱，抄注民俗钱帛以新室宇，富人皆乐施，凡得万缗，天佑隐没几半"。

3. 见利忘义者

宋代经济繁荣，市民对财富的追求空前高涨，由此带来的负面影响是社会道德的沦丧，唯利是图者遍布社会各种人群。支癸卷八《杨道珍医》、丁志卷十《徐楼台》《水阳陆医》等篇记医生技术高超但医德低下，如杨道珍漫天要价，陆医对病人不负责任，甚至在醉酒状态下擅自下药而致病人死亡，徐楼台在给病人做手术时，中途突然停下来要求高价酬谢才肯继续。丁志卷十七《淳安民》、补志卷五《湖州姜客》等篇记敲诈勒索者的贪得无厌，如《淳安民》，某富翁误杀一村民，死者弟弟受大户指使扬言要告发，大户再出面在富翁与死者家人间斡旋，从而得到富翁的巨额谢金，几个月后又故作伎俩，如此者屡，富翁不堪其贪而自杀。丁志卷十一《蔡河秀才》记妓女贪财杀死独自前来寻欢的客人。支癸卷七《古田民得遗宝》，古田村民将蛊毒施给别人，致使许多人中毒而死，自己却因此日益富裕。三志辛卷一《林氏馆客》，塾师忘恩负义，私下搜集记录主人的不良言行，伺机告发谋财。

《夷坚志》中也有重义轻利者，不过为数不多。如补志卷二《乔郭两贤》，郭主簿买得乔官员的房子，从地下掘出一个藏几百两金银的坛子，郭不为所动，封存后原物奉还，而乔以天意所归拒绝接受。甲志卷九《王李二医》，某富翁以五百万酬金请李医诊病，但李医治疗十多天富翁病情都不见好转，接任李医的王医用李医开的药方只看了三天，富翁病愈，王医欲将得到的酬金与李医平分，李医坚决推辞。丁志卷七《荆山客邸》、补志卷二《何隆拾券》、补志卷三《雪香失钗》等记拾金不昧者的义举，其中《雪香失钗》有真实丰富的心理描写，丫鬟雪香遗失了主人的金钗，怕难以交代欲投水自杀，捡到金钗的弓箭手起初为飞来横财而窃喜，但想到此举将会置人于死地时，便将金钗交出。

4. 家族成员间的金钱纷争

在唯利是图的社会氛围中，亲戚之间的关系也蒙上了利益的阴影。如支景卷一《员一郎马》，女儿与他人通奸，塞大不仅不制止，反而怂恿情夫去杀女婿，以霸占其财产。丁志卷六《陈墓杉木》，陈氏族人因卖墓地杉木的钱而起纠纷，甚至大打出手最后告官，几户人家因此讼而倾家荡产。丁志卷五《三士问相》，黄崇怕自己的财产遭到分割，将父亲小妾所生男孩溺死。支甲卷八《符离王氏蚕》，弟弟向哥哥要蚕种，嫂子将蚕种火烤后交付，结果只长出了一条蚕。补志卷五《闻人邦华》，亲兄弟因财产分割而告官,又相互投砒霜致使彼此先后死于狱中。支庚卷一《丁陆两姻家》,兄弟争财产而打官司,哥哥将财产转移到姻亲家,官司平息后,姻亲想独吞财产而抵赖寄存之事。《夷坚志》中这类故事举不胜举,这些篇目展示了宋代经济繁荣所带来的人们价值观的改变,体现了作者对社会道德沦丧的思考,对见利忘义者的批评。

5. 形形色色的商人

宋代商人的社会地位得到提高,成为"士农工商"中的四民之一,《夷坚志》较早全方位地展现了商人及其经济活动。

首先,《夷坚志》记载了宋代经济发展中出现的一些新职业。如补志卷七《叶三郎》,"刘兄弟二人,税亩甚广,每岁所输官赋,悉以委叶,于出纳之间,颇获赢润,盖市井薄徒,俗目为揽户者是已"。叶三郎担任刘家兄弟的揽户,即经纪人或中间商,这说明商人在宋代已有了比较细小的分工,从叶三郎的工作被苏姓的富翁抢去,可看出揽户这个职业在当时竞争比较激烈。

其次,《夷坚志》记载了一些商人的发家史。如乙志卷十一《涌金门白鼠》叙述乞丐如何成为典当铺主人的传奇,原来是乞丐捉白鼠时,挖出装满白金的大瓮,乞丐以此为本钱经营当铺逐渐成了富翁。同卷《米张家》,卖水果的小贩阚喜夫妇得到了意外之财——一篮子黄金和白银,却被开茶铺的张氏用瓦砾换掉,"张氏由此益富,徙居城北,俗呼为'米张家'云"。乙志卷七《布张家》,贩布的小商人张翁救助了一位被官府执行处的囚犯,十年后因犯成为巨商,给了张翁五千匹布的生意作为报答,"张氏因此起富,赀至十千万,邢人呼为'布张家'"。

这些商人的发家史都与获得意外之财有关,这些意外之财有从天而降与靠自己经营而骤得之分,但当事人能够及时把握,并正确投资才是发财的关键。支丁卷三《海山异竹》中的张愿,面对上天的赐予——宝枷山聚宝竹,却视而不见,只用作篙杆船棹,剩下的一根被众商人争相抢购,出手后才得知此竹不同寻常:"每立竹于巨浸中,则诸宝不采而聚。吾毕世舶游,视鲸波拍天如平地。然但知竹名,未尝获睹也。虽累千万价,亦所不惜。"而张愿只卖得五千缗。令诸宝"不采而聚"的竹子和意外之财的实质一样,都表达了商人希望暴富的美梦。

最后,《夷坚志》对商人的逐利行为从多方面作了展示。如支丁卷二《朱巨川》,"余干团湖民朱巨川,一意治生,以不仁为富"。丁志卷十九《许德和麦》记将沙子拌到粮食里牟利的奸商。三志壬卷九《古步王屠》记卖注水肉赚黑心钱的屠夫。乙志卷十一《巩固治生》记用阴谋骗取老人、小孩财物的无德商人。甚至人们的善心也会被奸商利用，如三志壬卷八《孙十郎放生》，孙十郎笃信佛教，每次看到市场上卖的飞禽走兽，一定要买来放生，捕捉这些动物的人为了尽快把东西卖掉，又觉得放了的东西还利于再抓获，就纷纷送货到孙十郎家，以致他有时一天要为此花费两三万钱。

商人的好利莫过于开黑店者，如三志辛卷六《胡廿四父子》、乙志卷三《浦城道店蝇》、支丁卷四《朱四客》等篇记开店的父子或夫妻相互勾结，抢夺客人财物甚至杀人害命。如《朱四客》，男店主占山为王持刀抢劫，女主人留在店中对付漏网之鱼。有些开黑店者极其凶残，如三志辛卷三《建昌道店》，店主趁客人熟睡时将其杀死，占有其钱财，还把死者的肉砍成碎块烘干，拿到市场上去卖。补志卷八《京师浴堂》记京城的茶馆将外地客人杀死卖肉。

此外，《夷坚志》还记载了宋代商人泛舟海外的冒险经历，如补志卷二十一《鬼国母》《猩猩八郎》、支甲卷十《海王三》等，这些篇章反映了宋代海外贸易的发展情况。

（三）虐杀及公案

《夷坚志》揭露了虐奴及滥杀者的罪恶。如三志己卷五《李持司法》："德兴李持司法，平昔好饮，每醉，必使酒，御仆妾甚酷，捶楚未尝一日弛于家。"鞭打奴仆司空见惯，甚至自己睡觉时将仆人彻夜绑在庭下，奴仆在忍无可忍中将其杀死。又如支乙卷八《杨政姬妾》，杨政虽为秦中名将，官至太尉，"然资性残忍，嗜杀人"。姬妾稍不合意就被杀死，并剥皮挂在墙上。支乙卷九《王瑜杀妾》，江东兵马钤辖王瑜天性峻刻，尤喜折磨侍妾，"辄褫其衣，缚于树，剥蝶梅枝条鞭之，从背至踵，动以数百，或施薄板，置两颊而加讯杖，或专捶足相皆滴血堕落，每坐之鸡笼中，压以重石，暑则炽炭其旁，寒则汲水淋灌，无有不死，前后甚众，悉埋之园中"。这些篇章中的官员荒淫残酷，肆意践踏生命却始终不知悔改，对被害者家人也没有丝毫的同情心如丁志卷九《张颜承节》，承节郎张颜在押解粮纲的船上赏月时突遇大雨，拿雨具的仆人动作稍微迟缓了一点就被张颜用铁杖打死，仆人的妻儿恳求随船回乡，被张颜厉词拒绝，妇人流落异地，生活无着携子自杀。作者给这些不尊重生命者大多安排了恶报的结局，从死者角度表达复仇的美好愿望，令这些残忍冷酷的虐奴故事，多了点温情和大快人心的效果，但虐奴作为当时一种普遍的社会现象，却是不可更改的事实。

《夷坚志》还记录了大量的民事纠纷案件。如三志辛卷四《孟广威猕猴》，孟广威家蓄养的猕猴弄死了其久盼才得的男婴，但孟认为是乳母志在做侍妾而不屑于做乳母，故意将婴儿杀死，官府不容乳母分辩就判处死刑。又如支景卷十《郑二杀子》，郑二妻与和尚私通广为人知，在张二女儿的婚礼上遭到张妻的嘲讽，郑二不堪羞辱，持刀去张家门口叫骂，并杀死自己年幼的儿子嫁祸于张。支甲卷五《游节妇》、支乙卷十《赵主簿妾》、三志辛卷一《朱安恬狱》等篇也记诬陷事，如《游节妇》，愚笨拙朴的宁六被淫荡的弟媳游氏诬陷入狱，宁六被判死刑，游氏却得到官府的钱财奖励并被赐予节妇之名，后来游氏公开与和尚私通才被告发。又如丁志卷七《大庾疑讼》，黄节妻与人偷情并抛弃亲生儿子，收养弃子的李三被黄节认为是奸夫而蒙冤。《夷坚志》记载的这些民事案件，固然从某种程度上反映了市民的法律意识，但也折射了世风的浇薄、官员的愚蠢无能。

（四）奇人与侠士

《夷坚志》还记载了一些性格特征鲜明的侠士奇人的事迹，其中奇女子的形象尤为突出。如三志己卷四《张马姐》，塑造了一位有远见卓识，令男子汗颜妒忌的女将张马姐：女将张马姐提醒太守，其手下侍其旺心怀鬼胎，有临阵叛变的嫌疑，但太守不听忠告，结果果然不出张马姐所料。张马姐奋勇杀叛贼，擒获侍其旺部下，太守不但没有嘉奖，反而恼羞成怒，将张马姐和叛贼一起杀掉。又如三志壬卷二《懒愚道人》记奇女子何师韫富有传奇色彩的一生：出生时因已有几个姐姐而差点被母亲溺死，出嫁后"昼躬爨涤，夜读书史，仍勉夫以学。好作诗，未尝自露"。自称韫道人，给自己住宅取名"懒愚"，一生著有诗文四十卷，陈汉卿、叶伯益都为其诗文作过序。支庚卷十《吴淑姬严蕊》也记两位聪明能诗善词的女子，其才华令官员叹服。丙志卷十三《蓝姐》记婢女在盗贼深夜破门而入时表现出过人的勇敢和机智。《夷坚志》中的这些女性形象反映了宋代妇女在社会中具有一定的地位，才识超群的女性尤其受人欢迎和尊重，而且有才华的妇女在当时应为数不少，清代厉鹗《宋诗纪事》所记能诗的妇女达106人之多。

除奇女子外，《夷坚志》还展现了一些侠义之士的风采。如支癸卷八《赵十七总干》塑造了一位臂力过人，与鲁智深形象相似的奇人：喜饮酒食肉，若招待不足，便将别人衣衫藏在廊间大柱子下，等设宴致谢后，才轻而易举地在谈笑中举起柱子把衣物拿出。在佛寺居住晚归时，将门板门闩都敲落在地上。虽然粗鲁，但有时又能粗中有细，察觉船家欲谋其财而不上圈套，借酒还击。又如三志壬卷八《徐咬耳》，"虽出市井间，而好勇尚节气，赴人患难，急于己私。闾里有争阋不平之事，横身劝解，必使曲直得其清然后已，以故与之处者，无不心服"。支甲卷八《哮张二》也记一位讲义气、守信用的侠士。《夷坚志》中的侠义题材较为丰富，得到后来小说选本的重视，如支庚卷四《花月新闻》、乙志卷一《侠妇人》、补志卷十四《解洵娶妇》《郭伦观灯》就被明代王世贞的《剑侠传》选入。

总之，《夷坚志》作为一部志怪小说，有相当多的篇章不涉鬼怪，而是广泛地反映了宋代的社会生活，从宋金交战、匪盗横行到商业经济、市民价值取向及风俗民生，展示了官员、僧道、士子、商人、奴仆、女子等各种人群的生存状态。作者甚至将目光投向最不幸最悲惨的人群，如补志卷九《饥民食子》，这是洪迈作为一个上层文人的难能可贵之处，这些写实的篇章也是《夷坚志》获得声誉的原因之一。

六、博物杂记类题材

博物杂记类小说指记录地理、气象、动物、植物等万物之怪异现象，以及杂记药方、诗文、笑话等的作品。

《夷坚志》中的博物杂记类题材作品，虽然有相当部分很难归入"小说"文本之列，但这部分内容是文言小说传统中一直包含的内容，体现了作者的才学和文化品位，蕴含其中的文人旨趣使其具有一定的研究价值。

（一）博物

《夷坚志》中博物类小说有的记地方山川、名物古迹、民间传说、人文景观等，如支景卷一《京山鹿寨》《玉环书经》《信丰巨樟》分别记京山出现的无数巨鹿，京西寺庙中保存的杨玉环刺血为皇帝抄写的《金刚经》，信丰县发现的长达四十五丈的樟树连理枝。又如支景卷二《应山槐》《牙儿鱼》均记湖北应山县的奇特物产，应山槐"每枝必分两歧，叶叶皆背面而生，无一相对，虽孙枝数寸者亦然"，牙儿鱼"有四足，登登岸升木，作声咿嗳，全如婴孩，大者亦重一斤许，相传云不可网钓"。再如支甲卷十《龙凤卵》，记凤凰寺发现的龙凤卵，"长六七尺，非石非木，其状如卵"，此卵可令河水波涛翻涌。丙志卷四《青城老泽》记青城老泽村民长寿的秘诀是食用松树根下长的人参果，此物如小儿状。丁志卷十《潮州象》记广东潮阳出现的一群野象。乙志卷六《杏氏村祖》记池州杏氏的祖先，已不知有几百岁，"翁媪二人，各长三尺，秃发，脑后一髻绝小，以棉衣衾拥下体，唯露头面，兀然如土木。但眼能动，有笑容"。

《夷坚志》中有些博物小说记载了异域名物。如乙志卷八《长人国》、丙志卷六《长人岛》均记商人航海时在岛上所见的巨人，长三四丈，手臂有五尺多长，手指粗如椽木，披头散发，身体裸露，只用几片树叶遮掩私处。乙志卷八《无缝船》为作者亲眼所见的从东南漂来的异国船只，"其舟剖巨木所为，更无缝罅，独开一窍出入，内有小仓，阔三尺许，云女所居也"。有些作品记异域文化交流情形，如丙志卷十八《契丹诵诗》，契丹人学唐诗时先用俗语颠倒文句，像"鸟宿池边树，僧敲月下门"，契丹人读成"月明里和尚门子打，水底里树上老鸦坐"。

《夷坚志》中有些博物小说体现了宋代工艺技术的高超。如甲志卷十五《伊阳古瓶》，记一个能使热水整天保温的古瓦瓶；三志壬卷九《开州铜铫》，"投食物于中，燃纸炬燎之，少顷即熟"；补志卷二十一《铁鼎甑》，"三伏天炊物于中，经一月不馁腐"；这些器物分别类似于现在的热水瓶、微波炉和电冰箱，反映了宋代科技及工艺的进步。丙志卷六《桃源图》、丁志卷十七《琉璃瓶》等篇也展现了手工艺技术的发达，两块普通木板能在顷刻间刻上桃源景物："须臾，出板示甫，图已成，楼阁人物，细如丝发，俨然可睹。女仙七十二，各执乐具。知音者案之，乃霓裳法曲全部也。其押案节奏，舞蹈行缀，皆中音会。一渔翁倚舟岸傍。位置规模，雕刻之精，虽世间工画善巧者所不能到。"甲志卷十六《蒲大韶墨》记闻名东南的四川蒲大韶墨的盛衰。

《夷坚志》中还有些是对自然现象的记录，但附上了神怪色彩。如丙志卷五《江安世》："一日，雨初霁，砌下五色光十数道直出檐间，或大如椽，或小如竹，莫知其所起。疑有伏宝，命仆钃之。过丈余，无所睹，复填甃之，光出如故。"所描写的实为雨后彩虹。丁志卷十六《仙舟上天》："仰空寓目，见一舟凌虚直上，数道士环坐笑语，须臾抵天表，天为之开，色正赤，舟径由开处入，天即合无际，而开处尚艳艳如霞。"这与现在所描述的不明飞行物类似，只是见此景的人想象出有数位道士坐其上而已。

（二）药方

范仲淹不仅有"进亦忧，退亦忧"之语，还有"不为良相，当为良医"之言，宋代许多士人都曾编撰过医书，如苏轼、沈括等，洪遵也有《洪氏集验方》传世。《夷坚志》中有相当一部分内容与医药有关，如支戊卷三《陈氏鬼疰》，鬼疰是指被神庙中的邪魔鬼怪附身，解决的办法是用死人的枕头煎汤喝。同卷《卫承务子》，卫承务的儿子得了瘵疾，医生先让他大量饮用淤泥滤出的清汁，然后服百粒泻药，病人排泄六十余水蛭而愈。同卷《蔡主簿治寸白》中，治寸白的方法是将槟榔碾成细末，以石榴树根为药引煎汤后服。这些药方有的具有一定科学依据，有的纯属故作玄虚。

《夷坚志》中的药方，有些是经过长期经验积累形成的民间秘方，对常见病及一些疑难杂症有疗效，如乙志卷十九《疗蛇毒药》，用香白芷和麦门冬汤调配服用。有时为了体现出药方的神奇，会将其附会在某种超现实的存在上，如神仙、梦或动物精灵等作为先知先觉者，以某种方式向某些特定人群传授相告。如甲志卷十七《梦药方》，患痢疾数月难以治愈的某官员，梦见自己来到了仙界，看到墙上贴着一张用诗句写成的药方，醒后按此服药，病很快痊愈。丁志卷十五《梦龟告方》，书生摔断了腿，医生所开药方中需一只活乌龟为药饵，书生梦见乌龟乞命，并告诉其疗伤之法为答谢。支乙卷五《张小娘子》，外科医生张生善于治疮，是经过妻子的传授，而妻子的技术是源于皮场大王神亲自赐予的《痈疽异方》。医生将自己的医术归于神授，实际是自抬身价的一种手段。《夷坚志》中也有真正技术高明的良医，如乙志卷十《张锐医》，病危的孕妇经过张锐的诊治，妇婴安然无恙；已经入殓的伤寒病人经过张锐之手，又重新获得生命。他人赞叹张锐医术之高超，称其为古人所道的十全良医，张锐自评仅占七八，"世之庸医，学方书未知万一，自以为足，吁！可惧哉"。

宋代文人有"不为良相，便为良医"的人生价值选择，《夷坚志》出现大量与医药有关的篇章，实质上是这种人生理想的体现。《夷坚志》因医药资料丰富而屡次为后世医药著作所引用，如宋代张杲的《医说》引用其中40多则，明清的《名医类案》《普济方》《证治准绳》《本草纲目》《仁斋直指》等医药书籍，也大量采用《夷坚志》中的相关内容。《夷坚志》所记的大量医药资料，与传统志怪小说内容博杂的特征一致，同时这部分实用性较强的篇章也可引起读者的重视，帮助他们解决了实际问题，反过来又扩大了《夷坚志》的影响。

（三）诗文、笑话

洪迈作为文人雅士，《夷坚志》的创作不可避免地体现了文人的旨趣和艺术追求，《夷坚志》中大量的诗话、词话便具有突出的文人色彩。这些诗词作品中，既有名家雅士的创作，如丙志卷十八《国香诗》为江西诗派领袖黄庭坚感慨美女流落民间而作，丁志卷十二《西津亭词》记叶少蕴为妓女所作《贺新郎》；也有鬼仙、颠僧的诗篇，如丁志卷十九《英华诗词》为缙云鬼仙英华所作，乙志卷十七《林酒仙》记颠僧林酒仙诗三首。《夷坚志》中既有庄严的长篇千言诗，如丙志卷四《庐州诗》为张晋彦祭祀郫琼之难的死者而作；也有诙谐幽默的打油诗，如丁志卷十七《三鸦镇》，三鸦镇因地方偏僻，官员俸禄不足以养家糊口，便作诗自嘲曰："二年憔悴在三鸦，无米无钱怎养家？每日两餐唯是藕，看看口里出莲花。"此外，《夷坚志》还记录了一些女诗人及金人的作品。如乙志卷三《陈述古女诗》，洪迈评价陈述古女儿的作品，"两篇清绝洒落如是，不必真见画也"。支景卷四《完颜亮词》，记洪迈从北方归降的官员处得到的两首完颜亮小词，"读其后篇，凶威可掬也"。《夷坚志》中诗话、词话篇数较多，如三志壬卷九收 13 则，其中有 10 则内容为诗话、词话。

　　《夷坚志》中还有一些艺术价值较高的散文小品。如支癸卷一《赵承之游岱岳》，此篇写景极佳，如夜间登泰山所见："自是山愈奇，路益险，深岩邃壑，应答不暇。至龙口，泉水出石缝间，其寒凝冰，其甘天成，非世俗饴蜜可比。是夕，月望，登十八盘绝顶，自山俯视，见太阴如盘，亭亭于霄汉之表。"对闻名遐迩的泰山日出的描写更为精彩："须臾，霞采四出，眩晃腾射，金规一缕，隐起于青冥沓霭之间。既而大明，赫然涌出云端，恍如车轮，万里直上，光耀所烛，东极沧海，时山下荫翳，尚未辨色。"《夷坚志》的语言以简练质朴著称，而此篇中细腻逼真的景物描绘在书中极为少见。三志己卷十《桐江二猫》是一篇有趣的寓言：桐江人养了两只猫，主人非常宠爱，专门由婢女小心看护。老鼠在瓮中偷吃粮食，猫置若罔闻，却扑向地上的小鸡。婢女借来邻居家的猫也无济于事，反而抓伤了婢女的手臂。婢女决定自己对付，老鼠突然爬出来把婢女吓到。"以三猫一婢而不能取一鼠，俾之得志而去，亦可谓黠矣。"主人精心蓄养的猫在关键时刻却把矛头对准小鸡，本来弱小的老鼠因此肆无忌惮，其中寓意耐人寻味。丁志卷十一《天随子》记文士与书中人物的交流感应，木蕴之因火灾致贫，写诗励志曰："诵经作饥面，伟哉天随子"，晚上梦见一人自称天随子，说其遭际与木蕴之相同，但其因水灾所致，虽有良田，但蚊蝇聚集无法耕种，希望得到帮助。第二天木蕴之看《笠泽丛书》中《甫里先生传》一文说："先生有田畸十万步，有牛不减四十蹄，有耕夫百余指。而田污下，暑雨一昼夜，则与江通，无别己田他田也。先生由是苦饥困，囷仓无斗升蓄积。"而书中"田"字上刚好粘有两只死苍蝇。此篇因读书引发，透着文人的雅趣。

　　此外，《夷坚志》还记录了一些谐语笑话，如丙志卷十四《綦叔厚》、支乙卷四《优伶箴戏》、支乙卷六《真杨慧倡》《合生诗词》、三志己卷七

《善谑诗词》等。《綦叔厚》中考中进士的綦叔厚撞倒了一卖药老者，撞碎了其药缶。老者责问道："君在此尝见太师出入乎？从者唱呼以百数，街卒持杖前诃，两岸坐着皆起立，行人望尘敛避。亦尝见大尹出乎？武士狱卒，传呼相衔，吾曹见其节，奔走不暇。今君独跨敝马，孑孑而来，使我何由相避？"綦叔厚徐徐还击："翁责我甚当，我罪多矣。为马所累，顾无可奈何。然人生富贵自有时，我岂不愿为宰相？岂不愿为大尹？但方得一官，何感凯望？翁不见井子刘家药肆乎？高门赫然，正面大屋七间，吾虽不善骑，必不至单马撞入，误触器物也。"卖药翁以宰相、大尹讽刺綦叔厚只不过是骑劣马的无名小子，綦叔厚以京城大药店反攻老翁无非一游医而已，一场小纠纷成了口才和智慧的较量，充满了文人的儒雅情调。

《夷坚志》中的这些诗文作品、笑话也为后世引用，如南宋何谿汶的《竹庄诗话》、胡仔的《苕溪渔隐丛话》等，都摘录了其中的一些篇章。

第三节　《夷坚志》对古代小说题材的开拓

创新是文学作品的生命力所在，促进了文学艺术的发展和进步。文学作品的创新固然与作者的胆识和艺术造诣有关，但更与时代生活密切相关。宋代创造了我国封建社会发展史上高度发达的精神文明和物质文明，代表着封建社会的重大转型。《夷坚志》卷帙浩繁，内容丰富，从各个方面直接或间接地反映了宋代的社会生活和精神风貌，呈现平实化、世俗化的创作风格。作为宋代小说史上非常重要的一部作品，《夷坚志》在一定程度上反映了宋代生活的变化，作品的这些内容正是对古代小说题材的开拓和创新之处。洪迈广泛接受各阶层人士提供的故事素材，一方面直面现实，从生活中取材，创造了许多新的故事题材和类型，对后世小说创作产生了深远的影响。

（一）商业经济影响下出现的新故事题材

宋代经济发达，商业繁荣。庄绰《鸡肋编》卷上列举了宋代商品有 17 类之多，从国外输入的进口货多达 410 种以上。许多商人拥有大量财富，李焘《续资治通鉴长编》谈到北宋商人"资产百万者至多，十万而上者比比皆是"[①]，李心传《建炎以来系年要录》提及南宋商人"多者至累百巨

---

① （宋）李焘：《续资治通鉴长编》卷八十五"大中祥符八年十一月己巳"，上海：上海古籍出版社 1986 年影印本。

万，而少者亦不下数十万缗"①。商业经济的发展和财富的增长，与经济利益有关的社会生活成为文学作品重要的表现内容。《夷坚志》的许多作品从各个方面反映了宋代的经济生活，如宋代经商群体构成的变化：除传统的商人外，还有军人、官吏、皇室成员、宗教界人士，可谓"全民皆商"，从中也可看出宋代出现的一些新型行业，如驵侩、高利贷等。《夷坚志》中的许多故事写出了重商社会风气下的众生相，以及商业经济冲击下人们的道德操守。

1. 巧设赌局和妇女骗局的奸诈

在宋代商业经济繁荣的背景下，一些商人为利益所驱而欺诈欺占，囤积居奇，甚至拐卖人口、谋财害命，《夷坚志》较早地反映了当时通过巧设赌局和女色骗局来牟利的不法行为。

巧设赌局是宋代盛行的一种诈骗方式。《夷坚志》中《王朝议》《鲍八承务》等故事讲述了不法之徒用这种方式诈钱的故事。《王朝议》中，主人公沈将仕方壮年，携金百万前去京师赴任，在旅店与郑某、李某相识并结为朋友，后被二人撺掇造访王朝议府，沈与王府美女赌博，初赢钱千缗，一少女以空杯为注与沈来博，沈输后却发现杯中不知何时装满了金钗和珍珠，沈因此输钱甚多，第二天郑、李消失得无影无踪，王府亦空无一人，旁人云："素无王朝议，畴昔之夜，但恶少年数辈，偕平康诸妓饮博于此耳！"②赌骗局的关键在于如何骗人参赌，为此郑、李、王可谓煞费苦心，沈上钩后，设局者又用舞弊的手段，使沈财产尽失，骗局中众美女也是引诱沈上钩的重要因素。

《吴约知县》《李将仕》《临安武将》《郑主簿》等篇集中讲述奸人设美人计使士子上当受骗之事。《吴约知县》中，宣教郎吴约中赵姓皇族子弟圈套，与赵美妇相会时被敲诈一空，后来别人告诉吴约："彼岂真宗妇哉！盖猾恶之徒，结娼诱饵君，而君不悟也！"③《李将仕》中，自称赵大夫妻的赵县君直接以淫词和黄柑前来勾引李将仕，上钩后赵大夫登场，结果李将仕同吴约一样被诈。《临安武将》以美妇被夫抛弃旅店，身无分文生活困窘的落魄假象引诱年轻官员，官员上钩后正在欢会之际，美妇丈夫临安武将突然而至，官员慌忙而逃，"凡所赍皆遭席卷"，临安人都知道，

---

① （宋）李心传：《建炎以来系年要录》卷一八二"绍兴二十九年六月丙申"，上海：上海古籍出版社1992年版。

② （宋）洪迈：《夷坚志》，北京：中华书局2006年版，第1665页。

③ （宋）洪迈：《夷坚志》，北京：中华书局2006年版，第1667页。

"只是做一场经纪耳"①。可见这类骗局在当时司空见惯。这些故事多数被明代凌濛初"二拍"所敷衍，如"二刻"卷八《沈将仕三千买笑钱 王朝议一夜迷魂阵》、卷十四《赵县君乔送黄柑　吴宣教干偿白镪》，明代傅一臣杂剧《买笑局金》《卖情扎囤》也以此为本。

含有骗局因素的文学作品早在魏晋隋唐文言小说中出现过，但仅见于精怪或鬼神类型的创作之中，《夷坚志》中则较早出现了现实题材的骗局小说，这是对后世小说创作的一大贡献。明清以后，这类题材屡见不鲜，如利用女色诱人落局，骗人钱财的"妇人骗"有："初刻"卷十六《张溜儿熟布迷魂局　陆蕙娘立决到头缘》、卷十八《丹客半黍九还　富翁千金一笑》，《型世言》二十六《吴郎妾意院中花　奸棍巧施云里手》、卷二十七《贪花郎累及慈亲　利财奴祸贻至戚》，清代有《聊斋志异·念秧》《夜雨秋灯录》中《珠江花舫》及《儒林外史》中《少妇骗人折风月》等②。在古代骗局小说中，明代张应俞编撰的《杜骗新书》③堪称一部骗子小说的类书，此书将众多骗局分成二十四小类，如换银骗、引赌骗、婚娶骗、奸情骗、妇人骗、衙役骗、炼丹骗、买学骗等，其旨在揭露骗术、杜骗防骗。

2. 拾金不昧者的高举

《夷坚志》不仅在小说史上较早反映了在商业经济发展过程中，一部分人为追求个人私利而做出道德沦丧的行为，同时也描绘了重义轻利者的形象，较早产生了小说史上拾金不昧的故事。如《林积阴德》《荆山客邸》《何隆拾券》等篇章，故事中具有高尚德行的主人公或为书生，或为商人，或为服役的士兵，他们面对天降横财而不为所动，想方设法物归原主，并且不接受任何酬谢。如《何隆拾券》，何隆在茶馆的桌子上捡得一叠官券，持归置木匣内，候来访者，将审实以还，一直等到晚上，连睡觉都不踏实，次日探知为管钱库的包兴所失，便悉数交付，包兴愿意分一部分作为酬谢，被何隆拒绝。

自《夷坚志》中拾金不昧的故事问世后，这类题材在后世创作极为丰富，如元代无名氏《湖海新闻夷坚续志》前集卷一《人事门·弃银复得》、前集卷二《报应门·不取他物》分别讲宋人季梢在厕中、杨奉存在旅店拾

---

① （宋）洪迈：《夷坚志》，北京：中华书局 2006 年版，第 1619 页。

② 见李鹏飞：《中国古典小说中的骗局》，《北京大学学报（哲学社会科学版）》2006 年第 1 期。

③ （明）张应俞：《杜骗新书》，《古本小说集成》本，上海：上海古籍出版社 1994 年版。

银归还失主之事。明代周晖《金陵琐事》卷一《两次还金》、卷四《还银生子》，王同轨《耳谈》卷八《高中丞还金》，清代褚人获《坚瓠广集》卷五《丐儿还金》，钮琇《觚剩》续编卷三《事觚·还金》，袁枚《续子不语》卷十《屈丐者》等故事，主人公或为秀才高官，或为乞丐农夫，不论身处哪个朝代，身为哪个阶层，都不为利所动，有拾金不昧的高风亮节。

3. 海外经商者的历险故事

宋人商业活动范围不限于本土，除在边境上与辽、金、西夏、大理榷厂贸易外，还进行海外贸易，往来国家有 60 余个。虞云国的《细说宋朝》[①] 谈到，由于西夏的崛起，使中原通往西域的传统商路受阻，加上经济重心的南移，以东南沿海港口为依托的海外贸易就成为一种弥补方式。而且宋代造船业在当时居于世界领先地位，为海外贸易提供了必要条件和保证。在此社会背景下，《夷坚志》在小说史上最早出现了商人在海岛历险的故事题材，如《昌国商人》《长人国》《长人岛》《海岛妇人》《海王三》《夜叉国》等篇，写商人航海经商，因故漂至一岛，为巨人所执，或被岛上遍体无丝缕的妇人收留，结为夫妇并生育子女。若干时间后，商人借机设法逃离，登舟而去。故事中的商人或为宁波人氏，或为山东胶县人氏，或为泉州人氏等，这些地方濒临大海，有泛舟远航的地理条件，与宋代海外贸易的情形相一致。

《夷坚志》中商人海岛历险的故事产生后，明清小说作品中也有此类题材的创作，如明代侯甸《西樵野记·海岛人》、清代褚人获《坚瓠余集》卷二《巨人半指》、蒲松龄《聊斋志异·夜叉国》等。

（二）佛道故事的新变化

宋代的佛道信仰之风格外盛行，宋真宗以梦见天书为名，先后封禅祭天、祭汾阴、祭华山西岳庙、亲临亳州太清宫谒老子。宋徽宗"务以符瑞文饰一时"，士大夫相与附会，诸如黄河清、甘露降、祥云出、麒麟现等。鲁迅在《中国小说史略》中说道："徽宗惑于道士林灵素，笃信神仙，自号'道君'，而天下大奉道法。至于南迁，此风未改，高宗退居南内，亦爱神仙幻诞之书。"[②] 佛道信仰故事是古代小说的传统题材，《夷坚志》也不例外，此类故事所占分量极大。但宋代的佛道信仰有其特有的内容和整体风貌，《夷坚志》中的佛道故事有宋代特色，故与以往的佛道小说有所

---

① 虞云国：《细说宋朝》，上海：上海人民出版社 2002 年版。
② 鲁迅：《中国小说史略》，上海：上海古籍出版社 1957 年版，第 65 页。

不同。

1.《夷坚志》中佛道故事体现出信仰的普及化、世俗化

佛道信仰在唐宋有一个明显的变化，即信徒遍布各个阶层，尤其在下层民众当中的影响日益扩大。苏轼说："今士大夫至以佛老为圣人，鬻书于市者，非庄老之书不售也。"① 此言道出了佛道在文人士大夫中的接受程度。《夷坚志》则主要反映了佛道信仰在民间的普及情形，有许多篇章讲庶民念经。如支丁卷二《范之纲妻》、支癸卷三《大圣院虾蟆》、志补卷三《余三乙》等，民众只要一心念"阿弥陀佛"，就能在危险时刻化险为夷，解除灾厄，就能往生西方极乐"净土"。从《夷坚志》可看出，因净土宗修行简便，极受普通民众的欢迎。《夷坚志》中有些篇章讲庶民拜观音，如三志辛卷《观音救溺》、甲志卷一《观音偈》、甲志卷十《观音医臂》、支丁卷一《徐熙载祷子》等，记载观音救难、治病、送子之事。据文献记载，观音信仰盛行于宋代，《宝庆昌国县志》统计，南宋末年，仅舟山就有23处供奉观音的寺院。《夷坚志》中还有些篇章讲结会修行，如甲志卷四《江心寺震》、三志壬卷六《蒋二白衣社》、支庚卷七《盛珪都院》等，主要结成水陆斋会、水陆道场（施饿鬼会）、汕头斋筵聚会（葬斋）、烧香会、诸神圣诞会等，《夷坚志》中这些故事都反映了佛道信仰在宋代民间的普及。

普通民众之所以奉佛，是希望通过他们的虔诚，能给他们带来实际的好处，都是出于实用功利的目的。如《夷坚志》中《佛救宿冤》，临安张公子从破屋中得一无手足的古佛，由于殷勤供奉，在金兵入侵时得以避难。《观音偈》中，张孝纯五岁的孙子不会走路，张每天念诵观世音名号，不到两月，其孙变成正常的孩子。神灵一般会满足人们的愿望，但在人失信时，也会施以惩罚，如《泉州杨客》，杨客海外经商遇风暴时，必呼神救命，并许愿设道场来谢，但一到岸上，诸言全忘，后神使其财毁人亡。神灵在帮助人们满足愿望的同时，也需要人的帮助，如《观音医臂》，菩萨像的胳膊在崇宁寺修补房舍时受损，菩萨托梦给一个有臂疾的村妇，村妇遂请工匠修补，村妇的病痊愈。《夷坚志》中有犯错的神灵，如《威怀庙神》，陈升之考试前去威怀庙掷珓，接连三次均得阴珓，非常沮丧，晚上梦见威惠侯来道歉，称因自己今天外出，夫人不识时务才错发三珓。从《夷坚志》中的佛道故事可以看出佛道信仰的世俗化，人们出于功利目的

① （宋）苏轼：《苏东坡全集》卷二十五《议学校贡举状》，珠海：珠海出版社1996年版，第536页。

敬奉神灵，人神之间关系密切，没有距离，而且神灵形象也被世俗化。

在宋代佛道信仰普及化、世俗化的基础上，儒、释、道三教合一深入人心，正如梁漱溟在《中国文化要义》中所说，城市民众"于圣贤仙佛各种偶像，不分彼此，一例崇拜"①。因为对普通庶民而言，儒家尊祖敬天，佛教的水陆道场，道教的斋醮法事，都可以互相补充对方的缺憾，以实现自己的现实需要。如补志卷十一《姑苏颠僧》，沈端友因无子嗣，"数招道士设醮祷于天帝"，最后却是颠僧让其实现愿望。一些本属于其他信仰系统的神，在宋代却被改换门庭，如掠剩神，始见于唐代牛僧孺《玄怪录》卷三《掠剩使》，原始身份是冥官阴吏，属于佛教系统，而《夷坚志》丙志卷一中谈到沈君任"掠剩大夫"，从名称上就可看出已属于天曹仙真。

2. 《夷坚志》中对后世小说创作影响深远之诸神

由于宋代佛道信仰的流行，许多神灵进入民众的信仰领域，如三清、四御、八仙、阎罗王、五通神、观音菩萨、雷公、城隍、土地、门神、财神、紫姑神、灶君、关帝、妈祖等，《夷坚志》对这些神灵信仰均有记载。如支甲卷九《关王幞头》写的是宋以来信徒最多的关羽信仰，关羽在南宋高宗和孝宗时曾两次被封王，加上当时表彰忠义的时代思潮，故使其成为全民族的宗教信仰对象。《关王幞头》中的关羽还是凶神的形象，有明显的"祀厉"色彩，与其崇拜起源时情形大致相似。关羽后来被封为"武圣"，与"文圣"孔子并列，不仅为民间所供奉，也被列入国家祭祀要典。由于宋代城市繁荣，城隍被宋人视为城市守护神而信仰，传统的土地神也成为其下属，支志景卷六《孝义坊土地》、乙志卷二十《城隍门客》等篇反映了宋代的城隍信仰。

《夷坚志》中出现的对后世小说创作有深远影响的神灵有三位：

（1）吕洞宾。

八仙传说始于宋代，八仙小说较早起源于宋代志怪短篇。在八仙群体中，中心人物是吕洞宾，其民间传说数量最多。根据《全唐诗》《列仙全传》等书的记载，吕洞宾为唐代士人，三举进士不第，游庐山遇火龙真人传天遁剑法，游长沙遇汉钟离，经十试通过，得其道，遂在人间度人济事。宋时吕洞宾被封为"妙通真人"，元时被封为"演政警化孚佑帝君"，全真教奉其为"北五祖"之一，通称吕祖。

《夷坚志》中有近 30 则讲述吕洞宾的故事，在这些故事中，其形象多

---

① 梁漱溟：《中国文化要义》，上海：上海人民出版社 2000 年版，第 69 页。

变。如在补志卷十二《回道人》中，"敝衫破帽，麻鞋草带"①，显得寒碜；在丙志卷八《顶山回客》中，"戴碧纱方顶巾，著白苧袍"②，非常儒雅。在乙志卷二十《神霄宫商人》中以性格暴躁的商人形象出现，与守门人打斗，后又以乞丐形象现身，掏沟渠，为歌女房除垃圾。丙志卷四《饼店道人》中以醉汉形象扰乱饼店正常生意，后又用道术使生意兴隆起来。补志卷十二《杜家园道人》，吕洞宾离开时，"解背上篛笠掷起，腾身丈余，跨一白鹤摄云而去"③。吕洞宾出现时，有时帮人治病，如补志卷十二《傅道人》《文思亲事官》等；有时给敬拜他的人带来财富，如补卷十二《仙居牧儿》；有时给人以智慧，如补志卷十二《真仙堂小儿》；有时还给人以长寿，如甲志卷一《石氏女》。

《夷坚志》中除关于吕洞宾的故事外，还有汉钟离、何仙姑等的传说，反映了宋时八仙故事在民间的流传概况，是较早出现的八仙小说，可视为明清《东游记》《飞剑记》《韩湘子全传》《吕祖全传》等八仙小说的渊源。

（2）二郎神。

二郎神的信仰虽非起源于宋，但在宋代也是比较风行的信仰之一。《夷坚志》中有一些关于二郎神的故事。关于二郎神是谁历来有不同说法，有人认为是战国时在四川治水的李冰次子李二郎，如丙志卷十七《灵显真人》，建炎四年张浚在四川，因战事失利，而去阆州灵显庙祷告，梦神对真人之封不满，张浚遂奏朝廷改封，"自是灵影如初，俗谓二郎者是也"；丙志卷九《二郎庙》中提及灌口二郎庙被火焚烧之事，两则故事的发生地都在四川，故此处二郎应指李二郎。有人认为是二郎是赵昱，这在元杂剧中比较多见。还有人认为是宋代宦官杨戬，《西游记》《封神演义》等作品中的二郎神即指杨戬。

把二郎神和杨戬联系起来，始见于《夷坚乙志》卷十九《杨戬二怪》、丁志卷十九《玉女喜神术》，谭正璧《三言二拍资料》认为，冯梦龙《醒世恒言》第十三卷《勘皮靴单证二郎神》是根据此二则敷衍的。《勘皮靴单证二郎神》叙述宋徽宗的韩夫人到宦官杨戬府养病，病好后到庙里烧香还愿，庙官孙神通懂妖法，假扮二郎神夜夜到杨戬府中私通韩夫人，后杨戬请道士除妖，抓获孙神通，可见《夷坚志》在灌口二郎神演变中的

---

① （宋）洪迈：《夷坚志》，北京：中华书局 2006 年版，第 1652 页。
② （宋）洪迈：《夷坚志》，北京：中华书局 2006 年版，第 434 页。
③ （宋）洪迈：《夷坚志》，北京：中华书局 2006 年版，第 1657 页。

意义。

（3）妈祖。

妈祖信仰起源于北宋，在东南沿海地区流传，妈祖的出现与两宋福建、江浙地区发达的航海贸易密切相关。祁连休在《中国民间故事类型研究》① 中认为天妃救厄的故事最初见于明代王圻编撰的《稗史汇编》卷二三三《祠祭门·百神下·天妃救厄》，其实不然，《夷坚志》才是最早出现妈祖及其救厄题材的小说作品，支景卷九《林夫人庙》、支戊卷一《浮曦妃祠》开妈祖题材小说创作之先河。

《林夫人庙》中说到，凡商人航海前，必定要来林夫人庙祷告，求杯珓，祈神保佑后才出海航行。曾经有人在海中遇大风暴，对林夫人庙遥拜百次后，樯杆上出现了神像。《浮曦妃祠》讲述福州人郑立之航海时遇六条强盗船，无计可施时遥望妈祖神庙祈祷而得救。妈祖是福建话中"娘妈"的意思，名林默，宋时朝廷封为"夫人""妃"，元时封为"天妃"，明代封为"圣妃"，清代封为"天后"。

《夷坚志》以后，妈祖题材小说除明代《稗史汇编》所记之外，清代袁枚《子不语》卷二十四《天妃神》、《续子不语》卷一《天后》均讲天妃在海上救助商人摆脱困境之事。明代吴还初的孤本章回小说《天妃娘妈传》，由福建建阳书坊刊刻，是一部关于妈祖的神魔小说。

（三）《夷坚志》中鬼灵精怪故事的开拓

《夷坚志》作为一部志怪小说，与汉魏同类作品相比，虽然有相当一部分内容还是传统题材，如报应、轮回、入冥、戒杀生等，但也有一部分篇章具有时代特色，呈现出与宋之前志怪小说不同的特点，从而发展和丰富了志怪小说的创作。

1. 幽冥世界的人情化和世俗化

《夷坚志》以前的鬼世界主要集中在地狱，人和鬼处在不同的空间，有比较清晰的界限。而《夷坚志》中的幽冥世界和人间世界不再像以往那样遥不可及，人可以自由出入幽冥世界，如丁志卷九《张颜承节》，杜令史同时在官府和阴间工作，白天在官府服役，夜里到阴间审理冤案。鬼也可以和人一样在人间世界生活，如丁志卷四《王立燋鸭》、丙志卷九《李吉燋鸡》等，《李吉燋鸡》中范寅宾在酒楼碰到已死多年的仆人李吉卖燋鸡，范惊讶不已，李说世间有许多和他一样的人，这些鬼魂与人杂处，或

---

① 祁连休：《中国民间故事类型研究》（上、中、下），石家庄：河北教育出版社2007年版。

为商人，或为仆人，遍布在各行各业。

人鬼不仅杂处难辨，而且鬼具有人的情感，关心着人间的亲人，并尽自己所能去帮助。如丙志卷七《蔡十九郎》，鲁璪参加省试时，因忘了在所作辞赋第七韵押官韵，考场差役蔡十九郎愿意去将鲁试卷偷出来改，但要付二百千钱。鲁改好后，按蔡所说地址去送钱，蔡妻拿到钱后哭着说丈夫已死多年了，还记挂着家里的穷困。丁志卷二《宣城死妇》，一民家妇女妊娠未产而死，后来有人看到一妇女抱婴儿天天来买饼，卖饼人跟踪发现妇女竟为鬼魂。志补卷二十一《鬼太保》也是讲鬼母育儿的故事，这类故事在《夷坚志》中较早出现，后世小说创作极多，如宋代郭彖《睽车志》卷三《李大夫妾》，元代小说《南墅闲居录·鬼官人》，明代王圻编撰的《稗史汇编》卷一三四《祠祭门·鬼物上·死妾乳子》，明代王同轨《耳谈》卷六《鬼王指挥》，清代李清《鬼母传》，清代薛福成《庸庵笔记》卷六《鬼买糕哺子》等。

2. 植物精灵和动物精灵题材

先秦至唐文学作品中出现一系列的动物精灵，如狐狸精灵、老虎精灵、猿猴精灵、蛇精灵、龙精灵等，植物精灵和器物精灵相对较少，而宋代小说中这两类故事大量出现，变形艺术不断提高的同时，人性也在不断加强。

植物精灵如甲志卷十七《芭蕉精》、三补《杨树精》、补志卷三《菊花仙》、甲志卷十七《峡山松》、丙志卷七《新城桐郎》等，其中《新城桐郎》讲述了练师中家院内有一棵很古老的桐树，师中女儿天天梳妆打扮后，去楼上和桐树谈笑，风雨无阻。家人砍掉桐树后，女儿惊天号地，连呼桐郎。器物精灵如支丁卷六《刘改之教授》中的古琴精灵；丙志卷十《乐桥妖》中的怪物，"垂两髻于背，红繻奕然，大声如疾雷"[1]，竟是一个用红带子系着的铜铃。故事中所讲并非妖魔，实为铜铃精灵，因为精灵万变不离其宗，不管变什么形象，仍与其原形有内在的必然联系，就像本篇所写妖怪的特征，如发髻垂伸到背，喊起来声音大如雷，都与铜铃的特征相符。甲志卷二《宗立本小儿》，故事中的净瓶能使蛇精变的小儿显原形，实际透露出器物精灵和动物精灵的较量。《夷坚志》中的这些精灵虽然变化能力有限，但这类作品的大量出现，开拓了文学创作者的想象空间，使后世的变形艺术进一步提高。明清神魔小说如《西游记》《封神演义》深受《夷坚志》的影响，尤其比武斗法的情节多与器物精灵有关，而

① （宋）洪迈：《夷坚志》，北京：中华书局 2006 年版，第 453 页。

且精灵的变化本领显著提高，如孙悟空有七十二般变化，猪八戒有三十六般变化。

与宋代文学世俗化的发展趋势一致，《夷坚志》中的精灵故事呈现出与以往不同的特点。宋以前的精灵故事多表现动物的灵异，反映人与动物之间相互转化等内容，《夷坚志》在这些传统题材的基础上，还出现了一些世俗味很浓的新故事类型，如兽穴接生和动物求医。补志卷四《赵乳医》，乳医赵十五娘被化为人的雄虎带到兽穴，为临产的雌虎接生，完后以黄金五两作为酬谢。三补《猿请医生》，商州医生被请去治疗猿将军的腹病，服用消食药后，老猿即愈，令身边美妇赐医一帕，医生归家后视之，尽为黄白。这类故事在后世创作极为丰富，如写兽穴接生的有元代无名氏《湖海新闻夷坚续志》后集卷二《精怪门·虎谢老娘》，明代王稚登《虎苑》卷上"赵媪"。清代临产野兽大多由虎变为狼、狐等，如蒲松龄《聊斋志异》卷十二《稳婆接生》，就医者为狼；钱泳《履园丛话》卷十六《医狐》，就医者为狐。野兽求医的故事如《湖海新闻夷坚续志》后集卷二《精怪门·猿请医生》《精怪门·猴劫医人》，《聊斋志异》卷十二《毛大福》写医生为狼治疮等。

（四）《夷坚志》中的公案题材小说

宋以前的文学作品中，涉及公案的多为冥府判官、城隍府君等阴间官吏来审理，很少有人间官员裁定现实社会的犯罪事件。宋代人间官吏审理案情的小说作品大量出现，尤其是说话艺人的说公案标志着公案小说类型的出现。

《夷坚志》中公案题材的小说有很多。如丙志卷五《兰溪狱》，里正与祝家因争地发生纠纷，当祝家池塘出现枯骨时，里正借此诬告祝氏杀人，祝氏被酷刑屈打成招。祝母将枯骨之魂迎来家里并天天祷告，在枯骨魂魄的帮助下，祝氏得以雪冤释放。又如乙志卷三《王通直祠》，王纯被人投毒害死，在众僧超度亡魂时，王纯当县丞县簿在场时，附身在一婢女身上指认真凶。有些案情曲折复杂，人物关系错综，如乙志卷三《浦城道店蝇》，旅店女主人和贩卖丝绢的商人通奸后，旅店夫妇谋财害命，把商人尸体埋在附近一浅坑里。商人子前来寻父，在旅店里住时一只大苍蝇落在手臂上，赶都赶不走。儿子请求苍蝇相助，跟随苍蝇来到一处，见有无数群蝇围绕，挖开见父亲尸体，报官后凶手被擒。此故事几乎没有志怪情节，尸体腐烂引来苍蝇合情合理，而且除涉案人员外，还有一个目击者，但被旅店夫妇收买，可谓悬念迭出，环环相扣，是比较成熟的一篇公案小说。这些公案小说一般没有官员审案、断案的情节，案情的最终告破是死者或家人努力的结果，有些则是家养动物为主人申冤，终使凶手落入法网。如补志卷四《李大夫庵犬》，这是小说中较早出现的义犬鸣冤型故事，明代王圻《稗史汇编》卷一五七《禽兽门·兽三·秦邦犬》《禽兽门·兽三·犬报商冤》，清代蒲松龄《聊斋志异》卷五《义犬》，杨凤辉《南皋笔记》卷二《义犬记》等都是类似的故事。

《夷坚志》中还有一些"奸情＋公案"题材的作品。如丁志卷三《南丰主簿》、丁志卷七《大庾疑讼》、补志卷五《楚将亡金》等。《大庾疑讼》讲述的是黄节妻趁丈夫外出时与人勾搭成奸，嫌儿子碍事弃至野外，为李三收养。黄节归家后找不到妻儿，因在李三处访得儿子而告官，李三含冤服罪，突然雷电交加，行刑官吏被击死。《楚将亡金》中一句戏言引出抢劫冤案，后来由另一起奸情纠纷使案情水落石出。值得注意的是，《夷坚志》中大多数案件的突破，官员的作用有限甚至没有任何作为，而《楚将亡金》中官员的角色非常重要，案情是由其四处走访才查明的。"三言""二拍"非常青睐《夷坚志》中这类题材的作品，如"初刻"第十一回《恶船家计赚假尸银　狠仆人误投真命状》、"二刻"第二十一卷《许察院感梦擒僧　王氏子因风获盗》、第三十八卷《两错认莫大姐私奔　再成交杨二郎正本》等就是据《夷坚志》相关作品改编敷衍。

《夷坚志》中还有一些公案故事类型为后世大量小说创作沿袭。如支乙卷三《妙净道姑》，写男子乔装成女子，平日自称道姑，只去富人家，骗奸无数良家妇女。祁连休在《中国古代民间故事类型研究》中称此为"人妖公案型故事"，并认为《妙净道姑》是此类型作品中最早出现的。此题材在后世沿袭的小说作品有：宋代周密《癸辛杂识》前集《人妖》，元代《湖海新闻夷坚续志》前集卷一《人事门·假女取财》，明代陆粲《庚巳编》卷九《人妖公案》，清代褚人获《坚瓠广集》卷三《判斩妖尼》，《坚瓠余集》卷四《蓝道婆》，蒲松龄《聊斋志异》卷十二《人妖》，袁枚《子不语》卷二十二《假女》，吴炽昌《客窗闲话》续集卷四《妖人刑大》，李庆辰《醉茶志怪》卷一《折狱》"假尼奸情"等。

《夷坚志》还较早出现了"辨毒平冤型故事"，如支丁卷一《营道孝妇》，一村妇非常孝敬公婆，有一次公婆吃下儿媳妇端来的肉后猝死，村妇被认为凶犯而入狱，薛大圭觉得案情有疑，经审查验证，发现藏肉处曾有蜈蚣出没，死者正是被蜈蚣毒所致，妇冤乃白。此类型的故事在后世的创作有：南宋宋慈《洗冤录》"荆花毒案"，明代张岱《夜航船》卷七政事部《烛奸·花瓶水杀人》、卷十七四灵部《鳞介·鱼羹荆花》，冯梦龙

《智囊补·许襄毅等》，清代无名氏《留仙外史》"某氏子"，无闷居士《广新闻·蛇冤》，吴趼人《中国侦探案·蝎毒》，李庆辰《醉茶志怪》卷二《蜥蜴》等。

　　《夷坚志》是古代小说史上个人撰写的小说中卷帙最多的一部，陈振孙因此认为洪迈因急于成书，妄人多取《太平广记》中旧事，改窜首尾匆匆而就，① 陆心源为《夷坚志》撰写的序中也说书中故事饰说剽窃②。事实并非如此，《夷坚志》中的许多故事反映了宋代的社会生活，体现了宋代的文化精神、审美追求，具有明显的时代特点。尤其作品中较早出现的一些故事题材和类型，对后世小说创作产生了深远影响，这些既是《夷坚志》创新精神的最好证明，也是对小说发展的重大贡献。

---

① （宋）陈振孙：《直斋书录解题》，北京：中华书局1985年版。
② （宋）洪迈：《夷坚志》，北京：中华书局2006年版，第1839页。

第（三）章
"夷坚体"的形成及续作、 仿作的流行

第一节 "夷坚体"的特征及成因

《夷坚志》影响深远，其创作方式为后世小说提供了示范和借鉴，表现在以"夷坚"为名的一系列续书，以及在创作体例上明显与《夷坚志》有沿袭关系的志怪小说等诸多方面。《夷坚志》的创作方式，一方面是对"杜阳杂编体"的继承，一方面与作者洪迈的小说观念、学者身份有关，也与宋代笔记著述盛行、尚理的文化思潮等时代因素有关。

一、"夷坚体"的特征

1. 以时事作为志怪小说的内容

《杜阳杂编》为晚唐苏鹗的志怪小说，这部作品的创作体例对后世影响很大，《钦定四库全书总目》明确提到唐以后仿此例的著述较多，如五代孙光宪《北梦琐言》、宋代晁说《晁氏客语》，其提要称，"盖用苏鹗《杜阳杂编》之例"，清代吴伟业《绥寇纪略》的提要也是，"仿苏鹗《杜阳杂编》"，朱彝尊在后蜀何光远《鉴戒录》的跋文中也提到，"与苏鹗《杜阳杂编》略同"等。

以时事为创作内容，是"杜阳杂编体"突出的特点之一，宋代晁公武《昭德先生郡斋读书志》明确著录："《杜阳杂编》三卷，唐苏鹗字德祥，光启中进士，家武功杜阳川。杂录广德以至咸通时事。"① 可知《杜阳杂编》主要记唐代异闻，始代宗广德元年，迄懿宗咸通十四年，共十朝事。明代文徵明曾用精楷书写此书，《御定佩文斋书画谱》卷八十一谈道："苏

---

① （宋）晁公武：《四部丛刊三编 史部 昭德先生郡斋读书志》卷三（上），上海：上海书店出版社 1935 年版。

鹗杜阳编，乃郭子横洞冥、王子年拾遗之类，而自诡胜之，以其颇杂时事也。"①《杜阳杂编》记唐代时事的特征被不同时代的作者所认同。

这一创作特点在《夷坚志》中同样得到体现。《夷坚乙志序》云："若予是书，远不过一甲子，耳目相接，皆表表有据依者。"② 洪迈的朋友王质受其创作影响，撰写《夷坚别志》，并总结出"夷坚之规"，其中之一便是"得岁月者纪岁月，得其所者纪其所，得其人者纪其人"③。表达的正是《夷坚志》在选材内容上重视时事、记录现实的创作倾向，《钦定四库全书总目》著录了宋代马纯的《陶朱新录》，在此书的提要中指出："所载皆宋时杂事，大抵涉于怪异者十之七八，亦洪迈《夷坚志》之流。"④

很明显，在写时事这一点上，"夷坚体"超越了"杜阳杂编体"。因为《杜阳杂编》写时事时，一方面仅限于帝王将相、宫廷贵族、士人名流；另一方面，所谓时事，其实名不副实，四库馆臣曾以新旧《唐书》与其所载外国所贡诸名物相比勘，认为《杜阳杂编》所记明显多舛迕之处。虽然以正史来审视志怪体小说所记时事的真伪，这一做法本身就不恰当，但《杜阳杂编》体现出的时代内容的确有限。

以时事作为志怪小说创作的内容，在《夷坚志》里才真正得到贯彻。《夷坚志》不但以皇室显宦、文人雅士、英雄豪杰、和尚道士等人群作为表现对象，而且还有大量的农民坑户、商人牙侩、小偷强盗、村妇乞儿等下层人群形象。俗人俗事的大量出现，反映了更广泛的社会生活内容。既表现了在宋代社会背景下的政治、军事、阶级、民族等方面的状况，也展示了经济、法制、医药、民俗、宗教信仰、道德伦理等多方面的情形，作品具有强烈的时代气息。《夷坚志》不似以往志怪小说，"发明神道之不诬"，或为"释氏辅教之书"，所载内容距离现实生活、普通人群较为遥远，其在创作中的世俗化倾向，开拓了志怪小说面向现实、反映世俗的创作风气，也影响到话本等其他类型的文学创作。

现实生活是文学作品生命力的源泉和关键，唐传奇取得辉煌成就，正在于其面向现实，多写本朝"新闻"。宋元传奇衰落的原因，在于"多托往事而避近闻"，宋元说话之所以受到听众的欢迎，是因为有现实性极强的"新话"，即讲本朝故事的"铁骑儿"和"银字儿"。《夷坚志》之所以

---

① （清）孙岳颁：《御定佩文斋书画谱》卷八十一，台北：台湾商务印书馆1986年版。
② （宋）洪迈：《夷坚志》，北京：中华书局2006年版，第185页。
③ （明）胡应麟：《少室山房笔丛》卷二十九丙部，北京：中华书局1958年版，第379页。
④ （清）纪昀等：《钦定四库全书总目（整理本）》，北京：中华书局1997年版，第1883页。

代表了两宋小说的时代特征和志怪小说创作的最高成就，就在于洪迈把志怪和现实两者结合得较为紧密。

2. 事有出处的著作体例

在每个故事后注明出处，是"杜阳杂编体"的另一个显著特征。如《北梦琐言》的提要："所载皆唐及五代士大夫逸事，每条多载某人所说，以示有征，盖用《杜阳杂编》之例。"① 又如《晁氏客语》的提要："是书乃其札记、杂论兼及朝野见闻，盖亦语录之流，条下间有夹注，如云右五段张某，又云第四段刘快活，又有李及寿朋述志诸名氏，盖用苏鹗《杜阳杂编》之例。"② 对这一体例，四库馆臣们明显表现出赞赏的态度，如在《四库全书简明目录》卷十四介绍《杜阳杂编》时称此做法是将俗语化为丹青之举。但同时认为这种体例在《杜阳杂编》中纯属虚晃一招，清代周中孚《郑堂读书记》中说："虽皆注其闻于某某，乃诿过于人之意，而后人反以其不没人善称之，真被古人瞒过也。"③ 虽然如此，但作为一种创作体例本身无可厚非，后世许多文人小说也采用此例。

《夷坚志》也采用了这种体例，洪迈在序中多次提到其创作得益于众人的参与，如《夷坚乙志序》："人以予好奇尚异也，每得一说，或千里寄声。"④《夷坚支乙序》："群从姻党游岘、蜀、湘、桂，得一异闻，辄相告语。"⑤ 又如《夷坚支庚序》"盖每闻客语，登辄记录"⑥ 等。众人积极参与的原因一方面在于他们本身对故事有浓厚的兴趣，另一方面在于其声名可随着小说的传播而远扬，因为洪迈往往在篇末注明"某人说""某人传"字样。而且洪迈身为高官显宦，对各个阶层、不同身份的故事讲述者能一视同仁，有言必录，体现不同审美趣味的小说传闻，这是其非常难能可贵的。

除记载不同人群或传或说的故事外，洪迈还直接从别人的传记、文集、杂史、笔记等著作中采摘。对此做法，洪迈在《夷坚支辛序》中坦然承认"剽剟以为助"，并将来源本末一一注明。《夷坚志》引用和抄录的资料来源极为广泛，达七十种之多，如抄自宋人笔记小说的有：陈道光《蔡箏娘记》、吕夏卿《淮阴节妇传》、王山《笔奁录》、苏辙《梦仙记》、王

---

① （清）纪昀等：《钦定四库全书总目（整理本）》，北京：中华书局1997年版，第1845页。
② （清）纪昀等：《钦定四库全书总目（整理本）》，北京：中华书局1997年版，第1608页。
③ （清）周中孚：《郑堂读书记》，北京：中华书局1993年版。
④ （宋）洪迈：《夷坚志》，北京：中华书局2006年版，第185页。
⑤ （宋）洪迈：《夷坚志》，北京：中华书局2006年版，第795页。
⑥ （宋）洪迈：《夷坚志》，北京：中华书局2006年版，第1135页。

古《劝善录》、归虚子《说异集》、刘望之《毛烈传》、郑总《罗夫仙人传》、余嗣《出神记》等。这些宋人小说现或节存，或残存，甚至亡佚，《夷坚志》使这些作品得以保存，从这个角度上说，它是研究宋代小说的重要资料，具有较高的文献价值。

在故事后标注出处，自魏晋六朝早已有之，《世说新语》就大量引用《语林》等材料，唐宋更加蔚然成风，如风月主人的《绿窗新话》、刘斧的《青琐高议》，书中除作者本人的创作外，其中有很大部分抄撮自前人杂著，而多在篇末注明出自某书。《夷坚志》对某些著述采用较多，如支庚抄吴良史《时轩居士笔记》四十五则，支乙抄刘名世《梦兆录》十四则，三志己卷抄李泳《兰泽野语》七则等，这种频繁引用他作的编写方式，使《夷坚志》背上了抄袭剽窃之名。清人陈元龙《格致镜原凡例》说："唐宋类书援据古文必系以原书出处，使人参考炳然。明人类书多不载原书之名，攘古以自益。"① 这是宋代正统文人喜引经据典、重视文有出处的创作思维在小说领域的延伸，并试图以此提高小说的地位和学术价值。但这种做法使小说创作被传闻依据、记录见闻所囿，不利于对小说进行自觉的艺术创造，限制了作者主观能动性的发挥。

3. 重视小说标题

"杜阳杂编体"特征之三为"皆以三字为标目"②，何光远《鉴戒录》在《钦定四库全书总目（整理本）》中的提要有："每条以三字标目，与苏鹗《杜阳杂编》略同。"吴伟业所撰《绥寇纪略》，朱彝尊称："其书以三字标题，仿苏鹗《杜阳杂编》。"在创作中重视标题的作用，并全部采用三字标题，在小说笔记中应该始于《杜阳杂编》。

标题是文章的"眼睛"，是作品主旨的集中体现，因此对标题的重视，实为对作品主题的重视。四库馆臣追溯《杜阳杂编》的三字标目体例来源："考文章全以三字标题，始于缪袭《魏铙歌词》，鹗、光远沿以著书，伟业叙述时事乃用此例。"③ 其实小说作品以三字为标题，在《杜阳杂编》之前的唐传奇中就已广为采用，但全部以三字来标目，却是《杜阳杂编》所特有。在字数整齐划一的标题规范中，可明显地看到作者自觉的标题意识和创作追求。

---

① （清）陈元龙：《格致镜原凡例》，《文渊阁四库全书》，上海：上海古籍出版社1981年版。

② （清）纪昀等：《钦定四库全书总目（整理本）》，北京：中华书局1997年版，第1878页。

③ （清）纪昀等：《钦定四库全书总目（整理本）》，北京：中华书局1997年版，第682页。

《夷坚志》在诸多方面受"杜阳杂编体"的影响，在标目上应该也受到启发。根据《夷坚志》流传下来的 3 200 多则故事统计，用四字标题最多，有 1 270 余则，占总数的近 40%；其次为三字标题，有 840 余则，约占 26%；再次为五字标题，有 520 余则，约占 16%；标题字数的增多，体现了洪迈对故事主题的多层次把握和揭示，是对苏鹗标题法的继承和发展。一般认为，七八字的对偶回目标题是古代小说发展中成熟而定型的标题，一方面由于"诗偶化"使标题显得精致、文学色彩突出，另一方面因为字数的增多，令标题涵盖较多的内容信息，更好地起到文章的"眼睛"的窗口作用。

　　《杜阳杂编》的三字标题没有传世，现传版本没有标题，直接以内容相随，故无法探知其标题的具体内容构成。从同时代唐传奇的三字标题来推断，《杜阳杂编》的三字标题应多保存着杂传记的外壳，可能多以"人名（物名）+ 传（记）"构成，如《李娃传》《莺莺传》《柳氏传》《任氏传》《古镜记》《三梦记》等，虽言简意赅，但能传递出的文章信息有限。《夷坚志》多采用四、五字，甚至六字来作标题，使文章的内容在标题中得到充分的体现。譬如四字标题，可以包含人物和地名信息，如《姑苏颠僧》《泉州杨客》《宣城葛女》《莆田处子》《宣城死妇》《宝峰张屠》《桂林走卒》《仙居牧儿》等，从标题中可看出作品讲述普通百姓的事，因默默无闻而以地名来限制区分。有些四字标题则包括人物和事件信息，如《解洵娶妇》《郭伦观灯》《郁老侵地》《林积阴德》《高俊入冥》《张一偿债》《莫东得官》《屈师放鲤》等，标题由主谓或主谓宾短语构成，能较全面地涵盖作品所记事件的内容。《夷坚志》的四字标题还可包括地名和事件信息，如《岛上妇人》《葵山大蛇》《缙云鬼仙》《饶州官廨》等，从这类标题可判断文章所记当为地方传闻或异事。很明显，洪迈不但有苏鹗的自觉的标题意识，而且充分利用标题的功能，更好地向读者揭示作品的内容，提高读者的阅读兴趣。《夷坚志》这种揭示篇章内容的显事标题取代传统的人物名号性标题，体现了宋代说话艺术对文言小说的影响，因为说书艺人为了吸引听众，善于通过标题总结告知其所讲述故事的内容。虽然《夷坚志》的标题在文字上比较质朴自然，没有刻意求工、诗化典雅的修辞倾向，但能使故事内容集中，形成相对独立、完整的故事单位，避免了散漫无序。而且这些"散文化"的标题为后来"诗偶化"标题的出现和演进积累了丰富的经验。

　　洪迈的这种标题意识在小说发展史上无疑是进步的，当时的文言小说作家还没有标题意识，现存宋元文言小说大多没有标题，直接以内容相随，使创作流于杂史的形式，影响了阅读，也造成小说文体的混乱。《绿窗新话》《青琐高议》虽有七言格式化的标题，但凌郁之认为此非宋本原貌，而为明以后书商刊刻时所添加①。南宋末年罗烨《醉翁谈录·小说开辟》所录107种说话名目，标题又多回到三言。

二、"夷坚体"形成的原因

1. 唐人小说创作方式的继承

《容斋随笔》卷十五《唐诗人有名不显者》称："大率唐人多工诗，虽小说戏剧，鬼物假托，莫不宛转有思致，不必颛门名家而后可称也。"②从评价内容来看，此处主要指以情著称的唐传奇。洪迈作为一个学者，又生活在理性精神张扬的宋代，所以其创作风格非才子之笔，而是趋于学者之体，选择了段成式的《酉阳杂俎》和苏鹗的《杜阳杂编》为学习的目标。

段成式，字柯古，临淄人，宰相文昌之子，官至太常卿。段成式不但与洪迈有相同的显宦家庭背景，而且有共同的爱好。《新唐书·李商隐传》称温庭筠、段成式俱以四六得名，号"三十六体"，洪迈《容斋三笔》卷八有"吾家四六"，四六为洪氏三兄弟所长，当时与汪藻、周必大齐名。更重要的是，"洪段好奇相类，故门目亦仿之"③。即两人都喜欢怪异之事，在作品名称、类目设置、创作内容等方面，《酉阳杂俎》对《夷坚志》均有很大的影响。

赵与峕《宾退录》卷八所引《夷坚辛志序》说，洪迈初著书时，欲仿段成式《诺皋记》，名以《容斋诺皋》，后恶其沿袭，且不堪读者辄问，乃更今名。《夷坚支甲序》也云："以段柯古《杂俎》谓其类相从四支，如支诺皋、支动、支植，体尤崛奇，于是名此志支甲，是于前志附庸。"④可见《夷坚志》的书名和序次选择均是学习《酉阳杂俎》的结果。此外，《夷坚志》的篇章内容也多次提及《酉阳杂俎》，如支甲卷八《符离王氏蚕》、补志卷十四《主夜神咒》，分别引《酉阳杂俎》中相关内容来印证。

如果说《酉阳杂俎》对《夷坚志》的书名、序次有重大影响的话，那么《杜阳杂编》则直接影响了《夷坚志》的创作体例，"夷坚体"的形成

---

① 凌郁之：《〈绿窗新话〉平质》，《扬州大学学报（人文社会科学版）》2006年第5期。

② （宋）洪迈：《容斋随笔》，北京：中华书局2005年版，第194页。

③ （明）胡应麟：《少室山房笔丛》，北京：中华书局1958年版，第462页。

④ （宋）洪迈：《夷坚志》，北京：中华书局2006年版，第711页。

与"杜阳杂编体"有密切的关系。

《钦定四库全书总目》虽然没有明确提到《夷坚志》的体例受《杜阳杂编》影响，但在一些著作的提要中将二者并列，甚至混为一谈。如明代王同轨《耳谈》的提要："其书皆纂集异闻，亦洪迈《夷坚志》之流，每条必详所说之人以示征信，则用苏鹗《杜阳杂编》之例。"又如南宋郭彖的志怪小说《睽车志》，在《钦定四库全书总目》的提要云："各条之末悉分注某人所说，盖用《杜阳杂编》之例。"而在《钦定四库全书总目》的提要说："各条之末悉分注某人所说，盖用洪迈《夷坚志》之例。"这绝不是四库馆臣们的笔误，因为"夷坚体"和"杜阳杂编体"的血缘关系绝非偶然。

苏鹗，字德祥，武功人，光启中登进士第，仕履无考。洪迈以苏鹗为学习对象，不仅出于家庭出身、动乱时代背景的相似，也有学者身份的认同。苏鹗有《苏氏演义》十卷，陈振孙《直斋书录解题》著录并谈及此书："考究书传，订正名物，辨证讹谬，有益见闻。"[①] 原作已亡佚，《四库全书》的编写者根据《永乐大典》辑得二卷，《苏氏演义》对后世名物、书传等方面的考证影响深远，《苏氏演义》显然与《容斋随笔》的主旨和写作意图相同。这说明苏鹗和洪迈在著述时有共同的旨趣追求，在撰写志怪故事时也表现出学者型小说作家的创作特点。因此洪迈在创作方式上表现出对"杜阳杂编体"的认同，并在此基础上作了进一步的发展。尤为重要的是，洪迈以《夷坚志》的创作成功扩大了这种著作体例的影响，出现了一系列的续书和模仿之作，著名的有王质的《夷坚别志》、元好问的《续夷坚志》、马纯的《陶朱新录》、郭彖的《睽车志》、祝允明的《志怪录》、王同轨的《耳谈》、纪昀的《阅微草堂笔记》等，使得"夷坚体"作为一种小说创作体例被广泛承认和接受。

2. 宋代文化环境的影响

"夷坚体"的形成，是对"杜阳杂编体"的继承，更为重要的是其是宋代文化环境影响的必然结果。宋代科举取士的规模远远超过唐代，而且考试制度相对完善，用弥封、誊录、锁院、别试等办法来防止官员子弟舞弊，使许多孤寒之士登第并踏上仕途。宋代科举制度的发达造就了一种新的士人精神，形成文人、学者、官员的"三位一体"。

文言小说，是文士的释怀与写心，"史传与小说的区别，最重要的一点在于，小说在不同程度上能体现创作主体的独立意识，借人事抒写个人

---

① （宋）陈振孙：《直斋书录解题》，北京：中华书局1985年版。

胸臆，可窥见作者的肝肺。"① 魏晋六朝志怪主要写"鬼话""梦话""仙话""怪话"，《夷坚志》除此外，还包含了大量的"人话""俗话"。在艺术审美上，魏晋志怪小说构想出神仙世界和超自然的变化之术，拉开与现实世界的距离，表现出神秘主义和自然主义的倾向。而《夷坚志》中人鬼混杂，难以分辨，以往志怪小说中虚无完美的幻想境界在作品中已很少见到了，大多数篇章中的鬼神世界狰狞、恐惧，充满了痛苦，故事中蕴含着真实的情感和深刻的道理，表现出动乱时代使人产生生存危机和命运莫测之感，体现了文人的无奈和慌恐、焦虑和不安，这些都根植于现实生活的土壤中。洪迈不遗余力地搜集志怪，陈振孙批评其"不亦谬用其心也哉！且天壤间反常反物之事，惟其罕也，是以谓之怪，苟其多至于不胜载，则不得为异矣"，正是这一时代文人心理的表露。金人刘祁《归潜志》卷七有："南渡之后，南京虽繁盛益增，然近年屡有妖怪。元光间，白日虎入正门。又吏部中有狐跃出，宫中亦有狐及狼。又夜闻鬼哭辇路，每日暮，乌鹊蔽天，皆亡国之兆。"② 洪迈生活的时代，虽有一代明君宋孝宗，但无恢复之能臣，终难免风雨飘摇之国势。《夷坚志》的神怪世界蕴含着作者对现实政治的另一种关怀和担心，表现了作者的忧患意识，所以作者关注现实，以时事作为志怪小说的内容。

宋代的学术非常发达，柳诒徵在《中国文化史》中谈道："有宋一代，武功不竞，而学术特昌。""上下千古，求其学者派别孔多，而无不讲求修身为人之道者，殆无过于赵宋一朝。故谓有宋为中国学术最盛之时代，实无不可。"③ 洪迈是一位著作等身的学者，《宋史·艺文志》《直斋书录解题》等书目资料著录了其创作的 26 部史书，还有被四库馆臣誉为"宋人笔记之冠"的《容斋随笔》，此书熔考证、议论、记事于一炉，既有宋代的典章制度、历史事实，也有政治风云、文坛佳话，资料丰富，格调高雅，考证有理有据，是乾嘉学派的先声。洪迈的志怪小说自然染濡了学术气，重视故事来源即是充分体现。与宋代进士文化相对应，宋代学术呈现开放、自由之态，具有重人伦日用、躬行实践的务实精神和直面现实的气魄，所以洪迈创作《夷坚志》时，除游心寓目之外，还重视作品广见闻、寓劝诫、资考证的实用功能。此外，在宋代党派纷争频仍的政治背景下，

---

① 赵明政：《文言小说：文士的释怀与写心》，桂林：广西师范大学出版社 1999 年版，第 88 页。
② （金）刘祁：《归潜志》，《宋元笔记小说大观》，上海：上海古籍出版社 2007 年版，第 5958 页。
③ 柳诒徵：《中国文化史》，上海：上海古籍出版社 2001 年版，第 565 页。

洪迈标注故事出处也有避祸的考虑。

洪迈重视小说创作，高度评价唐人小说，并以其创作引发的"洪迈效应"切实提高了小说的地位及影响。虽然如此，洪迈在宋代浓郁的学术氛围中，其首要身份为学者，使得其在小说创作效法对象上选择了同样有学者背景的苏鹗，而没有以露才扬情的唐传奇为范例，尽管苏鹗的创作在唐人小说中并非佼佼者。

总之，"夷坚体"实际上是一种士风精神的选择，唐代士人多恣情任性，驰骋豪情，而宋代士人多收情敛性，慎重严谨，所以《夷坚志》无论在征实的创作态度上，还是在语言平实化的风格追求上，都呈现出和唐传奇不同的特点。洪迈选择了志怪体创作，其实质是宋代新的士人精神在小说观念和创作方法上的体现。

第二节 《夷坚志》的续作

一部作品之所以成为名著，与其问世后产生的巨大社会影响分不开，这种影响来自原作的各种传播方式累积形成的社会效应。其中小说续书是传播方式之一，广泛见于古今中外许多名著之中，已成为一种文化现象，《夷坚志》作为我国文言小说史上的一部巨著，续书的出现也在所难免。

值得注意的是，文言小说的续书与章回小说的续书不同，相比之下，章回小说续书中的人物与原作有某种联系，故事情节也是对原作的补充和发展，而文言小说虽以"续"为名，却不从原著的情节或人物出发，往往是仿作。对文言小说仿作与续书的关系，学者意见不一①。

本书对《夷坚志》续书的界定标准为：只要以"夷坚体"创作，书名有明显沿袭《夷坚志》的现象，作者公开声称其创作模仿《夷坚志》而来，均视其为《夷坚志》的续书。根据现有的小说作品及书目资料，与《夷坚志》有相同名称的小说作品有五部，即王质的《夷坚别志》、元好问的《续夷坚志》、无名氏的《湖海新闻夷坚续志》、吴元复的《续夷坚志》、杨慎的《广夷坚志》。这些续书是对《夷坚志》精神的延伸，是对《夷坚志》内容实质和外在体例的继承和发展，而且冠以相同的小说名称，

---

① 关于"仿作"应否归入续书，学者有不同的说法，如高玉海《明清小说续书研究》（中国社会科学出版社 2004 年版）认为将"仿作"视为续书，会扩大续书的外延，因此不赞同将"仿作"视为续书。

直接显示其与《夷坚志》的姻亲关系，体现了续书作者对原作的高度认同和相似的创作追求。

一、王质的《夷坚别志》

王质（1135—1189），字景文，号雪山。其先郓州（今山东东平）人，南渡后，徙江西兴国军。《宋史·王质传》曰："质博通经史，善属文。游太学，与九江王阮齐名。"① 从王质游太学时便与江西德安人王阮齐名可知，王质其家应很早就移居江西，以至于时人将其视为江西人氏，如张端义《贵耳集》云："王景文质，兴国人。"② 可见王质的《夷坚别志》不仅受洪迈创作的影响，也是江西地域文化的体现。

《夷坚别志》原作亡佚，但有许多资料记载过此书，如林希逸的著作中留有对此书的评价："景文之书谓之《夷坚别志》，笔力如此，信不减洪公，宜乎公得之而喜也。洪公记此时景文已没，臭味之相契，亦如欧公之得廖生亦。"③《山东通志》卷三十四也有："王质《夷坚别志》二十四卷，自序云：'《夷坚志》出自鄱阳朱氏，增辑未备，故曰别志。'"④ 根据赵与峕《宾退录》卷八记载，洪迈的壬志全取王质《夷坚别志序》，此序大略为《文献通考·经籍考》所录，胡应麟《少室山房笔丛》卷二十九丙部《九流绪论》又将其转录，《文献通考》所记如下：

> 志怪之书甚夥，至鄱阳《夷坚志》出，则尽超之。余平生所嗜，略类洪公，始读《左传》《史记》《汉书》，稍得其记事之法，而无所施，因志怪发之。久之习熟，调利滋耽，玩不能释。闲自观览，要不为无补于世。而古今文章之关键，亦间有相通者，不以是为无益而中画。愈衰所见闻益之，事五百七十，卷二十四，今书之目也。余心尚未艾，书当如之，则将浸及于《夷坚》矣。凡《夷坚》所有游见者删之，更生佛之类是也；凡《夷坚》所有而未备者补之，黄元道之类是也。其名仍为《夷坚》，而别志之，辨于鄱阳也。得岁月者纪岁月，得其所者纪其所，得其人者纪其人，三者并书之，备矣。阙一二亦书，皆阙则弗书。丑而不欲著姓名者婉见

---

① （元）脱脱等：《宋史》卷三九五，北京：中华书局1977年版，第12055页。
② （宋）张端义：《贵耳集》，《宋元笔记小说大观》，上海：上海古籍出版社2007年版，第4260页。
③ （宋）林希逸：《竹溪鬳斋十一稿续集》卷三十，《文渊阁四库全书》，上海：上海古籍出版社1981年版。
④ 丘濬：《山东通志》卷三十四《经籍志》，《文渊阁四库全书》，上海：上海古籍出版社1981年版。

之，如《夷坚》碓梦之类是也，丑而姓名不可不著者显揭之，如《夷坚》人牛之类是也。其称某人云，又某人得诸某人云，若己所见，各识其所自来，皆循《夷坚》之规弗易。……其异也者，笔力瞠乎其后矣。①

从序中可以得知王质将《夷坚志》奉为圭臬，其创作旨在对洪迈所记有所增补，序中所引故事主要见于今本甲志、乙志、丙志、丁志②，因此《夷坚别志》的创作时间应在洪迈的《夷坚丁志》问世后，即宋淳熙五年（1178）。至于具体的开始创作时间，《宋史·王质传》云其"出通判荆南府改吉州，皆不行，奉祠山居，绝意禄仕"③。李剑国认为此书即为王质奉祠山居后所作④。根据王质的年谱资料，其奉祠山居的具体时间为淳熙十二年（1185），而且从淳熙七年（1180）回兴国军后，再未曾离开此地⑤，所以无论从地域文化影响，还是从作者当时所处的生活境况来看，淳熙十二年都很有可能为其开始创作志怪小说的时期。王质于淳熙十六年（1189）辞世⑥，此年应为《夷坚别志》的成书下限。其时，洪迈的《夷坚甲志》至《夷坚戊志》已经成书，王质的《夷坚别志》作为《夷坚志》的第一部续书，应该给洪迈的创作带来了极大的鼓舞，是其后期创作速度大为加快的原因之一，洪迈在《夷坚支甲序》中说："《夷坚》之书成，其志十，其卷二百，其事二千七百有九。盖始末凡五十二年。自甲至戊已占四纪，自己至癸才五岁而已。"

二、元好问的《续夷坚志》

元好问（1190—1257），字裕之，号遗山，太原秀容人，金元之际的文坛领袖。郝经《遗山先生墓铭》评价道："当德陵之末，独以诗鸣，上薄《风》《雅》，中规李、杜，粹然一出于正，直面苏、黄氏。""先生遂为一代宗匠，以文章独步，几三十年。"⑦《续夷坚志》为元好问晚年时所著，根据今本序跋及有关材料，此书在元至顺三年（1332）前已有刻本流

---

① （元）马端临：《文献通考》卷二一七，杭州：浙江古籍出版社1988年影印本，第1771页。
② 更生佛见于乙志卷一，黄元道见于乙志卷十二、卷十五，丁志卷六；碓梦见于丙志卷十六；人牛见于甲志卷十七。
③ （元）脱脱等：《宋史》卷三九五《王质传》，北京：中华书局1977年版，第12056页。
④ 李剑国：《宋代志怪传奇叙录》，天津：南开大学出版社1997年版，第320－321页。
⑤ 王三毛：《王质研究》，南京师范大学硕士学位论文，2007年，第137－183页。
⑥ 《宋史·王质传》载其淳熙十五年（1188）卒，而友人王阮在为王质《雪山集》所作序中云"淳熙十六年正月十九日"辞世，王阮与其交游极密，其言可信度较高。
⑦ 郝经：《遗山先生墓铭》，郝树侯、杨国勇：《元好问传》（大德碑本），太原：山西人民出版社1990年版，第283页。

传。清嘉庆年间杭郡余集得读易楼藏二卷本，重新厘定为四卷刊行，道光年间荣誉又做了校正。现通行的中华书局点校本《续夷坚志》有四卷203篇，其中第四卷《女真皇》《日本冠服》《焦燧业报》《孔孟之后》四篇有目无文，《宣靖播越兆》残尾。

《续夷坚志》所记之事，上起金世宗大定年间（1161—1189），下迄元宪宗蒙哥元年（1251），以近世怪异奇谈、遗闻逸事等为题材，还包括天文地理、医学艺术、典章文物等内容。荣誉在《续夷坚志序》中说：

> 有金元遗山先生，具班、马之才，阅沧桑之变，隐居不仕，著述自娱。凡四方碑版铭章，靡不奔走其门。初尝以国史为己任，不幸未与纂修，乃筑野史亭于家，采摭故君臣遗言往行，以自论撰，为藏山传人计。又以其绪余作为此书，其名虽续洪氏，而所记皆中原陆沉时事，耳闻目见，纤细必书，可使善者劝而恶者惩，非齐谐志怪比也。

荣誉的序言对元好问的创作目的及作品的选材范围等做了全面的总结，元好问晚年创作《续夷坚志》，既有补史的考虑，也有自娱的意图，更是情怀的宣泄和教化世人的需要，在题材上将志怪和时事结合，谈鬼说怪的同时又反映了当时各阶层的社会生活。可见元好问深谙洪迈《夷坚志》创作之精髓，因此皆窳叟在《续夷坚志》的跋文中将两书相提并论："子思子云：'国家将兴，必有祯祥；国家将亡，必有妖孽。'洪景庐《夷坚志》多政、宣事，元好问《续志》多泰和、贞祐事，其视平世有闲耳。"[1] 元代苏天爵在《书〈续夷坚志〉后》中也云："予观三代而下，其衰乱未有若晋之甚者也，故灾异亦未有若晋之多者也。而宋金之季，实有以似之。其在南方，鄱阳洪公为之志；其在北方，遗山元公续其书。凡天裂、地震、日食、山崩、星雷、风雨之变，昆虫、草木之妖，盖有不可胜言者矣。"[2]

《续夷坚志》内容驳杂，故事类型与《夷坚志》大致相同，甚至有些具体篇章内容与《夷坚志》相似。《续夷坚志》作为一部志怪小说，作品中最多的是鬼怪灵异的故事，如卷二《贞鸡》："房暐希白宰卢氏时，客至，烹一鸡。其雄绕舍悲鸣三日，不饮啄而死。文士多为诗文，予号之为贞鸡。"[3] 与洪迈的支甲卷八《王揖双鸡》故事相同：

---

① （金）元好问：《续夷坚志原跋》，《续夷坚志》，北京：中华书局1986年版，第98页。

② （元）苏天爵：《滋溪文稿》卷二十六，《文渊阁四库全书》集部，上海：上海古籍出版社1981年版。

③ （金）元好问：《续夷坚志》，北京：中华书局1986年版，第24页。

鄱阳卜者王揖，僦旅邸一室畜双鸡，一牝一牡，牝生子，正抱啄于栖中。揖有客，唤童取其牡，将杀而烹之。牝踟蹰哀鸣，不复顾群雏，终昔唧唧，晨起不复食，凝立砌下，沉沉如醉然。少焉气溢其吭，遂喘而死。夫鸡，一物耳，至哀其偶而与之同死，有贞妇之节。彼有视其夫死，肉未冷而即背去者，此鸡羞之矣。①

两则所记之事相同，洪迈的笔触较为细腻，篇尾还有借题发挥之语。又如卷二《鬼拔树》："兴定末，曹州一农民，一日行道中，忽骤雨，闻空中人语云：'敢否？'俄又闻大笑声。此人行半里，见道左大柳树拔根出，掷之十步外，泥中印大臀髀痕，如麦笼许，盖神拔树偃坐泥中破笑耳。"②显然借鉴了洪迈丁志卷八《泥中人迹》：

抚州村落间，一夕雷雨，居民闻空中数百人同时大笑。明旦，大木一本，连根皆拔出。其旁泥内印巨人迹绝伟，腰髀痕入地尺余，足长三尺，阔称之。疑神物尽力拔树，遇滑而蹶，故众共笑之云。③

卷三《右腋生子》与《夷坚志》三志辛卷六《蒋山长老师》所记奇事也相同。从整体创作而言，《夷坚志》中除大量尺寸短书的志怪体之外，还有篇幅较长、描写细腻的传奇体作品，元好问的创作在质朴中显示出奇幻和沉郁，行文简约流畅，几乎全为志怪体。

《续夷坚志》除鬼灵精怪、佛道巫神、博物杂记类故事外，也有以社会现实尤其是以市民生活为内容的世风民情类题材。如卷一《王增寿外力》记金政府官员除抓人夺地外，还抢夺骆驼，王增寿施计，钉驼足令跛，从而保全了自己的牲畜。《包女得嫁》记女巫假借神意，制止掠卖民女。卷四《盗谢王君和》记王君和帮助生活穷困的博鱼人，后与同行被盗贼所执时，被已沦为盗贼的博鱼人相救。各种社会底层人群成为故事的主人公，如《溺死鬼》中乐于助人的针工，《王叟阴德》中有慈悲心肠的良医等。元好问借《续夷坚志》记"中原陆沉时事"，宋、金、蒙交战的历史在作品中也有体现，如《救薰死》《神救甄率军》《边元恕所记二事》等正面表现"伏尸流血"的战争场面，呈现了动乱年代的悲惨画面。

《续夷坚志》为金代唯一一部志怪小说集，加上元好问在文坛的重要地位，此作在后世多次被刊刻，有些篇章被话本、戏曲所改编，如《京娘

①　（金）洪迈：《夷坚志》，北京：中华书局2006年版，第772页。
②　（金）元好问：《续夷坚志》，北京：中华书局1986年版，第26页。
③　（宋）洪迈：《夷坚志》，北京：中华书局2006年版，第601页。

墓》被冯梦龙改编为《赵太祖千里送京娘》，《天赐夫人》被凌濛初改编为《宣徽院仕女秋千会　清安寺夫妇笑啼缘》的入话，《盗谢王君和》被李文蔚改写为杂剧《同乐院燕青博鱼》等①。

三、《湖海新闻夷坚续志》和吴元复的《续夷坚志》

《湖海新闻夷坚续志》在陆心源《皕宋楼藏书志》和丁丙《善本书室藏书志》中均有著录，书名作《重刊湖海新闻夷坚续志》，分为前集和后集，每集两卷，"不著撰人名氏"，有"江阴薛证汝节刊"一行题识。李兆洛《养一斋文集》卷七有此书跋云："薛诩汝（按：应为薛证，字汝节之误），《江阴志》无其人，问诸薛氏子孙，亦无知者。此书未知其出诩汝手，抑第刊之也。……《孙氏书目》有元好问《续夷坚志》前集、后集各二卷，与此相符，而元好问乃金人，不得有《大元昌运》一条，则亦应非元所编也。"张均衡的跋也难分薛汝节为著者还是刊刻者。

《湖海新闻夷坚续志》今传元刊本均无撰刊者姓名，明刻本署为"江阴薛诩汝节证刊"，胡应麟《少室山房集》卷一〇四《读夷坚志五则》中说："王质景文《夷坚别志》世不传，而余得《夷坚续志》四卷，盖本朝人录也。"②可见前人对此书的作者问题的认识相当混乱。

目前学术界多认为《湖海新闻夷坚续志》的作者为吴元复，如苗壮的《笔记小说史》、程毅中的《宋元小说研究》、宁稼雨的《中国文言小说总目提要》等，其依据为黄虞稷《千顷堂书目》卷十二小说类的著录："吴元复《续夷坚志》二十卷"，小注云："字山谦，鄱阳人，宋德祐中进士，入元不仕，一作四卷。"③因今传《湖海新闻夷坚续志》的通行本为四卷，与小注中所言卷数相符而得此结论。

笔者认为《湖海新闻夷坚续志》的作者不是吴元复，而是另有其人。吴元复的《续夷坚志》二十卷是《夷坚志》的另一种续书。吴元复其人在《江西通志》卷五十一《选举三》"德祐元年乙亥科王龙渊榜"上留有其名，与《千顷堂书目》所记相符，此书在宋代曾被刊刻，《江西历代刻书》"宋代江西刻书"坊刻目录中载有吴元复《续夷坚志》④。高儒《百川书志》小说家类著录的《续夷坚志》十七卷，虽不署作者，但应该也为吴元

① 宁稼雨：《中国文言小说总目提要》，济南：齐鲁书社1996年版，第140页。
② （明）胡应麟：《少室山房集》，《文渊阁四库全书》，上海：上海古籍出版社1981年版。
③ （清）黄虞稷：《千顷堂书目》，上海：上海古籍出版社1990年版。
④ 杜信孚、漆身起：《江西历代刻书》，南昌：江西人民出版社1994年版。

复的《续夷坚志》，此书没有流传。

笔者认为《湖海新闻夷坚续志》的作者应该为薛汝昂。在《千顷堂书目》卷十五有著录："《夷坚续志》薛汝昂"，该卷同时著录："《江湖纪闻》《湖海新闻》俱薛汝节"①。缪荃孙《艺风藏书记》称其所见前集抄本和后集原刻本署款"江阴薛证汝节刊"，可见薛汝节除创作《江湖纪闻》《湖海新闻》两部小说外，还刊刻了《夷坚续志》。而且《湖海新闻夷坚续志》与《江湖纪闻》在内容及编排、类目设置等方面极其相似，都分前后集，有许多共同的类目如艺术、警戒、报应等，两书除记宋事外，还收录他人记载，但均不注出处。两书所具有的这些共同特征也证明有可能经过同一个人的编辑、整理，薛汝节和薛汝昂从姓名上判断似乎为兄弟关系，两人事迹史传未载。

《湖海新闻夷坚续志》采用整齐划一的四字标题，这在文言小说创作中较为少见，体现了作者对洪迈重视小说标题这一"夷坚体"精神的传承。全书四卷本分前后两集，每集各二卷，前集分人伦、人事、符谶、珍宝、拾遗、艺术、警戒、报应八门，后集分神仙、道教、佛教、文华、神明、怪异、精怪、灵异、物异九门。每门又分若干类，如人伦门分君后、忠臣、父子、夫妇、贵显、庄重、宽容、勤俭、贪忌九类，这种分门别类的编排方式显然是续叶祖荣编辑的《分类夷坚志》。全书共 579 则故事，所记主要以宋代神鬼佛道及怪异之事为主，其中不少辑录或改写前人之作，如前集卷二艺术门幻术类《斩人魂魄》，记聂隐娘飞剑斩奸的故事，是唐传奇《聂隐娘》的缩写，后集卷一神仙门仙异类《一梦黄粱》，记邯郸道上卢生梦中历尽荣华富贵，是对沈既济《枕中记》的缩写。

洪迈《夷坚志》的部分篇章也被其收录或改写。如前集人伦门父子类孝行附《事姑不孝》所记第二个故事，阿李的儿媳妇七嫂事姑不孝，"姑饭以麦，妇自白饭"，僧托钵乞讨白饭，遭七嫂辱骂，扬言用袈裟才能换食，七嫂披上袈裟，僧忽然不见，袈裟变为牛皮，七嫂全身化为牛。此故事实出自丙志卷八《谢七嫂》，洪迈所记故事发生在宋绍兴三十年（1160）信州玉山县谢七家，洪迈记此事时说谢七嫂"今不知存亡"，可见应为当时的一件实事或传闻。《事姑不孝》选录此故事时，将原作故事发生的时间、地点一并删去，以"昔有妇人阿李"为开头引出七嫂变牛的故事。又如前集卷一人伦门夫妇类《陆氏再嫁》实为甲志卷二《陆氏负约》，情节

———————

① 《江湖纪闻》为元代一部重要的志怪小说，一般认为作者为郭霄凤，《千顷堂书目》为何如此著录，尚待进一步查考。

内容甚至语言文字基本相同；后集卷二怪异门鬼怪类《死仆卖鹅》实为丙志卷九《李吉燖鸡》、丁志卷四《王立燖鸭》的缩写；艺术门补遗《医药阴功》记许叔微学医积阴德中举事，实为甲志卷五《许叔微》；后集卷二精怪门猿猴类《猿请医士》记腹痛的猴将军请商州医生治病，实为三补《猿请医生》，等等。

《湖海新闻夷坚续志》大量采用《夷坚志》的篇章，保留了《夷坚志》的多则佚文，其书对《夷坚志》的辑佚功能尚未得到学术界的重视。如前集卷一人事门分定类《前生福分》记叶文凤见前生母事，与补志卷十一《钱生见前世母》内容相同，只是具体故事情节、人物姓名有所不同。叶文凤见前生母事被明代徐应秋《玉芝堂谈荟》收录在《前身轮回》条下："叶文凤，温陵人，登进士第，调官天台簿。遇生日于旅邸，假寐，梦人请吃麻糍，既觉闻邻居老妪号哭。问之曰：'亡儿忌日作麻糍祭享感泣耳。'文凤问其所业，曰：'业诗。'命取其旧业视之，乃与叶及第程文一字无异，因拜妪为前生之母，奉之别所。"①《玉芝堂谈荟》注明故事出自《夷坚志》，但今本《夷坚志》未见，此故事载于《湖海新闻夷坚续志》中，与《玉芝堂谈荟》相比，叙述较为周详，应该为《夷坚志》的佚文。又如后集卷一道教门道术类《神翁预知》记徐神翁手巾渡江事，明代施显卿《古今奇闻类记》卷五摘引，注明出自《夷坚志》，今本《夷坚志》也不见此则，也应该为佚文。

四、杨慎的《广夷坚志》

杨慎（1488—1559），字用修，号升庵，明代著名文学家，能诗能文，词及散曲亦工，对民间文学也非常重视。《明史》对其至为推崇："明世记诵之博，著作之富，推慎为第一。"其著述达400余种，今尚存有180余种，仅《升庵全集》便辑录诗文81卷，其笔记在当时声名隆重，刘叶秋认为明代"考论经史、诗文、训诂、名物的笔记，以杨慎的撰述为最多"。②

《广夷坚志》作为杨慎名下的一部笔记作品，四库馆臣认为它是一部伪书，非杨慎所著。《四库全书总目提要》说："是编前有嘉靖二十年慎门人夏林序，文词猥陋，舛误叠出。如云：'宋洪迈有《夷坚志》二十卷。'

① （明）徐应秋：《玉芝堂谈荟》卷十，《文渊阁四库全书》，上海：上海古籍出版社1981年版。
② 刘叶秋：《历代笔记概述》，北京：中华书局1980年版，第163页。

考迈书乃四百二十卷，非二十卷也。又称：'因宣和皇帝喜长生不老之术，一时士大夫相习成风，争为此类言语以媚于上。洪故贤者，亦不能免。'考迈乃高宗绍兴十五年进士，孝宗时官端明殿学士，非徽宗宣和时人也。又称慎'著述已满天下，晚年学庄子卮言，拾齐谐之剩语，仿洪氏之例而推广之'。考慎以正德六年辛未登第，年二十四，至嘉靖二十年辛丑仅五十四岁，非晚年也。其为伪托，已无意义。及核其书，乃全录乐史《广卓异记》，一字不异，可谓不善作伪矣。"其理由主要是夏林序言中的常识性错误，而且此书与《广卓异记》一字不差。

《广卓异记》主要记历代仕途亨通的故事，篇幅大都比较简短，多注明材料出处，有清初刊本、《笔记小说大观》本。《广卓异记》作为宋代的一部文言小说，虽然重在记旧闻，与"夷坚体"力求记近事有别，但同一时代出现、著述体例相似使两书在某种程度上也有共同之处，将《广夷坚志》归于明代书商借杨慎与《夷坚志》之名获利似乎太过于简单。也有人认为《广夷坚志》为杨慎丰富著述中的一种，"此书抄录易名，可能为杨慎有意为之；明代人有此习惯，好将古人作今人，今人作自己。也可能系门生后人未见乐史之作，而误题为杨慎所作，以续洪迈《夷坚志》"。① 无论是何种情形，《广夷坚志》的出现，都足以说明《夷坚志》在明代拥有巨大的影响。

在中国小说史上，志怪小说出现多种续书的情形并不常见②，宋元出现四种标明续《夷坚志》的作品，证明《夷坚志》在当时具有相当的代表性和广泛的影响力，得到当时小说作家的景仰而产生模拟心理，从而扩大了人们对原作在叙事内容、写作风格上的确认，树立了"夷坚体"的规范性，使之成为一种创作典范得以流传。

第三节　　"夷坚体"　对文言小说创作的影响

鲁迅在《中国小说史略》中谈到宋代南迁后的志怪小说创作时说："诸书大都偏重事状，少所铺叙，与《稽神录》略同，顾《夷坚志》独以

---

① 郑宪春：《中国笔记文史》，长沙：湖南大学出版社 2004 年版，第 545 页。
② 王旭川在《中国小说续书的历史发展》（上海师范大学 2004 年博士学位论文）中认为，在古体小说续书史上只有明代的传奇类小说总集《虞初志》的续书系列比《夷坚志》更为集中和数量众多。

著者之名与卷帙之多称于世。"① 其实著者之名和卷帙之多只是《夷坚志》获得较高声誉的原因之一,《夷坚志》中怪诞奇异的故事、贯彻始终的"夷坚体"创作体例,也是影响后世文言小说创作的重要原因,前者表现为《夷坚志》大量选本的传播及白话小说、戏曲中的改编传播,后者表现为从宋代至清代层出不穷的"夷坚体"创作。洪迈在创作中坚持并追求的创作体例,为后世文言小说作家赞赏,成为一种小说创作模式夷坚体,这种模式带动了当时小说创作的繁荣,对明清文言小说的创作也产生了深远的影响。

一、宋元"夷坚体"的文言小说创作

宋代志怪小说有两个"标志性建筑"流传史册,一是北宋初年《太平广记》的编纂,二是南宋中期前无古人、后无来者的个人创作《夷坚志》。② 南宋中期是宋代志怪小说发展最繁荣的时期,此阶段的小说几乎没有不受《夷坚志》影响的,如李昌龄《乐善录》、蒋宝《冥司报应》、无名氏《闻善录》、郭象《睽车志》、吴良史《时轩居士笔记》、李泳《兰泽野语》、刘名世《梦兆录》、欧阳邦基《劝戒别录》等③,这些著作有迹象表明是在洪迈的影响下产生的。虽然以上作品大多已亡佚,但根据现存篇章、《夷坚志》等其他作品所征引的佚文来判断,它们都体现出和"夷坚体"相符的创作特征。

这些创作皆为志怪小说集,以记录宋代异事为题材,大多在故事中标注出处。如流传至今的《乐善录》十卷,所载故事的主人公多为宋人,每则在条末或文中交代故事传承,书中还引用《夷坚乙志》四则,前后体例一致。又如传世的《睽车志》六卷④,书名由《易·睽卦》"载鬼一车"取义,全书记事 144 则,基本为北宋末年至南宋淳熙年间事,以记载当代新闻为主,大部分故事在末尾以"××说"的小字形式注明来源,故事提供者近 60 人。其中一些故事与《夷坚志》相同,如卷一"湖妓杨韵"事同支庚卷十《杨可人》,卷一"刘观"事同丁志卷十七《刘尧举》,卷二

---

① 鲁迅:《中国小说史略》,上海:上海古籍出版社 1998 年版,第 65 页。
② 陈文新:《文言小说审美发展史》,武汉:武汉大学出版社 2007 年版,第 373 页。
③ 李剑国:《宋代志怪传奇叙录》,天津:南开大学出版社 1997 年版。
④ 张端义《贵耳集》卷上云:"宪圣在南内,爱神怪幻诞等书。郭象《睽车志》始出,洪景庐《夷坚志》继之。"由于《夷坚志》创作于绍兴十三年至嘉泰二年,创作历时较长,而根据李剑国的推断,《睽车志》应成书于淳熙八年到十四年之间,此时《夷坚志》至少已写出甲、乙、丙、丁四志,兼支丁卷八《赵三翁》、三志辛卷八《书廿七》等提到《睽车志》。可见《贵耳集》所记不实,《睽车志》创作于《夷坚志》之后,是在《夷坚志》影响下出现的一部重要作品。

"闽中士人"事同三志辛卷八《书廿七》，卷四"长人岛"事同乙志卷八《长人国》、丙志卷六《长人岛》，卷五"孙思文"事同丙志卷四《孙鬼脑》等，故事详略有异，来源不同，各自据闻而记。①

其他亡佚之作从残存的篇章中也可见"夷坚体"的痕迹，如李泳《兰泽野语》借《夷坚志》而得以留名，洪迈在三志己卷八的跋文中说："亡友李泳所作《兰泽野语》，己未用之其前志矣。子永下世十年，予念之不释，故复掇其可书者十七则，稍加润饰，以为此卷。"除三志己卷八全部采自《兰泽野语》外，卷九《会稽富翁》《陈莹中梦作颂》《泗州普照像》《婺州王石穴》《婆律山美女》《甜水巷蛤蜊》六则也取自李泳的著作。已亡佚的《时轩居士笔记》，《夷坚志》引用此书更多达45篇，《夷坚支庚序》云："乡士吴潦伯秦，出其乃公时轩居士昔年所著笔记，剽取三之一为三卷，以足此篇。"《夷坚志》支庚卷七至卷九皆取自《时轩居士笔记》。从摘录情形看，无论是《兰泽野语》还是《时轩居士笔记》，所记大都为流行于市井乡野的委巷之谈，神鬼怪魅、妖异报应之事为多，而且是作者耳闻目睹，或来自他人闻见所传，作者记录时突出事件的当代性和地域性特征，如《时轩居士笔记》中的故事多发生在江西，具体涉及饶州、鄱阳、乐平、余干、德兴、安仁等地。

值得注意的是，南宋中期的小说作家多为江西人氏，或在江西有过仕宦经历。如从作家籍贯上考察，李泳为庐陵人，吴良史为饶州德兴人，刘名世为抚州宜黄人，欧阳邦基为吉州永兴人等。有些作家虽非江西人氏，但在江西生活居住过，如以《陶朱新录》传世的马纯，虽为单州成武人（今属山东），但绍兴中为江西漕使；著有《夷坚别志》的山东作家王质，曾举家迁徙至江西兴国；《睽车志》的作者郭彖，本为安徽和州人，根据《宋会要辑稿·选举》可知，其由进士历知江西兴国军；等等。《夷坚志》的创作在当时形成了"洪迈效应"，影响的地域范围自然以洪迈的家乡江西最为突出，从当时小说的整体水平来衡量，这些受江西地域文化染指的作家，其创作略胜一筹，可以推测《夷坚志》早期的接受者主要集中在江西地区。洪迈标注故事来源等方式吸引了许多人参与到其创作队伍之中，也带动了其他作者的志怪小说创作，洪迈一方面记录他人说或传给自己的故事，另一方面选取身边已有的小说创作充实自己的作品。而这些作品及其作者依赖《夷坚志》和洪迈得以留名，所以《夷坚志》的小说文献价值不容小觑。

---

① 李剑国：《宋代志怪传奇叙录》，天津：南开大学出版社1997年版。

　　宋理宗端平元年（1234）蒙古灭金，南宋小朝廷失去屏障，大宋气数将尽，小说创作数量锐减，只有不到 10 种。其中《醉翁谈录》是一部大约由"书会才人"编给说话艺人看的小说选编，甲集卷一《舌耕叙引·小说开辟》收录 107 种说话名目，根据学者研究，有 9 种取材于《夷坚志》，而且书中还提到《夷坚志》对当时的说话艺人非常重要，是他们必须认真研习的书目之一。《醉翁谈录》的作者罗烨为江西庐陵人，故此作可视为江西在南宋中期小说繁荣后的一个延续。此阶段还有两部小说也明显受《夷坚志》的影响，即江敦（一作"惇"）教的《影响录》和沈氏的《鬼董》。《影响录》没有流传下来，《永乐大典》引其中 8 则，其中卷二九四八《乘醉慢神》与甲志卷六《胡子文》内容文字都大致相同，卷一三一四〇《梦瓦陇》与甲志卷十一《瓦陇梦》相差无几。《鬼董》是一部志怪传奇小说集，全书五卷共 48 篇，其中 13 篇抄自《太平广记》鬼门、夜叉门，另外 35 篇皆为宋事，大多出于里巷传闻、街谈巷语，所以主人公多为市井细民，呈现出和《夷坚志》相同的创作追求和审美趣味。而且《鬼董》卷一"张师厚"和卷三"富民妾"分别提到《夷坚丁志》和《夷坚癸志》，如"张师厚"条末尾说："《夷坚丁志》载《太原意娘》，止此一事，但以意娘为王氏，师厚为从善，又不及刘氏事。按此新奇而怪，全在再娶一节，而洪公不详知，故复载之，以补《夷坚》之阙。"由此可见洪迈对此作的影响。南宋最后 50 年小说数量虽然减少，不过"此期间小说仍受《夷坚志》的影响，但除《鬼董》之外，多半只是'画虎不成反类犬'"①。

　　《夷坚志》在元代的影响主要体现在作为小说选本《异闻总录》的主要来源以及两部续书的著述上，笔者有另文对此展开论述。总体而言，宋元"夷坚体"的创作，不但是对《夷坚志》创作体例的模仿遵循，而且在作品的风格、审美追求等方面均与《夷坚志》相似。语言多简练质朴，鲜有润饰，同时又通俗晓畅，有些具有准话本的特色，情节奇特简短，一般不作展开和渲染，作品呈现出事简文直的风貌。作者亦不回避市井乡野素材，许多作品记载了僧尼、术士、屠夫、倡优、村妇、农夫等下层各色民众的奇情怪事，体现了下层百姓的思想情感和审美趣味，故事在浅俗亲切中透出鲜活有趣，呈现出世俗化的审美倾向。作者在创作中更多追求故事的奇特，教化意味淡薄。

---

① 李剑国、陈洪：《中国小说通史·唐宋元卷》，北京：高等教育出版社 2007 年版，第 798 页。

二、明代"夷坚体"的文言小说创作

明代是我国小说获得高速发展并取得辉煌成就的时期，除"三言""二拍""四大奇书"等白话小说外，文言小说的创作在历朝最多，达694种。[①] 这些文言小说中，至少《效颦集》《语怪编》《志怪录》《异林》《见闻纪训》《庚巳编》《涉异志》《说听》《狯园》《鸳渚志馀雪窗谈异》《览胜纪谈》《耳谈类增》等作品受到《夷坚志》的影响。

《效颦集》是明代较早出现的一部公开声称以《夷坚志》相标榜的文言小说，作者赵弼在明宣德三年（1428）所写《后序》中说："予尝效洪景庐、瞿宗吉编述传记二十六篇，皆闻先辈硕老所谈与己目之所击者。"《效颦集》现存25篇，大多与宋元历史有关，尤其上卷11篇几乎就是史书中的传记。可见作者所言"皆闻先辈硕老所谈与己目之所击者"，是为了与"夷坚体"所要求的记近事相符合，实际只是故作声势而已。《效颦集》最大的文体特征是喜议论劝惩，情节简单却连篇累牍地借题发挥，说教意味浓厚。赵弼重教化喜议论的创作追求与洪迈搜奇记异的创作初衷显然不同，但赵弼在许多方面对洪迈的模仿可看出其对"夷坚体"的认可和追寻。赵弼在《后序》中有一段答客难：

> 客有见者问曰："子所著忠孝节义孝友之传，因美事矣，其于幽冥鬼神之类，岂非荒唐之事乎？荒唐之辞，儒者不言也，子独乐而言之，何耶？"予曰："《春秋》所书灾异非常之事，以为万世僭逆之戒；《诗》存郑卫之风，以示后来淫奔之警，大经之中，未尝无焉。韩柳《送穷》《疟鬼》《乞巧》《李赤》诸文，皆寓箴规之意于其中，先贤之作，何尝泯耶？孔子曰：'不有博弈者乎？为之犹贤乎已！'然则用心博弈者贤，予之所作，奚过焉？……"[②]

这一段显然也是仿效《夷坚丁志序》"观而笑者"指责洪迈不事经史，"劳动心口耳目，琐琐从事于神奇荒诞"，洪迈以《史记》比附予以还击。《效颦集》多讲古事，与《夷坚志》追求新奇故事不同，但赵弼与洪迈一样也"邃于史学"[③]，这大概是其推崇洪迈的主要原因。

[①] 陈大康：《明代小说史》，上海：上海文艺出版社2000年版。陈大康根据袁行霈、侯忠义的《中国文言小说书目》统计，得出明代文言小说有694种，为历朝之最。另外，清代有549种，宋代有361种，唐代有184种。

[②] （明）赵弼：《效颦集》，上海：古典文学出版社1957年版，第118页。

[③] 赵弼有史评著作《雪航肤见》，胡肃、陈仪的序中提到其"邃于史学"。

祝允明创作的《志怪录》①《语怪编》② 都明确提到受《夷坚志》影响而作，《志怪录自序》说：

> 况恍语惚说，夺目惊耳，又吾侪之所喜谈而乐闻之者也。昔洪野处《夷坚志》至于四百二十卷之富，彼其非有真乐者在，则胡为不中辍而能勉强于许久哉！吾以此知吾书虽芜鄙，不敢班洪，亦姑从吾所好耳！若有高论者罪其缪悠，而一委之以不语常之失，则洪书当先吾而废，吾保忧哉！

祝允明在《语怪编》三编十卷的叙题中也说："为此语以见世之有怪，亦理之常，乃不足怪。且为洪公解嘲。"③

祝允明不同于赵弼，他更看重志怪小说"夺目惊耳""喜谈而乐闻"的娱乐作用，认为志怪小说对作者、读者而言，都是一种消闲遣兴的方式，祝允明在《语怪四编题识》中说："凡闻时暇书之，有兴书之，事奇警热闹不落莫书之。"这也是对志怪小说娱乐功能在创作和题材选择上的具体陈述和强调。

祝允明不但公开声称其创作受《夷坚志》影响，而且从资料搜集、编创方式、具体内容等方面显示出了"夷坚体"的特征。明代学者朱孟震说："枝山好集异闻，而书为吴中第一。每客来谈异则命之酒，或与之书。轻佻者欲得先生书，多撰为异闻以告，先生不知其伪辄录之，今所撰《志怪》，盖数百卷中可信者十不能一。"④ 祝允明广泛搜集异闻，往往在每条的开头或结尾标注故事发生的时间、地点，以及何人在何地得到此事，所记皆为明代怪异鬼魅，主要集中在成化、弘治年间。有些作品的内容与《夷坚志》相似，如《志怪录》卷二《谢老牛》记前世欠债，托生为牛来还，与丁志卷十三《高县君》等篇相类。卷一《蒋君科第前兆》记科名前定事，这类故事在《夷坚志》中亦层出不穷。又如《志怪录》卷一《白犬怪》记邻家白犬化为美女引诱少年，后被杖杀，与丁志卷二十《黄资

---

① （明）祝允明：《志怪录》卷五，《四库全书存目丛书》子部 246 册，济南：齐鲁书社 1995 年版。

② （明）祝允明：《语怪编》，又名《语怪四编》《语怪编四编》，《千顷堂书目》小说类著录四十卷，每编十卷。现《广百川学海》《合刻三志》《烟霞小说》《续说郛》《五朝小说》等丛书本，皆为一卷。

③ （明）祝允明：《汪氏珊瑚网法书题跋》卷十六，《万有文库》（第二集），北京：商务印书馆 1936 年版。

④ （明）朱孟震：《河上楮谈》卷一，《四库全书存目丛书》子部 104 册，济南：齐鲁书社 1997 年影印本，第 597－598 页。朱孟震所言数百卷应为数百条之误。

深》也大同小异。祝允明的志怪小说中有一些不涉神怪、不避俚俗之作，记日常生活中的奇异之事；有些作品以作者的亲戚为主人公，有些以普通百姓为主人公，如《林妇心恙》载作者家老苍头女儿事，《金茂》记作者家佣人。《语怪编》中《桃园女鬼》情节曲折、叙事细腻，篇幅达 1 400余字，可看出祝允明的创作也有"一书兼二体"的现象。

与祝允明并称为"吴中四才子"之一的徐祯卿，其创作的志怪小说《异林》①也有《夷坚志》的痕迹。此书记明代各种怪异之事，或神仙道化、因果应征，或罕见异物、鲜闻异人，叙事平实，不尚藻饰，有些篇目可与《夷坚志》相比勘，如《女士》诸条记才女的慧颖，《夷坚志》也有许多篇章表现女子的文采，如乙志卷三《陈述古女诗》、三志壬卷二《懒愚道人》、支庚卷十《吴淑姬严蕊》等。

祝允明的门生侯甸创作的志怪小说《西樵野记》也间接受到《夷坚志》的影响，侯甸在自序中说："余少尝从侍枝山、南濠（都穆）二先生门下。其清谈怪语，听之靡靡忘倦。故余凡得于见闻者辄随笔识之，自国朝迄今一百七十七事，名曰《野记》。"《西樵野记》中既有"鬼看戏""骷髅诵经"等荒诞不经之谈，也有人间奇事，如"睿断"记割股救父的孝子。

陆粲的《庚巳编》从体例和创作方式上都与《夷坚志》较为相像，此书记明洪武初年至嘉靖年间传闻异事，符合"夷坚体"追求的"志怪 + 时事"的内容，许多作品来自民间传闻，题材广泛多样，如《王士能》《祝氏牧儿》宣扬遇仙得道，《蒋生》《洞箫记》《临江狐》记人与异类的姻缘，还有《人妖公案》《张御史神政记》等公案题材。不仅题材与《夷坚志》相同，甚至具体情节也相似，如《夷坚丁志》卷二《邹家犬》记父死后转生为儿子家中犬，每天睡在生前埋银子的灶旁，有次因儿子从狱中释放而兴奋地抓破了衣服，被儿子怒而杀。此事与《庚巳编》中《守银犬》情节基本相同，只稍微做了更改：埋银地点换为门槛旁，犬因咬伤儿子生意伙伴而被子杀。《庚巳编》还多在书中引《夷坚志》的有关内容，如卷五《说妖》："《夷坚志》云，一名独脚五通。予谓即所传'夔一足'者也。他郡所事者曰'萧公'，正取山萧意。"②

"祝允明、陆粲是小说创作开始复苏时最重要的作家，仅就此而言，

　　①　（明）徐祯卿：《异林》一卷，《千顷堂书目》《明史·艺文志》著录，现存《广百川学海》《烟霞小说》《合刻三志》《续说郛》《五朝小说》等丛书本。

　　②　（明）陆粲：《庚巳编》，北京：中华书局 1987 年版，第 51 页。

《夷坚志》对明代文言小说创作重新起步的推动作用已不可忽视。"① 从明嘉靖年间开始，《夷坚志》多次被刊刻，如嘉靖十五年（1536）叶邦荣刊《夷坚志》50 卷，嘉靖二十五年（1546），洪迈遥胄洪楩刊《新编分类夷坚志》51 卷，万历金陵书坊主唐晟刊《新刻夷坚志》10 卷。但从赵弼、祝允明、陆粲等人创作志怪小说的情形判断，在《夷坚志》的第一个明刻本问世之前，《夷坚志》已经在苏杭地区广为流行，受到文士的推崇，《夷坚志》在明代的多次刊刻更是大有裨益，进一步扩大了《夷坚志》的传播和影响。

浙江图书馆收藏的明万历七年（1579）徐琳刻本《见闻纪训》与《夷坚志》关系密切，此书作者为浙江安吉人，书前自序中说："顷于山居多暇，因追忆平生耳目之所睹记，略有关于世教者，随笔直书，不文不次，惟以示吾之子孙览观之。"《见闻纪训》多以天命定数、因果报应为内容，有些作品反映了正德以后江南的社会生活，大多数故事都注明了出处。

江西作家闵文振继承了江西人喜谈神鬼的传统，所著志怪小说《涉异志》② 记明代以来灵怪幽异之事。如《琼二女》记张明三始乱终弃，将徐氏二女推入海中，二女化为厉鬼复仇；《天女拯疾》记妈祖救罗玘秀才事；有些故事与《夷坚志》中有关作品大同小异。《涉异志》中最多的是公案故事，如《钱清事发》《鸟引尸》《小羊诉冤》《兴善庙》等，记杀人越货者在神灵威严中最终伏法。故事情节荒诞、语言粗陈梗概，故事经历者多为明代实有之人，《涉异志》的风格与《夷坚志》颇为相似。

陆粲之子陆延枝创作的志怪小说《说听》二卷，成书于明嘉靖年间，也是在《夷坚志》的影响下产生。此作记明代弘治以来怪异之事，其中大多采自民间，在荒诞奇诡的情节中体现出浓郁的市民色彩。如卷下《苏城少妇》，记一婢女将主人首饰箱遗失，被一乞丐拾获并奉还，二人由此建立感情，遂成婚姻。卷上《洞庭叶某》记商人叶某破产后，妓女冯蝶翠倾囊相助，叶某得以东山再起。卷下《钱外郎》，记钱外郎作恶多端，霸占人妻，贿赂官府而又逍遥法外，终为雷击而死。陆延枝所辑的《烟霞小说》，收丛书 13 种，其中 5 种与《夷坚志》风格相似，即陆粲的《庚巳编》、徐祯卿的《异林》、祝允明的《语怪编》、杨仪的《高坡异纂》，以及自己所著的《说听》。从《烟霞小说》的编纂可看出陆延枝对"夷坚体"的认同。

---

① 陈大康：《明代小说史》，上海：上海文艺出版社 2000 年版，第 290 页。

② （明）闵文振：《涉异志》，《丛书集成初编》，北京：中华书局 1985 年版。

陆延枝叔叔陆采所著《览胜纪谈》，多记明代各种奇禽怪兽，如狐仙、鸟妖、鼠精、獭怪等，有些篇章记市井轶闻，如《奸僧娶妇》写一和尚离间一夫妇致丈夫休妻，然后自己娶了女子，女子知情后告官。情节与支景卷三《王武功妻》、再补《义妇复仇》相似。此作虽属杂俎类小说，但篇章内容及语言风格上都呈现出世俗化的创作特点，为文言小说面向市民的力作之一。

钱希言的《狯园》①，是明万历年间出现的一部重要的志怪小说集，所记多为明代奇僻荒诞、灵异狡狯之事。全书共698篇，为作者采撷当时传闻所作，大多标明材料来源，如故事提供者有王兆云、王世贞、梅鼎祚、杨仪、王同轨等，这些故事提供者对《夷坚志》颇为熟悉，杨仪、王同轨等人以"夷坚体"为范例展开创作，王世贞《艳异编》、梅鼎祚《青泥莲花记》《才鬼记》、王兆云《湖海搜奇》都选录了大量《夷坚志》中的作品。所以《狯园》体现出"夷坚体"特征并非偶然，但由于故事提供者文学修养较高，《狯园》文笔流畅清丽，不少故事文采斐然。

周绍濂的志怪传奇《鸳渚志馀雪窗谈异》②也是明万历时一部重要的小说集，这部小说出版后，许多丛书、类书纷纷转载，如《国色天香》《燕居笔记》《广艳异编》《续艳异编》《情史》等。全书有30篇，存28篇，记明代洪武至万历事，不但在志怪题材上与《夷坚志》相同，而且有3篇以《夷坚志》为故事本事进行创作，即《妖柳传》根据丙志卷十六《陶象子》敷衍，《投桃记》以丁志卷十七《刘尧举》为故事本事，《录事化犬说》则几乎完全抄自甲志卷十一《陈大录事化犬》。与《夷坚志》相比，《鸳渚志馀雪窗谈异》据此敷衍的篇章文人化特征突出，如《陶象子》以道士为中心，记其道行高明除妖去祟事，原文不足500字，而《妖柳传》增饰到2 500余字，以陶希侃和柳树精化作的女子为中心展开，主要记两人对林壑隐逸人生的高谈阔论，表达功名不就的抑郁苦闷，文辞骈俪、辞藻华美，每篇后均有"评曰"借题发挥，以醇化风俗、端正人心为己任。《鸳渚志馀雪窗谈异》代表着《夷坚志》在接受过程中出现的文人化倾向。

王同轨的《耳谈》也明显仿效了洪迈的著书体例，此书在万历癸卯年由金陵世德堂刊行，凡54卷，分22类，1 321条，《四库全书总目提要》称："其书皆纂集异闻，亦洪迈《夷坚志》之流。每条必详所说之人以示

---

① （明）钱希言：《狯园》，《续修四库全书》第1267册，上海：上海古籍出版社2002年版。
② （明）周绍濂：《鸳渚志馀雪窗谈异》，北京：中华书局2008年版。

征信，则用苏鹗《杜阳杂编》之例。"《耳谈》以他人和自身见闻为主要题材，还有些来自他人笔记小说，直接引用或稍加修改而成。大量的贫民、乞丐、画匠等小人物均为作者的关注对象，故事多从市民阶层利益出发，语言简约冲淡，不事铺陈。王同轨不仅借此娱乐遣兴、劝惩教化，也有表达孤愤的用意。

古代文士喜谈神鬼，妖魔艳异为聚会宴饮时常见的话题，在他们有意识的编辑整理下便产生了一部部志怪小说。在具体选材时，有些为搜集旧事，有些为征收新说，上述著作都强调"新说"为志怪内容。

明代大量"夷坚体"著作的出现，原因有四：其一，"宋元以来，虽云崇儒，实并容释道，而信仰本根，夙在巫鬼，明季因之，其风益盛，故特多变怪谶应之谈"。① 其二，上述作者除王同轨、闵文振外，其余作家皆为江苏、浙江人氏，他们或为同族近亲，如陆粲、陆采、陆延枝，或有交游师承关系，如祝允明、徐祯卿、侯甸，作者间的亲密往来强化和突出了江浙作为明代《夷坚志》传播中心的地位，祝允明对"夷坚体"的弘扬，对明代其他志怪作品的创作具有指引和示范意义。其三，这些"夷坚体"的创作关注故事的发生地或来源地，并将怪异鬼神与江南的民间信仰结合起来，体现出较强的地域文化特征，尤其是《鸳渚志馀雪窗谈异》，作品多记嘉兴地区轶事异闻，地方色彩突出。而无论是地域传闻还是民间信仰，都具有历史传承性的特点，志怪小说采取偏重事状、少所铺叙的记事方式，缺少细节描写，只是略貌存神，难免有似曾相识之感。其四，这些作品与《夷坚志》一样都能突破志怪题材的局限，反映人间世俗生活，有许多篇章以商人、市民等阶层为表现对象，而宋以后在经济、文化、政治等方面，都具有共同的内容，内藤湖南因此将宋代以后统称为中国的近世阶段。

三、清代"夷坚体"的文言小说创作

占骁勇在《清代志怪传奇小说集研究》中认为，志怪小说在魏晋定型后，"经过唐宋的发展，又经过元明的萎靡，终于在清初恢复其光彩"②。文言小说在清初达到了顶峰，这阶段出现的志怪杰作，如《聊斋志异》《阅微草堂笔记》《子不语》，与《夷坚志》有许多共同的特征，清代其他文言小说，如徐芳的《诺皋广记》、乐钧的《耳食录》也都有《夷坚志》

---

① 孙楷第：《戏曲小说书录解题》，北京：人民文学出版社1990年版，第12页。
② 占骁勇：《清代志怪传奇小说集研究》，武汉：华中科技大学出版社2003年版，第99页。

的痕迹。

《夷坚志》在材料搜集方式、著作体例、故事本事等方面给《聊斋志异》的创作提供了直接的借鉴，对于两书的关系，本书有专门章节论及。《聊斋志异》以委婉细腻的传奇笔法志怪，"第一个打出反《聊斋志异》旗帜的不是纪昀，而是袁枚"①。袁枚的《子不语》采取传统的"志怪体"笔法，强调信实，多数篇章标明材料来源，语言质朴不事藻绘。袁枚在序中说："广采游心骇耳之事，妄听妄言，记而存之，非有所惑也。"② 其材料主要有三个来源：一是朋友熟人相告，如卷一《狐生员劝人修仙》末云"此二事得于镇远太守讳之坛者，即将军之孙"；二是来自公文邸抄，如卷二十四《天妃神》末云"事见乾隆二十二年邸抄"；三为从他人著述中采撷，如和邦额《夜谭随录》、纪昀《滦阳消夏录》等都有篇章被袁枚选入。《子不语》凡 34 卷，1 200 余则，其中一些篇目与《夷坚志》故事相同，如《杨成龙成神》《张少仪观察为桂林城隍神》记清官死后为神事，《夷坚志》中有许多篇章以生人死后为神作为题材，《子不语》中有 23 篇关于雷神的作品，如《雷火救忠臣》《雷诛不孝》《雷击两妇活一儿》等，这些内容也为《夷坚志》所司空见惯。其他如《官运二则》《江都某令》揭露官员的腐败，《奇骗》《骗人参》揭露骗术，《屈丐者》表彰乞丐的拾金不昧，《染坊椎》《换尸雪冤》《驴雪奇冤》等公案小说，都可看出与《夷坚志》在情节上的相似。袁枚《小仓山房诗集》卷二十六有《余续〈夷坚志〉未成，到杭州，得逸事百余条，赋诗志喜》一诗："老去全无记事珠，戏将小说志《虞初》。徐铉悬赏东坡索，载得杭州鬼一车。"充分证明袁枚的志怪小说创作与《夷坚志》的渊源。袁枚在创作手法、故事内容等方面都有"夷坚体"的特征，占骁勇认为原因在于："这一方面与袁枚续《夷坚志》——《夷坚志》即多收他人旧闻——的创作宗旨有关，另一方面乃传闻异辞之故。志怪小说家多喜征实，自然导致情节雷同。"③ 对于《夷坚志》多收取他人旧闻而成这一说法，笔者不敢苟同，但将《子不语》视为《夷坚志》的续书，实际上是袁枚对洪迈创作方法的继承。

纪昀的《阅微草堂笔记》由"滦阳消夏录""如是我闻""槐西杂志""姑妄听之""滦阳续录"五部分组成，五部分都撰有自序，纪昀将自己的

---

① 侯忠义、刘世林：《中国文言小说史稿》（下），北京：北京大学出版社 1993 年版，第 276 页。

② （清）袁枚著，申孟、甘林校点：《子不语》，上海：上海古籍出版社 1998 年版。

③ 占骁勇：《清代志怪传奇小说集研究》，武汉：华中科技大学出版社 2003 年版，第 152 页。

著作等同于《夷坚志》，在《槐西杂志自序》中说：

> 旧有《滦阳消夏录》《如是我闻》二书，为书肆所刊刻。缘是友朋聚集，多以异闻相告。因置一册于是地，遇轮直则忆而杂书之，非轮直之日则已，其不能尽忆则亦已。岁月骎寻，不觉又得四卷，孙数馨录为一帙，题曰"槐西杂志"；其体例则犹之前二书耳。自今以往，或竟懒而辍笔欤，则以为《挥麈》之三录也；或老不能闲，又有所缀欤，则以为《夷坚》之丙志亦可也。①

《阅微草堂笔记》创作历十年之久，各部分随编随刊，体例统一，材料搜集方式、故事出处的严格标注都与"夷坚体"相符。

纪昀叙事尚质黜华，反对过度虚构，承认只要不悖情理，小说作者可以有限地发挥自己的想象，《阅微草堂笔记》卷十一记士人与苦吟之鬼的交往，纪昀在文后评论说：

> 余曰："此先生玩世之寓言耳。此语既未亲闻，又旁无闻者，岂非士人为鬼揶揄，尚肯自述耶？"先生掀髯曰："鉏麑槐下之词，浑良夫梦中之噪，谁闻之欤？子乃独诘老夫也！"②

赵与峕《宾退录》卷八引《夷坚戊志序》：

> 在闽泮时，叶晦叔颇搜索奇闻，来助记录。尝言近有估客航海，不觉入巨鱼腹中，腹正宽，经日未死。适木工数辈在，取斧斤斫鱼胁，鱼觉痛，跃入大洋，举船人及鱼皆死。予戏难之曰："一舟尽没，何人谈此事于世乎！"晦叔大笑，不知所答。予固惧未能免此也。③

可见纪昀与洪迈在文中标注故事的见证人时，其实都明白所记并非实有，不能以严格的史法苛求"小说"，小说有适度的虚构权。正是基于两人小说观念的相同，纪昀对《夷坚志》评价很高，不仅用"夷坚体"进行创作，而且在《四库全书总目提要》中为《夷坚志》辩白，总结"夷坚体"的特征，指出许多小说以此为创作范例。

清代江西小说作家也继承了《夷坚志》的创作方式和题材内容，建昌府南城人徐芳的《诺皋广记》一卷46篇，约成书于康熙前期，全书采自当时奇闻逸事，其中有许多动物故事，如《义犬》记犬救主并协助擒拿匪

---

① （清）纪昀：《槐西杂志自序》，《阅微草堂笔记》，重庆：重庆出版社1996年版，第229页。
② （清）纪昀：《阅微草堂笔记》，重庆：重庆出版社1996年版，第250页。
③ （宋）赵与峕：《宾退录》卷八，上海：上海古籍出版社1983年版，第97页。

贼事，故事内容与补志卷四《李大夫庵犬》《颜氏义犬》相同，《鹊复仇》与甲志卷五《义鹊》讲的是同一个故事，在具体细节上都相同。《诺皋广记》有些篇章记现实生活之奇，如《雷州盗记》，写杀死雷州太守的江洋大盗拿委任状冒充新太守，上任一个月便将雷州治理得井井有条，后真太守的儿子前来揭发才知真相。作者借此表达官不如盗、盗贤于官的政治寓意。《诺皋广记》篇末均有议论，如《换心记》记换心使人由愚蠢变聪明事，作者评论道："今天下之心，可换者甚多矣，安得一一捽其胸剖之，易其残者而使仁，易其污者而使廉，易其奸回邪佞者而使忠厚正直。"作者借此发泄对世风日下、人心不古的愤懑之情。

江西作家乐钧的《耳食录》① 出现在《聊斋志异》和《阅微草堂笔记》之后，分初编、续编两部分，乐钧在《自序》中称此书初编乃"追记所闻，亦妄言妄听耳"，初编付梓后，"诸君子竞来说鬼，随而记之，复得八卷"。对故事提供者在文中一一标注，乾隆年间东乡吴嵩梁兰雪为此书撰写的序言中总结作品题材内容："事多出于儿女缠绵，仙鬼幽渺，间以里巷谐笑助其波澜。"作者谈怪说鬼，实有用意隐喻其中，借此表达对社会、人生的评价，篇末用"非非子曰"引出其见解。《耳食录》的内容、体例都表现出"夷坚体"的特征，也可将其视为在洪迈影响下出现的小说创作。

总之，《夷坚志》问世后，对各朝代的文言小说创作都产生了深远的影响，"夷坚体"作为一种小说创作模式被许多作家认可，这些"夷坚体"的志怪作品反映了不同时代的小说特征，也体现了《夷坚志》在各时期的传播接受情形：

（1）南宋志怪小说对《夷坚志》的借鉴主要集中在江西作家人群中，具体体现在提供故事或创作中的相互征引上，也有一事二传的现象。创作者虽有一定的劝惩目的，但大多数以搜奇记异为中心，故事本身的奇特不凡是其关注的焦点。

（2）明代"夷坚体"的创作最多，主要集中在江浙地区；风格多样，文人化、世俗化都有不同程度的体现。由于信仰传统、生活内容相同，作品除创作体例外，内容题材也有雷同现象。但明代小说作者的主体意识明显增强，在记异事娱乐消遣之余，还有劝惩教化、抒发个人怀抱的意图，文后的议论逐渐增多。

（3）清代"夷坚体"的创作，文后议论最多，如《聊斋志异》几乎每篇都有一段"异史氏曰"进行评论，点明主旨，给读者以启发，同时表

---

① （清）乐钧：《耳食录》，济南：齐鲁书社 2004 年版。

达劝惩意图。而在《子不语》和《阅微草堂笔记》中，故事成为明劝诫、正人伦、敦教化的工具，袁枚在《子不语》的自序中说："穷天地之变也，其理皆并行而不悖。"纪昀在记异事时，以论带叙，论是作品的第一重心，其聪明睿智的议论、冷静成熟的观点使《阅微草堂笔记》成为乾嘉时最富有特色的小说。清代的"夷坚体"创作关注现实的精神明显增强，作者通过直白的议论和含蓄的寄托体现了强烈的主体意识。

第四节　　"夷坚体"在《聊斋志异》中的呈现

　　《聊斋志异》的出现标志着中国古代文言小说的发展达到了顶峰，这一成就的取得，与蒲松龄广泛汲取前人优秀作品的创作经验密切相关。在蒲松龄借鉴的诸多作品中，《夷坚志》无疑是其中重要的一部。《聊斋志异》无论是材料搜集的方式、创作体例的选择，还是具体篇章的故事本事，都体现出对《夷坚志》的学习和继承。蒲松龄甚至将自己的创作命名为《夷坚志》，如康熙辛亥年所作《感愤》诗云："新闻总入《夷坚志》，斗酒难消磊块愁。"老朋友张笃庆康熙甲戌年所作《岁暮怀人》诗也有："谈空误入《夷坚志》，说鬼时参猛虎行。咫尺聊斋人不见，蹉跎老大负平生。"清代孔继涵《蒲松龄聊斋志异序》说："洪迈《夷坚志》四百二十卷，今其书不完，每恨无以尽发佁傺诡异之观。阅《聊斋志异》，洋洋洒洒，数十万言，并非纂有前人略为回易者比。人于反常、反物之事，则从而异之。"[①] 可见从蒲松龄到其他读者都意识到《夷坚志》和《聊斋志异》之间的密切关系。蒲松龄落魄一生，洪迈却贵为达官显宦，虽然人生境遇悬殊，但两人均从20多岁开始创作小说，几乎穷其一生都在创作一部为正统文人不屑的志怪小说，他们表现出的对小说酷爱之情是相同的，对小说特征的把握是相近的，正是基于这些共同认识，蒲松龄在许多方面借鉴了洪迈的《夷坚志》。

一、具体篇章以《夷坚志》为故事本事

　　蒲松龄在创作方式上借鉴了《夷坚志》的体例，在具体篇章故事中也

---

　　① 盛伟：《蒲松龄全集》（第1册），上海：学林出版社1998年版，第917页。

明显采用了《夷坚志》的一些内容和情节，根据朱一玄①、冯伟民②等学者的研究成果，《聊斋志异》有13篇故事与《夷坚志》有关：

卷一《尸变》与甲志卷十六《化城寺》；

卷二《陆判》与甲志卷十九《邢氏补颐》、丙志卷四《孙鬼脑》；

卷二《莲香》与补志卷二十二《姜五郎二女子》；

卷三《夜叉国》与甲志卷七《岛上妇人》、补志卷二十一《猩猩八郎》；

卷四《小猎犬》与支丁卷二《盛八总干》、支癸卷七《光州兵马虫》；

卷五《酒虫》与丁志卷十六《酒虫》；

卷六《大人》与乙志卷八《长人国》；

卷七《小翠》与补志卷十《崇仁吴四娘》；

卷七《青娥》与补志卷十九《猪嘴道人》；

卷八《禽侠》与甲志卷五《义鹘》；

卷十《五通》与丁志卷十九《江南木客》、支癸卷三《独脚五通》；

卷十二《二班》与补志卷四《赵乳医》；

卷十二《王桂庵》与丁志卷十七《刘尧举》。

《聊斋志异》在借鉴《夷坚志》的故事素材时，主要有以下三种情形：

1. 整个故事基本相似，文字表达不同

《酒虫》《小猎犬》《禽侠》《二班》《毛大福》《尸变》六篇即为此种情形。如《赵乳医》与《二班》记医生被化作人的老虎或狼请去诊病后获报酬事，所不同的是前者为虎夫请医为妻子接生，医生得到黄金为报；后者是虎子请医为母治赘瘤，三年后医生被狼围困时，母子挺身相救。《化城寺》与《尸变》所记也基本相似：客人在寺庙或村店中投宿，棺中尸体突然爬出，客惊恐不已急忙奔走，鬼紧追其后直至撞在殿柱或白杨树上而僵。《义鹘》和《禽侠》记大鹘勇猛杀死食鹘雏的大蛇，表现动物世界的侠义相助。《二班》《尸变》《禽侠》这三篇与《夷坚志》中相关作品的内容大致相同，某些细节相似，而且延续了原作的主题。

《酒虫》《小猎犬》虽与《夷坚志》中有关作品相似，但创作旨趣发生了改变。《夷坚志》中的《酒虫》记张秀才嗜酒，"每夜必置数升于床隅"，"一夕，忘设焉，夜半大渴，求之不可得，忿闷呼躁，俄顷呕逆，吐

① 朱一玄：《〈聊斋志异〉资料汇编》，天津：南开大学出版社2002年版。
② 冯伟民：《〈聊斋志异〉本事琐证》，《蒲松龄研究》1995年第2期；冯伟民：《〈聊斋志异〉本事琐证（续）》，《蒲松龄研究》1996年第1期。

一物地", 天明看见此物: "床下块肉如肝, 而黄上犹微动", "取酒沃之, 唧唧有声"。① 秀才于是不再喜欢喝酒。《聊斋志异》中的同名作品记长山刘氏"体肥嗜饮", 家境富裕不以饮为累。一番僧令人绑其手足, 置佳酿于枕畔, "移时, 燥渴, 思饮为极; 酒香入鼻, 馋火上炽, 而苦不得饮", 随后吐一物, "赤肉长三寸许, 蠕动如游鱼, 口眼悉备"。② 刘氏从此恶酒如仇, 体渐瘦, 家亦日贫。两篇相对照不难发现其中的因袭, 饮者欲饮但求之不得的迫切焦躁心理、酒虫的颜色形状、不再饮的结局都基本相同, 虽然故事相仿, 但体现的作者主体意识迥然有异。《夷坚志》只是记录异事, 即嗜酒是因酒虫作祟, 除却此怪, 好饮之病自然痊愈。《聊斋志异》却以此表达作者的人生感慨, 文末异史氏曰: "日尽一石, 无损其富; 不饮一斗, 适以益贫。岂饮啄固有数乎? 或言: '虫是刘之福, 非刘之病, 僧愚之以成其术。'"文章包含两个主题: 一是嗜酒并非灾难, 甚至还会带来福瑞; 二是僧人将刘氏的酒虫取出, 放入水中即成佳酿, 僧以此而谋财, 德行败坏。这种改变提高了作品的思想性, 蒲松龄能从一件异事中寄托自己的人生感悟, 作品体现出作者强烈的主体意识, 而这也正是其优于原作的地方。

《小猎犬》的改编与《酒虫》相同, 此则由《夷坚志》中《光州兵马虫》演变而来。《光州兵马虫》记宋金交战, 大量百姓惨遭杀戮后郡府出现的怪物: "才高寸许, 而上为人下为马。缯束介胄, 全如骑军。各各有所执, 好缘走墙壁, 甚则登几案, 队伍行列殊可观。率四五十骑, 必有一部押者, 比群辈稍高。值其为怪, 则入人寝卧或饮食间, 千百环绕, 弥日不去。能用矢刃伤人, 极痛楚。"③ 这种怪物在《盛八总干》中也有出现, 给盛八总干的家庭带来了灾难, 父子三人相继死亡或失踪, "厉鬼为妖若是, 未之闻也"④。洪迈描述的这种怪物是"民死于刀兵者, 百无一二得免"的厉鬼所变, 而这种厉鬼在蒲松龄笔下不仅不会施祸于人类, 反而帮助苦于蚊蚤、夜不成寝的卫中堂, 数百辈步者、骑者小武士蜂拥而至捕杀蚊蝇虱蚤, "猎犬登床缘壁, 搜噬虱蚤"⑤。厉鬼变成可爱的小猎犬, 怪物的出现不再令人恐怖, 这与《聊斋志异》中的精灵鬼怪常常被塑造得和蔼可亲是一致的。

---

① （宋）洪迈:《夷坚志》, 北京: 中华书局 2006 年版, 第 672 页。
② （清）蒲松龄:《聊斋志异》, 上海: 上海古籍出版社 1979 年版, 第 258 页。
③ （宋）洪迈:《夷坚志》, 北京: 中华书局 2006 年版, 第 1274 页。
④ （宋）洪迈:《夷坚志》, 北京: 中华书局 2006 年版, 第 979 页。
⑤ （清）蒲松龄:《聊斋志异》, 上海: 上海古籍出版社 1979 年版, 第 239 页。

2. 只借用《夷坚志》中某个情节

《夷坚志》中的相关故事只是作为某个情节被借用充实到《聊斋志异》中，《陆判》《王桂庵》《小翠》《青娥》即为此种情形。《聊斋志异》中的这几篇作品情节曲折，描写细腻，作者多翻空出奇，步步设幻，作品内容丰富多彩。而对应的《夷坚志》诸篇章，虽情节奇特有趣，故事却比较单薄。如甲志卷十九《邢氏补颐》，邢氏因颐上生疮，致使颐颔、下颚及牙齿脱落，医生持妇人颐一具以药缀而封之。丙志卷四《孙鬼脑》，本来美貌英俊的男子，因对灵显王庙的夫人塑像心生爱慕，在梦中被换上令妻子惊怖即死的鬼头。《陆判》中陆判为朱尔旦妻子换头的情节便采用以上两篇，在文字上都留有袭用的痕迹，如补颐后邢氏"口角间有赤缕如线，隐隐连颐"①，朱尔旦换头的妻子"解领验之，有红线一周，上下肉色，判然有异"②。而《陆判》故事内容丰赡，以朱尔旦不怕绿面赤须的恶判，负其像与文友共饮开篇，记朱尔旦与恶判的交往，涉及的情节有陆判为愚钝窍塞的朱尔旦换慧心而中举，为不甚佳丽的朱妻换美人首引发无头女尸家人的诉讼，陆判预言朱尔旦的亡期并举荐其到阴司做冥官，朱尔旦长子入仕为官后，朱尔旦现身相见，解佩刀赠别。蒲松龄善于化用《夷坚志》的情节，并能想象虚构出许多新颖的内容来丰富自己的创作，体现了志怪小说由粗陈梗概到记叙委婉、情节丰富的演进轨迹。

《小翠》对《崇仁吴四娘》的改编情形也与上述情形相似，《崇仁吴四娘》记书生在旅店中得美女像，画中人自称四娘，夜夜前来相伴，书生后来所娶妻子亦名四娘，"妻之容貌，绝类画中人，而排行亦第四"，"吴门长幼见之，合词赞叹，以为无分毫不似"。③ 这个情节与《小翠》中狐女嫁给痴公子报恩，因弄碎玉瓶遭公婆责骂离开后发生的故事相同：公子大病，求良工画小翠像，日夜浇祷其下，公子在小翠劝说下娶新人，"及新人入门，则言貌举止，与小翠无毫发之异，大奇之"④。《青娥》也借用了《猪嘴道人》篇中的一个关键情节：相互心生爱恋的男女无法亲近，得到猪嘴道人施过咒的魔瓦可逾墙穿壁，只不过魔瓦在《青娥》中变成了小镵，"以斫墙上石，应手落如腐"，"顿念穴墙则美人可见"。⑤ 值得一提的是，《猪嘴道人》又见于《聊斋志异》黄炎熙选抄本，张友鹤整理三会本

---

① （宋）洪迈：《夷坚志》，北京：中华书局 2006 年版，第 170 页。
② （清）蒲松龄：《聊斋志异》，上海：上海古籍出版社 1979 年版，第 60 页。
③ （宋）洪迈：《夷坚志》，北京：中华书局 2006 年版，第 1638 页。
④ （清）蒲松龄：《聊斋志异》，上海：上海古籍出版社 1979 年版，第 432 页。
⑤ （清）蒲松龄：《聊斋志异》，上海：上海古籍出版社 1979 年版，第 398 页。

时将其列入"附录",更可见《猪嘴道人》和《聊斋志异》的联系和渊源。

丁志卷十七《刘尧举》是一个书生因引诱船家女而落第的故事,刘尧举"悦舟人女美,日夕肆微言以蛊之,女亦似有意"①。刘尧举向女子示爱得到回应,这一情节被用作《王桂庵》篇的开头,洪迈简洁的寥寥数语,在蒲松龄的笔下得到渲染和铺叙:

> 邻舟有榜人女,绣屦其中,风姿韶绝。王窥既久,女若不觉。王朗吟"洛阳女儿对门居",故使女闻。女似解其为己者,略举首一斜瞬之,俯首绣如故。王神志益驰,以金一锭投之,堕女襟上。女拾弃之,金落岸边。王拾归,益怪之,又以金钏掷之,堕足下,女操业不顾。无何,榜人自他归。王恐其见钏研诘,心急甚,女从容以双钩覆蔽之。②

蒲松龄对女子的美貌作了具体描写,用吟诗、投金、掷钏的情节对男子"蛊之"做了充分展示,"女亦似有意"也通过具体场面来呈现。从男女的行为动作中可窥视其内心世界,男子的迫切与莽撞、女子的天真与从容给读者留下深刻印象,这是《夷坚志》缺乏场面感的概述所达不到的效果,也是"略陈事状,不事铺叙"的志怪体在表现男女恋情时先天性的缺陷。这一场面也见于明代文言小说《鸳渚志馀雪窗谈异》中《投桃记》,男主人公刘尧举(字唐卿)与船家女的邂逅:

> 及抵中流,见执楫者一美少艾,年可二八上下,修鬟婵媚,眉眼含娇,虽荆布淡妆而过人种种,真若"海棠一枝斜映水"也。唐卿惊讶间不觉戚戚心动,因默访之,知为舟人子,乃叹曰:"有是哉?明珠出此老蚌耶?"唐卿始以父在不敢通一视,留连将午,情莫能已,驾言舟重行迟,促其父助纤。父去,试以眼拨之,少艾或羞怯而避颜,或严色以相拒,乃唐卿他顾,则又睨觑流情,欲言还笑。唐卿见其明中妆样,暗地撩人,心眼相关,神魂飞荡。以袖中罗帕系胡桃其中,绾同心一结后掷女前。女执楫自如,若不知者。唐卿慌愧,恐为父觉,频以眼示意,欲令收取,女又不为动。及父收纤登舟,将下舱,而唐卿益躁急无措,女方以鞋尖勾掩裙下,徐徐拾纳袖中。③

由此可以看出蒲松龄的创作的直接依据是《投桃记》,《投桃记》描写

---

① (宋)洪迈:《夷坚志》,北京:中华书局2006年版,第683页。
② (清)蒲松龄:《聊斋志异》,上海:上海古籍出版社1979年版,第714页。
③ (明)周绍濂:《鸳渚志馀雪窗谈异》,北京:中华书局2008年版,第243-244页。

细腻，文人气息浓厚，但只是《刘尧举》文字上的扩充，在故事内容、主题上都没有任何改变，情节依旧比较单薄。《王桂庵》记王桂庵与芸娘屡经离合的爱情故事，情节曲折多变，《投桃记》的行文模式显得烦琐复沓，不适合作故事的开头。两相对照，可看出《聊斋志异》语言的平易简洁、通俗活泼，富有表现力。

3. 《夷坚志》中相关故事被重新演绎

丁志卷十九《江南木客》是一篇广见闻、资料性突出的作品，介绍了五通神在各地的信仰及其喜淫善变的特性，之后连缀十余件遭五通神奸淫良家妇女事：这些事多发生在江西、浙江一带，作者简要记录妇女遇害时的惨状、孕育怪胎的情形，对具体受害场面、受害人心理、受害人家庭反应等均未提及，给读者的印象是五通神法力广大，对其胡作非为，人们根本无力反抗，只能任其践踏。

蒲松龄的《五通》在《江南木客》的基础上作了加工改造，"江浙五通，民家有美妇，辄被淫占，父母兄弟皆莫敢息，为害尤烈"。开头这些概述性的文字与《江南木客》相同，随后改变了原作资料性的记事方式，将五通神奸淫良妇敷衍为有核心人物、有曲折情节、有心理描写的小说，并改变了原作的主题。《五通》[①] 记典商赵弘妻阎氏被五通神侵犯，赵弘表弟万生刚猛善射，五通神第二次施害时，万生执刀而斫，一马二豕死于室中。一木商的女儿未出嫁也遭到五通神的骚扰，木商请万生相助并嫁女为妻。"从此吴中止有一通，不敢公然为害矣。""万生真天下之快人也！"《江南木客》所记十余事互不连属，《五通》只记两事，以万生为中心人物贯穿始终，表达了对万生的赞赏之情，恶贯满盈的五通最后也绝迹于人间。蒲松龄在阎氏事后附另一则故事，记金生与龙女交往，金生外甥女被五通神所惑，求龙女除妖，龙女力不能擒，将其阉割，"则吴下仅遗半通，宜其不为害也"。蒲松龄在作品中肯定了对邪神的反抗，歌颂了反抗者的胆识和为民除害的精神。作品细致地叙写了受害者及家人的心理："质明视之，妻瘗不起，心甚羞恨，戒家人勿播。妇三四日始就平复，惧其复至。婢媪不敢宿内室，悉避外舍；惟妇对烛含愁以伺之。"第二次被侵占后，"妇奄卧床榻，不胜羞愤，思欲自尽，而投缳则带自绝，屡试皆然，苦不得死"。从妇人的痛不欲生、求死无门，家人的羞愧无奈、惶惶不可终日烘托出五通神的罪恶。

《大人》《夜叉国》在《夷坚志》相关作品的基础上，通过增加大量

① （清）蒲松龄：《聊斋志异》，上海：上海古籍出版社 1979 年版，第 615 – 619 页。

新情节来进行重新演绎。《大人》以乙志卷八《长人国》为故事本事，《长人国》记明州商人泛海遇风至一岛屿，被高三四丈的长人所执，"引指穴其肩成窍，穿以巨藤，缚诸高树而去"。一会儿"首戴一镬复来，此人从树杪望见之，知其且烹己，大恐，始忆腰间有刀，取以斫藤，忍痛极力，仅得断"。上船后长人追赶而来，"或持斧斫其手，断三指"，"指粗如椽"。① 蒲松龄的《大人》行文中有许多处与《长人国》相似，如客被"高以丈许"的大人抓住后，"既而折树上长条，捉人首穿腮，如贯鱼状"。大人被砍断的手指，"大于胫骨焉"。《大人》新增加了客向石室兄妹求助的情节，塑造了石室女子的勇猛形象，女子"荷两虎自外入"，听清事情原委后，拿三四百斤重的铜锤前去寻找大人，"男子煮虎肉饷客，肉未熟，女子已返"②。

根据《岛上妇人》《猩猩八郎》创作的《夜叉国》更突出了女子的能耐，作品中的女子随夫从子南征北战，建立功勋得到朝廷的封爵，蒲松龄在篇末以异史氏的口吻感慨道："夜叉夫人，亦所罕闻，然细思之而不罕也：家家床头有个夜叉在。"③ 可见作者笔下的夜叉实有所指。

《岛上妇人》《猩猩八郎》也记商人的海岛奇遇，其所见人"举体无片缕，言语啁啾不可晓"，"每日不火食，唯啖生果"，商人与岛上妇女成婚生子，几年后趁机遇船而去。蒲松龄《夜叉国》中徐某的经历与此相似，不同的是徐某在岛上不仅收获了子女——岛上妇人为其生二雄一雌，还收获了财富——为岛上天王烹食而得到价值连城的珠串。《夜叉国》增加了大量徐某携长子归来后的内容：徐某因售珠而骤富，长子彪因勇武被任命为千总屡建战功，从另一个漂至海岛的商人处闻悉母亲及弟妹消息后，不顾父亲的竭力阻拦，冒着覆船的危险颠簸半月之久前去找寻。一家人团聚后，"母夜叉见翁怒骂，恨其不谋。徐谢过不遑。家人拜见家主母，无不战栗"。弟豹登武进士科，妹夜儿"以异种，无与为婚，会标下袁守备失偶，强妻之"，"袁每征，辄与妻俱，历任同知将军，奇勋半出于闺门""豹三十四岁挂印，母尝从之南征"，"诏封男爵"，"封夫人"。④ 本为志怪短书的商人海外奇闻逸事，由于蒲松龄续写了这些岛上异族融入现实生活的内容，使作品呈现出另外一种情趣，也改变了原作情节单薄之弊，

① （宋）洪迈：《夷坚志》，北京：中华书局2006年版，第249－250页。
② （清）蒲松龄：《聊斋志异》，上海：上海古籍出版社1979年版，第351页。
③ （清）蒲松龄：《聊斋志异》，上海：上海古籍出版社1979年版，第148页。
④ （清）蒲松龄：《聊斋志异》，上海：上海古籍出版社1979年版，第148页。

续写合情合理，前后两部分浑然一体。

二、创作方式表现出的"夷坚体"特征

根据四库馆臣对"夷坚体"特征的描述，"夷坚体"主要有三个方面的特征：志怪与时事结合；标注故事出处；重视小说的标题。这三个特征在《聊斋志异》中的体现也极为明显。

1. 志怪与时事结合

《聊斋志异》虽为志怪小说，但蒲松龄以此寄托孤愤的创作目的鲜明："知我者，其在青林黑塞间乎！"① 在其创作中，写鬼写狐、造奇设幻只是作者选择的一种艺术表现手法，在狐鬼形象和离奇的情节中传递着作者对现实的感受，蒲松龄以一种变形的方式曲折地反映着世态人情，甚至触及尖锐的社会问题。如《红玉》，被罢了官的宋御史横行乡里，看到别人妻子漂亮，光天化日之下去抢，逼得别人家破人亡。《促织》还将矛头指向最高统治者，可谓"刺贪刺虐，入木三分"。科举考试制度的腐败和弊端也是蒲松龄揭露讽刺的一个重点，如《司文郎》指出试官的昏庸无能，《贾奉雉》中屡试不举的考生，最后把落卷中写得最不好的文句拼凑到一起去应试，竟意外成功。蒲松龄一生困于场屋，对科举考试有切身的体会，饱受压抑之苦。《叶生》是一篇新的离魂记，这离魂不是为了去会情人，而是一位落第士人去回报赏识自己才能的知音。关于《聊斋志异》反映现实的特征，已有大量文章对此做了深入研究，在此无须赘述。

《聊斋志异》用志怪反映现实与《夷坚志》有所不同。首先，《聊斋志异》中的大多数篇章没有明确的故事发生时间，而对故事发生的地点或人物籍贯则多有交代。《夷坚志》不仅对事件涉及的地点一一作了标注，还格外重视事件发生的时间，大多数篇章即以宋代年号开头。纪德君《宋元话本小说的时空设置及其文化意蕴》② 一文指出，宋元话本小说时空设置的显著特点是突出叙事时空的当代性和地域性。宋元说话艺人以《夷坚志》为必须研习的教科书，话本小说体现的时空特点即是对《夷坚志》特征的准确把握和继承。其次，《聊斋志异》的志怪与时事结合，作者的主体意识鲜明，即志怪在大多数情况下是作者有意的想象虚构，是作者表达对社会的评价和自己人生体验的一种方式。《夷坚志》则多为对当时传闻的记录，虽然洪迈在多年的创作实践中已对小说的虚构性有一定的认识，

---

① （清）蒲松龄：《聊斋志异自序》，上海：上海古籍出版社 1979 年版。
② 纪德君：《宋元话本小说的时空设置及其文化意蕴》，《学术研究》2003 年第 4 期。

在其小说理论中不乏以志怪寄寓人生的观点，但从《夷坚志》绝大多数篇章的创作实际看，洪迈更多还是停留在实录层面，忠实于对当时传闻的记录，虽然在一定程度上反映了现实，但并非作者的初衷。

经过明代小说创作的丰富实践，李贽、冯梦龙、凌濛初、谢肇淛（zhè，浙）等对小说文体特征已有了一定程度的认识，尤其对小说的虚构性有了较清晰的把握。蒲松龄在总结前人小说理论的基础上，能有意识地幻设为文，充分发挥想象力，在创造的奇异世界中反映现实人生。而历史题材的作品，也能"借他人之酒杯，浇自己之块垒"，所以故事发生时间的淡化，也是小说文体特征认识提高的一个表现。

2. 标注故事出处

洪迈在《夷坚志》的序言中多次论及搜集材料的方式，如《夷坚支庚序》："盖每闻客语，登辄记录。"《夷坚丁志序》："盖寒人、野僧、山客、道士、瞽巫、俚妇、下隶、走卒，凡以异闻至，亦欣欣然受之。"洪迈广泛向各阶层人群搜集素材的创作方式得到了蒲松龄的继承，蒲松龄在《聊斋自志》中说："才非干宝，雅爱搜神；情类黄州，喜人谈鬼。闻则命笔，遂以成编。久之，四方同人，又以邮筒相寄，因而物以好聚，所积益夥。"不同的是蒲松龄没有洪迈充裕的经济实力和显贵的身份地位，因而《聊斋志异》反映的地域生活明显不及《夷坚志》广泛。

对故事提供者，或传抄自他人著述的篇章，洪迈均在文中严格标注，以示文有出处、事信可考。《聊斋志异》也有一些篇章采用了这种做法，有的在故事开头，以素材提供者的口吻讲述故事情节，如卷一《山魈》的开头："孙太白尝言……"，《咬鬼》《义鼠》《研石》等篇都采用这种方式。有的在结尾标注出处，如卷三《鸲鹆》《五羖大夫》结尾均署"毕载积先生记"，卷六《萧七》文后说"董玉玹谈"，卷七《阎罗薨》结尾："松江张禹定言之。"有些篇章标注的是事件的目击者，如卷二《祝翁》："康熙二十一年，翁定妇佣于毕刺史之家，言之甚悉。"① 《胡四姐》："尚生乃友人李文玉之戚好，尝亲见之。"② 《巧娘》："高邮翁紫霞，客于广而闻之，地名遗脱，亦未知所终矣。"③ 《聊斋志异》采自其他著作的故事，有时也在文后标注，如卷三《李司鉴》后署"邸抄"，卷一《考城隍》结尾云："公有自记小传，惜乱后无序，此其略而。"卷二《莲香》也标注依

---

① （清）蒲松龄：《聊斋志异》，上海：上海古籍出版社 1979 年版，第 86 页。
② （清）蒲松龄：《聊斋志异》，上海：上海古籍出版社 1979 年版，第 86 页。
③ （清）蒲松龄：《聊斋志异》，上海：上海古籍出版社 1979 年版，第 111 页。

据的原作:"余庚戌南游至沂,阻雨,休于旅舍。有刘生子敬,其中表亲,出同社王子章所撰《桑生传》,约万余言,得卒读。此其崖略耳。"① 有些标注是对故事的说明,如卷十《申氏》:"此其自述,因类申氏,故附志之。"②《五通》:"此事与赵弘一则,俱明季事,不知孰前孰后。"

《聊斋志异》对故事来源和具体内容的标注,其方式都与洪迈的做法一致。但蒲松龄在标注出处时,没有像洪迈那样做到几乎每篇都有据可依,其标注只见于一部分篇章。据汪玢玲统计,《聊斋志异》中得自他人的故事有 86 个,出自前人志怪传奇的有 77 个。③ 蒲松龄减少文中出处标注,一方面是由于从他人或其他著述中得来的素材,蒲松龄融入大量的再创造成分,使故事与原来的面貌相差甚远。另一方面是蒲松龄追求艺术真实,而非用此方式让读者相信其笔下故事的真实性。这种标注的方式有时可达到某种叙事效果,如素材提供者以第一人称讲述的故事,可巧妙地运用限知视角,使一些情节显得更为神秘奇特。但总体而言,此做法的缺陷和弊端明显,其影响了故事本身的流畅性、连贯性,常常与小说应有的虚构特征相抵触。这种事件有据可依只是人为的努力,无法与达到艺术真实而令读者从心底接受的艺术形象相提并论。

3. 重视小说的标题

《夷坚志》对小说标题的重视具有两方面的意义:一是洪迈对小说文体特征的进一步认识,每则故事附有标题可与当时大量出现的杂史相区别;二是体现了作者对事件本身的关注。《夷坚志》中的标题往往是对所记事件的简明扼要的概括,尤其是叙事色彩浓厚的题目,能用动态的情节题目令读者迅速把握事件,加深印象或引起阅读的兴趣。如《杨戬毁寺》《丁逢及第》《丘鼎入冥》《班固入梦》等,这种标题显然比呆板的人名、地名题目更有吸引力。洪迈对小说题目的重视,实质是以故事为中心的小说家的自觉意识之体现。

这种自觉意识,使洪迈不满足于志怪小说的粗陈梗概,因此对有些作品中的事件作了进一步的描写和渲染,甚至达到了情节的离奇和曲折,使其具有了传奇的特征,用"传奇体志怪"在《夷坚志》中已有明显体现,而这一点正是《聊斋志异》最突出的文体特征,是纪昀不将其收入《四库

---

① (清)蒲松龄:《聊斋志异》,上海:上海古籍出版社 1979 年版,第 97 页。
② (清)蒲松龄:《聊斋志异》,上海:上海古籍出版社 1979 年版,第 621 页。
③ 汪玢玲:《鬼狐风情——〈聊斋志异〉与民俗文化》,哈尔滨:黑龙江人民出版社 2003 年版。

全书》的理由，盛时彦《姑妄听之》跋文中引述了纪昀对《聊斋志异》的评价："《聊斋》盛行一时，然才子之笔，非著书者之笔也……今一书而兼二体，所未解也。小说既述见闻，既属叙事，不比戏场关目，随意装点。"① 这正是《聊斋志异》具有较高艺术造诣之所在。

《聊斋志异》各篇章题目虽然传记色彩突出，多为二三字的人名标题，但这些"人名"多为超现实的鬼灵精怪，如《跳神》《土偶》《泥书生》《棋鬼》《促织》等，《夷坚志》中的狐鬼一般没有名姓，而《聊斋志异》中这些可爱的狐鬼都有自己美好的名字，如《娇娜》《青凤》《红玉》《莲香》等，蒲松龄为这些不存在的精灵鬼怪立传，本身就是对史传著作的一种挑战，充分显示了作者的小说家意识。

《聊斋志异》在创作手法、题材选择上都有集大成的特点，蒲松龄之所以在广泛借鉴《夷坚志》等小说的基础上又能超越前人，根本原因在于其绝不依傍原有故事，更多的时候根据自己对生活的观察和自己的美学理想进行想象虚构，创作出全新的作品，传递自己的主体意识和美学追求，体现出自己的创作风格。"《夷坚志》充满了生命危机感和对狐鬼世界的阴郁恐惧情调，而《聊斋志异》作者却有超绝群俗的诗人胸襟，以悲愤的眼光面对世道科途，以通达的眼光面对花妖狐魅，使他所选择的意象带有乡野的清新气息和明朗绚丽的格调。"② 但蒲松龄辉煌成就的取得，《夷坚志》的贡献是一个不容忽视的客观存在，两者在创作手法、题材内容上的一脉相承显示出，《夷坚志》对《聊斋志异》成为志怪小说史上高峰之作具有奠基作用。

---

① （清）盛时彦：《姑妄听之跋》，（清）纪昀：《阅微草堂笔记》，重庆：重庆出版社 1996 年版，第 472 页。

② 杨义：《中国古典小说史论》，北京：中国社会科学出版社 1995 年版，第 434 页。

第 四 章

《夷坚志》在文言小说选本中的
收录及其传播

第一节　选本界定

　　我国古代文言小说在漫长的发展过程中，文体形态丰富复杂，而不同时期对小说的认识也有差异，文言小说几乎成为无所不包的一种文体。洪迈虽对小说的文体特征、功能有自己的见解，但受传统小说观念的影响，《夷坚志》的内容也极为芜杂，在后世被广泛地选录在不同种类的著述中。《夷坚志》常见于以下类型著作：

　　1. 地方志

　　从宋元开始，《夷坚志》就成为各种地方志选录的对象，如宋人王象之撰写的《舆地纪胜》二百卷，收录《夷坚志》条目三十余则，李裕民据此书对《夷坚志》辑佚，得到佚文十六则，如《僧义翔》《吴中诗僧》《郑楼店》《周望印》《卖姜老翁》等①，赵章超据此书辑得佚文十三则②。《舆地纪胜》所选《夷坚志》诸条目，内容或为地方景观，或为地方名流遗闻逸事，或为某处地名沿革等。宋代的《咸淳临安志》卷九十二选录《夷坚志》条目也达十七则之多。

　　宋人撰写的方志中，收录《夷坚志》的还有：祝穆的《方舆胜览》、马光祖的《景定建康志》、施宿等撰写的《会稽志》、史弥坚的《嘉定镇江志》、周淙的《乾道临安志》等。宋人撰写的大多数方志都有引用《夷坚志》的现象，而且此举延续到明清，如清代所修《山东通志》《江西通志》《湖广通志》《浙江通志》等都有援引。这些方志在选录时，往往将《夷坚志》篇章标题缺省，直接引用原文，文后一般标注出处。

---

　　① 李裕民：《〈夷坚志〉补遗三十则》，《文献》1990 年第 4 期。
　　② 赵章超：《〈夷坚志〉佚文小辑》，《文献》2004 年第 4 期。

2. 医药类著作

《夷坚志》屡次被医药类书采用，在宋人撰写的医药著作中，引用《夷坚志》最多的是张杲的《医说》，引用数量达40多则。《医说》在采用《夷坚志》有关条目时，往往将标题改为与医药联系更密切的字眼，选录时将所选作品标题、具体卷帙出处——注明，比方志类著作周详。明清以后的医药类书，如《名医类案》《普济方》《证治准绳》《本草纲目》《仁斋直指》《历代名医蒙求》等，也大量采用《夷坚志》中的相关内容，沿袭了《医说》的做法。

3. 诗话类

洪迈具有很高的诗文造诣，文人诗歌唱和、诗歌本事或考证不可避免地成为《夷坚志》的内容之一，南宋何谿汶的《竹庄诗话》、胡仔的《苕溪渔隐丛话》等摘录了其中的一些篇章。《竹庄诗话》引用《夷坚志》十余则，李裕民据此书辑得《夷坚志》佚文"诗似李白""寄沂水宰""紫姑神诗""曹抡乞诗"等①。《苕溪渔隐丛话》也摘录了10则。

4. 小说类

《夷坚志》作为一部志怪小说，对后世小说创作及小说选本的编纂影响深远，从小说问世到元、明、清各朝，在历代文言小说集中，选自《夷坚志》者甚夥。根据笔者不完全统计，有22种之多。

笔者确立的《夷坚志》的选本标准主要有以下5条：

第一，主要是对小说类选本进行研究，非小说类选本不属于本章探讨的范围。

第二，小说选本有专一著作选本和多种典籍选本之分，《夷坚志》也不例外，如南宋出现的陈晔选本、何异类编本、叶祖荣的《分类夷坚志》便属于《夷坚志》的专一著作选本，属于《夷坚志》版本研究的范畴。本章的研究对象是《夷坚志》的多种典籍选本②。此外，除广泛摘录他书的选本外，我国古代有些志怪小说创作也有抄撮前人著述的习惯，抄录《夷坚志》的小说创作，本书也视为《夷坚志》的选本。

第三，与原作相比，选本的情节、结构、人物等一般不变，仅在语言文字、题目上有少许改动。如收录《夷坚志》的《舌华录》不属于本书研

---

① 李裕民：《〈夷坚志〉补遗三十则》，《文献》1990年第4期。

② 明代钟惺所编《新订增补夷坚志》五十卷（有明刊本，藏于国家图书馆），是在叶祖荣《分类夷坚志》的基础上进行增删、评点。钟惺编评本去掉原书中36门，保留原有的113类，将叶本中625则故事删去158则，又从其他志怪杂书中选录98则补充其中。笔者也将其视为《夷坚志》专一著作选本，不列入本章探讨。

究的范畴。①

第四，总集、丛书不能等同于选本，因此收录《夷坚志》的《永乐大典》、明代重编《说郛》《五朝小说·宋人百家小说》《合刻三志》《旧小说》等均不视为选本。

第五，有些白话小说选本也会杂录文言小说作品，如《僧尼孽海》收《夷坚志》中《王武功妻》（更名为《募缘僧》）《奉先寺僧》《西湖庵尼》，《国色天香》收《侠妇人传》，《香艳丛书》收《宁行者》（更名为《玫瑰花女魅》），等等。但收录《夷坚志》的白话小说选本较少，所选篇目也有限，本书不将白话小说选本列入研究范围。

第二节　选本叙录

1.《江湖纪闻》

该书为志怪小说集。元郭霄凤撰，高儒《百川书志》、焦竑《国史经籍志》、黄虞稷《千顷堂书目》小说类著录，十六卷；徐𤊹《红雨楼书目》作二卷。今北京图书馆、大连图书馆藏元刻本及抄本残本，全称《新刊分类江湖纪闻》，有前集十卷，后集不全。

明代赵弼《效颦集》卷首王静序将此书与《夷坚志》并称，《中国古代小说总目提要》认为，《江湖纪闻》"辑录神怪异闻，多出前人记载"。此书未列引文出处，笔者根据北京图书馆 2005 年中华再造善本《新刊分类江湖纪闻》，发现有下列篇章选自《夷坚志》：前集卷六《医不淫妇》、前集卷六《骷髅求医》、前集卷六《黄山人卜筮》、前集卷六《测字》、前集卷七《崔倅乳媪》。

笔者怀疑前集卷六《饭饱肠断》《命相相符》也出自《夷坚志》。《饭饱肠断》记宋代咸淳年间福州太学生王上舍事，《命相相符》记南康军建昌县太学生沈某事，这两则故事的发生时间、地点、内容都与"夷坚体"特征相符，而且三志己卷五《王东卿鬼》所记王上舍与《饭饱肠断》所记为同一人。因《江湖纪闻》所记皆不标出处，现版本残缺不全，推断此书应选录《夷坚志》多则。

2. 《异闻总录》

该书为志怪小说集。元佚名撰，《千顷堂书目》小说家类补宋部、《四库全书总目提要》小说家类存目著录，四卷，现有《稗海》及明刊本等。《笔记小说大观》在此书的提要中说："疑是书随手剽掇，取充卷帙耳。"所言诚是。所记多辑自唐宋小说，除卷三王远轩遇西施一条注明《翰府名谈》外，均不注出处。

在可考的引用书目中，抄录《夷坚志》者颇多。《异闻总录》共四卷，卷一有 36 则故事，其中 22 则出自《夷坚志》。卷二有 19 则故事，李剑国认为开头 11 则均出自《夷坚志》，为《夷坚志》的佚文，卷二还有一则抄录了丁志卷二十《杨氏鼋神》。卷三有一则抄录了再补《岳珂除妖》。卷四有 31则，其中 30 则可能出自《夷坚志》。①《异闻总录》在元代小说集中较为瞩目，与大量抄录《夷坚志》的精彩篇章是分不开的。在具体选录时，《异闻总录》缺省原作的标题，但内容文字完全忠实于原作，一般不作改动。②

3. 《汴京勼异记》

该书为文言小说集。明李濂撰。李濂（1489—1566），字川父，一作川甫，号嵩渚山人，祥符（今河南开封）人。《千顷堂书目》小说家类著录，八卷。有明嘉靖二十六年（1547）自刻本、《砚云甲乙编》本、《申报馆丛书》本。

《汴京勼异记》八卷，分异人、异僧、道士、女冠、神仙、鬼怪、异事、异梦、神异、物异、技术、卜相、丹灶、杂记、阴德、报应 16 类，所取皆为与汴京有关之奇诡怪异之事，极具地方色彩。各条无标题，多注明出处。选自《夷坚志》的有 39 则，分别见于：

卷一异人、异僧：《郭伦观灯》1 则；

卷二道士、女冠：《京师司仲因事》《扇化骷髅》《刘敏求事》3 则；

卷三神仙、鬼怪：《石氏女事》《赵应道事》《孙九鼎事》《任迥事》《吴小员外事》《京师异妇事》《阚喜事》《鬼太保事》8 则；

卷四异事、异梦：《秦楚材事》《李似矩事》《李希亮事》《徐国华事》

---

① 见李剑国：《〈夷坚志〉佚文考》，《天津教育学院学报（社会科学版）》1992 年第 2 期。另外法国巴黎第七大学王秀惠《〈夷坚志〉佚文辑补》也认为《异闻总录》卷一、卷四有部分内容抄自《夷坚志》。王秀惠的文章发表于《汉学研究》第 7 卷第 1 期，《古籍整理出版情况简报》1991 年第 237 期以"关于《夷坚志》佚文校补"为题摘要发表。李剑国《宋代志怪传奇叙录》同时收录上述内容。

② 《异闻总录》仅在个别篇章的文字上有所增删，如卷一有则故事抄录自补志卷二十一《鬼国母》，与原作文字有所出入。

4 则；

卷五神异、物异：《向子骞妻事》《主夜神咒事》2 则；

卷六技术、卜相：《刘幻事》《王俊明事》《侯郎中事》《三士问相事》《吴任钧事》《何丞相事》《何清源事》7 则；

卷七丹灶、杂记：《沈将仕事》《真珠族姬事》《奉先寺事》《京师浴堂事》《凤翔道上石》5 则；

卷八阴德、报应：《林积事》《费道枢事》《李孝寿事》《李云娘事》《张氏狱》《安氏冤》《刘正言事》《张颜承节事》《夏二娘事》9 则。

4.《剑侠传》

该书为传奇小说集。明王世贞撰。王世贞（1526—1590），字元美，号凤洲，又号弇州先生，苏州府太仓州（今江苏省太仓县）人。《四库全书总目提要》小说家类存目著录，二卷，称"旧本题为唐人撰"，"盖明人剿袭《广记》之文，伪题此名也。"余嘉锡《四库提要辨正》认为此书为王世贞所辑。有明隆庆三年（1569）履谦子刻本，四卷，附录一卷；明吴琯《古今逸史》本、清汪士汉《秘书廿一种》本、清咸丰七年（1857）王龄刊本等，四卷，无附录一卷。《五朝小说》、重编《说郛》《唐人说荟》《唐代丛书》《龙威秘书》《艺苑捃华》《说库》《晋唐小说六十种》均为一卷。

全书共 33 则，其中有 4 则选自《夷坚志》，即《花月新闻》《侠妇人》《解洵娶妇》《郭伦观灯》。

5.《古今奇闻类记》

该书为文言小说集。明代施显卿撰。施显卿（1494—？），字纯甫，号九峰山人，无锡人。《四库全书总目提要》卷一四四小说家类存目、《续文献通考》小说家类著录，10 卷。现存《新编古今奇闻类记》，明万历四年（1576）刻本，10 卷，藏于南京图书馆。

全书 10 卷，分 16 门 34 类，内容多为神怪奇异之事，所引多为史传地志、笔记杂编之类，皆标出处。选自《夷坚志》的有 44 则：

卷二：《雷白大庚冤狱》《人事感雹》；

卷四：《钱做鼠鸣》《金化黄鸟》；

卷五：《神答救厄》《邱睿前知寿数及亭更名》《异僧前知臣工上第》《徐神翁手中渡江》；

卷六：《朱景先祖孙重遇》《二人夫妇交相重遇》《金山夫妇重遇》《鬼携误卷》《李统领僦宅获金》《张南仲买宅获金》；

卷七：《马超》《禁蚊》；

卷八：《王道士除蟒妖》《道人雷火除狐妖》《岳珂除妖》《郑安恭除土偶之妖》《朱法师除鳖妖》《王文卿法除病妇之妖》《老僧除桂林幻术》《饶人斩除榆木精》《道士法遣妖巫败酒之毒》《高宰邢决妖巫害人之毒》《李椿年见龟形》；

卷九：《观世音求画显像》《泗州大圣买罗见灵》《宋觊遇定光佛疑语》《弥勒佛化身募缘》；

卷十：《褚大遇神人附舟》《沈一遇五通神于丰乐楼》《王武功遇山童乳母》《渔人遇见鬼斗》《鬼卖燋鸡》《鬼卖燋鸭》《朱二袋鬼板》《季生藏鬼巴异形》《周提点遇鬼妇诉冤》《崔共度施食得鬼佑》《高南寿遇鬼导获寇》《马妾报主母冤》《王纯正报吏仇》。

6.《艳异编》

该书为传奇小说集。明王世贞撰。王世贞，明嘉靖二十六年（1547）进士，官至刑部尚书，为嘉靖年间文坛领袖。其书卷帙有歧，黄虞稷《千顷堂书目》著录 35 卷，今未见此本。现存明玉茗堂原刊本作正集 40 卷、续集 19 卷，又有明刊 45 卷本、12 卷本、53 卷本等。

明末《新镌玉茗堂批选王弇州先生艳异编》40 卷，题"明王世贞撰、明汤显祖评"；续编 19 卷，题"明王世贞撰"，藏于首都图书馆、北京大学图书馆、中山大学图书馆、中国科学院图书馆等。正编 40 卷 361 篇，续编 19 卷 163 篇，汇集历代笔记传奇、史传杂记中怪异之事和男女艳情而成，征引之作不标出处。经笔者甄别，其中选自《夷坚志》的有 28 篇，选文情形正编、续编有别：正编大多数篇章标题、文字与原作基本相同，续编文字则多有出入，甚至有些篇章文字迥异，属于对同一故事的另一种表达。选自《夷坚志》的具体篇章为：

正编：

卷二十四：《花月新闻》；

卷二十五：《李将仕》；

卷三十：《义娼传》《吴女盈盈》《吴淑姬严蕊》；

卷三十二：《石六山美女》；

卷三十四：《舒信道》《钱炎》；

卷三十五：《刘改之》；

卷三十八：《宁行者》《解俊》《江渭逢二仙》《吕使君》；

卷三十九：《钱履道》；

卷四十：《吴小员外》。

续编：

卷四：《宝环记》；

卷六：《长安李姝》；

卷七：《猪嘴道人》；

卷八：《宗立本》《历阳丽人》；

卷十：《聚宝竹》；

卷十二：《连少连》《天元邓将军》《蓬瀛真人》；

卷十四：《鬼国母》《三赵失舟》；

卷十八：《满少卿》。

7. 《剪灯丛话》

该书为文言小说集。明代自好子编。原书无编者姓名，书前虞淳熙题词称作者为"自好子"。此书有明刊本，藏于国家图书馆，12卷。

全书共137篇，所选多为汉唐至明中叶为人所称誉的文言小说名篇，其中选自《夷坚志》的有11则：

卷六：《赵喜奴传》；

卷七：《董汉女传》；

卷八：《鬼国记》《鬼国续记》；

卷九：《乐平耕民传》；

卷十：《闽海蛊毒记》《海外怪洋记》《独脚五通记》《江南木客记》《猴王神记》；

卷十二：《钱履道》。

8. 《广艳异编》

该书为传奇小说集。明吴大震编。吴大震，生卒年不详，字东宇，号长孺，别署市隐生，歙县（今属安徽）人。此书有明刊本，35卷。

全书分神、仙、鸿象、梦游、义侠、幻术、俶诡、徂异、定数、冥迹、冤报、珍奇、器具、草木、鳞介、禽、昆虫、兽、妖怪、鬼、夜叉等25部，所选自唐人传奇以至宋元明人小说，选文均不注明出处。经笔者甄别查考，其书选自《夷坚志》的有85则，大多数篇章与原作相比，改动不大：

卷二神部：《金山妇人》《唐四娘侍女》《苦竹郎君》《李女》《雍氏女》《五郎君》；

卷三仙部：《玉华侍郎传》；

卷六鸿象部：《蟾宫》《金匙志》；

卷八幽期部：《投桃录》；

卷十情感部：《胡氏子》《周瑞娘》《鄂州南市女》；

卷十一妓女部：《长安李姝》；

卷十二梦游部：《卫师回》；

卷十三义侠部：《双侠传》《解洵》《郭伦》；

卷十四幻术部：《猪嘴道人》《杨抽马》《鼎州汲妇》《梁仆毛公》《潘成》《吴约》《杨戬馆客》《王朝议》《真珠姬》《临安武将》；

卷十六徂异部：《海王三》《利路知县女》《海贾》《王氏蚕》；

卷十七定数部：《吴四娘》《阚喜》；

卷十八冥迹部：《魏叔介》《龙阳王忞》《卫仲达》；

卷十九冤报部：《刘正彦》《满少卿》《张客》《赵馨奴》；

卷二十珍奇部：《聚宝竹》；

卷二十二器具部：《鄂州官舍女子》；

卷二十四鳞介部：《宗立本》《历阳丽人》《赵进奴》《程山人女》《孙知县妻》《蛇妖》；

卷二十五禽部：《鸣鹤山志》；

卷二十六兽部：《连少连》《天元邓将军》《蓬瀛真人》《周氏女》；

卷二十七兽部：《侯将军》《蔡京孙妇》《璩小十》《猩猩八郎》；

卷二十八兽部：《香屯女子》《赵乳医》；

卷三十兽部：《衢州少妇》《崔三》；

卷三十一妖怪部：《青州都监》《刘崇班》；

卷三十二鬼部：《任迥》《鬼小娘》《程喜真》《睢右卿》《京娘》《七五姐》；

卷三十三鬼部：《三赵失舟》《仙隐客》《书廿七》《鬼国母》《陈秀才》《孙大小娘子》《高氏妇》《卖鱼吴翁》《南陵美妇》《周氏子》《王上舍》；

卷三十五鬼部：《仇铎》《王立》《蔡五十三姐》《马超》。

9.《青泥莲花记》

该书为文言小说集。明梅鼎祚编。梅鼎祚（1549—1615），字禹金，号汝南，宣城（今属安徽）人。《千顷堂书目》卷十二小说类、《钦定四库全书总目》子部小说家类存目，《续文献通考·经籍考》小说家类著录，13 卷。

是书采前代正史、别集、小说、诗话、佛经中倡女之可取者，分 12 类编排，书前列"青泥莲花记采用书目"203 种，《夷坚志》虽未列其中，但经笔者查考，有 19 则选自《夷坚志》：

卷一：《王宝奴》后附；

卷二：《曹三香》《倡仙》《吴女盈盈》；

卷三：《台妓严蕊》；

卷四：《义倡传》；

卷五：《林小姐》；

卷七：《岳楚云》；

卷八：《薛倩》；

卷十二：《周氏》《合生诗词》《吴淑姬》；

卷十三：《扬府倡》《李林甫为娼》《婺州富家犬》《宣城葛女》《袁娟冯妍》《邵武倡》《念二娘》。

10.《才鬼记》

该书为文言小说集。明代梅鼎祚编。《千顷堂书目》卷十二小说类著录，15 卷，《四库全书总目提要》卷一四四小说家类存目、《续文献通考·经籍考》小说家类著录，16 卷。是书取历代才鬼故事，按时间顺序编排成书，各条皆注出处，其中 11 则选自《夷坚志》，与原作相比，标题、文字多有改动：

卷九：《双竹斋妇》《李尚仁》《陆氏负约》《王知县女》《膏泽吟》；

卷十四：《一捻红词》《浪淘沙词》《白苎词》；

卷十五：《刘叉死后文》《陈元》《陈平》。

11.《异林》

该书为志怪小说集。明朱谋㙔编。朱谋㙔，字郁仪，号海岳，南州（今属江西）人。《千顷堂书目》卷十二小说家类、《明史·艺文志》小说家、《四库全书总目提要》卷一四四小说家类存目、《续文献通考·经籍考》小说家类著录，16 卷。

是书 16 卷分 42 类，每一类目下聚集多条内容相近的传闻典故，多注出处，其中有 6 则选自《夷坚志》：

卷一：《查氏村祖事》；

卷五：《应声虫病》《饥虫病》《文氏女变男事》《黄铁匠女变男事》；

卷十三：《九头鸟》。

12.《汝南遗事》

该书为文言小说集。明李本固编撰。李本固，字叔茂，河南汝阳人。《四库全书总目提要》卷一四四小说家类存目、《续文献通考·经籍考》小说家类著录，2 卷。

此书杂记历代汝南人事，始于上古传说，迄于明万历年间，条无标题，多标注出处，选自《夷坚志》的有 6 则，文字多有改动：

汝南遗事（下）：《光州兵马虫事》《蔡州小道人事》《葫芦枣》《罗山

道人事》《光山双塔鬼》《窦致远事》。

13. 《榕阴新检》

该书为文言小说集。明徐㶿撰。徐㶿，字惟和，闽县（今属福建）人。《四库全书总目提要》卷六十二传记类存目著录，8 卷，分孝行、忠义、贞烈、仁厚、高隐、方技、名僧、神仙八门。南京图书馆藏明万历三十四年刻本则为 16 卷，分孝行、忠义、贞烈、仁厚、高隐、方技、名僧、神仙、妖怪、灵异、冥报、数兆、胜迹、物产、幽期、诗话，上海古籍出版社《续修四库全书》本据此影印。

是书所载多闽中事，旨在表彰其乡人，采摘与闽有关的正史方志、小说笔记等而成，皆标注出处，且都为四字标题，有 16 则选自《夷坚志》：

卷一孝行：《行孝免祸》《出髓救母》；

卷九妖怪：《误追还魂》《鬼国返生》《郑鬼小娘》《永福猴王》《蛊毒杀人》；

卷十灵异：《无缝岛船》；

卷十一冥报：《倾囊救人》《弃母遭蛇》《借婢白冤》《杀犬化蛇》《减赈阴谴》；

卷十二数兆：《入都卖卜》《谪宦免难》；

卷十五幽期：《合欢红带》。

14. 《古今谭概》

该书为文言小说集。明冯梦龙辑撰。冯梦龙（1574—1646），字犹龙，号顾曲散人、墨憨斋主人等，长洲（今江苏苏州）人。《千顷堂书目》卷十二小说家类著录，34 卷，此本今未见。《钦定四库全书总目》子部杂家类、《续文献通考·经籍考》杂家杂纂类著录作《谈概》，36 卷。

是书取自历代正史，兼收多种稗官野史、笔记丛谈，按内容分为 36 部，卷各一部。一般不注明出处，文字多有改动，经笔者查检，选自《夷坚志》的有 8 则：

怪诞部第二：《项王庙》；

颜甲部第十八：《临安民》；

谲智部第二十一：《干红猫》；

机警部第二十三：《江南妓》；

酬嘲部第二十四：《真扬二倡》；

灵迹部第三十二：《拆字》；

妖异部第三十四：《鬼巴》。

15.《逸史搜奇》

该书为文言小说集。明汪云程编。汪云程，新安（今安徽）人。《明史·艺文志》小说家类著录，10 卷。《四库全书总目提要》卷一四四小说家类存目、《续文献通考·经籍考》小说家类著录，无卷数。

全书分甲乙丙丁戊己庚辛壬癸十集，共 132 篇，所引不标出处，经笔者查检认为选自《夷坚志》的有 7 则：

己集二：《蓑衣先生》；

庚集五：《侠妇人》；

庚集五：《猪嘴道人》；

壬集四：《卖鱼吴翁》；

癸集四：《满少卿》；

癸集八：《吴氏女》；

癸集十：《毕令女》。

16.《智囊补》

该书为文言小说集。明代冯梦龙辑撰。冯氏先于天启丙寅（1626）辑成《智囊》一书，嗣又增补、修正部分内容，重新发行于世。《智囊补》与原本《智囊》在内容上多重复，且流传比《智囊》更为广泛，故后人多将二者视为一书。此书有明天禄阁刻本、还读斋刻本和清初斐斋刻本，28 卷。

是书分上智、明智、察智、胆智、捷智、术智、语智、兵智、闺智、杂智 10 部，采撷历代子史旧籍中智术计谋之事而成，多不标注出处，间系以评语。笔者经查检有 4 则选自《夷坚志》，冯氏对文字都作了修改：

卷十八捷智部：《拆字谢石等四条》；

卷二十六闺智部：《蓝姐》；

卷二十七杂智部：《永嘉舟子》《干红猫》。

17.《情史类略》

该书为文言小说集。题"江南詹詹外史评辑"，24 卷，又名《情史》《情天宝鉴》。前有冯梦龙的序，一般认为詹詹外史即冯梦龙之托名。此书有明末刻本，藏于广东省图书馆；清初芥子园刻本，藏于上海图书馆。

全书分情贞、情缘、情私、情侠、情豪、情爱、情痴、情感、情幻、情灵、情化、情媒、情憾、情仇、情芽、情报、情秽、情累、情疑、情鬼、情妖、情外、情通、情迹 24 类，一类为一卷。书中故事上起周室，下至明季，取材历代笔记、小说、史传及各种文学作品中有关男女爱情故事，常不标注出处，选自《夷坚志》的有 71 则：

卷一情贞类：《李姝》、补遗《吴金童妻》附加"楚人张生"；

卷二情缘类：《周六女》、《王从事妻》、《徐信》、《王从事妻》附加"宣和六年元宵"；

卷三情私类：《刘尧举》、《阮华》附加"临安少年"；

卷四情侠类：《董国度妾》《严蕊》；

卷六情爱类：《长沙义妓》；

卷七情痴类：《傅七郎》、补遗《古田倡》、《杨政》；

卷八情感类：《胡氏子》；

卷九情幻类：《观灯美妇》《金山妇人》《吴女盈盈》《吴四娘》《猪嘴道人》《鬼国母》；

卷十情灵类：《草市吴女》《金明池当垆女》《西湖女子》《邹曾九妻》《解七五姐》《周瑞娘》《杨三娘子》；

卷十四情仇类：《王武功妻》《舒氏女》《周美成》；

卷十五情芽类：《湖州郡僚》《何栖》；

卷十六情报类：《张夫人》《陆氏女》《念二娘》《满少卿》；

卷十八情累类：《杨戬客》《丘德章》《李将仕》；

卷十九情疑类：《五郎君》《唐四娘庙》《柳林子庙》《剑仙》《苦竹郎君》《北阴天王子》；

卷二十情鬼类：《李阳冰女》、《刘照妇》附加"慕容岩卿"、《钱履道》《吕使君娘子》、《赵通判女》、《邵太尉女》、《张贵妃、孔贵嫔》第二故事；

卷二十一情妖类：《海王三》、《鼠精》、《狸精》、《生王二》、《焦土妇女》、《琴精》第二故事、《猪精》、《石狮》、《芭蕉》、《王上舍》、《狐精》第四故事、《长蛇》、《猩猩》、《猴精》、《鳖精》、《狐精》第六故事、《白面狐狸》；

卷二十四情迹类：《徐巨源》。

18.《玉芝堂谈荟》

该书为文言小说集。明徐应秋编纂。徐应秋，字君义，号云林，西安（今属浙江）人。《千顷堂书目》卷十二小说类、《明史·艺文志》小说家类著录，均作《谈荟》，36卷。《续文献通考·经籍考》杂家杂纂类著录，36卷。今有明刻本、《文渊阁四库全书》本、《笔记小说大观》本，36卷。

是书为杂俎体例，多记奇异怪诞之事，编者将同类内容寻章摘句聚集在一起，出处或注或隐，选自《夷坚志》者22则：

卷八：《拆字言祸福》记谢石、朱安国测字4则；

卷九：《金蚕蛊虫》《水晶屏上美人》；

卷十：《前身轮回》；

卷十一：《无头人织草履》；

卷十三：《藻廉》；

卷十三：《袖中得生人掌》；

卷十四：《指上人面》；

卷十六：《莲花卍字》；

卷十八：《交初交中》；

卷二十：《日应外夷》记怪异天象 2 则；

卷二十三：《沃焦山》；

卷二十五：《石中得金印》《土中玉狲》；

卷二十六：《阿修石罳》《透骨金》《玛瑙砚中有小鲫鱼》；

卷三十五：《金龟大如钱》。

19.《绿窗女史》

该书为文言小说集。明秦淮寓客编。据扉页牌记知作者为浙江杭州人。此书有明末心远堂刊本，14 卷。

是书内容以女性艳情为主，分闺阁、宫闱、缘偶、冥感、妖艳、节侠、神仙、姜婢、青楼、著撰十部，选自《夷坚志》者 2 则：

卷八妖艳部鬼灵门：《赵喜奴传》；

卷十一姜婢部徂异门：《董汉州女传》。

20.《捧腹编》

该书为文言笑话集。明许自昌编。许自昌，字玄祐，吴县（今江苏苏州）人，著有诗文、传奇、小说多种。《捧腹编》在《千顷堂书目》小说类著录，10 卷，今有明万历四十七年（1619）刻本。

是书杂采历代子史稗官中解颐捧腹之事、可喜可笑之辞而成，选自《夷坚志》者集中在卷一，有 20 则：

《宰相原来要钱》《百姓受无量苦》《做一场害人事》《真杨慧倡》《赵葫芦》《希韩大正》《南康戏语》《上官医》《叶祖义》《只是欠山呼》《喏样》《卫灵公本》《疑事莫使》《善谑诗词》《范元卿题扇》《张渊侍妾》《马保义文谈》《管瑊刺史》《猴豹对戏》《青楼冶长》。

21.《宋稗类钞》

该书为文言小说集。现有两种版本，一题"李宗孔辑"，8 卷，清康熙八年（1669）刻本，藏于上海图书馆。一题"潘永因辑"，8 卷，清康熙八年刻本，藏于国家图书馆和南京图书馆。李宗孔，字书云，广陵（今江苏扬州）人；潘永因，江苏常熟人。李书与潘书同年刊刻，类目名称、排列顺序、凡例和篇目完全相同，只是题序者不一样。书目文献出版社1985年出版刘卓英点校本，题"潘永因编"，8卷。

是书八卷分60类，类目涉及人事、鬼神、草木、工艺等，条无标题，不标出处，经笔者查检，选自《夷坚志》者19则，与原作相比，文字大多作了改动：

卷一遭际：《韩郡王荐士事》；

卷一符命：《清辉亭更名事》；

卷二隐逸：《种园翁事》；

卷三贞烈：《义夫节妇事》；

卷四家范：《詹惠明事》；

卷四闲情：《义倡事》《吴淑姬严蕊事》；

卷七神鬼：《张鬼子》《鬼国母》《鬼国续记》；

卷七怪异：《海外异竹》《古瓶》《铜铫》；

卷七方技：《丁湜》《潘璟》《赵三翁》《谢石》《庞安常》；

卷八鸟兽：《九头鸟》）。

22. 《宋艳》

该书为文言小说集。清徐士銮编。徐士銮（1833—1915），字苑卿，号沅青，天津人。今有清光绪十七年（1891）刻本、《笔记小说大观》本等，均为12卷，浙江古籍出版社1987年有舒池点校的排印本。

是书12卷分36门，门类名称仿《世说新语》体例，如卷一端方、德义、耿直、警悟、惭悔、遏绝等，所记多与婢妾娼妓有关，条无标题，引文标注出处，涉及史传笔记、诗话文集等，每条后作者化名"蝶访"进行评论。选自《夷坚志》者35则：

卷一耿直：《毗陵僧母事》；

卷二瑕类：《韩世忠事》；

卷二窘辱：《张渊侍妾事》；

卷三苦累：《胡朝散梦》；

卷三患害：《刘氏二妾》《姚宋佐两》；

卷三矜诩：《洪迈科举征兆》；

卷四逸豫：《合生诗词》；

卷四纰缪：《吴淑姬事》；

卷四诡谲：《王朝议事》；

卷五佻薄：《周美成词》《惠柔》；

卷六狎昵：《古田娼事》；

卷七讥诮：《真扬慧倡》；

卷八惑溺：《南康戏语》；

卷九僭窃：《韩世忠事》；

卷九残暴：《张渊妾事》；

卷九覆亡：《李万事》；

卷十果报：《李孝寿》《解三娘》《朱妾盷盷》《临川倡女》《李姝》《张四》《陈道人事》；

卷十奇异：《杨妓》《李柔》《傅九林小姐》《横州妓女》《赵不刊妾》《吴仲权》《双港富民子》《蔡真人词》；

卷十一傅会：《吴女盈盈》；

卷十二丛谈：《合生诗词》。

23.《粤西丛载》

该书为文言小说集。清汪森编撰。汪森，字晋贤，桐乡人，休宁籍，官桂林府通判。汪森在粤西，因舆志严重缺乏，因取历代诗文有关粤西者编成《粤西诗载》24 卷、《粤西文载》75 卷，又以轶闻琐语可载于诗文者，辑为《粤西丛载》30 卷。《钦定四库全书总目》集部四十三总集类著录，有《笔记小说大观》本，均为 30 卷。

是书以粤西为中心取材，杂记地方人物、异事，引文皆注出处，选自《夷坚志》者 6 则：

卷十一：《车四道人》；

卷十二：《桂林老僧》；

卷十四：《吴正之梦验》《杨三娘子》《贾廉访》《宜州溪洞长人》。

笔者以上确定的 23 种《夷坚志》选本中，根据时代划分，元代有两种，明代有 18 种，清代有 3 种。根据选录的方法，可分为节录本和全录本，在《夷坚志》的 23 种选本中，绝大多数属于全录本，只有个别选本中的少数篇章为节录选入。根据选录内容的编排方式，可分为自然编排式和类编本，如《江湖纪闻》《异闻总录》《剑侠传》等为自然编排，《汴京勼异记》《古今奇闻类记》等，则将思想内容相似的作品按类排列。根据编选者的意图和选文的内容特征可分为三类：第一类为故事性选本，编选者以故事本身的奇特有趣、情节的怪异不凡为选录标准，主要满足读者的娱乐性需求，有《江湖纪闻》《异闻总录》《剑侠传》《古今奇闻类记》《逸史搜奇》《艳异编》《广艳异编》《情史类略》《青泥莲花记》《宋艳》《绿窗女史》《剪灯丛话》《捧腹编》13 种。第二类为资料性选本，编选者以故事中所蕴含的资料和知识性元素为选录标准，主要满足读者广见闻、助谈资的现实需求，有《异林》《才鬼记》《智囊补》《古今谭概》《玉芝堂谈荟》《宋稗类钞》6 种。第三类为地域性选本，编选者确定某地（往往为编选者家乡故里），以此为事件发生的地点或故事主人公的籍贯而选录相关故事，主要出于对地方文献资料的搜集和对地方人物、事迹的宣扬，有《汴京勾异记》《汝南遗事》《榕阴新检》《粤西丛载》4 种。不同类型的选本反映了不同的编著意图、小说观念的变化、读者的多种阅读需求。

第三节　不同时期的选本特征

《夷坚志》的小说选本在时代分布上极不平衡，这与小说选本本身在各朝代的分布不均有关。根据任明华博士论文的统计数据[1]，元代有小说选本 11 种[2]，明代有 246 种，清代有 106 种，可见《夷坚志》选本的时代分布与小说选本的整体状况一致。

一、元代《夷坚志》小说选本的特征

元代虽然有《娇红记》这样经典的传奇之作，但志怪小说的衰落是不争的事实。这表现在文言小说集数量的锐减，以及在创作中常常抄袭旧作或编纂旧事，并且不注明出处。《夷坚志》即为元代志怪小说集编著者常常选录的对象，如《湖海新闻夷坚续志》《江湖纪闻》《异闻总录》，其做法实际上与"夷坚体"的特征相距甚远。

元代的两部《夷坚志》选本，其中《异闻总录》全书 102 则，宋事最多，亦有唐事、元事，大多抄录旧作而成书，取自《夷坚志》的最多，见于今本《夷坚志》的多达 35 则，另有近 40 则当为《夷坚志》的佚文。在抄录时，除缺省原作标题外，基本照录原文，不加删节，甚至将原作中故事的说传者也一并转抄过来，如卷一有则文字抄自丙志卷十六《陶象子》，故事后用小字标注"秦少游记"，又如该卷还有则文字抄自丙志卷十六《会稽仪曹廨》，结尾标"江鸣玉说"等。《夷坚志》故事中出现的说明性文字也照录，如卷一有则文字抄自丙志卷十三《张鬼子》，"陈正敏《遁斋

---

① 任明华：《中国小说选本研究》，华东师范大学博士学位论文，2003 年。
② 任明华将《湖海新闻夷坚续志》、陶宗仪《说郛》视为小说选本，将《江湖纪闻》排除在外。

闲览》记李安世在太学，为同舍生戏以鬼符致死，与此颇同，然各一事也。"将故事的说传者等文字照录的做法，在《夷坚志》其他朝代的小说选本中极为少见。与此相比，《江湖纪闻》的做法则较为高明，在选录《夷坚志》有关故事时，一般不照录原文，对原作的标题及文字多作了改变。如《骷髅求医》与甲志卷十五《薛检法妻》在文字及情节上多有不同，见表4－1：

表4－1　《骷髅求医》与《薛检法妻》的对比

《骷髅求医》	《薛检法妻》
医人刘太初，恭州人，为本州薛司法妻医病，疗之不效而死。移时复开目，问医者姓名乡里甚详，已而竟死。后数年，刘徙居荆南，白昼有绯衣妇人蒙首而来，称薛司法妻来求医。刘偶不在，其家人以实告，妇人径入中堂端坐以俟刘归。家人疑谓薛司法妻安得独自，又且蒙首？掀其幕而视之，乃一骷髅，惊呼间遂不见。后刘归，在路亦遇此妇，相与叙前病之证，数刘用药之误，刘惊骇回家而死。	薛度，绍兴初为夔路提刑司检法官，官舍在恭州。其妻病，召医者刘太初疗之，不效以死。移时复开目，问医姓名乡里甚详，已而竟死。后数年，刘徙居荆南，白昼有绯衣妇人蒙首入门，云有疾求治。刘不在家，家人以实告。妇人径入，及中堂端坐以待。或发其首幕，乃一骷髅，惊呼间遂不见。刘自是医道浸衰，家日贫悴。时薛君为潭之衡山宰，闻其事，泣曰："吾妻也。"

　　《骷髅求医》与《薛检法妻》所记为同一事，故事发生地点、人物、大致情节均相同，而且《骷髅求医》在有些文字上也袭用《薛检法妻》，基本可以推断《骷髅求医》应该是以《薛检法妻》为本。但两篇的叙事策略不同，《薛检法妻》以薛度为故事的重要人物之一和事件的亲历者，在《骷髅求医》中，薛度则成为无关紧要的角色，所以故事直接以刘医为中心展开，刘医家人对独自求医的薛司法妻的怀疑心理令其选择揭幕而视，人物心理使故事情节的进一步发展合情合理，这是《骷髅求医》比《薛检法妻》高明之处，故事的结局也有所出入。

　　由此可知元代的《夷坚志》选本情况不同，《异闻总录》体例粗疏，缺乏编著者的主体性和创造意识，随意抄录，而且基本不注出处，没有洪迈"夷坚体"重视故事来源的学者精神和严谨态度。《江湖纪闻》则在原故事的基础上，加入了编者对故事的演绎，以及在文字上的加工改写，体现出的创作意识明显。两部作品从选篇的具体内容来看，以搜奇志异、消遣娱乐为主要目的。

二、明代《夷坚志》小说选本的特征

明代是小说选本的繁荣期，尤其是明正德元年（1506）以来，小说选本的规模更是超越历代，在小说史上成为一种独特的现象，《夷坚志》的小说选本特征就充分体现了这一点。在《夷坚志》的23种选本中，明代就占了18种，几乎占了八成，成书或刊刻时间集中在明代中后期，具体情况见表4-2：

表4-2　《夷坚志》选本信息一览表

选本名称	编著者简介	成书或刊刻时间
《汴京勾异记》	李濂，正德九年（1514）进士，祥符人	有明嘉靖二十六年（1547）自刻本
《剑侠传》	王世贞，嘉靖二十六年进士，文坛领袖，苏州府太仓州人	有明隆庆三年（1569）履谦自刻本
《古今奇闻类记》	施显卿，嘉靖壬子举人，无锡人	有明万历四年（1576）刻本
《艳异编》	王世贞	嘉靖四十五年（1566）前成书
《剪灯丛话》（十二卷本）	自好子（不详）	万历二十四年（1596）前成书
《广艳异编》	吴大震，赠封知县，歙县人	万历三十二年（1604）至四十六年（1618）之间成书
《青泥莲花记》	梅鼎祚，宣城人	万历二十八年（1600）成书
《才鬼记》	梅鼎祚	万历二十五年（1597）成书
《异林》	朱谋㙔，镇国中尉，南州人	万历二十四年（1596）至三十年（1602）
《汝南遗事》	李本固，万历二年（1574）进士，汝阳人	万历戊申（1608）成书
《榕阴新检》	徐𤊹，闽县人	万历丙午（1606）成书
《古今谭概》	冯梦龙，长洲人	万历庚申（1620）成书
《逸史搜奇》	汪云程，新安人	不详
《智囊补》	冯梦龙	天启丙寅（1626）之后
《情史类略》	冯梦龙	天启七年（1627）至崇祯十年（1637）

（续上表）

选本名称	编著者简介	成书或刊刻时间
《玉芝堂谈荟》	徐应秋，万历丙辰（1616）进士，西安人	崇祯时期
《绿窗女史》	秦淮寓客，杭州人	崇祯七年（1634）后刊行
《捧腹编》	许自昌，吴县人	万历四十七年（1619）刻本

由表 4-2 可知，《夷坚志》的选本主要集中在明代嘉靖、万历时期，编著者大多是科举及第或有仕宦经历的上层文人，有藩王，如镇国中尉朱谋㙔，有高官巨卿，如王世贞，还有一些著名文人，如冯梦龙、梅鼎祚等。与通俗小说相比，文言小说有较悠久的创作传统和历史积累，更容易得到上层文人的认同。嘉靖、万历时期通俗小说的繁荣，也带来了文人小说观念的变化。明代的《夷坚志》小说选本与元代相比，编著者表现出的主体意识较为明显，表现在对《夷坚志》具体篇章的选择上，不再如元代编选者那样随心所欲，而有各自不同的编著目的和选文标准，如李濂的《汴京勾异记》、徐𤊹的《榕阴新检》、李本固的《汝南遗事》就分别以作者家乡汴京、福建、汝阳为中心，选取《夷坚志》中与作者故里有关的故事，从寺庙到山水，从名人到庶众，从诗词到民谣，从地方沿革到具体物产，展现了特定时间特定地理环境中的"民礼""形盛""文物"等风貌，突出了方志化的编选意图，体现出强烈的地域文化特征。李本固在《汝南遗事》的自序中云其乙未（1595）冬削籍归家，尝欲修郡志，"凡载籍之所经见，家庭之所传闻，率以札记藏之箧中，岁月悠悠，未及就绪"，于是戊申（1608），"受简操觚，殚精从事，殆八九月，而汝南之志成矣"。[①]可见李本固在材料的搜集、编创观念上，都把《汝南遗事》视为方志来编撰。

有的编选者以能表达自己心志、抒发情感为选文标准，如梅鼎祚的《才鬼记》，便是借各种"才鬼"故事表达自己的悒郁和忧愤之情："盖鬼有此才，才而至于鬼，必其生抱雕龙绣虎之才，郁郁不得志，挟其抑塞磊落牢骚不平之气，赍志而没者也。"[②]梅鼎祚出身仕宦之家，自明隆庆元年（1567）至万历十九年（1591），九次参加秋试均未能及第，这是他的终生遗憾，编书、著书成为其精神支柱，"鼎祚既负才不第，又当中原尚文之

---

① （明）李本固：《汝南遗事》，《丛书集成初编》，北京：中华书局 1985 年版。
② （明）梅鼎祚：《才鬼记》，郑州：中州古籍出版社 1988 年版。

世，博闻强识，长于编纂，取上世以来诗文各以类记，下及杂记、传奇，并有辑撰，多至千余卷。"①《才鬼记》所选《夷坚志》的篇章多突出鬼神的诗文造诣，如《紫姑白苧》《陈元紫姑诗》《西安紫姑》等均以紫姑的优美诗词为重点，给人一种"读才鬼录而掩卷叹焉，非怜鬼才，正惜人才之不终，置天地英华于无用耳"②的感慨，才子鬼魂寄寓着梅鼎祚的不平和牢骚。又如王世贞的《剑侠传》，此作的编著起因是其父王忬在明嘉靖三十九年（1560）被严嵩陷害而亡，王世贞对此耿耿于怀，因而思有剑侠出而"快天下之志"。履谦子在跋语中说，此书可"舒潢决愤而逞心于负义者，亦人孝子所不废也"。

有些编选者以作品的"广见闻"作为选录标准，如朱谋㙔的《异林》、徐应秋的《玉芝堂谈荟》。这类编选者学识较为渊博，如朱谋㙔一生饱览群籍，著有《玄览》八卷、《诗故》十卷、《易象通》八卷、《邃古记》八卷、《古今奇文辑解》十二卷等百余种，事见《藩献记》卷二、《明史》卷一一七。这类选本所选《夷坚志》篇章，多为一些世间异常之事物，如《九头鸟》《查氏村祖》《应声虫》《三山尾闾》《二十夜月圆》《石中龟》《郴圃鲫鱼》等，与徐应秋在《玉芝堂谈荟》的自序中所言一致："大都标神道之妖祥，记山川之灵怪，表人事之卓异，著物性之瑰奇。"③这类选本大多对原文进行了编辑改写，删去原作较为细腻的描写，几乎没有作为故事的情节，略陈事状，不善铺叙，仅以简洁的语言突出所记对象的奇特性而已。

更多的编选者是出于对小说娱乐性的追求，如王世贞的《艳异编》《续艳异编》，吴大震的《广艳异编》、梅鼎祚的《青泥莲花记》、詹詹外史的《情史类略》、施显卿的《古今奇闻类记》、汪云程的《逸史搜奇》等。各家小说选本在对娱乐性程度的具体认识上有所差异，汪云程、施显卿相对保守，对小说娱乐性的认识与洪迈较为相近，如汪云程《逸史搜奇》自序云："余兹托迹湖山，恣情谈啸，入耳不凡，乃追寻千古，触目有得，遂裒集百家求其故，斯纪载足征核其实而纤其具备，非徒资谲一瞬，抑亦作诫数端，爰命搜奇，用补逸史"④。道出其编选的目的在于搜奇、补史、作诫，同时为了恣谑恣情。华汝砺在《古今奇闻类记》的叙中

---

① （光绪）《宣城县志》，南京：江苏古籍出版社1998年版。
② （明）闵景贤：《才鬼记题词》，《快书五十种》，明天启六年东江闵氏刊本。
③ （明）徐应秋：《玉芝堂谈荟》，《文渊阁四库全书》，上海：上海古籍出版社1981年版。
④ （明）汪云程：《逸史搜奇》，《四库全书存目丛书》，济南：齐鲁书社1995年版。

说:"九峰先生邃学博闻,自坟典而下,虽稗官小吏,靡不旁搜而遍剔焉。在昔与余同举于乡,迨其解组而归也,屏绝尘务,惟于觞咏之暇,裒古今之奇闻而为一书。其言明,有征验允,至理所寓,可以为诙博之资,非鬼冥涉化之枯谈也。"① 这类编选者重视小说的娱乐性,所以在具体篇章的遴选上突出故事性和文学性,但展示其学问的意图也较为明显,许多引用篇章标注出处显示其学风的严谨。虽然肯定了小说的娱乐功能,但他们对小说虚构特征持有怀疑和不确定的态度,如施显卿在《古今奇闻类记》自序中说其书:

> 上而天文,下而地理;运播而五行,散殊而人物;灵变而仙释,幽微而鬼神。分门别类,以备一家之言。中间援引莫详于国志者,以方今垂世之典,所纪皆实也。次则多用史传通考者,以人所传信之书,所载之非诬也。又次旁及于杂编野记、异说玄谈诸氏之籍者,以其理之不悖、说之相通,故亦存之而不遗。呜呼!是书也,遇变而考稽,则可以为征验之蓍龟;无事而玩阅,则可以为幽闲之鼓吹。非敢漫为捕风之论、说铃之词已也。

可见施显卿在追求娱乐之外,还强调其创作的有据可依和事有出处。

"艳异系列"选本及冯梦龙、梅鼎祚编著的选本对小说的娱乐性功能则有充分的认识,如汤显祖《玉茗堂摘评王弇州先生艳异编》"艳异编叙"说:

> 从来可欣可美可骇可愕之事,自曲士观之甚奇,自达人观之甚平。吾尝浮沉八股道中,无一生趣。月之夕,花之晨,衔觞赋诗之余,登山临水之际,稗官野史,时一展玩,诸凡神仙妖怪,国士名姝,风流得意,慷忧情深等语,千转万变,靡不错陈于前,亦足以送居诸而破岑寂,岂其詹詹学一先生之言而以号于人曰,此夫出自齐谐之口者也,而摒不复道耶。

汤显祖在叙中还提到自己为此书作叙时的酣畅淋漓:"戊午,天孙渡河后三日,晏坐南窗,凉风飒至,绿筠弄影。左蟹螯,右酒杯,拍浮大将,漫兴书此,以告夫世之读《艳异编》者。"② 苕东无瑕道人在"艳异编跋"中也云:"余慨王弇州先生《艳异编》,穷奇索隐,抉微探奥,凡目所未睹、耳所未聆者,靡不具载。佐幽人之雅兴,适逸士之高怀。至若闺中少妇、禅林老叟,顿忘长夜之寂,永舒向昼之岑。讵非旷古来野史中之

---

① (明)施显卿:《古今奇闻类记》,《四库全书存目丛书》,济南:齐鲁书社 1995 年版。
② (明)王弇洲编:《艳异编》,沈阳:春风文艺出版社 1988 年版。

一大观也？"有些选本则将娱乐性发挥到极致，如许自昌在《捧腹编序》中称其作："解颐捧腹之事、恍忽诡异之语，可以涤尘襟、醒睡目者，不以无益而不存，舌录掌记，投积敝箧。"① 全书所录皆为谐谑之篇。

嘉靖万历时期是明代小说创作发展的繁荣阶段，通俗小说的创作重新起步，历史演义、神魔小说、人情小说、公案小说等流派形成并且有了一批代表作品，通俗小说的流行为传统文言小说注入了新的血液。小说不再是"君子弗为"的"小道"，小说家著述在历代的创作得到明代进步文人的肯定和公允评价。胡应麟指出："然古今著述，小说家特盛；而古今书籍，小说家独传。何以故哉？怪力乱神，俗流喜道，而亦博物所珍也；……至于大雅君子，心知其妄，而口竟传之，且斥其非，而暮引用之，犹之淫声丽色，恶之而弗能弗好也。夫好者弥多，传者弥众；传者日众，则作者日繁。"②

随着小说地位的提高，创作、阅读小说已为明代士人所普遍接受，在各朝代的文言小说创作中，明代有近七百种之多，为历代之最。杨慎好友刘大昌在《刻山海经补注序》中说："以为是《齐谐》《夷坚》所志，倘诡幻怪，侈然自附于'不语'，不知已堕于孤陋矣。"③ 文言小说"补史之阙""以广视听"的传统功能得到继承，明代文人更看重其"羽翼世教"④"助谈解寂""抒怀泄愤"之效，"助谈解寂"的娱乐性功能因与当时拥有广大受众的通俗小说之特征相符，格外得到文人的推崇。"搜奇志怪"本为文言小说传统之题材，而在王世贞的文言小说观念中，又公然将"艳"与之并列。"艳"，取"泛淫汜艳""美色为艳"之义，泛指"香艳而放纵"之情，以女性和男女爱情为题材。"艳"和"异"是王世贞对古代文言小说所作的分类，这种创见与明代社会思潮有关，也和对小说娱乐性的需求分不开。

对小说娱乐性的强调，故事的来源出处、是否真实存在，不再是作者首要关注的问题，所以这些《夷坚志》的选本几乎看不到"夷坚体"的特征，大多缺省引文出处，故事发生的时间、地点大都作了改动。如《续艳异编》卷十二"兽部"《蓬瀛真人》选自《夷坚志》同名作品，原文开头

---

① （明）许自昌：《捧腹编》，《续修四库全书》第 1273 册子部小说家类，上海：上海古籍出版社 2002 年版。

② （明）胡应麟：《九流绪论》，《少室山房笔丛》，北京：中华书局 1958 年版，第 374 页。

③ （明）杨慎：《刻山海经补注》，北京：中华书局 1991 年版。

④ 元代杨维桢《山居新语序》中说："经史之外有诸子，亦羽翼世教者，而或议之说铃，以不要诸六经之道也。"参见杨瑀：《山居新语》，北京：中华书局 2006 年版。

为"潼川路都监蒋师望，台州黄岩人。说其邻居祝氏子，少年未娶，读书于家塾。善邀紫姑，……"《续艳异编》对人物背景介绍则非常简单，"黄岩祝氏子未娶。尝邀紫姑，……"选文不注出处固然与明人尚空谈、轻考据的空疏学风有关①，更重要的是取决于明代士人对小说特征的认识。谢肇淛在《五杂俎》卷一五中说："凡为小说及杂剧戏文，须是虚实相半，方为游戏三昧之笔。亦要情景造极而止，不必问其有无也。"② 故事既然是虚构的，事件发生的地点和时间自然成为无关紧要的元素，标注出处更是画蛇添足之举。

总之，明代《夷坚志》的编选者众多，编选意图多样，而且编选者地域分布相对集中，主要为江浙、安徽、福建、河南、江西等地，这与明代文言小说四大编创中心相符，陈国军在《明代志怪传奇小说研究》中说："在晚明汇编风尚中，渐次形成了以徽州、八闽、云间、杭州为标识的四大小说编创中心格局。"③ 而《夷坚志》得到江西、河南籍的编著者垂青，是因为洪迈对自己的故乡及北宋故都怀有深厚的感情，与此有关的事记载较为丰富，引起有故乡情结者的认可。

三、清代《夷坚志》选本的特征

《夷坚志》在清代的选本状况，与明代选本数目众多、编写多样形成鲜明对比，因为清代统治者对小说实施禁毁政策，书商迎合广大读者的阅读需要，更喜欢刊印通俗小说读物，白话小说选本在清代小说选本中具有绝对优势。小说编著者也将《夷坚志》视为曲高和寡的作品，如清代王用臣在其《斯陶说林》的《例言》中云："采辑各书耳目有限，难成巨观，至若《聊斋志异》《阅微草堂笔记》二书，文已脍炙人口，未敢割裂。如

---

① 明人常搜集前人著述缀辑成编而不注出处，《四库全书总目提要·韩子迂评》说："盖明人好窜改古书，以就己意，动辄失其本来，万历以后刻板皆然，是书亦其一也。"《四库全书总目提要》评《珍珠船》时也云："是书杂采小说家言，凑集成编，而不言所出。既病冗芜，亦有讹舛。盖明人好剿袭前人之书而割裂之，以掩其面目。万历以后，往往皆然也。"

② （明）谢肇淛：《五杂俎》卷一五，《明代笔记小说大观》，上海：上海古籍出版社 2005 年版，第 1829 页。

③ 陈国军：《明代志怪传奇小说研究》，天津：天津古籍出版社 2006 年版，379 页。

《夷坚支志》，则笔墨太高。"① 笔者目前只发现清代《夷坚志》选本三种②，虽然种类不多，但体现了清代小说选本的特征。

清代的《夷坚志》小说选本较为严谨，多分门别类条分缕析，有学术著作的特点。《宋稗类钞》《宋艳》均仿刘义庆《世说新语》之例，在分卷的基础上，以二字标目区别门类，如《宋稗类钞》卷一分君范、符命、吏治、武备、遭际、异数、诛谪，卷二分逸险、谄媚、科明、隐逸、躁竞、奢汰、叛逆等，《宋艳》的门类有端方、德义、耿直、警悟、惭悔、遏绝等。将不同的故事按门类集中，互为参见，《夷坚志》原有的篇章标题不录。《宋稗类钞》选入的《夷坚志》篇章多集中在神鬼、怪异、方技等门类，《宋艳》多集中在奇异、果报等门类，对《夷坚志》的志怪内容把握比较准确。

清代小说选本体例严谨，编著者的主体意识比较突出，如《宋艳》的编著者徐士銮在故事的结尾用"蝶访曰"引出议论，多为道德评价或编著者的人生感慨，如卷三患害门选录支景卷九《姚宋佐》，记姚宋佐做客时，误饮主人失宠侍妾所执毒酒而亡事，后缀以"蝶访曰"："妇人婢妾，其类为阴，阴者必惨必毒，妒宠争妍，祸胎隐伏，其患害有防不胜防者，故君子正身处家，必严内教也。"③ 卷十一傅会门节录三志己卷一《吴女盈盈》，记王山与盈盈的爱情，蝶访曰："文人结习，掉弄笔端，点缀铺张，宛如实事，亦以见女色之惑人也，若关、若杨与王山等耳"④。《宋艳》选录宋人笔记、诗话等书籍中所载婢妾倡妓之事，从"蝶访曰"可看出编选者陈腐落后的女性观念，其书得到后人的肯定，在于编著者劝诫世俗的良苦用心，徐士銮在卷首序中说："此书凡三易稿，见者佥谓有关劝惩，怂惥镂版。"其宗弟郓于光绪癸巳（1893）所作《宋艳》序也云："然而魁儒硕彦搜求一代文献：大者勒之史乘，垂之方策，懿铄今古，一无所遗；小者虑其散佚，多借私家纪载而传之。若夫取裁一代，编次一书，义关劝惩而

① （清）王用臣：《斯陶说林》，著录于《清史稿·艺文志补编》子部杂家类，卷十二。有清光绪壬辰（1892）深泽王氏刊巾箱本，上海图书馆有藏。

② 华东师范大学任明华的博士论文《中国小说选本研究》"清代小说选本叙录"提到清代姚福均的《铸鼎余闻》所征引的书中也有《夷坚志》。笔者尚未看到此书，引用《夷坚志》的具体篇目不得而知，姑且存而不论。另有朱一玄等《中国古代小说总目提要》著录清代顾诠的《桂山录异》，提到卷一《棋童》即补志卷十九《蔡州小道人》，《陆道姑》即支戊卷八《陆道姑》。其书八卷，共100篇，今唯见乾隆五十八年（1793）碧梧堂刊本。笔者尚未看到此书，姑且存而不论。

③ （清）徐士銮辑，舒驰点校：《宋艳》，杭州：浙江古籍出版社1987年版，第63页。

④ （清）徐士銮辑，舒驰点校：《宋艳》，杭州：浙江古籍出版社1987年版，第258页。

不腐，事属情欲而旨不纤，则美恶相形，亦自有可以兴、可以观者。"①

《宋艳》编著者重考证、广征引也是此书获誉的原因，如卷二瑕颣门选录《中兴遗史》所记韩世忠故事，不仅以三志己卷八《呼延射虎》作为韩世忠故事的补充，还征引《林泉野记》《韩蕲王神道碑》《云麓漫钞》所记来丰富韩世忠的故事，并在《云麓漫钞》后设有"案"语，对此书一些句子、字词的正误加以考证、辨错。徐士銮在《序》中提到自己编书的思路："余性善忘，而阅过辄不记忆，因于书中可惊可喜之事随手录之；或同一事而记述互异，亦并录之；其与彼事有辨论有佐证，与夫引用故实之可考核者，亦附录之。"《笔记小说大观》本在《粤西丛载》的"提要"里也肯定此书："足以广见闻又足以资考证"，这种突出考证和学问的编著小说选本与清代朴学的影响有关。

清代《夷坚志》选本的编著者与明代大多数选本追求娱乐化的倾向有别，他们将此视为严肃和崇高的事业，如姚福均的《铸鼎余闻》，是书乃姚氏专门考证里社祠宇之事，所引材料遍及经史、笔记、诗文。邹福保在序中说："愿览是书者，因其所证据以考敷其名义，忾想其本原，勿图张皇幽渺，铺陈怪诞，仅与王嘉之《拾遗记》、干宝之《搜神记》等量而齐观也，是则作者与刻者之心也。"② 编著者为此付出了艰辛的劳动，不再是茶余饭后随意而为，如《宋稗类钞·凡例》所言："有一条之内，窜易四五而后定者，颇费苦心，非止照本誊录也。""述而不作，奏功似易然。考较群籍，含英咀华，醇疵可否，斟酌去取，五载于兹。稿经数脱，方始成编，亦云难矣。"③《粤西丛载》的编著也是如此，"森官桂林通判，已详搜博采，归田后复借朱竹垞家藏书荟粹订补，其用力之勤，殊不可没焉。"④ 在清代的小说编选者看来，从稗官野史中辑录成编，可达到补史之阙的目的，更有经世致用的意图，龚鼎孳在《宋稗类钞叙》中云："援昔以证今，因乱以思治，无隐而不察……观有宋之得失，而后日之得失可知也。"⑤

---

① （清）徐士銮辑，舒驰点校：《宋艳》，杭州：浙江古籍出版社 1987 年版。
② （清）姚福均：《铸鼎余闻》，清光绪二十五年（1899）刊本。
③ （清）潘永因编，刘卓英点校：《宋稗类钞》，北京：书目文献出版社 1985 年版。
④ （清）汪森：《粤西丛载》，《笔记小说大观》，扬州：江苏广陵古籍刻印社 1983 年版。
⑤ （清）潘永因编，刘卓英点校：《宋稗类钞》，北京：书目文献出版社 1985 年版。

第四节　明代《夷坚志》选本的个案研究

《夷坚志》的小说选本在明代相对较多，编著体例、作者意图、著述风格、题材选择、审美倾向等呈现出多元化的倾向，有的编著者以地域文化为立足点，有的则从民间信仰切入；有的关注奇闻怪谈，有的醉心于女性艳情；有的编著者希冀其作教化百姓，有的只为个人娱乐消遣；有些作品有资考证、补史之阙的学术价值，有的纯属商业出版的需要。《夷坚志》小说选本的多样化，有助于从不同角度深入挖掘《夷坚志》丰富的内涵，进一步扩大《夷坚志》的影响。

一、《夷坚志》小说选本在明代大量出现的原因

在明代《夷坚志》的小说选本中，除《汴京勼异记》《剑侠传》《艳异编》编著于嘉靖、隆庆二朝外，其他均出现在万历以后。嘉靖时期是文言小说兴盛的前期，通俗小说创作虽尚未达到繁荣，但传统鄙视小说的观念已慢慢改变，读小说的士大夫日渐增多，肯定小说价值功用的舆论逐渐增多，并形成一定的影响。正是在这样的背景下，谈恺完成了校刻《太平广记》的浩大工程，他在《太平广记序》中说："匪曰小道可观，盖欲贤于博弈云尔"，"庶几博物洽闻之士，得少裨益焉。"陈良谟则从劝诫教化的角度认为小说有优于六经之处："夫经传子史所纪载尚矣，其大要无非垂鉴戒万世，俾人为善去恶而已。然其辞文，其旨深，其事博已远，自文人学士外甚少习焉。如《论》《孟》小学之书，里巷小生虽尝授读，率皆口耳占毕，卒无以警动其心，而俚俗常谈一入于耳，辄终身不忘。何则？无征弗信，近事易感，人之恒情也。"①

小说舆论环境的逐渐宽松，明代印刷业的进一步发展，翻刻或汇编前人作品之风盛行，明代孙毅说："迩年坊肆翻刻古书，汗牛充栋。"② 可见翻刻、汇编前人作品已成为一种社会潮流。仅在弘治年间，洪迈的《容斋随笔》就被刊刻了两次，③ 这股潮流在万历时期呈愈演愈烈的发展趋势，

---

① （明）陈良谟：《见闻纪训引》，明万历七年（1579）徐琳刻本。
② （明）孙毅：《古微书·略例》，《文渊阁四库全书》，上海：上海古籍出版社1981年版。
③ 一次为弘治八年（1495），会通馆刊活字印刷本洪迈《容斋随笔》五集七十四卷；一次为弘治十一年（1498），李翰刊洪迈《容斋随笔》五集七十四卷。

"而且这一趋势，由于文人的参与和书坊印刷、出版和流通渠道的畅通，成为一种不可抑制的时尚。"① 小说选集的成批出现，是万历朝小说领域中的新气象。

《夷坚志》在明代多次被翻刻，有许多不同的版本。《夷坚志》的第一个明刻本，即叶祖荣刊《夷坚志》五十卷，于嘉靖十五年（1536）首刊。② 值得注意的是，在《夷坚志》明刊本问世之前，此书已在明初士人中流传，如沈天佑刊刻的宋刊元印本《夷坚志》甲、乙、丙、丁四志曾为文徵明收藏，祝允明手抄《夷坚丁志》三卷现藏于上海图书馆③。嘉靖二十五年（1546），洪迈遥胄洪楩翻刻叶祖荣编《分类夷坚志》五十卷，为《新编分类夷坚志》清平山堂刻本，此版在明代又有一种刻本和写本。④ 清平山堂刻本影响极大，万历四十年（1612）王光祖在此书基础上增删加工成《感应汇徵夷坚志纂》四卷，钟惺评点本《新订增补夷坚志》五十卷也以此为蓝本，此作现藏于北京图书馆。金陵世德堂书坊主唐晟于明万历年间刊《新刻夷坚志》十卷，万历十八年（1590）余姚县吕胤昌刻《夷坚志》十卷等。

《夷坚志》的不断翻刻迅速扩大了作品的影响，引起不少士人的关注、批点、亲手抄录，用"夷坚体"进行仿写，以《夷坚志》为来源编选小说选本，成为明代士人接受《夷坚志》的方式。据笔者统计，明代文言小说创作中，至少有《效颦集》《语怪编》《志怪录》《异林》《见闻纪训》《庚巳编》《涉异志》《说听》《狯园》《鸳渚志馀雪窗谈异》《览胜纪谈》《耳谈类增》等作品受到《夷坚志》的影响。《夷坚志》小说选本在明代大量出现，说明《夷坚志》得到广大士人阶层的欢迎。其书甚至还得到明代帝王的认可，嘉靖皇帝曾经阅读过《夷坚志》，《夷坚志》的《宛委别藏》本首页有印章"嘉靖御览之宝"。

---

① 陈国军：《明代志怪传奇小说研究》，天津：天津古籍出版社 2006 年版，第 363 页。

② 陈大康《明代小说史》（上海文艺出版社 2000 年版，第 290 页）认为，明版《夷坚志》首刊于嘉靖二十五年（1546），为叶祖荣五十卷本《新编分类夷坚志》的翻刻本。张祝平博士论文《〈夷坚志〉研究》所列出的明代版本中，嘉靖十五年（1536）叶邦荣所刊五十卷最早，朱学勤《结一庐书目》说："夷坚支志五十卷"为"影写明嘉靖间刊本"，叶邦荣所刊应为《夷坚支志》，四库全书所收也为此本。（叶邦荣，字仁甫，闽县人，嘉靖元年（1522）进士。叶邦荣所刊《夷坚志》五十卷著录于杜信孚《明代版刻综录》。）

③ 据张祝平《〈夷坚志〉研究》（华东师范大学博士学位论文，1997 年）考证，实为《夷坚乙志》。

④ 刻本题为"分类夷坚志甲集五卷"，十一行，行二十二字，藏于上海图书馆。写本题为"新编分类夷坚志"五十一卷，十一行，行二十一字，傅增湘《藏园群书经眼录》卷九著录。均据清平山堂刻印、抄录。

明代士人将《夷坚志》视为小说编著中的一部标志性著作，胡应麟在《少室山房集》卷四十八评价好友王世贞的《艳异编》时云："待诏今方朔，司空旧茂先。编成罗《艳异》，志就薄《夷坚》。"① 许多明代的小说编选者甚至盗用洪迈之名来提高自己作品的地位和声望，如《续剑侠传》注云"洪迈续"，《英雄传》末附洪迈跋语，《异疾志》署名段成式撰、洪迈补校，等等，其实都是盗用洪迈之名。有些盗用《夷坚志》中故事而诡题书名，如《神咒志》《冤债记》《妖巫传》《雷民传》等。② 有些盗用《夷坚志》之名而实际上名不副实，如《广夷坚志》旧本题明杨慎撰，序中称"仿洪氏之例而推广之"，据《四库全书总目提要》考辨，实则全录乐史《广卓异记》。明代小说丛书《合刻三志》，冰华居士在序中称："稗官家无虑什百，唯《虞初》《齐谐》《夷坚》三志称焉。"此书看似《虞初志》《续齐谐记》《夷坚志》的合编，实采自三书者不多。还有一些对小说的评价之语也是假托，如莲塘居士在《唐人说荟·例言》中称，洪迈曾言"唐人小说，不可不熟，小小情事，哀婉凄绝，洵有神遇而不自知者，与诗律并称一代之奇"③。这种做法是在商业利益的驱使下，借助权威或影响较大的作家及作品，提升自己作品的地位，以争抢市场份额和读者群体的一种竞争手段，但从一定程度上折射出洪迈及《夷坚志》在明代的深远影响。

洪迈及《夷坚志》在明代小说发展史上有重要的意义，陈大康在《明代小说史》中称《夷坚志》是一部上承《太平广记》、下启明清志怪小说的巨著，即使《夷坚志》在明代没有全本刻印，但有幸对节本的接触，"却成了引导某些作家走上创作道路的重要因素之一。如在上阶段末，陆粲《庚巳编》的体例与叙事方式就与《夷坚志》甚为相像，而撰有《志怪录》《语怪编》《前闻记》等作品的祝允明，其创作受《夷坚志》影响则更可直接以他自己的话为证。祝允明与陆粲是小说创作开始复苏时的最重要的作家，仅就此而言，《夷坚志》对明代文言小说创作重新起步的推动作用已不可忽视"。④

---

① （明）胡应麟：《少室山房集》卷四十八，《文渊阁四库全书》，上海：上海古籍出版社1981年版。

② 参见宁稼雨：《中国文言小说总目提要》附录二"伪讹书目"，济南：齐鲁书社1996年版，第459－475页。

③ （清）莲塘居士：《唐人说荟》，民国十一年（1922），上海扫叶山房石印本。

④ 陈大康：《明代小说史》，上海：上海文艺出版社2000年版，第290页。

二、"艳异"系列小说选本对《夷坚志》的传播

在《夷坚志》的小说选本中,《艳异编》的创编和出版,以其独特鲜明的选文标准、世俗化的审美趣味获得了极大的成功,再加上编著者王世贞文坛领袖的身份,作品本身与晚明文学思潮合拍的主情指向等,种种因素使仿效者蜂起,出现了《广艳异编》《续艳异编》等系列选本。

王世贞所编《艳异编》原本没有传世,《艳异编》的成书时间尚无定论,一般认为成书于明嘉靖年间,陈国军进一步推测可能成书于嘉靖三十七年(1558)①。全书 40 卷,分星部、神部、水神部、龙神部、仙部、宫掖部、戚里部、幽期部、冥感部、梦游部、义侠部、徂异部、幻异部、妓女部、男宠部、妖怪部、鬼部,共 17 部 361 篇,其中宫掖部 10 卷 38 篇、妓女部 5 卷 65 篇,占全书篇目近三分之一。《艳异编》选录《夷坚志》16篇:鬼部7篇:《西湖女子》《宁行者》《解俊》《江渭逢二仙》《吕使君》《钱履道》《吴小员外》,妖怪部 4 篇:《石六山美女》《舒信道》《钱炎》《刘改之》,妓女部 3 篇:《义娼传》《吴女盈盈》《吴淑姬严蕊》,义侠部、徂异部各选一篇,分别为《花月新闻》《李将仕》。

所选篇章除《李将仕》外,都为《夷坚志》中婚恋丽情题材类作品。鬼部 7 篇记士子、官员、和尚、武士与女鬼的情爱故事;妖怪部四篇记官员、书生与精灵之间的爱情,这些精灵分别为猿精、鳖精、蛇精和古琴精;《花月新闻》所写的情事发生在秀才和女剑仙之间。《李将仕》虽不涉神怪,为世情民风类题材,但让李将仕受骗的美人计也以男女情爱为表现的中心。王世贞将中国古代小说从题材上分为"艳"和"异"两类,对读者而言,"艳"体现风流,"异"则追求刺激。"异"是古已有之的传统题材,"艳"则是王世贞的新创,虽然涉及艳情内容题材的作品在历代作品中并不少见,但是王世贞率先将"艳"作为古代小说的一大类型,在具体篇章选择上突出"艳"的内容,并在书名中明确标出。

王世贞在选录《夷坚志》时,大多沿用原作的标题,个别做了少许改动,有的将原作标题中对人物身份的称呼语去掉,直接以姓名命名,将"刘改之教授"改为"刘改之","解俊保义"改为"解俊","钱炎书生"改为"钱炎",有的将原作中以女主人公为名的标题改为男主人公的名字,"张相公夫人"改为"钱履道","懒堂女子"改为"舒信道"。在正文部分的文字上,删削原作文末的故事来源、出处介绍的文字,绝大多数篇章

① 陈国军:《明代志怪传奇小说研究》,天津:天津古籍出版社 2006 年版,第 275 - 276 页。

与原作完全相同，仅《吴小员外》篇在文字表述上略有出入，如《夷坚志》开头"春时至金明池上"，《艳异编》改为"一日至金明池上"，虽是两个字的更改，但可看出选本已削弱了原作的时代气息，金明池是两宋城市生活中最繁华、热闹之地，每年春天政府开放金明池、琼林苑供百姓玩乐，春天游金明池为一大盛事。又如《夷坚志》中翁媪解释女子死亡的原因："吾薄责以未嫁而为此态，何以适人，遂悒怏不数日而死。"《艳异编》改为："吾薄责之，女悒怏数日而死。"《艳异编》中多为未婚女子与男子之间的故事，王世贞大概认为这些不构成女子死亡的充分理由，所以干脆将此删去。从王世贞对《夷坚志》选文的具体编录情况来看，基本忠实原文，又不标注选文来源，陈国军说："《艳异编》与《虞初志》的一个不同之处，后者署原作者名，前者没其出处，有剽窃之嫌。"①

不管王世贞的动机如何，他以一个文学家的眼光，所选《夷坚志》篇章故事性、文学性较强，引起了其他小说编选者的重视和模仿，"艳异"系列选本及《情史》等，都可视为其后续效应。其中吴大震的《广艳异编》收录《夷坚志》85 则，吴大震在《广艳异编·凡例》中说："《艳异》之作，仿于《琅嬛》。剔隐搜玄，探微猎怪，几令《齐谐》无所置喙，夏革无所藏奇，可谓珠缀群绯，玉登众谷者矣。"吴大震道出其作是对《艳异编》的仿效。

《广艳异编》35 卷，任明华根据徐𤊹《榕阴新检》卷十五《金凤外传》篇后的跋语推断，《广艳异编》成书于万历三十二年（1604）至三十五年（1607）之间②，分神、仙、鸿象、宫掖、幽期、情感、妓女、梦游、义侠、幻术、俶诡、徂异、定数、冥迹、冤报、珍奇、器具、草木、鳞介、禽、昆虫、兽、妖怪、鬼、夜叉等 25 部 580 多篇。在类目安排上，《广艳异编》将《艳异编》中篇数最多的宫掖部、妓女部大幅削减，删掉男宠部、戚里部等，增加了鸿象、情感、定数、冥迹、冤报等，因为《艳异编》"男宠、戚里，彼既已尽撷其芳；定数、冥冤，我不嫌特补其全"③，吴大震出于求新求全的编著心理。

《广艳异编》选录了《夷坚志》85 篇作品，主要分布在：

鬼部 21 篇：有《任迥》《鬼小娘》《程喜真》《睢右卿》《京娘》《七

---

① 陈国军：《明代志怪传奇小说研究》，天津：天津古籍出版社 2006 年版，第 276 页。

② 见任明华：《〈广艳异编〉的成书时间及其与〈续艳异编〉的关系》，《上海师范大学学报》2006 年第 9 期。陈国军在《明代志怪传奇小说研究》第 283 页说，《广艳异编》的成书上限是万历三十二年（1604），与任明华相同，但成书下限为万历四十六年（1618）。

③ （明）吴大震：《广艳异编·凡例》，《古本小说集成》，上海：上海古籍出版社 1994 年版。

五姐》《三赵失舟》《仙隐客》《书廿七》《鬼国母》《陈秀才》《孙大小娘子》《高氏妇》《卖鱼吴翁》《南陵美妇》《周氏子》《王上舍》《仇铎》《王立》《蔡五十三姐》《马超》；

兽部 12 篇：有《连少连》《天元邓将军》《蓬瀛真人》《周氏女》《侯将军》《蔡京孙妇》《璩小十》《猩猩八郎》《香屯女子》《赵乳医》《衢州少妇》《崔三》；

幻术部 10 篇：有《猪嘴道人》《杨抽马》《鼎州汲妇》《梁仆毛公》《潘成》《吴约》《杨戬馆客》《王朝议》《真珠姬》《临安武将》；

鳞介部 6 篇：有《宗立本》《历阳丽人》《赵进奴》《程山人女》《孙知县妻》《蛇妖》；

此外，冤报、徂异、冥迹、义侠、情感、妓女、定数、鸿象、幽期、仙、禽、梦游等部也收录了数目不等的篇章。

《广艳异编》所选《夷坚志》篇目与《艳异编》不相重复，在数量及类目分布上比《艳异编》明显扩大，《艳异编》所选篇目只分布在 5 个类目中，而《广艳异编》的选篇分布在 17 个类目中。与《艳异编》只选《夷坚志》艳情题材的做法不同，《广艳异编》更注意对"异"题材的开拓，如《夷坚志》篇章均在《艳异编》《广艳异编》"鬼部"中选录最多。《艳异编》中鬼都为女鬼，记其与人间男子间的情爱纠葛；《广艳异编》则不仅有《任迥》《京娘》《程喜真》《睢右卿》《周氏子》《王上舍》等以男女丽情为内容的篇章，还有许多对怪奇之事的记录，如《王立》记死去多年的男仆在闹市卖烤鸭，《卖鱼吴翁》写死去的祖父念念不忘人间的孙女，《三赵失舟》记城隍责令土地没收宗室叔侄三人舟中财物，《马超》记胆勇过人的马超杀死宜州溪洞长人为民除害，等等。《广艳异编》兽部所选《侯将军》《蔡京孙妇》《猩猩八郎》《香屯女子》《赵乳医》，幻术部所选《杨抽马》《鼎州汲妇》《梁仆毛公》《潘成》《真珠姬》，鳞介部所选《宗立本》《蛇妖》等，都属于"异"的题材，多为《夷坚志》中鬼灵精怪类、神巫佛道类小说类型。

吴大震在选录《夷坚志》篇章时，有 40 篇更换了原作的标题，其改变策略有四：一是将原作标题中叙事性强的动态标题改为人名标题，如将《潘成击鸟》改为《潘成》，《解洵娶妇》改为《解洵》，《郭伦观灯》改为《郭伦》，《任迥春游》改为《任迥》，《张客奇遇》改为《张客》等。二是去掉原作标题中的称谓、地名等限定成分，直接以简单的人物姓名为标题，如将《崇仁吴四娘》改为《吴四娘》，将《符李王氏蚕》改为《王氏蚕》，《南陵仙隐客》改为《仙隐客》，《茶仆崔三》改为《崔三》，《连少连书生》改为《连少连》等。三是将原标题神鬼幻怪的传奇内容改为篇章中出现的现实人物之名姓,如将《嵊县神》改为《李女》,《黄法师醮》改为《魏叔介》,《米张家》改为《阚喜》,《宜州溪洞长人》改为《马超》等。四是对作品内容提炼概括新标题,如将《海山异竹》改为《聚宝竹》,《侠妇人》改为《双侠传》,《扬州茅舍女子》改为《蟾宫》,《刘尧举》改为《投桃录》等。从整体来看,吴大震将洪迈原作中丰富多样的篇章标题统一为现实性强的人名标题,对部分作品根据自己的理解,新拟出更能概括内容的标题。可以看出,《广艳异编》在选录《夷坚志》时,篇目标题的更换是吴大震最主要的创造性工作。这种更改与原作相比有一定的创新意义,但大多数更换的标题不如原作涵盖内容丰富,可看出在白话小说的篇章标题日益骈偶完美的背景下,文言小说的标题却反而趋于古朴粗糙。

《广艳异编》选录《夷坚志》的正文部分时,删去原作开头、结尾部分介绍故事的来源、目击者、讲述者的文字,以及洪迈对故事的一些评论,故事主体基本忠实于原文。如《广艳异编》卷二十七《猩猩八郎》选自《夷坚志》同名作品,《广艳异编》删去原作的开头部分文字:"猩猩之名见于《尔雅》《礼记》《荀子》《吕氏春秋》《淮南子》,又唐小说载焦封孙夫人事。建炎中,李捧太尉获一牝,自海岛携归为妾,生子,不复有遇之者。"也删去原作结尾部分文字:"至今经纪称遂,小二至庆元时尚存,安国长老了祥识之。"可见吴大震在编选《夷坚志》时,关注故事本身的完整性和可读性,删去了原作中有时代特征的内容,也删去与故事无关的内容。《投桃录》和《杨抽马》是《广艳异编》收录时文字改动最大的两篇,前者与原作《刘尧举》相比,篇幅明显增长,多了大量细腻的描写,其文字与《鸳渚志馀雪窗谈异》中《投桃记》完全相同,《投桃录》应以此为本抄录。《广艳异编》中的《杨抽马》与《夷坚志》中同名小说相比,篇幅则大为缩减,《夷坚志》为显示杨抽马幻术的奇异连举多例,毫无头绪,造成事件的堆积,而《广艳异编》只选取其中一个精彩的例子加以突出。《广艳异编》的改编突出了故事性、文学性的小说家追求,与洪迈作为学者追求的资料性、严谨性显然不同。

随后出现了《续艳异编》,一般认为,《续艳异编》是《广艳异编》的精选本,是选本中的选本①。《续艳异编》19 卷,无刊行时间,分 23 部类,其中 22 部类与《广艳异编》相同,选录《夷坚志》11 篇,均出自

---

① 任明华:《〈广艳异编〉的成书时间及其与〈续艳异编〉的关系》,《上海师范大学学报》2006 年第 9 期。陈国军《明代志怪传奇小说研究》第 284 页也持此观点。

《广艳异编》，而且篇章标题相同，正文部分的文字则改动较大。现以《夷坚志》中《宗立本小儿》为例，全文如下：

　　宗立本，登州黄县人，世世为行商。年长，未有子。绍兴戊寅盛夏，与妻贩缣帛抵潍州，将往昌乐。遇夜，驾车于外，就宿一古庙，数仆击柝持杖守卫。明旦，蓐食讫，登涂，值小儿，可六七岁，遮拜上前语言，伶俐可喜。问其谁家人，自那处来，对曰："我昌邑县公吏之子也。亡父姓名是王忠彦，与母氏俱化去。鞠养于它人，将带到此，潜舍我而去，兹无所归，必死于虎狼魑魅矣。"立本拊之曰："肯从我乎？"又再拜感泣，遂收而育之，命名曰："神授"。儿性质警敏，每览读文书，一过辄忆。又能把巨笔作一丈阔字，篆隶草不学而成。见名贤古帖墨迹，稍加摹临，必曲尽其妙，立本盖市井小民耳，遽弃旧业，而携此儿行游，使习路歧贱态，藉以自给。后二年之春，至济南章丘，逢一胡僧，神貌伟杰，指儿谓立本曰："尔在何处拾得来？"立本瞠曰："吾妻实生之。奚乃轻妄发问？"僧笑曰："是吾五台山五百小龙之一也，失之三岁矣，方寻访见之，尔久留他，定招大祸。吾已密施法禁，彼亦无所复肆其虐。"于是索水喷噀，立化为小朱蛇，盘旋于地。僧执净瓶，呼神授名，蛇即跃入其中。僧顶笠不告而去。立本夫妇思念，久而不忘。淮东钤辖王易之亲睹厥异。①

　　《续艳异编》选入时改名为《宗立本》，全文如下：

　　登州黄县宗立本，年长无子。行商抵潍洲，野宿古庙。仆持杖卫，击柝达旦。明日，途遇六七岁儿，遮拜于前，语言儇丽可爱。曰："我昌邑县公王忠彦之子也。父母俱丧，鞠养于某。某今舍我而去，势必死于虎狼魑魅矣。"立本曰："肯从我乎？"乃泣拜。命之神授。教之读书，一目辄记。能作一丈阔字，篆隶草不学而成。见古帖墨迹，摹临曲尽其妙。立本遽弃旧业，而携此儿行游，藉以自给。后至济南，逢胡僧曰："尔从何处得此儿？"立本曰："吾之子也。"僧曰："是五台山五百小龙之一。失之三岁矣，再欲留之，祸也。"索水喷儿，立化朱龙，跃入净瓶。僧顶笠不别而去。②

　　选文与原作相比，开门见山，直接以故事切入，不再像原作以冗长的人物传记式展开，语言简练流畅，删掉了一些与故事关系不大的介绍性语句，使叙事节奏加快，故事显得紧凑，可读性更强。原作突出强调的时代

　　① （宋）洪迈：《夷坚志》，北京：中华书局 2006 年版，第 12 页。
　　② （明）王弇洲编：《艳异编》，沈阳：春风文艺出版社 1988 年版，第 635 页。

特征在选文中已不复存在，选文编著者讲故事的娱乐意图更为明显。

三、冯梦龙"四大异书"① 对《夷坚志》的传播

作为晚明著名的俗文学编创者，冯梦龙对《夷坚志》的传播作出了巨大的贡献。其创作的白话小说"三言"，将《夷坚志》中《张客奇遇》《徐信妻》《周氏子》《鄂州南市女》等篇改编成故事的入话或正文。其编著的"四大异书"——《情史类略》（以下简称《情史》）《古今谭概》《智囊补》《笑府》，除《笑府》外，其他三部均选录了《夷坚志》中的篇章，其中《情史》选录达七十则，征引《夷坚志》的次数仅次于《太平广记》。《智囊补》选录四则，《古今谭概》选录八则，虽然选录数量不多，但所选篇章对后世影响极大，如《古今谭概》怪诞部第二《项王庙》选录三志辛卷八《杜默谒项王》，此篇在明代的小说选本中极少入选，但明清许多戏曲都以此为本事，如明代沈自徵的杂剧《杜秀才痛哭霸亭秋》，清代嵇永仁的杂剧《杜秀才痛哭泥神庙》、张韬的杂剧《杜秀才痛哭霸亭庙》等。

《情史》《古今谭概》《智囊补》在形式上比较接近，都分类编排，按条立体，有些文后编著者加注评论。《古今谭概》《智囊补》所选篇章的文字则与原作完全不同，编选者对故事作了重新改写和加工。首先，改变了洪迈对故事背景、情节发展平衡用墨、不紧不慢的叙事方式，精减或删除故事背景、来源，尽快或直接进入故事。如丙志卷十三《蓝姐》的开头："绍兴十二年，京东人王知军者，寓居临江新淦之青泥寺。寺去城邑远，地迥多盗，而王以多资闻。尝与客饮，中夕乃散，夫妇皆醉眠。"② 《智囊补》卷二十六"闺智部 雄略"《蓝姐》开头改为："绍兴中京东王寓新淦之涛泥寺，尝燕客，中夕散，主人醉卧，俄而盗群入。"③ 故事紧紧围绕蓝姐展开，与蓝姐关系不大的"主人"言行甚至名姓付之阙如。其次，在展开故事叙述时，为了突出故事，以达到较好的叙事效果而增加一些情

---

① 所谓"四大异书"，即指《情史》《智囊补》《古今谭概》《笑府》，长春出版社1993年出版"冯梦龙四大异书"丛书，本章故有此称。其中《情史》是否为冯梦龙所编，至今尚有争议，孙楷第、阿英、容肇祖、傅承洲等学者持"冯梦龙说"，胡士莹《话本小说概论》认为《情史》非冯梦龙所编，林辰《明末清初小说述录》（春风文艺出版社1998年版）也持此主张。陈国军《明代志怪传奇小说研究》第503页："以现有资料看来，冯梦龙既非《情史序》的作者，也不是辑录者，更不是《情史》的辑评者。"但"冯梦龙说"已约定俗成，本书亦采用此说，不再考辨。

② （宋）洪迈：《夷坚志》，北京：中华书局2006年版，第473页。

③ （明）冯梦龙：《增广智囊补》，《笔记小说大观》，扬州：江苏广陵古籍刻印社1983年版，第177页。

节，如三志己卷九《干红猫》写孙三利用民众的好奇心抬高猫价，"内侍求之甚力，竟以钱三百千取之"。《智囊补》卷二十七"杂智部　狡黠"《干红猫》将内侍买猫的文字改为："内侍求之甚力，反复数四，仅许一见。既见益不忍释，竟以钱二百千取去。"①　将《夷坚志》中一次成交的买卖改为数次相求才允许一观，渲染内侍求买的艰难。此外，冯梦龙更突出娱乐性、故事性，如支乙卷六《真扬二倡》记了两则关于娼妓之事，冯梦龙选录时，将其拆分为两个故事——《古今谭概》机警部第二十三《江南妓》和酬嘲部第二十四《真扬二倡》。

《情史》所选《夷坚志》篇章的文字，除《孙巨源》《李阳冰女》《刘尧举》与《夷坚志》相对应的篇章在文字上有很大出入外②，其他篇章基本忠实于原作。《情史》所收《夷坚志》的篇章主要集中在卷二十一情妖类、卷二十情鬼类、卷九情幻类、卷十情灵类、卷十九情疑类、卷十六情报类等，主要为《夷坚志》中婚恋丽情类题材故事，记恋爱婚姻或冤对冥报之事。

从刊刻年代看，"三言"居先，《情史》在后，故学术界多认为《情史》改编了"三言"，是话本小说影响文言小说集的一个例证。如孙楷第《三言二拍源流考》中说："三书（三言）所演故事，往往见于《情史》，《情史》署'江南詹詹外史评辑'，有冯梦龙序，世亦谓冯氏所作。其与通俗小说之关系，颇可注意。……就其口气论之，似冯氏著书时已有此话本，故特为注出，否则詹詹外史纵属假托，亦可云龙子犹有某某小说，不必故为如是狡狯也。"③据笔者陋见，《情史》在选录《夷坚志》时，与《艳异编》的关系非常密切，是在王世贞《艳异编》直接影响下出现的小说选本之一。

《艳异编》选录《夷坚志》16 则，其中 14 则被《情史》收录，只有《石六山美女》《钱炎书生》2 则《情史》未收。两书删除开头、结尾部分关于故事来源的文字，其他基本忠实于原作，在正文文字的细微变动上，《情史》与《艳异编》相同。现以《夷坚志》中《张相公夫人》《宁行者》

①　（明）冯梦龙：《增广智囊补》，《笔记小说大观》，扬州：江苏广陵古籍刻印社 1983 年版，第 181 页。

②　此三篇编选者应以他本为依据，如《刘尧举》文字与周绍濂《鸳渚志馀雪窗谈异》之《投桃记》基本相同，而《孙巨源》与甲志卷四《孙巨源官职》相比情节都有明显不同。

③　转引自胡士莹：《话本小说概论》（下），北京：中华书局 1980 年版，第 538－539 页。李桂奎在《谈中国古代两大语体短篇小说的双向渗透》（《青海师范大学学报》2000 年第 3 期）也认为《情史》改编了"三言"，而不是相反。

《吕使君宅》在《艳异编》①《情史》② 文字上的改动举例如下：

例一：《夷坚志·张相公夫人》："侍儿歌舞之妙，目所未睹，钱自谓奇逢，若游仙都，情思荡摇，莫知身世之所留。"

《艳异编·钱履道》："侍儿歌舞之妙，目所未睹，钱自谓奇遇，若游清都，情思荡摇，莫知身世之所在。"

《情史·钱履道》："侍儿歌舞之妙，目所未睹，钱自谓奇遇，若游清都，情思荡摇，莫知身世之所在。"

例二：《夷坚志·宁行者》："文书甚多，过半夜始可了，吾至是时方敢饮。""宁愧惧而反，然犹卧疾累日。"

《艳异编·宁行者》："文书甚多，过半夜始可了得，吾至此时方敢饮。""宁愧惧而反，然犹卧疾累月。"

《情史·赵通判女》："文书甚多，过半夜始可了得，吾至此时方敢饮。""宁愧惧而反，然犹卧疾累月。"

例三：《夷坚志·吕使君宅》："姊失色，然无以拒。妹至，三人鼎足共坐。"

《艳异编·吕使君》："姊失色，然无以拒。后至，三人而足共坐。"

《情史·吕使君娘子》："姊失色，然无以拒。既至，三人共坐。"

可见在《情史》的编撰中，《艳异编》是依据的底本之一，《情史》只对个别文字作了改动，使其更为通俗流畅。

《情史》选录《夷坚志》的多达 70 则，仅次于《太平广记》的入选数目。在"艳异"系列选本中，《广艳异编》也选录《夷坚志》最多，而且成书早于《情史》，《广艳异编》和《情史》虽然在选录《夷坚志》的篇章中有 25 则相同，冯梦龙却没有以《广艳异编》为其编著的蓝本。《广艳异编》和《情史》都忠实于原作，但从文字的细微不同处不难发现《情史》选录的有关篇章以《夷坚志》为依据。如《夷坚志·海王三》的结尾："儿既长，楚人目为海王三，绍兴间犹存。"在《广艳异编》中改为："儿既长，楚人字为海王三。"而在《情史》中的文字与《夷坚志》一字不差，连经常缺省的年代文字都照录。《情史》甚至在有些故事的结尾学习了《夷坚志》的做法，如洪迈在《张客奇遇》故事结尾处交代了故事的

---

① 下列所引文字分别出自（明）王弇洲编：《艳异编》，沈阳：春风文艺出版社 1988 年版，第 519、515、513 页。

② 下列所引文字分别出自（明）詹詹外史：《情史》，沈阳：春风文艺出版社 1986 年版，第 659、663、658 页。

传说者,《广艳异编》选录此篇时将这些文字删去,而《情史》选录时,将原作的出处文字改为:"出《夷坚志》,《耳谭》亦有此事,但其妇为穆小琼。"由此可知《情史》除以《艳异编》为底本外,《夷坚志》原作也为其重要的依据。冯梦龙继承了《艳异编》之"艳"的题材和审美追求,与晚明的社会思潮和商业运作相适应,王世贞文坛领袖的号召力也是冯梦龙编著《情史》的重要原因之一。

总之,"艳异"系列选本和冯梦龙"四大异书"在选录《夷坚志》时,主要关注《夷坚志》中"艳"和"异"的故事题材,重视所选篇章的故事性、文学性、现实性,本着雅俗共赏的娱乐目的、销售获利的商业动机,以及劝诫世俗的教化意图,从遇神、遇鬼、遇妖到遇艳的故事转变中体现着小说观念、审美趣味的变化。这些选本与晚明好货、好色的社会思潮相符,具有强烈的时代气息,话本小说、章回小说乃至戏曲所改编《夷坚志》中的篇章,绝大多数为这些选本所选篇目。名家名作通过对《夷坚志》的遴选、评论,深入挖掘了作品的时代内涵、思想内容和艺术价值,所选篇章也因此成为《夷坚志》中的名篇,有利于《夷坚志》的广泛传播,同时对后世通俗小说及戏曲产生了深远的影响。

第五章
《夷坚志》的话本改编

第一节　改编话本述略

罗烨在《醉翁谈录·舌耕叙引》中提到宋元时代的说话艺人"幼习《太平广记》""《夷坚志》无有不览",可见被誉为"文人之能事,小说之渊海"的《夷坚志》,在当时为说话艺人的重要参考书目之一,对其内容要求达到烂熟于心的程度。洪迈也因此得到说话艺人的格外推崇,将其与苏轼比肩,《喻世明言》第十五回《史弘肇龙虎君臣会》入话说:"后来南渡过江,文章之士极多,惟有洪内翰才名,可继东坡之作。洪内翰曾编了《夷坚》三十二志,有一代之史才。"①

从《夷坚志》的编创来看,洪迈尊重来自民间的声音,在《夷坚丁志序》中,洪迈针对他人苛责自己耗费近一生执着于一部小说,且喜欢采摘寒人、野僧、俚妇、走卒的批评时,欣欣然以《史记》写荆轲事、留侯事分别以侍医、画工为证相比拟,可见洪迈认识到民间是小说创作的源泉。

《夷坚志》与宋元说话有不可割裂的关系,二者相互影响,一方面《夷坚志》无论在成书方式、故事内容、语言文字等方面都受说话的影响和启发,具有俗文学的特征,体现出文人笔记话本化的创作倾向;另一方面宋元说话艺人以《夷坚志》作为故事宝库,或直接从中取材敷衍成新篇章,或模仿相关篇章讲述另一个相似或近似的故事。宋元说话由于传播方式等原因,很少有文本流传至今,学者们多依据某些标准凭借其他资料加

---

① (明)冯梦龙:《喻世明言》,北京:人民文学出版社1958年版,第208页。

以推断。① 由于现有资料的缺乏，《夷坚志》对宋元说话的影响没有确切的数据来证实，但从较早记录说话名目的《醉翁谈录》以及话本小说集《清平山堂话本》、"三言""二拍"、《石点头》等作品中可发现，《夷坚志》中的一些篇章经常被这些作品所借用，作为入话故事或正话本事，尤其是"三言""二拍"，对《夷坚志》故事的借鉴更为频繁，在个人创作的小说中，《夷坚志》是"三言""二拍"引用最多的小说集。

一、宋元话本

《醉翁谈录》是一部关于宋元说话的资料汇编，"它是一部适应着民间的说书等演出的需要而产生的、专供'小说'与'合生'艺人参考使用的、以男女风情为旨趣的故事与资料的类编"②。《醉翁谈录》是记载宋人说话技艺和说话资料的现存最早的专书。作者罗烨在《醉翁谈录·小说开辟》中把小说分为八个门类，即灵怪、烟粉、传奇、公案、朴刀、杆棒、神仙、妖术，并列举出 107 篇话本作为实例③，其中学者认为与《夷坚志》有关的篇目有：

1. 灵怪类《汀州记》

戴望舒在《星岛日报》副刊《星座》所附《俗文学》第六期上认为《汀州记》疑即乙志卷七《汀州山魈》，胡士莹《话本小说概论》第八章"宋元以来官私著述中所藏的宋人话本书目"中也认为，"疑即《夷坚乙志》卷七《汀州山魈》，两文标题相近，而《夷坚志》所叙的内容属'灵怪'性质"。④ 谭正璧在《话本与古剧·宋人小说话本名目内容考》中引戴望舒的观点后补充道："按《夷坚支景》卷八又有《汀州通判》一则。"⑤

《汀州记》原文已佚，《夷坚志》中的《汀州山魈》《汀州通判》均记福建汀州通判府被七姑子的故事所祟之事，可见宋时淫祀七姑子的故事在汀州较为盛行，《汀州山魈》说："汀州多山魈，其居郡治者为七姑子"，话本小说《汀州记》应敷衍此事。

---

① 如胡士莹提出 8 条校勘方法，详见《话本小说概论》上册，北京：中华书局 1980 年版，第 196 页。依据此原则，列出宋代话本 40 种，元代话本 16 种。郑振铎在《明清两代的平话集》中认为有 46 篇于宋之作，详见《中国文学研究》上册，北京：人民文学出版社 2000 年版。

② 董上德：《论〈醉翁谈录〉的性质与旨趣》，《学术研究》2001 年第 3 期。

③ 胡士莹《话本小说概论》认为这 107 种故事名目，都是口头的"话"，却未必是书面的"本"，但不少学者，如孙楷第、赵景深、谭正璧等则认为是话本名目。

④ 胡士莹：《话本小说概论》，北京：中华书局 1980 年版，第 236 页。

⑤ 谭正璧：《话本与古剧》，上海：古典文学出版社 1956 年版，第 14 页。

2. 灵怪类《水月仙》

戴望舒疑《水月仙》即丙志卷十四《水月大师符》（出处同上），谭正璧也引用了此观点。孙楷第在《中国通俗小说书目》中认为："疑演《刑凤遇西湖水仙》事。事见《绿窗新话》及田汝成《西湖游览志余》卷二十六。"① 胡士莹在《话本小说概论》中同意孙楷第的观点："盖即《艳异编》卷二水神部的《刑凤》。"②

笔者倾向于同意戴望舒的观点，《水月大师符》记阎知县善水月大师符，包治水旱、疾疫、刀兵、鬼神、木石等之类的怪现象，汉江水位猛涨、某官员侄媳被鬼物附身时，都是此符显示了其神奇的力量。此题材与《醉翁谈录》灵怪类征奇话异的内涵相符，而《邢凤遇西湖水仙》的内容则属于《醉翁谈录》的神仙类。

3. 灵怪类《杨元子》

明晁氏《宝文堂书目》卷中《子杂》著录有《墓道杨元素逢妖传》，胡士莹认为："从标题看，属于灵怪性质，疑与此为同一故事。"③ 王年双在《〈夷坚志〉所见话本戏剧资料》一文中认为《杨元子》所演与补志卷十三《高安赵生》有关④。

宋人杨绘，字元素，绵竹人，《宋史》卷三三二有传。《高安赵生》提及杨元素事。

4. 烟粉类《灰骨匣》

谭正璧认为："疑叙《夷坚支景》卷九《王县尉小箱》事。"叶德均认为演郑意娘事，故事出自《夷坚丁志》卷九《太原意娘》，与宋叶梦得《岩下放言》卷下及《夷坚乙志》卷七《西内骨灰狱》所述故事无关。⑤ 胡士莹同意叶德均的观点，李剑国在《宋代志怪传奇叙录》也认为如此。⑥

《灰骨匣》即敷衍《太原意娘》篇，记韩恩厚和亡妻在战乱中的爱情，符合烟粉类以女鬼为主角之意。晁氏《宝文堂书目》卷中《子杂》著录两种，即《燕山逢故人郑意娘传》和《燕山逢故人》。

---

① 孙楷第：《中国通俗小说书目》卷一《宋元部·小说》，北京：人民文学出版社 1982 年版，第 4 页。

② 胡士莹：《话本小说概论》，北京：中华书局 1980 年版，第 238 页。

③ 胡士莹：《话本小说概论》，北京：中华书局 1980 年版，第 236 页。

④ 张高评：《宋代文学研究丛刊》创刊号，高雄：丽文文化事业股份有限公司 1995 年版，第 402 页。

⑤ 叶德均：《小说琐谈》，《戏曲小说丛考》，北京：中华书局 1980 年版，第 596－597 页。

⑥ 李剑国：《宋代志怪传奇叙录》，天津：南开大学出版社 1997 年版，第 354 页。

5. 传奇类《爱爱词》

赵景深、孙楷第、谭正璧皆认为《爱爱词》或即《警世通言》第三十卷《金明池吴清逢爱爱》[1]，《金明池吴清逢爱爱》的故事本事为甲志卷四《吴小员外》。

6. 传奇类《紫香囊》

王年双在《〈夷坚志〉所见话本戏剧资料》一文中认为《紫香囊》所演即为丙志卷十一《锦香囊》。《锦香囊》记德兴人汪蹈馆客龚滂与一妇人同宿，天亮时妇人解锦香囊告别，并指天上一星谓己，后登之离去。

7. 公案类《八角井》

谭正璧在《话本与古剧》中认为："有关'八角井'的故事，唐宋时代很多，如《夷坚丁志》卷一《南丰知县》。"

8. 公案类《商氏儿》

王年双在《〈夷坚志〉所见话本戏剧资料》中认为《商氏儿》所演为补志卷二十四《贾廉访》。《贾廉访》记商知县的孤儿寡妇财产，为姻亲贾廉访偷占，贾廉访在阴府官衙受到惩罚，刚强正直的商氏儿入冥为阴官审案。《贾廉访》从题目、内容性质上都与《商氏儿》吻合。

二、《六十家小说》

《六十家小说》是现知最早的一部话本小说集，由明代嘉靖年间钱塘人洪楩编刊，分为《雨窗集》《长灯集》《随航集》《欹枕集》《解闲集》《醒梦集》6集，每集10篇，共60篇。《六十家小说》多已散佚，其残篇构成了后来马廉所谓的《清平山堂话本》，共29篇，其中以《夷坚志》为故事本事的有：

1. 《简帖和尚》

《简帖和尚》演绎支景卷三《王武功妻》事，再补《义妇复仇》所记与此同类。故事讲述和尚爱慕某官员妻，用写情书或送礼品的方式引起丈夫对妻子的猜疑，妻子无辜被丈夫抛弃，在生活无着落时为和尚所占，后真相大白和尚伏法。

《王武功妻》与《简帖和尚》的情节内容大致相同，演绎方法则有

---

① 此观点分别见于赵景深《中国小说丛考》第82页、孙楷第《中国通俗小说书目》第8页，谭正璧《话本与古剧》第23页。也有不同的观点，如胡士莹《话本小说概论》第八章认为《绿窗新话》卷下有《杨爱爱不嫁后夫》一文，梅鼎祚《青泥莲花记》卷五引此文，后有宋徐积《爱爱歌》，《爱爱词》或即指此《爱爱歌》（见《话本小说概论》第246页）。

很大的出入：第一，《王武功妻》故事人物较少，主要有京城官人王武功、王妻、化缘僧、针妇、士卒五人，《简帖和尚》的故事人物则明显增多，有东京开封府官人皇甫松、妻杨氏、和尚、丫鬟迎儿、茶坊王二、卖馉饳僧儿、打香油钱的行者、钱大尹、张千、李万、董超、薛霸、静山大王、胡姑姑等，人物增多，故事涉及的场景、情节内容也比原作丰富。第二，《王武功妻》按照事件的先后顺序来组织故事，在故事开头介绍王武功家情况及其美妻后，即点明"缘化僧过门，见而悦之，阴设挑致之策而未得便"。这些介绍使后来和尚的阴谋没有任何悬念。《简帖和尚》则在介绍了皇甫一家的情况后，将和尚对皇甫妻的爱慕和准备离间一律隐去，一位"浓眉毛、大眼睛、蹶鼻子、略绰口"的官人直接上场，这位官人姓甚名谁、来历、地位、为何送简帖、又如何突然失踪，说书人一概没有交代，似乎和读者一样不明就里。说书人通篇都是有限视角的叙述者，这种限知叙事的手法营造出一种神秘感。第三，故事的结局也有所差异，《王武功妻》中僧人最后伏法，王妻怅恨而死；《简帖和尚》中和尚被重杖处死，婆子伏法，皇甫松领浑家归去，再结夫妻。《简帖和尚》将原作悲剧性的结局改为大团圆，显然是为了迎合听众的心理预期和愿望。

2.《阴骘积善》

《阴骘积善》演绎甲志卷十二《林积阴德》。故事记南剑书生林积在蔡州旅店拾得几百颗北珠，将其完璧归赵，并拒绝失主的任何酬谢，后来科举及第得到善报。

《阴骘积善》虽然称故事发生在唐德宗朝，但对《林积阴德》的直接承袭关系明显，两篇的故事人物、发生地点、内容情节完全相同，只在语言和个别细节处作了改动。语言方面除将原作文言改为白话外，在正话部分穿插了四段韵文，其中三段是林积前往太学沿途中的风景，一段是失主张客前往太学寻找林积时所看到附近茶坊的情况，这些韵文显然与故事内容情节、人物性格刻画关系不大，是话本小说为了适合演唱的需要而增设。《林积阴德》中林积对前来找寻的失主，要求写份文书给官府，因不好私下交还。《阴骘积善》中林积在失主报出所丢珠宝数后即全部交付，两相对照，洪迈笔下的书生则要谨慎得多。《阴骘积善》的教化意图也更为明显，结尾用两段韵文对林积之事作了评论："正是积善有善报，作恶有恶报。积善之家，必有余庆；积不善之家，必有余殃。"①

3.《戒指儿记》

《戒指儿记》演绎支景卷三《西湖庵尼》。故事讲述一男子爱慕某女，在尼姑的帮助下得以欢会，男子乐极生悲脱阳而死。

《戒指儿记》在故事人物、情节内容上对原作改动较大，第一，被爱慕女子年龄身份角色不同，故事旨趣迥然相异。《西湖庵尼》中被家有钱财的少年所喜欢的为某官员妻，官员妻自始至终对事件的发展一无所知，直至少年死亡后被告官才明就里。《戒指儿记》中被商贩之子阮华喜欢的是太尉女陈玉兰，年方十九，因父母择婿标准高而待嫁闺中。元宵夜阮华和朋友的笙箫弹唱惊动了陈玉兰的闺情，在丫鬟碧云的帮助下主动约阮华见面，并以戒指作为信物。《西湖庵尼》中的官员妻与少年没有任何感情，幽会只是少年的阴谋和一厢情愿，所以少年家人告官后官员妻被无罪释放；而《戒指儿记》则有男女双方的两情相悦，所以双方家人对此态度较为宽容，阮华死后，阮家自认倒霉将其安葬，陈玉兰珠胎暗结，为阮华守寡并得到父母的支持，生得一子，陈阮阖家欢喜，后此子科举及第，官至吏部尚书留守官，陈玉兰被朝廷启建贤节牌坊，称为贞娘。故事的主题由谴责不守清规的庵尼变为男女恋情的展示，由奸情公案变成一个委婉细腻的爱情故事。第二，《戒指儿记》比《西湖庵尼》更符合生活逻辑。如男子幽会死亡这一情节，在《西湖庵尼》中，先藏在尼姑庵内室的男子"一旦如愿，喜极暴卒"，缺少铺垫的结局令人不可思议。而在《戒指儿记》中，阮华与陈玉兰因有感情基础，无法相见而相思成疾，在朋友张远的谋划下得以和情人欢会，脱阳而死比较合乎情理。

《六十家小说》除以上三篇与《夷坚志》有关外，英国学者白亚仁从清刻《重刊麻姑山志》中发现一则《六十家小说》的佚文，转录如下：

> 刘过，字改之，襄阳人。尝嬖一妾。淳熙甲午，预秋荐，将赴省试。眷眷不忍行，在道赋《水仙子》词一阕，每夜饮旅次，辄使随值小童歌之。到建昌，游麻姑山，薄暮独酌，屡歌此词，思想之极，至于堕泪。二更后，一美女忽来，执拍歌曰："别酒未斟心先醉，忍听阳关辞故里。扬鞭勒马上皇都，三题尽，当际会。稳跳龙门三尺水，天意令吾先送喜。不审君侯知得未。蔡邕博识爨桐声，君背负，只如是。酒满金杯来劝你。"盖跟和改之前词。改之以龙门之句甚喜，书之于箧，与之欢接，但不解蔡

---

① （明）洪楩辑，石昌渝点校：《清平山堂话本》，南京：江苏古籍出版社 1989 年版，第 143 页。

191

邕背负之意。叩其姓氏，曰："我乃麻姑上仙之妹，缘度王方平、蔡经，不效，谪居此山，久不得回玉京。恰闻新词，勉步韵自媒，且愿陪后乘。"改之遂与之东。

后果擢第，调荆州教授。归过阁皂山，道士熊若水审知改之随行者非人，乃戒其归。寝时，熊在外作法，令紧抱，勿致窜逸。及熊排闼而入，乃见刘正拥一琴，始悟蔡邕之语。

及再经麻姑，访诸道流，乃云："顷有赵知军携古琴过此，宝惜甚至。因误触堕阶下，破不可治，乃埋之官厅西偏。"遽发瘗视之，匣空矣。改之乃举琴置匣，命道众焚香诵礼而仍瘗之。

——《六十家小说》①

此则内容与支丁卷六《刘改之教授》相差无几，语言精练，文字风格也完全相同。白亚仁认为清刻《重刊麻姑山志》是在明万历《麻姑山志》的基础上编订。万历《麻姑山志》为建昌府知府邬鸣雷和建昌府推官陆键在万历四十年（1612）所修，邬鸣雷是浙江奉化人，陆键是浙江平湖人，都是洪楩的同乡，因此有较多的机会看到《六十家小说》，故所载可信度较高。如果白亚仁的推断正确，那么《麻姑山志》所录应为《六十家小说》某篇的摘要，《夷坚志》应还有更多的作品被《六十家小说》所采用，但因《夷坚志》和《六十家小说》严重散佚而目前未被发现。

三、"三言""二拍"

"三言""二拍"对《夷坚志》故事素材的借鉴，是《夷坚志》研究史上较早探讨的话题，郑振铎、王古鲁、孙楷第、赵景深、胡士莹、谭正璧、李剑国等对此问题都做了研究②，成果比较丰富。诸位学者对"三言""二拍"中的《夷坚志》故事本事一一做了梳理，现综合各家成果，列表如下：

---

① ［英］白亚仁：《新见〈六十家小说〉佚文》，《文献》1998 年第 1 期。
② 详见郑振铎：《明清二代的平话集》，《中国文学研究》，北京：人民文学出版社 2001 年版；王古鲁：《二刻拍案惊奇故事本事介绍》，上海：古典文学出版社 1957 年版；孙楷第《"三言""二拍"源流考》，《沧州集》，北京：中华书局 1965 年版；赵景深：《中国小说丛考》，济南：齐鲁书社 1980 年版，第 323 页 -387 页；胡士莹：《话本小说概论》第十四章《明代拟话本故事的来源和影响》，北京：中华书局 1980 年版；谭正璧：《"三言""二拍"资料》，上海：上海古籍出版社 1980 年版；李剑国：《宋代志怪传奇叙录》，天津：南开大学出版社 1997 年版，第 354 - 357 页；徐永斌：《"二拍"与〈夷坚志〉渊源考略》，《第四届中国古代小说国际学术研讨会论文集》。

表 5 - 1　　"三言""二拍"中的《夷坚志》故事本事

书名	卷名	《夷坚志》卷数及篇名
喻世明言	《闲云庵阮三偿冤债》正话	支景卷三《西湖庵尼》
	《杨思温燕山逢故人》正话	丁志卷九《太原意娘》
	《简帖僧巧骗皇甫妻》正话	支景卷三《王武功妻》
	《游丰都胡母迪吟诗》正话	丁志卷十《建康头陀》；甲志卷十五《辛中丞》
警世通言	《范鳅儿双镜重圆》入话	补志卷十一《徐信妻》
	《假神仙大闹华光庙》正话	支庚卷七《周氏子》
	《白娘子永镇雷峰塔》正话	支戊卷二《孙知县妻》
	《金明池吴清逢爱爱》正话	甲志卷四《吴小员外》
	《王娇鸾百年长恨》入话	丁志卷一五《张客奇遇》
醒世恒言	《勘皮靴单证二郎神》正话	丁志卷十九《玉女喜神术》；乙志卷十九《杨戬二怪》
	《闹樊楼多情周胜仙》正话	支庚卷一《鄂州南市女》
初刻拍案惊奇	《程元玉店肆代偿钱　十一娘云冈纵谭侠》入话	补志卷一四《解洵娶妇》
	《恶船家计赚假尸银　狠仆人误投真命状》正话	补志卷五《湖州姜客》
	《西山观设箓度之魂　开封府备棺追活命》入话	支戊卷五《任道元》
	《李克让竟达空函　刘元普双生贵子》入话	丙志卷一《神乞爷》
	《袁尚宝相术动名卿　郑舍人阴功叨世爵》入话	甲志卷一二《林积阴德》
	《顾阿秀喜舍檀那物　崔俊臣巧会芙蓉屏》入话	丁志卷一一《王从事妻》
	《王大使威行部下　李参军冤报生前》入话	支戊卷四《吴云郎》
	《乔兑换胡子宣淫　显报施卧师入定》入话	丁志卷十七《刘尧举》

（续上表）

书名	卷名	《夷坚志》卷数及篇名
二刻拍案惊奇	《小道人一着饶天下　女棋童两局注终身》正话	补志卷一九《蔡州小道人》
	《襄敏公元宵失子　十三郎五岁朝天》正话	补志卷八《真珠族姬》
	《李将军错认舅　刘氏女诡从夫》入话	丙志卷一四《王八郎》
	《吕使君情媾宦家妻　吴太守义配儒门女》正话	支戊卷九《董汉州孙女》
	《沈将仕三千买笑钱　王朝议一夜迷魂阵》入话、正话	支丁卷七《丁湜科名》（入话）；补志卷八《王朝议》（正话）
	《赵五虎合计挑家衅　莫大郎立地散神奸》入话	补志卷六《叶司法妻》
	《满少卿饥附饱飏　焦文姬生仇死报》入话、正话	甲志卷二《陆氏负约》（入话）；补志卷一一《满少卿》（正话）
二刻拍案惊奇	《硬勘案大儒争闲气　甘受刑侠女著芳名》正话	支庚卷十《吴淑姬严蕊》
	《鹿胎庵客人作寺主　剡溪里旧鬼借新尸》正话	补志卷十六《嵊县山庵》；支丁卷六《证果寺习业》
	《赵县君乔送黄柑　吴宣教干偿白镪》入话、正话	补志卷八《临安武将》（入话）；补志卷八《李将仕》《吴约知县》（正话）
	《迟取券毛烈赖原钱　失还魂牙僧索剩命》入话、正话	支戊卷五《刘元八郎》（入话）；甲志卷十九《毛烈阴狱》（正话）
	《贾廉访赝行府牒　商功父阴摄江巡》正话	补志卷二十四《贾廉访》
	《许察院感梦擒僧　王氏子因风获盗》入话	补志卷五《楚将亡金》
	《痴公子狠使噪脾钱　贤丈人巧赚回头婿》入话	丁志卷六《奢侈报》
	《赠芝麻识破假行　撷草药巧谐真偶》入话	支甲卷六《西湖女子》
	《张福娘一心守贞　朱天赐万里符名》入话、正话	补志卷十《魏十二嫂》（入话）；同卷《朱天锡》（正话）
	《杨抽马甘请杖　富家郎浪受惊》正话	丙志卷三《杨抽马》

书名	卷名	《夷坚志》卷数及篇名
二刻拍案惊奇	《任君用恣乐深闺　杨太尉戏宫馆客》正话	支乙卷五《杨戬馆客》
	《王渔翁舍镜崇三宝　白水僧盗物丧双生》入话、正话	补志卷七《丰乐楼》（入话）；支戊卷九《嘉州江中镜》（正话）
	《两错认莫大姐私奔　再成交杨二郎正本》入话	丁志卷七《大庾疑讼》

各位学者对受《夷坚志》影响的具体篇章统计略有差异，如胡士莹认为"三言"有 3 篇、"二拍"有 22 篇取材于《夷坚志》，谭正璧认为"三言"有 11 篇、"二拍"有 27 篇得益于《夷坚志》，李剑国列举出受《夷坚志》影响的篇目，"三言"有 8 篇，"二拍"有 26 篇。统计数据的差异，一方面由于不同研究阶段的研究成果积累自然有差异，另一方面则是因为学者的选择判断标准不同。《夷坚志》对话本小说在故事题材上的影响，有些是对故事的直接沿袭和改编，表现为作品中人物姓名身份、故事的主要情节大致相同，虽然在语言上转换为白话文，但还有原作的痕迹；有些则是根据《夷坚志》中的某些篇章演绎另一个相似或相近的故事，在故事的大致内容上不难发现两者的相同之处，但具体情节以及故事主题等则有很大的区别。李剑国倾向于以前者为标准，谭正璧在前者的基础上，兼顾后者。如谭正璧认为"三言"中《白娘子永镇雷峰塔》《勘皮靴单证二郎神》两篇分别受支戊卷二《孙知县妻》、丁志卷十九《玉女喜神术》、乙志卷十九《杨戬二怪》的启发，李剑国则没有将其列入；"二拍"中《李克让竟达空函　刘元普双生贵子》《乔兑换胡子宣淫　显报施卧师入定》两篇入话，谭正璧认为分别出自丙志卷一《神乞帘》和丁志卷十七《刘尧举》，李剑国没有将其算入，但补充了谭正璧没有发现的《痴公子狠使噪脾钱　贤丈人巧赚回头婿》的入话，是直接采自丁志卷六《奢侈报》篇中第二个故事。

《夷坚志》中关于蛇妻、二郎神的篇章较多，如关于蛇妻的故事除《孙知县妻》外，还有补志卷二十二《钱炎书生》、支癸卷九《衡州司户妻》、丁志卷二《济南王生》、补志卷二十二《姜五郎二女子》，这五篇内容大同小异，具体情节的不同丰富了蛇妻故事，"三言"中《白娘子永镇雷峰塔》《勘皮靴单证二郎神》两篇，虽然没有直接袭用的痕迹，但《夷坚志》中的这些篇章也可视为"白蛇娘娘传说""二郎神传说"的有机构成，为其渊源之一。

丙志卷一《神乞帘》为《李克让竟达空函　刘元普双生贵子》的入话，前者记某小庙土地神托梦给何生，因郡守经过祠前时，自己每次都要主动让路，希置帘遮蔽以免不便。后者记五显灵官托梦给熊店主，要求为自己筑短壁遮蔽，以免萧状元进出使自己坐立不安，而此时经常出入店家的萧秀才并未中状元。萧秀才帮人写了休书后，熊店主又梦见五显灵官托梦拆除短壁，因萧秀才拆散一对夫妻做不了状元。神对人间官吏或贵人敬畏，要求置帘或筑壁方便自己是两篇的共同内容，"二拍"中的故事情节、主题更为丰富，有神灵的未卜先知、预告休咎，也有教化世人积德从善、敬畏因果报应的旨趣，表达"宁拆千座庙，不毁一桩婚"的教谕。可见洪迈关注的是神鬼世界，凌濛初则更多是对现实社会的观照。

李剑国之所以没有将丁志卷十七《刘尧举》视为《乔兑换胡子宣淫　显报施卧师入定》的入话来源，因为两者情节、文字繁简差距悬殊，原作语言情节极为精简，在"二拍"中找不出相同的痕迹。其实"二拍"此篇入话确实得益于《刘尧举》，但以周绍濂《鸳渚志馀雪窗谈异》之《投桃记》为蓝本，如《投桃记》中刘尧举对船家女表白时说："嘻！是何足较！两日来被子乱吾方寸矣，恨不得一快豪情。今天与其便而子复拒执如此，望求绝矣。英雄常激而死，何惜此生耶？当碎首子前，以报隐帕之德。"①在《乔兑换胡子宣淫　显报施卧师入定》的入话中改为：

　　怎么说那较量的话？我两日来，被你牵得我神魂飞越，不能自禁，恨没个机会，得与你相近，一快私情。今日天与其便，只吾两人在此，正好恣意欢乐，遂平生之愿。你却如此坚拒，再没有个想头了！男子汉不得如愿，要那性命何用？你昨者为我隐藏罗帕，感恩非浅，今既无缘，我当一死以报。②

两段语言相比较，只是文言到白话的翻译。可见"二拍"在借鉴《夷坚志》时，还存在一些中间的传播环节。

除以上各位学者的研究成果外，笔者仔细对勘、统计，发现《夷坚志》中还有三则故事被凌濛初直接改编成"二拍"的入话，这三则均不见于现有的研究成果，现补充如下：

（1）《拍案惊奇》第三十七卷《屈突仲任酷杀众生，郓州司令冥全内侄》的入话采用支戊卷四《黄池牛》。现将两者摘录如下：

---

① （明）周绍濂：《鸳渚志馀雪窗谈异》，北京：中华书局 2008 年版，第 244 页。
② （明）凌濛初：《拍案惊奇》卷三十二，北京：人民文学出版社 1991 年版。

黄池镇隶太平州，某东即为宣城县境，十里间有聚落，皆亡赖恶子及不逞宗室啸集。屠牛杀狗，酿私酒，铸毛钱，造楮币，凡违禁害人之事，靡所不有。王元卿叔端与表兄盛杲子东，淳熙十三年六月同往宁国府，过其处，见野园内系水牛五头，杲指第二牛曰："此明日当死。"王曰："何以知之？"曰："其四皆食草，惟是牛眼中泪下，且独不食。"因询茶肆人："此谁家者？"曰："乃赵三使所买，欲待旦屠宰。"已而果然。遂再往视之，其第四牛亦有昨日之态，望两人来，拱双蹄跪地，如拜诉状。复询肆人，曰："一客今早至此，顿买三头，惟余其一。旦夕杀之矣。"杲劝王使买之，置于近庄，以赊其死。王即访主人，优偿厥值，牵以归。至今犹存。

——支戊卷四《黄池牛》①

宋时，太平府有个黄池镇，十里间有聚落，多是些无赖之徒，不逞宗室、屠牛杀狗所在。淳熙十年间，王叔端与表兄盛子东同往宁国府，过其处，少憩闲览，见野园内系水牛五头。盛子东指其中第二牛，对王叔端道："此牛明日当死。"叔端道："怎见得？"子东道："四牛皆食草，独是牛不食草，只是眼中泪下，必有其故。"因到茶肆中吃茶，就问茶主人："此第二牛是谁家的？"茶主人道："此牛乃是赵三使所买，明早要屠宰了。"子东对叔端道："如何？"明日再往，只剩得四头在了。仔细看时，那第四牛也像昨日的一样不吃草，眼中泪出。看见他两个踱来，把双蹄跪地，如拜诉的一般。复问，茶肆中人说道："有一个客人，今早至此，一时买了三头，只剩下这头，早晚也要杀了。"子东叹息道："畜类有知如此！"劝叔端访他主人，与他重价买了，置在近庄，做了长生的牛。②

——《屈突仲任酷杀众生，郓州司令冥全内侄》入话

两篇文字字数相差无几，凌濛初所作的改动更多是把《黄池牛》由文言转译为白话，将背景介绍中与故事无关的"酿私酒，铸毛钱，造楮币，凡违禁害人之事，靡所不有"删去，明确故事的主题，增加了盛子东"畜类有知如此"的感慨。突出畜类也有灵性，自知死期，一样会悲哀祈求放生。这两处细微的改动使故事更紧凑，主题一目了然。

（2）《拍案惊奇》第三十九卷《乔势天师禳旱魃　秉诚县令召甘霖》第二个入话采用支戊卷三《金山庙巫》。现将二者摘录如下：

① （宋）洪迈：《夷坚志》，北京：中华书局 2006 年版，第 1080 – 1081 页。
② （明）凌濛初：《拍案惊奇》，北京：人民文学出版社 1991 年版，第 655 页。

【第五章　《夷坚志》的话本改编】

华亭金山庙濒海，乃汉霍将军祠。相传云：当钱武肃霸吴越时，常以阴兵致助，故崇建灵宫。淳熙末，县人因时节竟集，一巫方焚香启祝，唱说福渗，钱寺正家干沈晖者，独不生信心，语谑玩侮。所善交相劝止，恐其掇祸。巫宣言詈责甚苦。晖正与争辨，俄跟跄仆地，涎流于外，若厥晕然。从仆奔告其家。妻子来视，拜巫乞命。巫曰："悔谢不早，神已盛怒，既执录精魄付北酆，死在顷刻，不可救矣。"妻子彷徨无计，但拊尸泣守。晖忽奋而起。傍人惊散，谓为强魂所驱。沈笑曰："我故戏诸人耳，初无所睹也。"巫悚然潜出，阗庙之人亦舍去。

——《金山庙巫》①

华亭金山庙临海边，乃是汉霍将军祠。地方人相传，道是钱王霸吴越时，他曾阴兵相助，故此崇建灵宫。淳熙末年，庙中有个巫者，因时节边，聚集县人，捏神捣鬼，说将军附体，宣言祈祝他的，广有福利，县人信了，纷竟前来。独有钱寺正家一个干仆沈晖，倔强不信，出语谑侮。有与他一班相好的，恐怕他触犯了神明，尽以好言相劝，叫他不可如此戏弄。那庙巫宣言道："将军甚是恼怒，要来降祸。"沈晖偏要与他争辩道："人生祸福天做定的，那里甚么将军来摆布得我？就是将军有灵，决不附着你这等村蠹之夫来说祸说福的。"

正在争辨之时，沈晖一交跌倒，口流涎沫，登时晕去。内中有同来的，奔告他家里。妻子多来看视，见了这个光景，分明认是得罪神道了，拜着庙巫讨饶。庙巫越妆起腔来道："悔谢不早，将军盛怒，已执录了精魄，押赴酆都，死在顷刻，救不得了。"庙巫看见晕去不醒，正中下怀，落得大言恐吓。妻子惊惶无计，对着神像只是叩头，又苦苦哀求庙巫，庙巫越把话说来说得狠了。妻子只得拊尸恸哭。看的人越多了，相戒道："神明利害如此，戏谑不得的。"庙巫一发做着天气，十分得意。

只见沈晖在地下扑的跳将起来，众人尽道是强魂所使，俱各惊开。沈晖在人丛中跃出，扭住庙巫，连打数掌道："我把你这枉口嚼舌的，不要慌，那曾见我酆都去了？"妻子道："你适才却怎么来？"沈晖大笑道："我见这些人信他，故意做这个光景要他一要，有甚么神道来？"庙巫一场没趣，私下走出庙去躲了。合庙之人尽皆散去，从此也再弄不兴了。②

——《乔势天师禳旱魃　秉诚县令召甘霖》第二个入话

---

① （宋）洪迈：《夷坚志》，北京：中华书局2006年版，第1075页。
② （明）凌濛初：《拍案惊奇》，北京：人民文学出版社1991年版，第685—686页。

凌濛初在采用《金山庙巫》时，首先将语言转化成通俗晓畅的白话文，并在场面上作了一些敷衍，增加了庙巫、沈晖、群众的言语行动，渲染了庙巫的故作玄虚、装神弄鬼，沈晖揭露庙巫的机智大胆、果敢坚决，群众由不明真相、盲目崇拜到最后的醒悟继而放弃。

（3）《二刻拍案惊奇》第十三卷《鹿胎庵客人做寺主　剡溪里旧鬼借新尸》第二个入话采用补志卷十六《鬼小娘》。此卷正话采用补志卷十六《嵊县山庵》，李剑国认为支丁卷六《证果寺习业》也与此相类。现将《鬼小娘》与此篇入话节录如下：

> 福州黄间人刘监税之子四九秀才，娶郑明仲司业孙女。淳熙初，女卒，越三月，葬于郑氏先垄之旁。既掩圹，刘生邀送客饮于庵中，忽一蝶大可三寸，又似蝉，飞舞盘旋于左右十数匝。刘已之，戏言："得非吾妻乎？倘冥途有知，当集吾掌上。"蝶应声而下，集于右手间，移刻乃去，遗二卵。坐客争起观，刘呼一婢使藏之，且叹且泣。少顷，一婢来，举止声音全类郑氏。众初以为狂，至晚还家，巫发郑箧，取冠裳钗珥被服，如所素有。仍历数其夫，其事为非是，某妾有何过，某仆有何失，皆的的不诬。夜则登主榻，如郑生时。明旦区理家事，而检校庄租簿书尤力，亲党目为鬼小娘。其父盖田仆也，尝来视女，女不复待以父礼，呼骂之曰："汝去年负谷若干斛，何为不偿？"令他仆执而挞之。如是五年，刘生卒，婢即时洗然如旧。询所见，皆莫知。
>
> ——《鬼小娘》①

宋时福州黄间人刘监税的儿子四九秀才，娶郑司业明仲的女儿为妻，后来死了，三个月，将去葬于郑家先陇之旁。既掩圹，刘秀才邀请送葬来的亲朋在坟庵饮酒，忽然一个大蝶飞来，可有三寸多长，在刘秀才左右盘旋飞舞，赶逐不去。刘秀才道是怪异，戏言道："莫非我妻之灵乎？倘阴间有知，当集我掌上。"刚说得罢，那蝶应声而下，竟飞在刘秀才右手内，将有一刻光景，然后飞去。细看手内已生下两卵，坐客多来观看。刘秀才恐失掉了，将纸包着，叫房里一个养娘，交付与她藏了。刘秀才念着郑氏，叹息不已，不觉泪下。

正在凄惶间，忽见这个养娘走进来，道："不必悲伤，我自来了！"看着举止行动，声音笑貌，宛然与郑氏一般无二。众人多道是这养娘风发了。到晚回家，竟走到郑氏房中，开了箱匣，把冠裳钗钏服饰之类，尽多

---

① （宋）洪迈：《夷坚志》，北京：中华书局 2006 年版，第 1701 页。

拿出来，悉照郑氏平日打扮起来。家人正皆惊骇，他竟走出来，对刘秀才说道："我去得三月，你在家中做的事，那件不是，那件不是，某妾说甚么话，某仆做甚勾当。"一一数来，件件不虚。刘秀才晓得是郑氏附身，把这养娘认做是郑氏，与他说话，全然无异。也只道附几时要去得，不想自此声音不改了，到夜深竟登郑氏之床，拉了刘秀才同睡。云雨欢爱，竟与郑氏生时一般。明日早起来，区处家事，简较庄租簿书，分毫不爽。亲眷家闻知，多来看他，他与人寒温款待，一如平日。人多叫他做鬼小娘。养娘的父亲就是刘家庄仆，见说此事，急来看看女儿。女儿见了，不认父亲，叫他的名字骂道："你去年还欠谷若干斛，何为不还？"叫当值的拿住了要打，讨饶才住。

如此者五年，直到刘秀才后来死了，养娘大叫一声，蓦然倒地，醒来依旧如常。问他五年间事，分毫不知。看了身上衣服，不胜惭愧，急脱卸了，原做养娘本等去。①

——《鹿胎庵客人做寺主　剡溪里旧鬼借新尸》第二个入话

《鬼小娘》语言简洁精练，凌濛初以此为蓝本改编后的文字虽然篇幅拉长，但情节内容并没有做任何扩展，人物言行都拘泥于原作，如养娘对刘秀才所言："我去得三月，你在家中做的事，那件不是，那件不是，某妾说甚么话，某仆做甚勾当。"缺乏对话的真实语境和具体内容，显然是直接照抄洪迈笔下的概述性文字。凌濛初只是把《鬼小娘》用通俗的语言讲述出来而已，没有任何创造性，冗长烦琐的语言造成叙事节奏的缓慢，失去了原作的韵味。

四、其他话本小说与《夷坚志》

1.《石点头》

《石点头》为明代短篇白话小说集，天然痴叟著。该书有明崇祯年间金阊叶敬池刊本，题"天然痴叟著""墨憨主人评"，卷首有龙子犹（冯梦龙）的序，云："石点头者，生公在虎丘说法故事也。小说家推因及果，劝人作善，开清静方便法门，能使顽夫伥子，积迷顿悟，此与高僧悟石何异。……若曰生公不可作，吾代为说法。所不点头会意，翻然皈依清净方便法门者，是石之不如者也。"②可知作者的创作意图为讽世教化。《石点

---

① （明）凌濛初著，王古鲁编注：《二刻拍案惊奇》，上海：古典文学出版社1957年版，第260–261页。

② （明）天然痴叟：《石点头》，上海：上海古籍出版社1985年版，第329页。

头》共十四卷，每卷演一故事，其中有二卷正话直接采自《夷坚志》①：第六卷《乞丐妇重配鸾俦》敷衍支丁卷九《盐城周氏女》。故事讲述以织席为生的周六女儿嫁与打鱼人刘某为妻，因不会缝衣被夫家所弃，父母亡故后沦落为乞丐。本为富家子的吴公佐倚才狂放，资斧尽竭时成为香火侍者，众人取笑让吴公佐娶乞丐妇为妻。吴公佐偶因赌博获财，遂开店铺盈利，后又金榜题名，地位改变但对周女始终不离不弃，周女由原来粗糙普通的女子变为贵夫人。善识相的严隐士在周女落魄时，就预言周女骨骼尊贵，果然被其说中。《盐城周氏女》是古代一个"灰姑娘"的传说，故事本身充满着戏剧性，《乞丐妇重配鸾俦》在演绎时，没有增添新的故事人物，笔墨集中在四个重点情节和场面：刘氏父子对周女不满，设计将其退回，被灌醉的周父失足落入水中身亡；周女成为乞丐，唱莲花落沿门讨饭，渐渐眼目开霁、出口成章；善相法的严几希当众预言周女有贵人相，周女被富家朱从龙收留；吴公佐沦落为香火道人遭到亲友的抛弃，与文友中秋夜吟诗作对感慨身世孤单，朋友将周女配与其作妇。从主题上来说，《盐城周氏女》表现达术士高明的预测和命运的天定；《乞丐妇重配鸾俦》表达文人的一种生活感慨："自古道未归三尺土，难保百年身。百年之内，饥寒夭折，也不可知。就是百年之内，荣华寿考，也不可定。只要人晓得，难过得是眼前光景，未定的是将来结局。在自己不可轻易放过，在他人莫要轻易看人。"与洪迈的定命论刚好相反，天然痴叟认为将来是不可预知的，"奉劝世人，大开眼界，莫要一味趋炎附势，不肯济难扶危，倘后来人定胜天，可不惭报无地？"②

第十卷《王孺人离合团鱼梦》敷衍丁志卷十一《王从事妻》。故事记王从事妻被奸人拐卖，五年后王从事任衢州教授时，在西安县宰处吃鳖寻到妻子，夫妻团聚。《王孺人离合团鱼梦》在演绎时，除重点抓住一些场景外，还巧妙地运用巧合、道具的功能，如赵成将王从事妻乔氏卖给西安县知县王从古为妾，乔氏不愿让王从古知道自己前夫的名姓，作诗曰："蜗角蝇头有甚堪，无端造次说临安。因知不是亲兄弟，名姓凭君次第看。"③乔氏的金簪在故事中起着关目作用，此金簪为王从事的聘礼，遭赵成强暴时，乔氏借此将赵成刺伤，金簪落入赵妻之手。夫妻团聚后，任钱塘知县的王从事审理周绍案时，以金簪为线索，追到凶手赵成，妇冤乃

---

① 胡士莹《话本小说概论》认为第七卷《感恩鬼三古传题旨》与支景卷三《三山陆苍》条相类，虽然故事大致相同，但不是受《三山陆苍》直接影响。

② （明）天然痴叟：《石点头》，上海：上海古籍出版社1985年版，第163页。

③ （明）天然痴叟：《石点头》，上海：上海古籍出版社1985年版，第258页。

白。金簪串起了夫妻悲欢离合和申冤查凶两个故事，第二个故事是《王从事妻》所没有的。

从《石点头》演绎《夷坚志》的整体情形看，《石点头》在营造故事情节生动曲折的同时，文人生活气息较浓，作品中增添了许多诗词唱和、文人雅集的情节，如《乞丐妇重配鸾俦》中吴公佐与司空浩、邓元龙、冉雍非中秋佳节在刘孝廉园中赏月吟诗，《王孺人离合团鱼梦》中王从事、王从古、叶训导前往烂柯山游玩，王从古又请二人来府上玩赏桃花等。

2.《西湖二集》

明短篇白话小说集，周清原著。此书三十四卷，每卷一篇写一个故事，有明末原刊本、云林聚景堂覆刊本。

第二十八卷《天台匠误召乐趣》的入话，采自支景卷三《西湖庵尼》。

3.《欢喜冤家》

明短篇白话小说集，西湖渔隐主人著。是书二十四回，每回写一个故事，有山水邻原刊本。又题《贪欢报》《欢喜奇观》《艳镜》《三续今古奇观》《四续今古奇观》。

第七回《陈之美巧计骗多娇》叙富户陈彩觇摊贩潘璘妻犹氏貌美，设计杀潘而娶之。十八年后，获知真相的犹氏终报夫仇。故事本事为补志卷五《张客浮沤》。

第二节 "三言""二拍"改编的
作品题材及文本形态

"三言""二拍"对《夷坚志》在题材上的借鉴，有直接取材改编和受影响编撰成另一近似作品两种方式。后者属间接影响，标准难以把握，"三言""二拍"受哪些具体作品的影响难以精确统计①，本书以直接取材改编的作品为研究对象。笔者认为《夷坚志》中 47 篇作品被冯梦龙、凌濛初直接改编成"三言""二拍"36 篇作品中的入话或正话，其中"三言"8 篇作品采用《夷坚志》的 8 篇作品，"二拍"28 篇作品采用《夷坚

---

① "三言""二拍"中某篇作品往往不只受《夷坚志》中某一篇作品的影响，如"初刻"《王大使威行部下　李参军冤报生前》的入话，虽直接采用支戊卷四《吴云郎》，但《夷坚志》中与此相似的故事还有补志卷六《王兰玉童》《周翁父子》、三志辛卷十《陈小八父子债》、支癸卷六《尹大将仕》等。谭正璧在《三言二拍资料》中认为此篇入话受《王兰玉童》和《吴云郎》的影响。

志》的 39 篇作品。《夷坚志》中的有关作品在"三言""二拍"中作为入话的有 24 篇，演绎为正话的有 23 篇。《夷坚志》篇章在"三言""二拍"改编中的情形见下表：

表 5 - 2　《夷坚志》篇章在"三言""二拍"改编中的情形

话本名	入话	正话
"三言"	《徐信妻》 《张客奇遇》	《西湖庵尼》 《太原意娘》 《王武功妻》 《周氏子》 《吴小员外》 《鄂州南市女》
"二拍"	《解洵娶妇》 《任道元》 《神乞帘》 《林积阴德》 《王从事妻》 《吴云郎》 《刘尧举》 《黄池牛》 《金山庙巫》 《王八郎》 《丁湜科名》 《叶司法妻》 《陆氏负约》 《鬼小娘》 《临安武将》 《刘元八郎》 《楚将亡金》 《奢侈报》 《西湖女子》 《魏十二嫂》 《丰乐楼》 《大庾疑讼》	《湖州姜客》 《蔡州小道人》 《真珠族姬》 《董汉州孙女》 《王朝议》 《满少卿》 《吴淑姬严蕊》 《嵊县山庵》 《证果寺习业》 《吴约知县》 《李将仕》 《毛烈阴狱》 《贾廉访》 《朱天锡》 《杨抽马》 《杨戬馆客》 《嘉州江中镜》

【第五章　《夷坚志》的话本改编】

一、题材内容特征

1. 婚恋丽情、世风民情类题材为主

"三言""二拍"采用《夷坚志》的篇章在数目上相差很大，而且在题材上各有侧重。"三言"所借鉴的《夷坚志》篇章几乎全为婚恋丽情类小说，①"二拍"题材相对较为广泛，世风民情题材所占比例最高，如《湖州姜客》《真珠族姬》《王朝议》《李将仕》《临安武将》《吴约知县》《贾廉访》《毛烈阴狱》《吴云郎》《楚将亡金》《吴淑姬严蕊》《林积阴德》等，其次为婚恋丽情类，如《解洵娶妇》《蔡州小道人》《满少卿》《刘尧举》《陆氏负约》《西湖女子》等，还有一些篇章为神巫佛道类和鬼灵精怪类题材，前者有《任道元》《神乞帘》《金山庙巫》《丁湜科名》《杨抽马》《丰乐楼》，后者有《黄池牛》《嵊县山庵》《证果寺习业》《鬼小娘》《嘉州江中镜》。

冯梦龙主张情教，在署名"詹詹外史"所作的《情史叙》中说："我欲立情教，教诲众生。""天地若无情，不生一切物。一切物无情，不能环相生。生生而不灭，由情不灭故。四大皆幻设，惟情不虚假。"②在《序山歌》中也说："借男女之真情，发名教之伪药。"《古今小说一刻》再版时改名为《喻世明言》，刊印者衍庆堂梓行时识语称："取其明言显易，可以开启人心，相劝于善，未必非世道之一助也。"冯梦龙的情教观与晚明个性解放、歌颂真情的社会思潮密不可分，经其改订过的话本多反映文人的生活和思想情趣，其对《夷坚志》中婚恋丽情类故事更感兴趣。洪迈在《夷坚志》中作为奇事、新闻所记的男女纠葛，冯梦龙改编时多从"情"的角度进行渲染，如《王武功妻》《西湖庵尼》在《夷坚志》中本为世风民情类的公案小说，改编后成为情节曲折、感情细腻真挚的爱情小说。

"二拍"是在"三言"的影响和带动下成书的，尚友堂刊本《拍案惊奇序》所附即空观主人序言声称："独龙子犹氏所辑《喻世》等诸言，颇存雅道，时著良规，一破今时陋习；而宋、元旧种，亦被搜括殆尽。肆中人见其行世颇捷，意余当别有秘本，图出而衡之。不知一二遗者，皆其沟中之断，芜略不足陈已。因取古今来杂碎事可新听睹、佐谈谐者，演而畅之，得若干卷。"③可见"二拍"的创作与书商的鼓励分不开，商业性、世

---

① 《西湖庵尼》《王武功妻》两篇有公案性质，但都因男女恋情引起，在此也视为婚恋题材。
② （明）冯梦龙：《情史类略》，长沙：岳麓书社1983年版。
③ （明）即空观主人：《拍案惊奇序》，北京：人民文学出版社1991年版。

俗性特征更为明显，作品中公案奸情类故事数量最多。与"三言"相比较而言，"二拍"直接反映文人生活和思想情趣的作品比"三言"少，以商人、市井细民社会生活为主的种种世情时态占据了主导地位。作品反映生活范围扩大，使凌濛初拥有更宽广的创作空间和更大的选取题材的自由，"'三言'中的大部分作品是宋元旧种，而凌濛初的创作数量，在话本小说的历史上应是最高的。"① 凌濛初不仅从《夷坚志》世风民情类小说中大量取材，对婚恋丽情类作品的改编也突显了自己的创作风格，即从市民的角度写男女之爱，更多表现"欲"的成分。此外，"二拍"在突出世风民情内容的同时，还从《夷坚志》神巫佛道、鬼灵精怪类小说取材，使人感觉鬼气满纸，鬼神似乎与人类比邻而存在，实际上凌濛初试图用鬼神在市民的心里树立起恐惧和敬畏感，进而注意自己的言行，有某种教化的目的。

"三言""二拍"是在宋元说话的影响下出现的，在题材类型选择上有一定的继承关系，在宋元说话家数中，"小说"家最有势力，因为"小说"基本上取材于市民各阶层的生活，内容是市民熟悉且喜闻乐道的。《醉翁谈录·小说引子》有两句诗："春浓花艳佳人胆，月黑风寒壮士心"，吴组缃曾指出，"佳人胆""壮士心"概括了宋元话本小说的主要内容②，婚姻爱情、侠义公案是最能触动读者兴奋点的两个话题，这正是《夷坚志》婚恋丽情、世风民情类故事中最突出和精彩的部分。

2. 篇目选择与《夷坚志》小说选本有关

在《夷坚志》各种题材内容中，"三言""二拍"比较倾向于改编其中的婚恋丽情类和世风民情类故事，这与改编者的意图、晚明的社会思潮等因素有关，也受到当时流行的小说选本的影响，改编后的文本形态及审美倾向、艺术旨趣等都发生了变化。

明代末年小说选本编撰之风盛行，其中大量的小说选本以《夷坚志》为选录的对象，冯梦龙"四大异书"以及"艳异"系列小说选本作为当时较有影响的选本，有明确的选录原则，其中"情"是重要的标准，既符合晚明社会思潮，又对《夷坚志》的话本改编产生了影响。

冯梦龙编选的文言小说选本《情史》《智囊补》《古今谭概》都收录了《夷坚志》中的篇章，而这些篇章又成为"三言""二拍"的故事来源，如《智囊补》中《永嘉州子》即为补志卷五《湖州姜客》，成为《拍案惊奇》卷十一的正话本事来源，《古今谭概》中的《临安民》即为补志

---

① 王昕：《话本小说的历史和叙事》，北京：中华书局2002年版，第176页。

② 吴组缃、沈天佑：《宋元文学史稿》，北京：北京大学出版社1989年版，第231页。

卷七《丰乐楼》，演绎为《二刻拍案惊奇》卷三十六的入话。《情史》与"三言""二拍"的关系尤为密切，欧阳代发统计发现，在"三言""二拍"近两百篇作品中，几乎有近一半篇目与《情史》有关。①《情史》选录《夷坚志》70篇，其中有14篇被敷衍为"三言""二拍"的入话或正话，这14篇为《周六女》《王从事妻》《徐信》《刘尧举》《阮华》《严蕊》《金明池当垆女》《西湖女子》《王武功妻》《陆氏女》《念二娘》《满少卿》《杨戬客》《李将仕》。

此外，"艳异"系列小说选本所选《夷坚志》篇章也多在"三言""二拍"中被敷衍为入话或正话，如《艳异编》中的《李将仕》《吴淑姬严蕊》《吴小员外》等，《广艳异编》中的《投桃录》《鄂州南市女》《解洵》《杨抽马》《吴约知县》《杨戬馆客》《真珠族姬》《临安武将》《王朝议》《满少卿》《张客奇遇》《鬼小娘》《周氏子》等。

《夷坚志》中47篇被"三言""二拍"敷衍的作品中，有近30篇为冯梦龙编选的文言小说选本及"艳异"系列选本选入，这一现象绝非偶然。冯梦龙、凌濛初究竟是以这些文言小说选集为蓝本创作，还是仍旧参考了原作？韩结根在《〈广艳异编〉与"两拍"——"两拍"蓝本考之二》一文中指出，《广艳异编》是"两拍"的直接来源，凌濛初之所以没有花费力气便在短期内完成"两拍"的资料准备与编撰工作，归功于充分利用了同时代作者编纂的小说选本，"因为《广艳异编》见于'两拍'的故事不仅数量多，而且有些还是唯有《广艳异编》收录而他书不见记载的"。②韩结根同时指出，《情史》成书较晚，其中一些曾被认为是"两拍"来源的作品是从《广艳异编》中移植而来。而徐永斌则认为冯梦龙的《情史》《智囊》《古今谭概》是凌濛初"二拍"依据的重要蓝本，并列举同一篇章在选本和话本中语言文字表达的相同之处来证实③。

《喻世明言》大约刊行于明泰昌、天启改元之际，《警世通言》有天启四年（1624）金陵兼善堂刻本，《醒世恒言》刊于天启七年（1627）。"二拍"成书稍晚，《拍案惊奇》成书于天启七年，崇祯元年（1628）由苏州尚友堂刊刻行世，《二刻拍案惊奇》刊于崇祯五年（1632）。从成书刊刻问

---

① 欧阳代发：《〈情史〉与"三言""二拍"关系考补》，《文献》1999年第1期。
② 韩结根：《〈广艳异编〉与"两拍"——"两拍"蓝本考之二》，《复旦大学学报》2005年第5期。
③ 徐永斌：《"二拍"与冯梦龙的〈情史〉〈智囊〉〈古今谭概〉》，《明清小说研究》2005年第2期。

世时间判断，"艳异"系列小说选本均早于"三言""二拍"，[①]作为明代影响深远的小说选本，冯梦龙、凌濛初在话本小说创作过程中应有接触。而冯梦龙"四大异书"问世则早于"三言"，按照徐永斌的观点，"四大异书"问世应晚于"二拍"，"二拍"在以"艳异系列"小说为蓝本的同时，对"四大异书"也有参考。

此外，笔者根据《夷坚志》在小说选本和话本创作中的情形认为，凌濛初在创作"二拍"时，除熟悉小说选本并在创作中受到影响外，在明代刊刻多次的《夷坚志》原作也是其创作的重要蓝本。[②]无论是《情史》，还是《广艳异编》，在选录《夷坚志》时语言文字基本没有改动，所以很难判断凌濛初究竟以何本为依据。虽然凌濛初在文言—白话的转译改编中，语言表达有因袭的痕迹，如丁志卷十一《王从事妻》中，夫妻团聚后，王从事要赔还西安县宰三十万原身钱，县宰说："以同官妻为妾，不能审详，其过人矣。幸无男女于此，尚敢言钱乎?"[③]此则被《情史》卷二情缘类收录，文字相同，又被演绎为《拍案惊奇》第二十七卷的入话，县宰所言改为："以同官之妻为妾，不曾察听得备细，恕不罪责勾了，还敢说原钱耶?"[④]但《夷坚志》和《情史》中的文字相同，断言"二拍"以《情史》为蓝本缺少依据。

幸而有极少数篇章，选文和原作在文字、情节上有较大出入，如《杨抽马》，《广艳异编》在选录时，删去原作中多个表现杨抽马奇异幻术的例子，只选取其中一件详细展示。此篇被《二刻拍案惊奇》第三十三卷敷衍为正话，杨抽马的种种神奇之事悉数列入，显然凌濛初是以《夷坚志》为蓝本。[⑤]

《夷坚志》中有一些作品在目前已知的小说资料中仅见于"二拍"，如《黄池牛》《蔡州小道人》《嵊县山庵》《证果寺习业》《嘉州江中镜》《奢侈报》《刘元八郎》《楚将亡金》《丁湜科名》《金山庙巫》《吴云郎》《任道元》等，"二拍"演绎这些篇章时，与《夷坚志》的文字更为接近，如

---

① 《夷坚志》文言小说选本刊刻时间参见本书第四章第二节。

② 《夷坚志》与《情史》《广艳异编》中的选篇文字相同，只有一些个别篇章语言表达差别很大，如丁志卷十七《刘尧举》，被《情史》选为同名小说，被《广艳异编》选入更名为《投桃录》。虽然选文与原作文字不同，但《情史》《广艳异编》中的文字相同，《二刻拍案惊奇》第三十回用作入话时，语言风格与选文相同。而且这些选本中有多篇与"二拍"引用故事相同，由此判断凌濛初参考了这些选本。

③ （宋）洪迈：《夷坚志》，北京：中华书局2006年版，第632页。

④ （明）凌濛初：《拍案惊奇》，北京：人民文学出版社1991年版，第468页。

⑤ 《杨抽马》是《夷坚志》中篇幅较长的作品之一，本书不再另外摘引原文及其选本。

支戊卷五《任道元》，村童被神附身，责骂任道元："任道元，诸神保护汝许久，而乃不谨香火，贪淫兼行，罪在不赦！"① 该篇被凌濛初《拍案惊奇》第十七卷用作入话，村童所言改为："任道元，诸神保护汝许久，而乃不谨香火，贪淫邪行，罪在不赦！"② 只改动了一个字，由此足以断定《夷坚志》为凌濛初创作时的直接来源。

"三言""二拍"采用《夷坚志》的篇章与作者的创作实际及编著目的有关，也与《夷坚志》当时的传播有关。多种文言小说选本对《夷坚志》的收录扩大了其影响，给话本小说的创作提供了便利，促进了人们对原作的进一步了解和普及。"三言""二拍"对《夷坚志》的改编，从一定程度上反映了小说选本对小说创作的意义，也体现了《夷坚志》对话本小说作家的价值。

二、文本形态

从《夷坚志》到"三言""二拍"，首先存在小说体制上的改变，增加篇首诗、篇尾诗以及其他韵文，增加结语以及作者在文中的借题发挥、解释议论，如《杨思温燕山逢故人》中，冯梦龙介绍故事背景："说话的，错说了！使命入国，岂有出来闲走买酒吃之理？按《夷坚志》载：那时法禁未立，奉使官听从与外人往来。"③ 而在丁志卷九《太原意娘》中为："时法禁未立，奉使官属尚得与外人相往来。"④ 有些发挥解释则是原作没提到的，如《二刻拍案惊奇》第八卷正话敷衍《王朝议》，凌濛初在文中说明沈将仕作为赌资的"茶券子"：

> 说话的，"茶券子"是甚物件，可当金银？看官听说："茶券子"即是"茶引"。宋时禁茶榷税，但是茶商纳了官银，方关茶引，认引不认人。有此茶引，可以到处贩卖。每张之利，一两有余。大户人家尽有当着茶引生利的，所以这茶引当得银子用。⑤

这些解释议论改变了小说的体制，丰富了小说的内容，使读者在故事之外获得了其他知识。情节的改编则使故事内容发生了变化，这是使《夷

---

① （宋）洪迈：《夷坚志》，北京：中华书局 2006 年版，第 1090 页。

② （明）凌濛初：《拍案惊奇》，北京：人民文学出版社 1991 年版，第 277 页。

③ （明）冯梦龙：《喻世明言》，北京：人民文学出版社 1958 年版，第 370 页。

④ （宋）洪迈：《夷坚志》，北京：中华书局 2006 年版，第 608 页。

⑤ （明）凌濛初著，王古鲁编注：《二刻拍案惊奇》，上海：古典文学出版社 1957 年版，第 174 页。

坚志》由尺寸短帙变为煌煌万言的主要原因。

1. 白话翻译

文言小说和话本在文体上最基本的区别是语言的不同，文言小说因用文言而显得简洁凝练，话本小说则因用白话而显得铺张扬厉。"这原是两种不同的语言特点，不能简单类比。然而，常有论者以笔记之简洁为简陋，对话本的繁复则随意赞扬，褒贬之间，殊失公允。"①《夷坚志》中引入作为"三言""二拍"入话的篇章基本采用文言到白话的语言文字转译方式，沿袭原作故事情节，很少有进一步的延展扩充。

如《拍案惊奇》第二十七卷的入话采用《王从事妻》，两相对照，仅是语言文字上的转译，而此篇被《石点头》敷衍为正话时，添设了许多新的故事情节。《拍案惊奇》第二十一卷的入话采用《林积阴德》，除文字转译外，还穿插了七段韵文，这并不是凌濛初的创造，而是因袭《六十家小说》中《阴骘积善》篇而来。凌濛初入话引用《夷坚志》22篇，冯梦龙入话引用两篇，在故事内容变动不大的入话中，可看出凌濛初对故事来源的依赖，往往受原作的拘束和牵制，在入话中很少能摆脱原作自由发挥。相比较而言，"三言"对《夷坚志》的发挥空间较大，当然不排除其中一些作品经历了说话艺人的屡次传唱和改编，如冯梦龙借鉴《夷坚志》的八个篇章中，《闲云庵阮三偿冤债》《简帖僧巧骗黄甫妻》便分别是对《六十家小说》中《戒指儿记》《简帖和尚》的润色编辑。"三言"在不断累积中故事面貌与原作产生了不同，如《警世通言》第十二卷入话采用《徐信妻》，两篇最大的差异在于冯梦龙将原作倒叙的方式改为顺叙，去掉了原作开头留给读者的悬念感，将故事来龙去脉娓娓道来。这种改动虽然不及原作高明，但改编者尝试创新的努力却是非常明显的。

2. 原作隐含情节的展开

"三言""二拍"对《夷坚志》的创造主要体现在对引入作为正话内容的篇章改编上，其中情节的经营是最能体现作者创造性之处。话本小说保留了诉诸听觉的说话艺术的特点，十分注重故事情节的安排，讲究结构完整，线索清楚，追求情节的曲折离奇，而文言小说的情节相对较为单一，不够作为故事正话的容量，扩充情节成为改编者面临的首要问题，展开原作中隐含的情节是方法之一。

如《二刻拍案惊奇》第十三卷正话直接采用《嵊县山庵》，在《夷坚志》中是一个纯粹的旧鬼借新尸来鸣冤的故事：某客拜访为僧的友人，恰

① 刘勇强：《论"三言二拍"对〈夷坚志〉的继承与改造》，《文学遗产》1995年第4期。

巧僧要去为山下新死的人家作佛事，独留在僧舍的某客半夜被鬼纠缠，鬼自称是某客已亡多年的朋友，因人间妻子不良，孤儿饥寒交迫沦为乞丐，希告官相助，最后鬼抱在一根柱子上消失。僧归来后说新死之人的尸体突然不见，当寻找到柱子旁边，发现柱子上抱的正是死者。凌濛初演绎这个情节简单的鬼故事时，主要依据原作结尾一句："里正白其事于县，为究实，于是所嘱之事由此获伸。"① 此句被演绎为生动细致的五个情节场面：第一，知县查问直秀才（原作中的某客）夜间在禅舍的见闻；第二，旧鬼刘念嗣妻房恩娘淫荡薄情，夫死未满一年改嫁弃子；第三，知县审问房氏，追查田产家财；第四，知县设计借牢内盗犯骗出房氏寄存在赖家而被赖掉的银两；第五，知县交付刘家财产，直秀才替亡友照顾孤儿。这五个情节属于世情公案题材，与该篇前部分旧鬼借新尸鸣冤的内容在故事中的分量几乎相当，凌濛初在原作简单的鬼故事基础上，大量增加了公案故事情节，充实了作品的人间内容，体现了由原作重鬼怪向重世情的转变。

又如《喻世明言》第二十卷《杨思温燕山逢故人》，此篇正话取材于《太原意娘》。冯梦龙根据原作结尾拓展："后数年，韩无以为家，竟有所娶，而于故妻墓稍益疏。"② 冯梦龙增设了韩思厚与女道士刘金坛的爱情婚姻故事。刘金坛的遭际与韩思厚相同，她是由于丈夫冯六承旨在战乱中遇难而出家为道，韩思厚与其相见顿生爱恋，冷落了亡妻郑义娘的孤坟。因为"思厚负了郑义娘，刘金坛负了冯六承旨"，韩思厚与刘金坛渡江游览金山时，两人的亡妻、亡夫从江中现身复仇。经过改编后，洪迈笔下女子在战乱中义不受辱的气节大大削弱了，乱世中夫妻的悲剧被演绎为负约遭报的主题。

3. 脱离原作增设新情节

《夷坚志》相关篇章作为"三言""二拍"相对完整单一的故事来源，需要改编者捏合数个故事或人物，丰富充实故事内容。有些篇章根据原作本身的提示增设情节，有些篇章则脱离原作无所依傍编造新情节。如《警世通言》第三十卷《金明池吴清逢爱爱》，正话部分演绎《吴小员外》，故事开头吴清在金明池春游时，首先进入其眼帘的是杏黄衫美女，而非酒家女卢爱爱。杏黄衫美女是原作中没有的人物，在"三言"中，该人物的作用非常重要，在故事前部分推动了情节的发展——吴清对其念念不忘，前往寻找时才遇到酒家女，酒家女代替了吴清对杏黄衫美女的渴望；在故

---

① （宋）洪迈：《夷坚志》，北京：中华书局 2006 年版，第 1704 页。
② （宋）洪迈：《夷坚志》，北京：中华书局 2006 年版，第 609 页。

事的后半部分，由杏黄衫美女展开了新情节：为了摆脱酒家女的鬼魂，皇甫法师让吴清刺杀敲门者，倒地者为店小二阿寿，吴清入狱后，卢爱爱鬼魂托梦并以两粒丹药相赠，吴清出狱后碰到褚员外为女儿招榜求医，吴清用丹药治愈褚女并结为夫妻，褚女名也叫爱爱，正是吴清金明池所见杏黄衫美女。作者将吴清与卢爱爱的情爱、与褚爱爱的婚姻交织在一起，使情节更为复杂离奇。

"三言""二拍"有些新增加的情节虽然看似与原作无关，实与原作暗中契合，因为有些新增情节是依据原作中人物性格捏造出来的，如《二刻拍案惊奇》第七卷正话演绎《董汉州孙女》，董汉州孙女在为官的父亲死后，被后母卖到妓院，凌濛初根据后母的性格，增设了后母董孺人与吕使君偷情的内容，刻画出董孺人的淫荡狠毒。有些新增加的情节是依据故事情节的进一步发展而想象虚构，如《二刻拍案惊奇》第十一卷正话演绎《满少卿》，满少卿在落魄时得到焦大郎的资助，暗中与焦女发生了私情。凌濛初对焦大郎得知真相的过程用拷打丫鬟青箱的情节场面来具体呈现。有些新增加的情节是与原作内容相同的另一个故事，如《二刻拍案惊奇》第五卷正话由两个相近的故事拼凑整合而成，即襄敏公元宵失子和王室宗亲女元宵被拐，后一个故事由开封府审襄敏公失子案引出，直接取材于《真珠族姬》，两个相近故事嵌合在一起扩大了故事的容量。

三、改编倾向

《夷坚志》和"三言""二拍"虽然在小说体制上不同，有笔记和话本之别，但都与宋元说话有密切的联系。在小说发展史上，以《夷坚志》为代表的宋代文言小说体现了小说史的一大变迁——走向世俗，这种倾向与宋代文化的影响有关，生气勃勃的南宋民间说话则是发生变迁的直接原因。"三言""二拍"对宋元旧本的依赖性更大，尤其是"三言"，大部分作品为冯梦龙对宋元话本和前期拟话本在文字、情节、体制等方面的加工润饰，实质上是对宋元旧本案头化、规范化的改造，鲜明地反映了文人的审美意识和情趣。《夷坚志》和"三言""二拍"都体现着雅俗的结合，前者是雅向俗的倾斜、靠拢，是雅文学的俗化；后者是文人对俗文学的改造，是俗文学的雅化。从《夷坚志》到"三言""二拍"，体现着不同的创作倾向和审美追求。

1. "三言""二拍"教化意图明显

洪迈的创作始于对鬼神奇异之事的关注，其在《夷坚丙志序》中说："始予萃《夷坚》一书，颛以鸠异崇怪，本无意于纂述人事及称人之恶也。

然得于容易，或急于满卷帙成编，故颇违初心。"① 引起洪迈创作兴趣的是怪异之事本身，而非其中蕴含的观照人间世界的内容，"鸠异崇怪"为其创作意图，但由于众多不同的素材来源，加上洪迈创作中的贪多求快，创作慢慢偏离了初衷，编写了许多关于现实社会的篇章，并融入了对这些现象的善恶评价，洪迈在自责的同时，"然习气所溺，欲罢不能"，只好自恕曰："但谈鬼神之事足矣，毋庸及其它。"从《丙志序》中可看出洪迈创作偏离最初的创作意图引起了内心的不安和斗争，试图纠正但又欲罢不能的心理。从《夷坚志》的具体篇章来看，神妖鬼怪的内容占了绝对地位，这类题材的作品中有一大部分因体现因果报应而具有教化的意味，也有一些现实题材的作品，洪迈在文中直接议论进行褒贬评价，但这种现象在《夷坚志》中所占比例极低。

"三言""二拍"则突出强调教化，冯梦龙在《古今小说序》中说："试令说话人当场描写，可喜可愕，可悲可泣，可歌可舞；再欲提刀，再欲下拜，再欲决脰，再欲捐金；怯者勇，淫者贞，薄者敦，顽钝者汗下。虽小诵《孝经》《论语》，其感人未必如是之捷且深也。"② 在《警世通言》第十二卷《范鳅儿双镜重圆》的入话中曰："话须通俗方传远，语必关风始动人。"③ 凌濛初也在《拍案惊奇凡例》中说："是编主于劝戒，故每回之中，三致意焉，观者自得之，不能一一标出。"④ 在《二刻拍案惊奇》第十二卷的入话中说得更明白："从来说书的不过谈些风月，述些异闻，图个好听。最有益的，论些世情，说些因果，等听了的触着心里，把平日邪路念头化将转来，这个就是说书的一片道学心肠。"⑤ 从具体创作篇章来看，冯梦龙热衷于宣讲忠孝节义等大道理。如由《西湖庵尼》敷衍而来的《闲云庵阮三偿冤债》，洪迈只是作为一件奇事来写，其中可能暗含着对僧尼不守清规的揭露，在冯梦龙的笔下，则大肆渲染陈小姐的守贞，陈小姐与阮三私合怀孕，陈太尉夫妇怒火中烧，陈小姐说："妇人从一而终，虽是一时苟合，亦是一日夫妻，我断然再不嫁人。若天可怜见，生得一个男子，守他长大，送还阮家，完了夫妻之情。那时寻个自尽，以赎玷辱父母

---

① （宋）洪迈：《夷坚志》，北京：中华书局 2006 年版，第 363 页。

② （明）绿天馆主人：《喻世明言·叙》，北京：人民文学出版社 1958 年版。

③ （明）冯梦龙：《警世通言》，北京：作家出版社 1956 年版，第 154 页。

④ （明）即空观主人：《拍案惊奇·凡例》，北京：人民文学出版社 1991 年版。

⑤ （明）凌濛初著，王古鲁编注：《二刻拍案惊奇》，上海：古典文学出版社 1957 年版，第 245 页。

之罪。"① 十九岁守寡、一生不嫁的陈小姐在教子成名后，朝廷为其建贤节牌坊。

与冯梦龙相比，凌濛初主要针对明代社会中普遍存在的各种丑恶现象发表评论，作出善恶是非的判断，以此告诫世人。如《二刻拍案惊奇》第八卷，入话、正话分别直接取材于《夷坚志》中《丁湜科名》和《王朝议》，《丁湜科名》记书生因赌博有损阴德而延误中举，《王朝议》携巨资赴都城调官，落入奸人的赌博骗局，最后身无分文。洪迈只是直录其事，没有任何议论，其底蕴深邃专一，只求读者领会，并不强加于人。凌濛初则在文中议论不断，引入篇首诗词之后便发表了一大段关于赌博害人不浅的议论，入话演绎完《丁湜科名》的故事后，评论道："若非这一番赌，这状元稳是丁湜，不让别人了。今低了五名，又还亏得悔过迁善，还了他人钱物，尚得高标；倘贪了小便宜，执迷不悟，不弄得功名没分了？所以说，钱财有分限，靠着赌博得来，便赢了也不是好事。""看取丁湜故事，就赢了也要折了状元之福。何况没福的？何况必输的？不如学好守本分的为强。"② 整个故事都是苦口婆心地劝世人不要赌博。凌濛初的告诫显然是对现实有感而发的，晚明江南赌博之风炽盛，顾炎武《日知录》记载："万历之末，太平无事，士大夫无所用心，间有相从赌博者。至天启中，始行马吊之戏。而今之朝士，若江南、山东，几于无人不为此。有如韦昭论所云'穷日尽明，继以脂烛。人事旷而不修，宾旅阙而不接'者。吁！可异也。"③

正是基于对现实的观照，从洪迈到凌濛初，共同追求的"奇"之内涵发生了改变，即空观主人《拍案惊奇序》云："语有之：'少所见，多所怪。'今之人但知耳目之外牛鬼蛇神之为奇，而不知耳目之内日用起居，其为谲诡幻怪，非可以常理测者固多也。"④ 由洪迈主要追求的"耳目之外牛鬼蛇神"之奇，转为"耳目之内日用起居"之世态人情。凌濛初从《夷坚志》取材时，更多地选择其中世风民情类小说，即使选择《夷坚志》中单纯的神鬼故事，在演绎时也要融入人间社会的内容。

2. 市民气息进一步增强

《夷坚志》虽为上层文人撰写的文言小说，洪迈由于广泛采纳了各社

① （明）冯梦龙：《喻世明言》，北京：人民文学出版社 1958 年版，第 91－92 页。
② （明）凌濛初著，王古鲁编注：《二刻拍案惊奇》，上海：古典文学出版社 1957 年版，第165－166 页。
③ （清）顾炎武：《日知录》卷二十八，上海：上海古籍出版社 1985 年版。
④ （明）即空观主人：《拍案惊奇序》，北京：人民文学出版社 1991 年版。

会阶层尤其下层民众提供的故事素材，在编写时重视实录，所以《夷坚志》收录大量反映市民生活内容作品的同时，也体现了市民的愿望和情感。"三言""二拍"本来就从改造模仿市民文学而来，加上商业利益的驱动，市民气息进一步增强。从"三言""二拍"的故事内容来看，爱情公案、发迹变泰、佛道人情，抓住了人们恒常的兴奋点，符合当时阅读低等文学读本的士大夫、市井平民的阅读期待。从"三言""二拍"对《夷坚志》的改编中，明显看出世俗化创作倾向的加强。

《二刻拍案惊奇》第十一卷正话以《满少卿》为故事蓝本，满少卿在穷困落魄时为焦大郎收留，在洪迈的笔下，焦大郎救助落难的满少卿是出于侠义心肠和恻隐之心，没有任何功利目的，而在凌濛初的演绎中，焦大郎因看中满少卿有远大前程才出手相救："原来焦大郎固然本性好客，却又看得满生仪容俊雅，丰度超群，语言偶傥，料不是落后的，所以一意周全他。"满少卿恩将仇报，与焦女暗中勾搭，焦大郎拷问丫鬟从而知道女儿有了私情，"这也是焦大郎的不是，便做道疏财仗义，要做好人，只该赍发满生些少，打发他走路才是。况且室无老妻，家有闺女，那满生非亲非戚，为何留在家里歇宿？"① 在凌濛初的笔下，焦大郎工于心计又自私虚伪，这是从市民的角度对原作故事人物形象的重新塑造。

为了迎合市民的欣赏情趣，"三言""二拍"在改编《夷坚志》时增加了一些市民津津乐道的情节，如《二刻拍案惊奇》第七卷正话演绎《董汉州孙女》时，增设了原作没有的董孺人与吕使君偷情的内容，第十三卷正话直接采用《嵊县山庵》，改编时增加了房恩娘的私密之事，第十四卷正话演绎《李将仕》时，增加了吴宣教和丁惜惜之间的情爱，第三十四卷正话采用《杨戬馆客》，凌濛初将原作一笔带过的男女偷情，渲染成极富感官刺激的色情描写，这些香艳内容正是小说市民化、商业化运作的结果。

为了满足市民的阅读心理，"三言""二拍"多将原作改编为大团圆的结局。如《喻世明言》第三十五卷取材于《王武功妻》，原作中僧人设计骗娶士人妻的真相大白后，僧人受到惩罚，士人妻怅恨而死。冯梦龙将结局改为行骗的僧人被重杖处死，受骗的妻子得到丈夫的原谅重归于好，这种结局既满足了市民要求严惩恶人的强烈愿望，又以夫妻团圆让人们得到精神上的愉悦和安慰。皇甫松原谅了失贞的妻子，显然体现的是市民的贞

---

① （明）凌濛初著，王古鲁编注：《二刻拍案惊奇》，上海：古典文学出版社 1957 年版，第229 页。

操观念。根据《吴小员外》演绎的《金明池吴清逢爱爱》，原作中士人与女鬼发生情感纠葛，法师点明后，情感遂被了断，而在话本小说中，士人在女鬼的帮助下，得以和爱慕的人间女子结为佳偶。

3. 细腻的人物内心世界展现

《夷坚志》采用文言叙事，文言有简洁凝练的优点，也有不便铺陈描写的不足，在反映现实生活表现市民思想情感上，文言要比白话显得窄迫，因为"文言具有鲜明的稳定性、规范性，白话则更趋于变动性、地方性乃至个性化"，"文言的叙述基本上是一种转述，而白话则能达到对原生态生活和语言的再现。"① "三言""二拍"在改编《夷坚志》中的故事时就充分体现了白话的优势，尤其在人物内心展示、场面描写等方面表现明显。

《二刻拍案惊奇》第十一卷满少卿金榜题名后，不明真相的叔父要其娶官宦朱家女为妻，这意味着要抛弃帮助自己渡过难关的焦文姬，凌濛初用细腻的笔调写满少卿心理的斗争：

> 到了家里，闷闷了一回，想到："若是应承了叔父所言，怎生撇得文姬父子恩情？欲待辞绝了他的，不但叔父这一段好情不好辜负，只那尊严性子也不好冲撞他。况且姻缘又好，又不要我费一些财物周折，也不该错过！做官的人娶了两房，原不为多。欲待两头绊着，文姬是先娶的，须让他做大；这边朱家，又是官家小姐，料不肯做小，却又两难。"心里真似十五个吊桶打水，七上八落得，反添了许多不快活。踌躇了几日，委决不下。②

而在原作《满少卿》中，只有简单的数言："叔性严毅，历显官，且为族长，生素敬畏，不敢违抗，但唯唯而已，必殊窘惧。"③ 其中大部分是交代当时的情形，真正表现满少卿内心的只有"必殊窘惧"四个概述性的文字。凌濛初根据情节发展，深入到人物的内心世界，具体展现了满少卿的困惑和不安。

《二刻拍案惊奇》第八卷写沈将仕被骗后还不知内情，回到寓所后依旧高兴的心理，表现了年轻士子的幼稚和涉世不深，彰显了骗局的精密和奸人的狡诈。这段心理描写在原作《王朝议》中是没有的：

---

① 刘勇强：《论"三言二拍"对〈夷坚志〉的继承与改造》，《文学遗产》1995 年第 4 期。

② （明）凌濛初著，王古鲁编注：《二刻拍案惊奇》，上海：古典文学出版社 1957 年版，第 237 页。

③ （宋）洪迈：《夷坚志》，北京：中华书局 2006 年版，第 1650 页。

　　沈将仕自思夜来之事，虽然失去了一二千本钱，却是着实有趣。想来老姬赞他，何等有情；小姬怒他，也自有兴；其余诸姬相劝酒，轮流赌赛，好不风光，多是背着主人做的。可恨郑、李两人一般受用，或者还有刮着个把上手的事在里头，也未可知。转转得意。①

　　此外，"三言""二拍"在改编《夷坚志》时，将客观叙事变为"说书人"叙事，使作者的主观色彩鲜明，带来了叙事方式、叙事视角方面的变化，刘勇强已有文章对此探讨②，笔者不再赘述。

---

　　① （明）凌濛初著，王古鲁编注：《二刻拍案惊奇》，上海：古典文学出版社1957年版，第175页。

　　② 刘勇强：《论"三言二拍"对〈夷坚志〉的继承与改造》，《文学遗产》1995年第4期。

第六章
《夷坚志》的戏曲改编

第一节　《夷坚志》戏曲改编述考

　　《夷坚志》创作的年代，正好与宋杂剧的迅速发展同步，《夷坚志》的一些篇章记录了宋杂剧的演出情形，如三志壬卷四《陶氏疫鬼》突出了詹庆的音乐天才，展示了宜黄作为戏曲之乡的文化底蕴。支庚卷七《双港富民子》中，妖狐自称路歧散乐子弟蒙骗富民子，可见当时鄱阳已有以女性表演为主的散乐，"路歧"指仅在瓦舍勾栏外作流动演出的戏班。支甲卷七《邓兴诗》、支乙卷四《优伶箴戏》、支乙卷六《合生诗词》、补志卷二十二《王千一姐》等篇章都保留了宋杂剧在江西的活动状况，是研究宋代杂剧的重要史料。

　　对于宋杂剧的段数，周密的《武林旧事》卷十较早记录了宋官本杂剧二百八十种，但这些杂剧段数的脚本却没有流传。因为戏曲和小说都有共同的艺术特性——叙事性，作为故事表述的两种不同样式，在故事题材内容上有相互影响、相互依赖的关系。根据谭正璧考证《武林旧事》所记段数的内容，与《夷坚志》演绎相同故事者有三种，而究竟是谁影响了谁，没有明确的答案。如《武林旧事》所记官本杂剧《简帖薄媚》与支景卷三《王武功妻》题材内容相同，谭正璧认为："洪迈为南宋时人，其书出世较晚，当非即薄媚所本。……此当为流行民间之故事，或竟为当时实事，故戏曲家、小说家都取为题材。"[①] 谭正璧的推断没有材料证实，因此宋杂剧、金院本与《夷坚志》相同故事内容的具体影响情形尚无法确定，但元杂剧对小说故事题材则显示出了极大的依赖性，元杂剧所敷衍的故事绝大

---

　　① 谭正璧：《宋官本杂剧段数内容考》，《话本与古剧》，上海：古典文学出版社1956年版，第175页。

多数被小说叙述过，明清传奇也延续了此做法。下面将受《夷坚志》影响的戏曲剧目考述如下：

1. 甲志卷四《吴小员外》

与此故事内容相同的戏曲作品有三种：

其一，金上皇院本《金明池》。陶宗仪《辍耕录》著录，今佚。谭正璧认为当叙《吴小员外》事。

其二，明代叶宪祖杂剧《死生缘》四折。今佚，祁彪佳《远山堂曲品》"雅品"著录，认为"此即小说中《金明池吴清逢爱爱》也。头绪甚繁，约之于一剧而不觉其促，乃其情语婉转，言尽而态有余"。① 《金明池吴清逢爱爱》载于冯梦龙《警世通言》第三十卷，小说结尾有诗云："金明池畔逢双美，了却人间生死缘"，剧目《死生缘》即来源于此。叶宪祖（1566—1641），字美度，号六桐，别署槲园生、槲园居士，浙江余姚人，工诗词曲，与吕天成、王骥德等交谊甚厚，袁于令乃其弟子。撰写戏曲 30 种，其中杂剧 24 种，存 12 种。黄宗羲在《叶公改葬墓志铭》中评价其："公之至处在填词，一时玉茗太一，人所脍炙，而粉筐黛器，高张绝弦。其佳者亦是搜牢元人成句。公古淡本色，街谈巷语，亦化神奇，得元人之髓。"②

其三，明范文若传奇《金明池》。今佚，《南词新谱》"古今入谱词曲传剧总目"著录，《曲录》《今乐考证》《传奇汇考标目》并见著录。《南词新谱》中存有残曲 8 支，赵景深说："照这八曲佚文看来，好多地方似与《警世通言》不同。当垆女似已改为妓女，另外似还有一个同院的妓女。这妓女曾送给吴小员外纸叠的同心胜。并且，这妓女似乎还在红笺上描画写诗。"③ 范文若（1590—1637），初名景文，字更生，别署吴侬荀鸭，江苏松江人。他好为乐府辞章，撰传奇 16 种，存 3 种。其剧作结构精美奇巧针线细密，以才情艳丽见称于世，冯梦龙对其偏重秀雅绮丽批评道："人言香令词佳，我不耐看。传奇者，只明白条畅，说却事情便够，何必雕镂如是？"④

2. 乙志卷一《侠妇人》

以此为故事本事的戏曲作品有两种：

---

① （明）祁彪佳：《远山堂曲品》，《续修四库全书》集部曲类第 1758 册，上海：上海古籍出版社 2002 年版，第 343 页。

② 宁波师范学院黄宗羲研究室：《黄宗羲诗文选》，上海：华东师范大学出版社 1990 年版，第 378 页。

③ 赵景深：《中国小说丛考》，济南：齐鲁书社 1980 年版，第 341 页。

④ （明）沈自晋：《重定南词全谱·凡例续记》引，《南词新谱》卷首。

其一，明郑之文传奇《旗亭记》。《曲品》著录，现存明万历间金陵继志斋刻本，《古本戏曲丛刊二集》据此影印，题《重校旗亭记》，凡二卷四十出。首附"万历岁癸卯（1603）小春临川汤显祖题"之《董元卿旗亭记序》，云："立侠节于闺阁嫌疑之间，完大义于山河乱绝之际，其事可歌可舞。"《远山堂曲品》将其列入"能品"，评价云："董元卿遭胡金之乱，得遇隐娘，既能全元卿于宋，复能全己于元卿，隐娘之侠，高出阿兄上矣。区区衲中之金，何足窥此女一斑哉！曲亦爽亮，但铺叙关目，犹欠宛转。后得清远一序，殊为增色。"① 郑之文，字应尼，号豹卿、愚公，南城（今属江西）人，生卒年不详。撰戏曲三种，存两种。《远山堂曲品》评其另一传世传奇《芍药记》时，称其戏曲"可称文人之雄，所少者，曲折映带之妙耳"。

其二，明胡文焕《犀佩记》传奇，《远山堂曲品》将其列入"能品"，云："士人妻题诗金山，有《诗会记》，侠士于金虏营中携南官归有《旗亭记》，此合传之。苐供搬演不耐咀嚼。"② 吕天成《曲品》列入"下下品"，评价曰："此采士人妻题金山寺诗，及山东侠士携南官归二事合成。生名符基，则无稽之意也。搬出亦奇。"此剧今无传本，唯《群音类选》内残存此剧散出。胡文焕，字德甫，号全庵，仁和（今浙江杭州）人，精通音律，有传奇《奇货记》《犀佩记》《三晋记》《余庆记》。胡文焕嗜好藏书刻书，刊刻《格致丛书》，现存168种，曾编选明代戏曲著作《群音类选》26卷。

3. 丁志卷九《太原意娘》

以此为故事本事的戏曲有一种：元沈和杂剧《郑玉娥燕山逢故人》。今佚，《录鬼簿》《太和正音谱》著录。谭正璧认为剧情与《古今小说》中《杨思温燕山逢故人》是一事，写乱世人民在异族统治下的悲惨遭遇。邵曾祺认为："郑玉娥与郑义娘名不同，'燕山逢故人'的语言较泛，故不排除杂剧非此故事的可能。"③ 沈和，字和甫，杭州人，能词翰善谈谑，后移居江州，江西人称为"蛮子关汉卿"，撰杂剧5种，为《欢喜冤家》《郭姓阿阳》《朱蛇记》《乐昌分镜》《郑玉娥燕山逢故人》，均佚，其中《乐昌分镜》也以乱世妇女为题材。

---

① （明）祁彪佳：《远山堂剧品》，《续修四库全书》集部曲类第1758册，上海：上海古籍出版社2002年版，第182页。

② （明）祁彪佳：《远山堂剧品》，《续修四库全书》集部曲类第1758册，上海：上海古籍出版社2002年版，第266－267页。

③ 邵曾祺：《元明北杂剧总目考略》，郑州：中州古籍出版社1985年版，第328页。

4. 丁志卷十八《张珍奴》

与此故事内容有关的戏曲有一种：元佚名杂剧《吕洞宾戏白牡丹》。今佚，钱曾《也是园书目》"戏曲小说类"著录。谭正璧在《话本与古剧》中认为剧情当为叙吕洞宾度妓女白牡丹成仙事，同时见于明吴元泰的小说《东游记上洞八仙传》，故事内容与《张珍奴》颇为相类。

5. 丁志卷十七《刘尧举》

与此故事内容有关的戏曲有一种：明汪廷讷《投桃记》传奇。凡二卷三十出，吕天成《曲品》著录，列入"上下品"，评云："潘用中事见小说，予初欲谱之。今观此记，甚有情趣，佳句可讽，且精守韵律，尤为可喜。"《远山堂剧品》著录，列入"能品"，评云："作者犹未脱俗，惟守律甚严，不愧词隐高足。投桃传情，亦小有致。"现存明万历间环翠堂原刻本，《古本戏曲丛刊二集》第十九种据之影印，首载佚名《题汪无如投桃记序》残篇，说："无如是编之刻，其愿天下人知所惩创，而开示以自省之门乎。感观黄姬末路，守志断发从一而终，持义凛若秋霜，矢志皎如烈日，则恶可以前之瑕掩后之瑜，以昨之短弃今之长。所谓'发乎情，正乎礼义'者，黄姬具有之矣。"① 郭英德认为此序为张凤翼所作。② 潘用中对黄舜华狂生爱慕，三次投胡桃示情，与周绍濂《鸳渚志馀雪窗谈异》中《投桃记》内容相同，《投桃记》则以《刘尧举》为蓝本。戏曲中女父黄裳，潘父名昉，店妇为周姬，皆系添出，又杜撰国舅谢瑞垂涎黄女，谗陷黄、潘，以及宋理宗当廷审理等关目。汪廷讷（1569—1628），字去泰、无如，号坐隐，安徽休宁人，出身富商之家，交游广泛。傅惜华《明代传奇全目》载其撰有16种传奇，今存7种，另傅惜华《明代杂剧全目》载其有杂剧六种。

6. 支景卷三《王武功妻》

与此故事内容有关的戏曲有四种：

其一，宋官本杂剧《简帖薄媚》，《武林旧事》著录。

其二，金院本"拴搐艳段"《错寄书》，《辍耕录》著录。宋人话本《简帖和尚》题下注云："又名《错下书》。"

其三，宋元戏文《洪和尚错下书》，见《宦门子弟错立身》戏文

---

① （明）汪廷讷：《汪廷讷戏曲集》，成都：巴蜀书社 2009 年版，第 486 页。

② 因《序》中云："余坐处实堂中，作老蠹鱼，恨不能携杖藜，登白岳，晤无如以谈千秋大事。"处实堂为张凤翼书斋名，著有《处实堂集》。见郭英德：《明清传奇综录》，石家庄：河北教育出版社 1997 年版，第 235 页。

所引①。

其四，明席正吾传奇《罗帕记》。《南词叙录》明朝传奇目著录，未题撰人名氏，《远山堂曲品》著录，列入"杂调"目内，评价云："其事大类小说之《简帖僧》。作者一味粗率，亦缘不知音律之故。"②《曲海总目提要》有此本题材。席正吾，约为明弘治、正德年间人，字号籍贯不详。其所作传奇一种，散失不传。

7. 支戊卷八《解俊保义》

以此为故事本事的戏曲有一种：明汤显祖的《牡丹亭》传奇。《临川四梦》中唯有《牡丹亭》的本事来源争议最大，如蒋瑞藻引《茶香室丛钞》，认为《牡丹亭》是以郭彖《睽车志》中女鬼马绚娘与士子的情爱故事为蓝本，"绚娘即丽娘但姓不同耳"。③ 谢传梅根据故事的发生地——南安大庾，认为《牡丹亭》所写人鬼情爱以洪迈笔下的《解俊保义》为来源④，此则小说记谪居在南安大庾的太尉解潜之孙解俊，在大庾宝积寺遇到抗金将领邵宏渊女儿的鬼魂，与其缠绵缱绻。洪迈任赣州知府多年，而赣州与南安相邻，大庾流传许多人鬼情爱故事，洪迈所记为其中之一。

8. 支庚卷一《鄂州南市女》

以此为故事本事的戏曲有一种：明范文若《闹樊楼》传奇。剧本没有流传，沈自晋在《重定南词全谱·凡例续纪》中说："因忆乙酉春，予承子犹委托，而从弟君善实怂恿焉，知云间荀鸭多佳词，……其刻本为《花筵赚》《鸳鸯棒》《梦花酣》，录本为《勘皮靴》《生死夫妻》，稿本为《花眉旦》《雌雄旦》《金明池》《欢喜冤家》。及阅其目录，尚有《闹樊楼》《金凤钗》《晚香亭》《绿衣人》等记，数种未见。"⑤ 可知范文若戏曲创作丰富，其中以《夷坚志》为故事本事的就有两种。

9. 支癸卷三《独脚五通》

与此故事内容有关的戏曲有一种：金院本诸杂大小院本《独脚五通》，见《辍耕录》著录。谭正璧《金院本名目内容考》认为此院本即演《夷坚志》中《独脚五通》事。⑥

---

① 《宦门子弟错立身》戏文见《古本戏曲丛刊》初集，亦见《永乐大典》卷一三九九一。
② （明）祁彪佳：《远山堂剧品》，《续修四库全书》集部曲类第 1758 册，上海：上海古籍出版社 2002 年版，第 300 页。
③ 蒋瑞藻：《小说考证》，台北：台北万年青书店 1971 年版，第 85 页。
④ 见谢传梅《〈牡丹亭〉故事源头之谜告破——〈牡丹亭〉故事之源在大余》，《抚州社会科学》2006 年第 3 期。此说仅为一家之言，暂录于此，存而不论。
⑤ （明）沈自晋：《沈自晋集》卷三，北京：中华书局 2004 年版，第 259 页。
⑥ 谭正璧：《话本与古剧》，上海：古典文学出版社 1956 年版，第 210－211 页。

10. 三志己卷四《暨彦颖女子》

与此故事内容有关的戏曲有一种：元杂剧《夜月京娘墓》。《正音谱》著录，剧本佚。京娘一般认为是赵匡胤时之京娘，见《警世通言》二十一卷《赵太祖千里送京娘》。失传宋元戏文《京娘四不知》、元彭伯成杂剧《四不知月夜京娘怨》中的京娘，谭正璧认为也为此身份。[①] 其实京娘还另有其人，元好问《续夷坚志》卷一《京娘墓》所记为杨令公亡女杨京娘。《暨彦颖女子》中的京娘为"南邻京氏处女"，记章丘暨彦颖回乡途中与女鬼京娘的情爱，京娘看到野外孤坟时，告诉士子自己非人，并约定一年后再次相会，情节似乎与戏曲名相符。

11. 三志辛卷八《杜默谒项王》

以此为故事本事的戏曲有四种：

其一，明沈自徵《杜秀才痛哭霸亭秋》杂剧。一折，《远山堂曲品》著录，列入"妙品"，评价曰："传奇取人笑易，取人哭难。有杜秀才之哭，而项王帐下之泣，千载再见。有沈居士之哭，即阅者亦唏嘘欲绝矣！长歌可以当哭，信然。"[②]《曲海总目提要》卷八云："自徵落拓不羁，故借杜默以自喻。"沈自徵（1591—1641），字君庸，吴江人。沈璟之侄，工曲，与徐渭齐名，仿元人作杂剧《霸亭秋》《鞭歌妓》《簪花髻》合称《渔阳三弄》，收录于《盛明杂剧》中。

其二，清尤侗《钧天乐》传奇。凡二卷三十二出，上卷写吴兴书生沈白（字子虚）、杨云（字墨卿）才高学富，上京应试却屡经不幸，下卷写沈白和杨云在天界高中榜首，功名姻缘皆得圆满。全剧的"剧胆"是第十五出《哭庙》，此出以《杜默谒项王》为本事，写沈白四处碰壁后，在项王庙哭诉："咳！以大王之英雄，不能取天下；以沈白之文章，不能成进士。古今不平，孰甚于此！"刻本卷末阆峰氏跋曰："悔庵先生抱一石才，抑郁不得志，因著是编，是以泄不平之气，嬉笑怒骂，无所不至。"[③] 尤侗（1618—1704），字同人，号悔庵，长洲人，一生仕途蹭蹬，所作戏曲多表达自身遭际。

其三，清嵇永仁《续离骚》杂剧。包括四种杂剧，其中第二种《杜秀才痛哭泥神庙》即以《杜默谒项王》为本。嵇永仁用讽刺笔法，歌哭笑骂嘲谑世俗，倾吐心中的激愤。嵇永仁（1637—1676），字留山，无锡人，

---

① 谭正璧：《宋元戏文名目二十九种内容考》，《话本与古剧》，上海：古典文学出版社1956年版，第257页。

② （明）祁彪佳：《远山堂曲品》，《续修四库全书》集部曲类第1758册，上海：上海古籍出版社2002年版，第315页。

③ （清）尤侗：《钧天乐》，古本戏曲丛刊编委会1986年影印本。

明末诸生，入清后屡试不第，以教书、行医为生。

其四，清张韬《续四声猿》杂剧。仿徐渭《四声猿》体例，包括杂剧四种，张韬在自序中说："猿啼三声肠已断，岂更有第四声？况续以四声哉！但物不得其平则鸣，胸中无限牢骚，恐巴江巫峡间，应有'两岸猿声啼不住'耳。"道出其作为发泄内心愤激之情，其中首折《杜秀才痛哭霸亭庙》以《杜默谒项王》为题材。《续四声猿》现存康熙年间所刊《大云楼集》附录《续四声猿》本，《清人杂剧初集》据以影印。郑振铎在跋语中评价说："韬作则精洁严谨，无愧为纯正之文人剧。清剧作家似皆以韬与吴伟业为之先河。"① 张韬，字球仲，号紫微山人，浙江海宁人。

12. 补志卷二《义倡传》

以此为故事本事的戏曲有两种：

其一，元鲍天祐杂剧《王妙妙死哭秦少游》。简名《秦少游》，《录鬼簿》《正音谱》著录。剧本佚，仅存曲词两折，见《元人杂剧钩沉》②。鲍天祐，钟嗣成《录鬼簿》有其小传：字吉甫，杭州人，喜搜奇索古，其编撰多使人感动咏叹。所作杂剧八种，仅两种有残曲。

其二，清李玉《眉山秀》传奇。凡二卷二十八出，记秦观与苏小妹、文娟的婚恋，苏氏父子与王安石变法上的政治斗争。故事主体来自《醒世恒言》第十一卷《苏小妹三难新郎》，又融入《义倡传》的内容，构成"一男双美"的故事。有清顺治十一年（1654）刊本，收入《古本戏曲丛刊三集》。李玉，字玄玉，又字元玉，别署苏门啸人，江苏吴县人，苏州派剧作家之首，入清后绝意仕进，以度曲自娱，撰传奇 33 种，完整存世者 18 种。钱谦益在《〈眉山秀〉序》中对李玉推崇备至："元玉上穷典雅，下渔稗乘，既富才情，又娴音律，……于今求通才于寓内，谁复雁行者？"③

13. 补志卷五《张客浮沤》

以此为本事的戏曲有三种：

其一，宋杂剧《浮沤暮云归》。《武林旧事》著录。

其二，宋杂剧《浮沤传永成双》。《武林旧事》著录。谭正璧认为两剧

---

① 郑振铎：《中国文学研究》，北京：人民文学出版社 2000 年版，第 709 页。

② 赵景深在《元人杂剧钩沉》（古典文学出版社 1956 年版）中认为此剧本事出于《陔余丛考》。

③ （清）钱谦益：《眉山秀题词》，《古本戏曲丛刊》（三），文学古籍刊行社 1957 年影印本，第 3 页。

内容相同，但所用乐曲不同而已。①

其三，元佚名杂剧《朱砂担滴水浮沤记》。《也是园书目》《录鬼簿续编》著录，《曲海总目提要》卷四有题材介绍，简名作《朱砂担》。此剧流传版本有二：一为明万历四十三年（1615）脉望馆钞校内府本，北京图书馆藏，题目作："铁旛（幡）竿白正暗图财"，正名作"朱砂担滴水浮沤记"；二为《元曲选》丙集本，题目作"铁旛竿图财致命贼"，正名作"朱砂担滴水浮沤记"。叙王文用到南昌贩朱砂被白正所害，王文用死前指神为证，白正则云："除是滴水浮沤，乃申汝冤！"然后以文用义兄名义来到王家，堕王父于井，占文用之妻。王文用鬼魂诉于东岳，白正遭阴谴。

14. 补志卷五《湖州姜客》

以此为本事的戏曲有一种：明清佚名作者《赚青衫》传奇。《曲录》据《传奇汇考》著录，剧本佚，《曲海总目提要》卷四十有题材介绍："不知何人作，言舟人赚王生所赠吕医青衫，讹诈人命。故曰'赚青衫'。本之小说而改换事迹，其关目紧簇，颇中情理，可为谳狱之助。"所依据的小说即为《初刻拍案惊奇》第十一卷《恶船家计赚假尸银　狠仆人误投真命状》，《曲海总目提要》将小说与戏曲作了对比："据小说，王生名杰，剧增作人杰。温州永嘉人，剧改作淮安人。小说姜客吕大湖州人，剧改医生吕慕阳杭州人。家童胡阿虎，剧云胡虎儿。姜客竹篮，剧改医生药箱。王生赠吕白绢，剧改青衫。……其任英、强中巧夫妇情节，俱系添出，虎儿中途杀人，亦系添出。"改编后的戏曲作品情节更为奇巧复杂，融合了侠义互助、诬告蒙冤、贪财谋杀、夫妇团圆、申冤昭雪等情节内容。

15. 补志卷八《真珠族姬》

以此为本事的戏曲有一种：明清佚名作者《紫金鱼》。《今乐考证》《曲考》《曲录》著录，剧本佚。《曲海总目提要》卷三十五有题材介绍，演李光弼与郭子仪以子女指腹为婚，以上赐紫金鱼和玉带互为聘答之礼，郭子仪女儿因元宵看灯不幸走失，实被鱼朝恩抱入宫中育为公主，李光弼子征剿立功，后从鱼朝恩处得知原委，李、郭两家遂完婚。王古鲁认为此剧的渊源是《真珠族姬》。②

16. 补志卷八《王朝议》

以此为本事的戏曲有一种：明傅一臣杂剧《买笑局金》。傅一臣，字

---

① 谭正璧：《宋官本杂剧段数内容考》，《话本与古剧》，上海：古典文学出版社 1956 年版，第 183 页。

② 王古鲁：《二刻拍案惊奇故事本事介绍》，上海：古典文学出版社 1957 年版。

青梅，号无技，一作无枝，别号西泠野史，浙江杭州人。

大约在"两拍"问世后十年，傅一臣根据"两拍"撰写了12部杂剧，总名为《苏门啸》。傅一臣朋友汪渐鸿在序中解释命名由来："古人嬉笑怒骂皆成文章，兹曷为独以啸？啸曷为独以苏门？……阮步兵遇孙登于苏门山岭畔，一啸作鸾凤音，逸情旷度，更横绝千古，世遂传为苏门啸云。予友抱璞见刖，历落风尘，几同步兵，想借苏门一啸，以破之耳。……剧中似砭似箴，似嘲似讽，写照描情，标指见月，苏门一啸，聊当宗门一喝，唤醒人世黄粱耳。"① 可见作者旨在讽刺世情，抨击社会伦常的败坏和人心的不古。《苏门啸》12种，就描写了当时形形色色的行骗术。《买笑局金》共有《下钩》《设计》《吞饵》《露局》四折，情节与《二刻拍案惊奇》第八卷《沈将仕三千买笑钱　王朝议一夜迷魂阵》大抵全同，不同在于此剧中突出李、郑二帮闲的活动，正面表现他们与妓家设圈套，引诱沈将仕上钩。《苏门啸》今存明崇祯十五年（1642）敲月斋刊本，1979年台湾鼎文书局出版《全明杂剧》据以影印。

17. 补志卷八《李将仕》《吴约知县》

以此为本事的戏曲有一种：明傅一臣杂剧《卖情扎囤》。此剧有《窥帘》《投柑》《阻约》《市货》《侦耗》《送珠》《拿奸》七折，情节与《二刻拍案惊奇》第十四卷《赵县君乔送黄柑　吴宣教干偿白镪》相同，表现士子为情色所累，而施骗者以良家妇女面目出现设美人局，在传统曲目中较为少见。胡麟生在《苏门啸小引》中云："世路风波，穷极奇怪，聊摘数款，俾观者一为心创，而以身蹈者，瞒然惭负无地自容。"②

18. 补志卷十《朱天锡》

以此为本事的戏曲有一种：明傅一臣杂剧《义妾存孤》。此剧有《赴蜀》《正匹》《泣别》《悼亡》《课子》《会合》六折，情节与《二刻拍案惊奇》第三十二卷《张福娘一心守贞　朱天锡万里符名》相同，但突出了张福娘的甘贫守节，重在褒奖其义行，而在如何寻找朱天锡上着墨不多，淡化了"符名"之天数。

19. 补志卷十一《满少卿》

以此为本事的戏曲有一种：明傅一臣杂剧《死生冤报》。此剧有《旅泣》《赠衣》《洁配》《送试》《重婚》《恨瞑》《捉拿》《冥报》八折，情节与《二刻拍案惊奇》第十一卷《满少卿饥附饱飏　焦文姬生死仇报》

【第六章　《夷坚志》的戏曲改编】

---

① 吴毓华：《中国古代戏曲序跋集》，北京：中国戏剧出版社1990年版，第230－231页。

② 吴毓华：《中国古代戏曲序跋集》，北京：中国戏剧出版社1990年版，第229－230页。

相同，为一部复仇悲剧。

第二节　改编为戏曲的题材及传播地域

在本章第一节，笔者统计发现，《夷坚志》中有 20 篇作品的故事内容被戏曲作家繁衍，出现 31 部戏曲作品，但这些戏曲作品大部分没有流传，现发现传世的只有 13 种。

剧本的严重亡佚、资料的匮乏，给研究《夷坚志》在戏曲中的传播带来了困难，目前只有张祝平《明代戏剧对〈夷坚志〉的改编再创作》对此进行了探讨，此文重点分析《死生缘》《赚青衫》《旗亭记》《霸亭秋》《死生冤报》《买笑局金》《卖情扎囤》《义妾存孤》的本事以及明人改编与再创作的轨迹。① 《夷坚志》中的故事在戏曲中的流传，以明代最多，有13 种，其他依次为宋金 7 种、清代 4 种、元代 5 种，此外，还有 2 种时代不明。本节根据戏曲的故事题材，结合不同时期戏曲的特点，整体探讨了这 31 部作品的接受情形。

一、不同时期题材选择有别

对于戏曲题材的分类，学者对不同时期的杂剧、传奇作品各有不同的划分方法，如罗锦堂将元杂剧分为八类，即历史剧、社会剧、家庭剧、恋爱剧、风情剧、仕隐剧、道释剧、神怪剧②。许金榜把明杂剧分为六类：宣扬封建礼教和神仙道化的作品；以描写历史上的英雄豪杰为主的英雄故事剧；描写文人韵事的闲适剧；嘲弄世态人情之丑恶的讽刺剧；描写悲欢离合的爱情剧③。吕天成《曲品》卷下将传奇题材分为六门："一曰忠孝，一曰节义，一曰仙佛，一曰功名，一曰豪侠，一曰风情。"郭英德在《明清传奇史》中将其简化为四类，即教化剧、历史剧、仙佛剧、风情剧④。不同类型的戏曲从不同角度展示了当时的社会生活，体现了戏曲不同时期的发展特征。《夷坚志》中的故事在不同时期被戏曲作为故事本事时，在题材选择上有别。

---

① 张祝平：《明代戏剧对〈夷坚志〉的改编再创作》，《艺术百家》2005 年第 1 期。

② （明）词隐先生编著，鞠通生重定：《南词新谱》（全二册），北京：北京市中国书店 1985 年版。

③ 许金榜：《中国戏曲文学史》，北京：人民文学出版社 1994 年版，第 199 – 213 页。

④ 郭英德：《明清传奇史》，南京：江苏古籍出版社 1999 年版，第 77 – 78 页。

1. 宋金社会公案剧为多，元杂剧题材分布较广

宋杂剧和金院本敷衍《夷坚志》的戏曲作品有七种，其中《夷坚志》中的《王武功妻》被采用了三次，《张客浮沤》被采用了两次，虽然戏曲作品没有流传，但根据《夷坚志》判断，这五种戏曲故事题材均为社会公案剧。

《王武功妻》记化缘僧贪慕京城官员美妻，用离间计令官人休妻，然后再设法占为己有，后来事情败露，僧人伏法。这个故事同时见于《夷坚志》再补《义妇复仇》，故事发生在江夏（今属湖北），人物身份均相同，具体情节稍有差异，僧人因讨厌官员在寺中长期居住而故意离间他们夫妻，被占的官员妻知道原委后，将僧人及与其所生二子杀死后到官府自首。和尚拐骗官员妻的题材，在宋以前小说中尚未看到，虽然唐代小说中也有少量僧侣戒行不净的篇章，但多半从报应角度着笔，《夷坚志》所记较早开拓了淫僧与市民纠纷的题材。从《夷坚志》所记判断，此故事应在宋代不同地方发生过，所以戏曲、小说都以之为题材。《简帖薄媚》著录于《武林旧事》官本杂剧段数中，《错寄书》著录于《辍耕录》金院本"拴搐艳段"。宋吴自牧《梦粱录》云："杂剧先做寻常熟事一段，名曰艳段，次做正杂剧。"拴搐艳段相当于宋杂剧中的艳段，可见此故事在其时已被人广为熟知，出现较为成熟的宋元戏文《洪和尚错下书》亦在情理之中。

与《张客浮沤》内容有关的宋杂剧有《浮沤暮云归》《浮沤传永成双》两种，故事记商人年少的妻子与仆人私通，商人在暴雨夜被仆人杀死，临死前看到屋檐上浮沤起灭，说："我被仆害命，只靠你它时做主，为我伸冤。"仆与商人妇结为夫妻，多年后，仆因雨天浮沤笑而道出谋杀，妇获悉后告官。这个故事展示了曲折复杂的家庭纠纷，融进了奸情、谋杀等民众感兴趣的情节，在元代被搬演为《朱砂担滴水浮沤记》，将家庭纠纷变为恶棍无赖对良民的残害。剧中出现的恶霸白正与王文用素不相识，闻悉王文用有财物在身而生图财害命之心，从十字坡酒店一直追杀到黑石头酒店，在雨夜的东岳太尉庙中达到其罪恶的目的，王文用在临死前绝望地让檐上浮沤为自己枉死作证。随后白正来到王家将王父推入井中，威胁王妻跟从自己。白正的凶残连地方神灵都奈何不得，王父在阴间告状，东岳太尉质问地曹为何任白正胡作非为，地曹说："上圣不知，我也曾几番家着鬼力去迷那厮，争奈他十分凶恶，所以上不敢近他。"[1] 肆无忌惮的白

---

[1] 《朱砂担滴水浮沤记杂剧》第三折，（明）臧晋叔《元曲选》，北京：中华书局1958年版，第400页。

正代表元代民族压迫和乱世中恶霸土匪的势力，家庭公案变为社会悲剧。第四折王文用鬼魂现身复仇，一曲《乔牌儿》道出其无故招灾和负屈含冤之深："我既是抽身儿悄脱离，又何苦直赶上这田地，我和他又没甚杀爷娘抢道路深仇隙，可怎便舍残生做到底。"① 鬼魂复仇表达出冤死者难以抑制的申冤雪恨要求，善良民众对冤死者的深切同情以及对天理正义的渴望。原作中因浮沤而雪冤变为鬼魂亲自现身复仇，在突出作品的传奇色彩中，体现了作者对强梁恶徒的批判。《张客浮沤》的多次改编显示了此故事广受观众的欢迎。

社会公案剧直接取材现实，引发公案的原因是财和色，这二者都是老百姓比较关注并津津乐道的话题。宋元戏曲对《夷坚志》题材内容的选择表明此阶段戏曲的接受主体以普通百姓为主，吴晟在《瓦舍文化与宋元戏剧》中说："从 193 个宋元戏文和 162 个元杂剧剧本或本事看，宋元戏曲所塑造的舞台形象，以社会下层的平民形象为主，比较全面地展示了他们的生存状态和生存心理。"② 明清时期随着戏曲的传播接受主体向文人士大夫阶层的上移，这些与《夷坚志》故事内容相同的宋元戏曲，除《吴小员外》《义倡传》因表现男女情爱而重新得到演绎外，其他很少进入戏曲传播领域③。

因宋金元杂剧主要在普通百姓中传播，所以题材内容与民众的生活情感较为靠近，而洪迈在创作《夷坚志》时，好奇的创作倾向和向广大民众征集故事的做法与此相适应。从《夷坚志》中的故事在宋元戏曲中传播的情形来看，宋金主要偏爱其中的公案故事，元杂剧取材则相对较为广泛。现有的元杂剧篇目中与《夷坚志》有关的有五种，《朱砂担滴水浮沤记》为社会公案剧，另外四种没有流传。根据《夷坚志》中的故事内容，《郑玉娥燕山逢故人》写乱世夫妻的悲剧，表彰了妻子面对异族的淫威义不受辱的坚贞，与元代的社会现实相符。《吕洞宾戏白牡丹》为仙佛剧，以宋元以来民间流传的吕洞宾故事为题材，白牡丹应为宋代的妓女，洪迈的《张珍奴》记吕洞宾度妓女张珍奴成仙事，与此剧的篇名相符。《王妙妙死哭秦少游》为文人风情剧，写妓女对才子的仰慕和痴情。《夜月京娘墓》演书生与女鬼的情爱。

宋金元戏曲中与《夷坚志》有关的故事在题材选择上有别，而且在对

---

① 《朱砂担滴水浮沤记杂剧》第四折，（明）臧晋叔《元曲选》，北京：中华书局 1958 年版，第 401 页。

② 吴晟：《瓦舍文化与宋元戏剧》，北京：中国社会科学出版社 2001 年版，第 143 页。

③ 《王武功妻》在明初被席正吾采用撰《罗帕记》传奇，作品较为粗劣，没有流传从某个角度也说明此类题材作品在明清传播有限。

故事的叙述方式上也有差异，呈现出不同的表达效果。宋金戏曲以滑稽戏
谑为主，故事性较差，王国维在《宋元戏曲史》中说："宋之滑稽戏，虽
托故事以讽时事；然不以演事实为主，而以所含之意义为主。至其变为演
事实之戏剧，则当时之小说，实有力焉。"① 董每戡对宋杂剧的情形也有这
样的判断："杂剧的前后两个部分的内容十分复杂，只中间'正杂剧'两
段是演述较完整的故事，并且以谐谑为主，讽刺谏诤便寓于谐谑之中。"②
宋金杂剧在叙事层面不及小说，关注较多者为故事中的滑稽调笑内容，滑
稽调笑作为宋金杂剧的一种重要标志，篇幅也较为简短，孙楷第在《近世
戏曲的演唱形式出自傀儡戏、影戏考》一文中说："宋之杂剧元之院本，
其事既简质，其文应极短。宋杂剧今无其本，元院本之单行者今亦不传，
然以李开先《园林午梦》院本与明周宪王《花月神仙会》《金瓶梅词话》
所引院本考之，其文至多不过当元杂剧之一折。"③ 在宋杂剧基础上发展而
来的元杂剧虽然在诨语、宾白等方面继承了滑稽戏谑的特点，但元杂剧作
为一种叙事文学，以情节曲折、故事完整圆满著称，其一楔四折的杂剧体
制使故事得到充分的演绎，流传下来的大量元杂剧剧本足以证明这一点。

2. 明清传奇多婚恋题材，杂剧多为社会问题和文人抒情剧

明清传奇以《夷坚志》中的故事内容作为本事的有 12 种，即《死生
缘》《金明池》《旗亭记》《犀佩记》《投桃记》《罗帕记》《牡丹亭》《闹
樊楼》《紫金鱼》《赚青衫》《眉山秀》《钧天乐》，其中只有《旗亭记》
《投桃记》《牡丹亭》《眉山秀》《钧天乐》5 种传世，其余均已亡佚。根
据这些作品所依据的《夷坚志》篇章及部分剧作在《曲海总目提要》中的
题材介绍，以男女恋情作为故事内容的有《死生缘》《金明池》《旗亭记》
《犀佩记》《投桃记》《牡丹亭》《闹樊楼》《紫金鱼》《眉山秀》9 种，其
中与《夷坚志》中世情公案故事为题材的《真珠族姬》有关的戏曲《紫
金鱼》也演绎为生旦悲欢离合的爱情剧。这些爱情剧的男主人公多为士子
或官员，记才子佳人旖旎的恋爱风情故事，体现的是文人的审美情趣，说
明《夷坚志》中的婚恋丽情类小说为明清戏曲传播中的主要内容，文士为
传播的主要人群。

《夷坚志》中的婚恋丽情类小说成为《夷坚志》在明清戏曲传播中的

---

① 王国维：《宋元戏曲史》，上海：华东师范大学出版社 1995 年版，第 35 页。
② 董每戡：《说"杂剧"》，《说剧——中国戏曲史专题研究论文集》，北京：人民文学出版
社 1983 年版，第 170 页。
③ 孙楷第：《沧州集》，北京：中华书局 1965 年版，第 270 页。

主要内容，与戏曲发展的整体特征相同。郭英德对明万历十五年到清顺治八年（1587—1651）有姓名可考的传奇家作品做了统计，在题材大致可考的 631 种传奇作品中，男女恋情剧达 288 种之多，占 45.6%，[①] 可见风情剧占绝对优势，李渔在《怜香伴》传奇卷末收场诗中所说"十部传奇九相思"，概括了这个阶段爱情剧独领风骚的局面。明代以《夷坚志》为依据的传奇作品，在作者可考的剧作中，只有席正吾《罗帕记》传奇创作较早，其他都可列入郭英德所划分的这个阶段，即明清传奇的勃兴期。恋爱风情剧的风靡一时是晚明的文化思潮和社会风气的产物，对此学术界多有研究，笔者不再赘述。

作为文言小说，《夷坚志》中的婚恋丽情小说虽然富有传奇色彩，但情节相对简单，场面描写不足。明清传奇的篇幅较长，剧本多分卷出，一般在 30 出以上，需要足够多的故事内容和情节场面来匹配。《夷坚志》中的故事在被作为明清传奇内容时，做了大幅度地扩充，《夷坚志》的有关篇章在更多时候只是作为传奇的某几出内容搬演。如《刘尧举》只表现了刘尧举对船家女的爱慕、试探后的忐忑不安，以及女方回应的从容，但在汪廷讷的《投桃记》传奇中，《刘尧举》被演绎为第十出《投桃》，表现年轻风流的书生与官宦人家小姐的相互爱慕。虽然人物身份作了改动，但男女主人公所表现出的青春悸动之情景相同。又如《义倡传》被李玉用作传奇《眉山秀》的内容时，只是构成秦观"一男拥双美"的流行故事格局，《眉山秀》重点表现的是秦观与苏小妹的爱情，以及苏氏父子与王安石变法的政治斗争，男女爱情和政治斗争双线并进。情理冲突和忠奸斗争是明清传奇的两大主题，根据《夷坚志》内容改编的明清传奇在生旦悲欢离合的主题上，有添设增饰忠奸斗争关目的现象，《眉山秀》便是这种主导思想的体现，又如《投桃记》杜撰国舅谢瑞，陷害黄裳、潘昉，《旗亭记》也增加了奸臣秦桧投金卖国的内容。这种关目的增饰体现了明末清初剧作家在表达文人风流梦的同时，关注现实的精神。

与传奇作品相比，以《夷坚志》为本事的明清杂剧与现实的联系更为密切，傅一臣根据《王朝议》《李将仕》《吴约知县》《满少卿》《朱天锡》改编的杂剧《买笑局金》《卖情扎囤》《死生冤报》《义妾存孤》，以社会问题和不良现象为表现内容，或写各种形形色色的骗局，或谴责书生的忘恩负义，或表彰贞妇节行，作者在对现实道德沦丧批判的同时，寄希望于用贞妇义士的行为规范来匡正世风。有些戏曲作者借杂剧表达自己在现实

---

① 郭英德：《明清传奇史》，南京：江苏古籍出版社 1999 年版，第 261 页。

生活中的真实感受和切身经历，沈自徵《杜秀才痛哭霸亭秋》、嵇永仁《杜秀才痛哭泥神庙》、张韬《杜秀才痛哭霸亭庙》，三部杂剧均以《夷坚志》中《杜默谒项王》为本事，表达作者在科场、官场中不断碰壁的失意，作品中充斥着牢骚满腹的个人情绪。《杜默谒项王》这一篇很少见于明清《夷坚志》的小说选本，在冯梦龙《古今谭概》怪诞部第二《项王庙》中选录，但得到明清戏曲作者的格外垂青，尤侗《钧天乐》传奇第十五出《哭庙》也采用了此篇章的内容。《杜默谒项王》篇幅极为短小，仅有 128 个字，而在明清剧作中得到多次演绎，其原因是杜默哭诉之语引起失意文人的共鸣："大王，有相亏者！英雄如大王，而不能得天下；文章如杜默，而进取不得官，好亏我。"此语在不同的剧作中反复出现，如在沈自徵《杜秀才痛哭霸亭秋》中，杜默在《青歌儿》一曲中云："奈何以大王之英雄不得为天子，以杜默之才学不得作状元。（叹介）正是我未成名君未嫁，可能俱是不如人。"① 明清杂剧的文人色彩更为突出，成为失意文人抒怀写愤的工具，案头化倾向明显。戚世隽在《明代杂剧研究》中说："若从明杂剧发展的总体来看，它在经历了明初创作的宫廷化、贵族化后，到中后期，呈现复苏局面，并发生了重大转变。其题材内容，不再以情节曲折、故事圆满来博取接受对象的认可，其叙事性逐渐减弱，抒情性明显增强，寓意写怀成为首要的主题取向。"② 杜默哭诉故事受到杂剧作家的关注，即为一例。

二、传播地域

以《夷坚志》的相关篇章为本事创作的戏曲作品，作者可考者 15 位，主要集中在晚明的江浙地区。见下表所示：

表 6-1　以《夷坚志》为本事创作的戏曲作品

姓名	戏曲名	年代	籍贯
沈和	《郑玉娥燕山逢故人》	元代	浙江杭州
鲍天祐	《王妙妙死哭秦少游》	元代	浙江杭州
席正吾	《罗帕记》	明弘治、正德间	不详
叶宪祖	《死生缘》	1566—1641	浙江余姚

---

① （明）沈泰：《盛明杂剧》初集卷十二《霸亭秋》，《续修四库全书》，上海：上海古籍出版社 2002 年版，第 453 页。

② 戚世隽：《明代杂剧研究》，广州：广东高等教育出版社 2001 年版，第 2 页。

（续上表）

姓名	戏曲名	年代	籍贯
郑之文	《旗亭记》	明代，具体不详	江西南城
汪廷讷	《投桃记》	1569—1628	安徽休宁
范文若	《金明池》	1590—1637	江苏松江
	《闹樊楼》		
汤显祖	《牡丹亭》	1550—1616	江西临川
沈自徵	《杜秀才痛哭霸亭秋》	1591—1641	江苏吴江
胡文焕	《犀佩记》	约1596年前后在世	浙江杭州
傅一臣	《买笑局金》	明末，具体不详	浙江杭州
	《卖情扎囤》		
	《义妾存孤》		
	《死生冤报》		
尤侗	《钧天乐》	1618—1704	江苏长洲
李玉	《眉山秀》	1610—约1671	江苏吴县
嵇永仁	《杜秀才痛哭泥神庙》	1637—1674	江苏无锡
张韬	《杜秀才痛哭霸亭庙》	约1681年前后在世	浙江海宁

上表所列 15 位戏曲作者中，有籍可考者 14 位，其中 11 位为江浙人氏，两位为江西人氏，一位为安徽人氏，而且汪廷讷虽为安徽籍人，但其为沈璟嫡传，身为吴江派剧作家，与江浙可谓渊源不浅。由这个统计数据可知《夷坚志》中的故事通过戏曲方式传播的地域高度集中在江浙地区，虽然《夷坚志》其他方式的传播也以江浙为中心，但在戏曲中传播的地域集中性格外突出。这个传播规律绝非偶然，与戏曲本身的发展有关，也是《夷坚志》其他传播方式合力作用的结果，尤以小说选本、话本改编为甚。

1. 江浙历来是戏曲创作的中心

从宋杂剧开始，江浙地区便成为戏曲演唱和传播的重要地区，这一点从演出戏曲的瓦舍分布可看出。《东京梦华录》载北宋汴京著名的瓦舍有桑家瓦、中瓦、里瓦、朱家桥瓦、新门瓦等九处，而南宋临安瓦舍的数量远远超过汴京，《武林旧事》卷六"瓦子勾栏"条载有 23 处之多。到了戏曲艺术高度发达的元代，临安的戏曲中心地位依旧没有改变，元代有两个戏剧圈，除以大都为中心的北方戏剧圈外，以杭州为中心的南方戏剧圈与之并列，南方戏剧圈包括温州、扬州、建康、平江、松江乃至江西、福建等东南地区。至元十三年（1276），元军占领杭州，结束长期南北分裂的局面，大批北方剧作家，如关汉卿、白朴、马致远等先后来到杭州，南方戏剧圈更是盛况空前。

沈和、鲍天祐作为元代南方戏剧圈的作家，其作品的题材风格符合南方观众的审美爱好，《郑玉娥燕山逢故人》《王妙妙死哭秦少游》属于南方戏剧作家注重表现的爱情婚姻、家庭伦理题材。元代佚名作者创作的《朱砂担滴水浮沤记》，从题材风格和剧作特点判断，其作者也应属于南方戏曲圈，此剧以社会公案为表现对象，作为末本戏，但不似杂剧那样由一人独唱到底，第一、第二、第四折由王文用独唱，而第三折换由东岳太尉独唱，这显然受了南戏的影响。而且王文用的唱词情感充沛，作者实际借剧中人物遭遇抒发自己胸中的块垒，如第一折《混江龙》："你看那人间百姓，在红尘中都要干营生，两下里行船走马，各要夺利争名。船尾分开横谁绿，马蹄踏破乱山青，则他这摇鞭举棹可便也休相竞，多则为两匙儿羹粥干忙了那一世，落的这前程。"① 这种对个人情怀的宣泄与北方戏剧圈作家作品整体呈现的激昂、明快格调截然不同。

到了明代，南京作为全国的政治经济文化中心，戏曲的创作、传播也集中于此地。万历时期，以江苏吴江人沈璟为首的吴江派，是中国戏曲史上第一个成熟的戏曲流派，其创作崇尚本色的戏曲语言，讲究音韵格律。范文若、叶宪祖、汪廷讷、冯梦龙等都为吴江派的剧作家，汪廷讷、叶宪祖还被称为"词隐高足"②，他们在创作中都借用了《夷坚志》中的故事。沈自徵为沈璟之侄，首次将很少有人注意的《杜默谒项王》改编为杂剧《杜秀才痛哭霸亭秋》，并产生了深远影响，清代江浙文人创作的三部戏曲作品都以杜默事为本。明末清初以李玉为首的苏州派作为当时声势浩大的一个戏曲流派，以江苏吴县及其附近的剧作家为主，是地域文化的延续和进一步发展。可以说《夷坚志》在戏曲中的传播，与明清这两大戏曲流派有密切的关系。

2. 受《夷坚志》小说选本的影响

《夷坚志》在戏曲中的传播主要集中在江浙，与《夷坚志》在江浙通过刊刻、仿写、篇章选录、话本改编等多种传播方式，累积获得了巨大社会效应和深远影响有关，如《夷坚志》在戏曲传播的集中地域与《夷坚

---

① 《朱砂担滴水浮沤记杂剧》第一折，（明）臧晋叔：《元曲选》，北京：中华书局1958年版，第387页。

② 沈璟（1553—1610），字伯英，号宁庵，又号词隐生。祁彪佳《远山堂曲品》评汪廷讷《投桃记》云："作者犹未脱俗，惟守律甚严，不愧词隐高足。"吕天成《曲品》卷下评叶宪祖《双卿记》云："景趣新异，且守韵调甚严，当是词隐高足。"

志》明代小说选本地区分布大致相似,《夷坚志》明代小说选本小说的地域分布,本书第四章第二节已有论述。

这些选录《夷坚志》的文人同时又是戏曲创作者,如梅鼎祚的小说选本《青泥莲花记》《才鬼记》选录了《夷坚志》多篇作品,梅鼎祚是明代中后期文词派曲家中的巨擘,王骥德《曲律》卷四《杂论第三十九下》盛赞道:"宛陵以词为曲,才情绮合,故是文人丽裁。""于文词一家得一人,曰宣城梅禹金,摘华掞藻,斐亹有致。"① 《才鬼记》中所选录的《夷坚志》篇章皆掇拾诗词而就,重视丽词艳情的做法与其戏曲创作风格相仿,编选小说选本可视为其戏曲创作的准备。

明代江苏籍作者王世贞、冯梦龙也在明代戏曲史上占有一定的地位,其编著的文言小说选本《艳异编》《剑侠传》《情史》《古今谭概》《智囊补》以《夷坚志》为选录对象,扩大了此书的影响,所选佳作为明清戏曲作家创作提供素材。如王世贞《艳异编》中所选《李将仕》《义倡传》《解俊保义》《吴小员外》,《剑侠传》所选《侠妇人》,都在明代的戏曲作品中得到重新改编。冯梦龙的"四大异书"中,《情史》所选《吴小员外》《侠妇人》《刘尧举》《王武功妻》《解俊保义》《鄂州南市女》《义倡传》《李将仕》《真珠族姬》《满少卿》,《智囊补》所选《湖州姜客》,《古今谭概》所选《杜默谒项王》,这些篇章的故事内容也见于明清戏曲中。王世贞的小说选本刊刻于明嘉靖、隆庆时期,冯梦龙的小说选本在明万历时期成书,其小说选本对明清文人戏曲的创作意义巨大,一方面引起当时戏曲作者对身边这些作品的关注,尤其是有些篇章的多次选录启发他们将故事融入自己的创作中,另一方面有些戏曲作者直接采用这些篇章作为戏曲的故事本事,如《湖州姜客》《杜默谒项王》两篇很少见于其他《夷坚志》选本,目前发现仅见于冯梦龙编著的"四大异书"之中,而这两篇作品内容在明清戏曲创作中得到屡次演绎,显然是直接借鉴了冯梦龙的小说选本。

3. 受"三言""二拍"话本改编的影响

明末时期,江浙人氏冯梦龙、凌濛初编撰的"三言""二拍",是用话本改编方式传播《夷坚志》的主要作品。《夷坚志》中的 20 篇作品内容被戏曲所采用,其中 10 篇又曾被"三言""二拍"所改编。见下表所示:

---

① 中国戏曲研究院:《中国古典戏曲论著集成》第四册,北京:中国戏剧出版社 1959 年版,第 166、170 页。

表6-2　　《夷堅志》被戏曲采用及被"三言""二拍"改编情况

《夷堅志》篇名	"三言""二拍"篇名	戏曲名
《太原意娘》	《杨思温燕山逢故人》	元杂剧《郑玉娥燕山逢故人》
《吴小员外》	《金明池吴清逢爱爱》	金院本《金明池》
		明杂剧《死生缘》
		明传奇《金明池》
《鄂州南市女》	《闹樊楼多情周胜仙》	明传奇《闹樊楼》
《王武功妻》	《简帖僧巧骗皇甫妻》	宋杂剧《简帖薄媚》
		金院本《错寄书》
		南宋戏文《洪和尚错下书》
		明传奇《罗帕记》
《湖州姜客》	《恶船家计赚假尸银　狠仆人误投真命状》	明清传奇《赚青衫》
《真珠族姬》	《襄敏公元宵失子　十三郎五岁朝天》	明清传奇《紫金鱼》
《王朝议》	《沈将仕三千买笑钱　王朝议一夜迷魂阵》	明杂剧《买笑局金》
《李将仕》《吴约知县》	《赵县君乔送黄柑　吴宣教干偿白镪》	明杂剧《卖情扎囤》
《满少卿》	《满少卿饥附饱飏　焦文姬生仇死报》	明杂剧《死生仇报》
《朱天锡》	《张福娘一心守贞　朱天赐万里符名》	明杂剧《义妾存孤》

　　上表所列为《夷堅志》有关篇章改编的"三言""二拍"话本小说与戏曲作品之间的关系，从中可看出由文言小说—话本改编—戏曲改编并非单向影响，"三言"和"二拍"从大多数篇章来看，影响的途径方式有别。

　　对于"三言"而言，《夷堅志》中的相关篇章呈现由文言小说—戏曲改编—话本改编的影响方式。冯梦龙用辑录加工宋元旧本的方式编成"三言"，这些宋元旧本应不限于小说文体，还包括戏曲剧本中的内容，如《喻世明言》第二十四卷《杨思温燕山逢故人》，元代就有沈和的杂剧《郑玉娥燕山逢故人》，《警世通言》第三十卷《金明池吴清逢爱爱》，宋金时期就有上皇院本《金明池》，《喻世明言》第三十五卷《简帖僧巧骗皇甫妻》，宋金时期已有官本杂剧和院本，故事内容已为时人所熟知。《醒世恒言》第十四卷《闹樊楼多情周胜仙》虽然在话本之前尚未发现相应的戏曲作品，但学术界将此篇作品列入南宋话本之列①。这种影响以《夷坚志》到宋元话本（杂剧）为起点，在前二者互动或影响的基础上形成一个为世人所接受的故事，冯梦龙将其编辑加工组织进"三言"。

对于"二拍"而言，《夷坚志》中的相关篇章呈现由文言小说—话本改编—戏曲改编的影响方式。与冯梦龙编辑加工宋元旧本的著作方式相比，凌濛初"二拍"的个人创作成分较多，以《夷坚志》为故事内容的戏曲作品直接以"二拍"为蓝本。如杭州人傅一臣的《苏门啸》，包括《买笑局金》《卖情扎囤》《没头疑案》《截舌公招》《智赚还珠》《错调合璧》《贤翁激婿》《死生冤报》《义妾存孤》《人鬼夫妻》《蟾蜍佳偶》《钿盒奇缘》12 个杂剧，全部直接由"二拍"而来②。明清无名氏的《赚青衫》传奇，根据《曲海总目提要》题材介绍，也与"二拍"中的故事更为接近。

总之，通过上述戏曲改编对《夷坚志》传播的考察，可知《夷坚志》在戏曲中的传播内容经历了宋元以世情公案题材为主到明清以婚恋丽情、科举仕宦题材流行的演变，由世俗化的审美趣味移位于文人士大夫的情趣，传播的地域高度集中在江浙地区。

---

① 如张兵在《宋辽金元小说史》（复旦大学出版社 2001 年版）第五章"南宋的话本小说"中，认为"三言""二拍"中属于南宋话本的有 15 篇，《闹樊楼多情周胜仙》为其中之一。

② 《苏门啸》十二种杂剧其他八种的源流具体是：《截舌公招》取材于"初拍"卷六，《没头疑案》取材于"二拍"卷二十八，《智赚还珠》取材于"二拍"卷二十七，《错调合璧》取材于"二拍"卷三十五，《贤翁激婿》取材于"二拍"卷二十二，《人鬼夫妻》取材于"二拍"卷二十三，《蟾蜍佳偶》取材于"二拍"卷九，《钿盒奇缘》取材于"二拍"卷三。

第七章

《夷坚志》 对章回小说的影响与渗透

章回小说从成书过程可分为累积型和文人独创之作，从小说流派上可分为历史演义、英雄传奇小说、神魔小说、世情小说、公案小说等，无论是何种类型，都能从中发现《夷坚志》的故事题材对其创作的渗透。

《红楼梦》《三国演义》《水浒传》《西游记》《醒世姻缘传》《续金瓶梅》《百家公案》等章回小说均有一些篇章吸收和借鉴了《夷坚志》的故事素材，如罗陈霞在论文《"王熙凤毒设相思局"故事类型探源》[1] 中指出，《红楼梦》第十二回与补志卷八写美人局的《吴约知县》《李将仕》《临安武将》三个故事有继承关系，笔者还可做一些补充，即贾瑞被浇一身屎尿作为惩罚，因袭了三志辛卷一《张渊侍妾》所写逼奸夫吃屎这一情节。项裕荣认为《三国演义》中"孔明秋夜祭北斗"与乙志卷十《巢先生》可相互参看；关羽死后神威不减令曹操开匣便惊倒在地，是得益于支甲卷二《吴皋保义》[2]。《夷坚志》被《百家公案》所借鉴，《百家公案》第四十三回《雪廨后池蛙之冤》与乙志卷三《蛙乞命》相似，第五十三回《义妇为前夫报仇》与补志卷五《张客浮沤》相仿，第六十三回《判僧行明前世冤》，取材于补志卷六《周翁父子》，第九十四回《花羞还魂累李辛》取材于支庚卷一《鄂州南市女》，第二十回《伸兰婴冤捉和尚》取材于支景卷三《王武功妻》，同时此则也被《海刚峰先生居官公案传》第三十九回《捉圆通伸兰姬之冤》采用。

笔者发现《醒世姻缘传》也有化用《夷坚志》有关故事的现象，如第六回、第七回写晁大舍携珍哥赴京投奔升官的父亲，晁大舍独自逛庙会时被人撺掇花重金买下一只猫，这只猫全身红色，据说从西洋进贡，还会念

---

① 罗陈霞：《"王熙凤毒设相思局"故事类型探源》，《红楼梦学刊》2007 年第 5 期。

② 项裕荣：《再谈〈夷坚志〉与〈水浒传〉——兼谈〈夷坚志〉中〈三国演义〉等长篇小说之素材》，《明清小说研究》2009 年第 1 期。

经，回到家后珍哥告诉他猫的颜色是染上去的，还有些被染为绿色、天蓝色、紫色等，这些内容明显与三志己卷九《干红猫》有着一定的渊源。

《夷坚志》对章回小说的影响比较深远，本章以《水浒传》《西游记》《续金瓶梅》三部作品为例，探讨《夷坚志》对章回小说创作的贡献。这三部作品既有累积型创作，也有作家个人的独创；既有英雄传奇，又有神魔、世情，乃至历史演义等类型，从中可看到《夷坚志》丰富的故事内容和在章回小说创作中的接受情形。

笔者需要解释的是，对于世代累积型创作而言，《夷坚志》的影响是以间接方式进行的，因为从《夷坚志》到累积型章回小说，中间还存在许多其他的传播环节，使《夷坚志》经历了几度创作，尤其是宋元说书艺人的改头换面加工改造，导致《夷坚志》原来的故事移位、变形。这些中间的传播环节尚待进一步探讨，笔者根据《夷坚志》和章回小说相似的故事元素探讨二者的关系。

第一节 《夷坚志》对《水浒传》的影响

《夷坚志》和《水浒传》之间的关系，已有多篇文章论及，有的学者从故事素材、本事的角度溯根探源，如鲁迅[①]、孙楷第[②]、侯会[③]等，有的学者从《夷坚志》中挖掘《水浒传》故事中的真人真事，如王利器[④]等，有的学者则不仅从人物形象塑造方面寻找二书在题材内容方面的沿袭继承，还从故事所描写的宋代社会风俗、场景及故事设置等方面深入探究两者的相似之处，如侯会、项裕荣[⑤]等。从后世章回小说对《夷坚志》的传承情形来看，《水浒传》无疑是受到影响最大、与《夷坚志》最为密切的作品之一。《水浒传》作为我国古代英雄传奇章回小说的开山之作，对

---

① 鲁迅：《华盖集续编·马上支日记》，《鲁迅杂文全编》卷二，北京：人民文学出版社2006年版，第138页。

② 孙楷第：《水浒传人物考》之附录，《沧州后集》，北京：中华书局1985年版，第23 – 26页。

③ 侯会：《〈夷坚志〉中的〈水浒传〉素材》，《明清小说研究》1999年第2期；侯会《鲁智深形象源流考》，《首都师范大学学报》1996年第2期；侯会：《〈水浒〉与〈夷坚志〉》（上），《〈水浒〉源流新证》，北京：华文出版社2002年版，第257 – 273页。

④ 王利器：《〈水浒传〉中的真人真事》，《水浒争鸣（第二辑）》1983年第8期。

⑤ 项裕荣：《试论李逵形象塑造的南北融合》，《学术论坛》2007年第1期；项裕荣：《再论〈夷坚志〉与〈水浒传〉——兼谈〈夷坚志〉中〈三国演义〉等长篇小说之素材》，《明清小说研究》2009年第1期。

《夷坚志》大量故事情节、篇章内容的借鉴，说明《夷坚志》有不局限于传统志怪的内容特征，除神仙鬼怪外，作品还追求一种现实之奇。洪迈作为一个达官显宦，在《夷坚志》中虽经常把这些不同凡俗的英雄、侠士称作"强盗""土匪"，但有些篇章也体现了作者对这些草泽英雄的欣赏和崇拜，歌颂了其勇武和侠义的精神，呈现出和《水浒传》相同的审美和主旨。

一、《夷坚志》与《水浒传》的某些故事本事对比

根据鲁迅、孙楷第、侯会等学者的研究考证成果，《夷坚志》中下列篇章为《水浒传》故事素材的来源：

（1）甲志卷十四《舒民杀四虎》与《水浒传》第四十三回李逵沂岭杀四虎。（此则由鲁迅考证发现）

（2）甲志卷一《黑风大王》与《水浒传》第四十二回郓城县都头赵能、赵得追捕宋江，在古庙遭遇狂风。

（3）支丁卷四《朱四客》与《水浒传》第四十三回真假李逵。

（4）支丁卷九《陈靖宝》与《水浒传》第五十三回罗真人戏弄李逵。（以上三则由孙楷第考证发现）

（5）支乙卷六《永悟侍者》与《水浒传》第四回智真长老庇护鲁智深。

（6）丁志卷十四《武唐公》、丙志卷六《范子珉》与鲁智深在文殊院不守清规、醉酒闹事。

（7）支癸卷八《赵十七总干》与鲁智深醉打山门。

（8）乙志卷六《榕树鹭巢》与鲁智深倒拔垂杨柳。

（9）丁志卷十《洞元先生》与《水浒传》开篇《洪太尉误走妖魔》。

（10）丙志卷十五《鱼肉道人》与洪太尉的故事。

（11）三志己卷四《燕仆曹一》与《吴用智取生辰纲》。

（12）补志卷二十五《桂林走卒》与《水浒传》第三十九回《浔阳楼宋江吟反诗　梁山泊戴宗传假信》。

（13）丁志卷二《刘道昌》与《水浒传》第四十二回宋江得天书。（以上九则由侯会考证发现）

（14）丙志卷四《阆州通判子》中的皮袜与《书浒传》中神行太保戴宗的甲马。（此则由项裕荣考证发现）

《水浒传》作为一部英雄传奇小说，汲取《夷坚志》的诸多篇章内容以塑造人物的卓越胆识和传奇性为目的，其中李逵、鲁智深、宋江形象得

益于《夷坚志》较多，这也与平话《大宋宣和遗事》点染的主要猛将一致。笔者经过爬梳抉择，认为除以上诸位学者考证发现的各条外，《夷坚志》中还有以下五则也有可能作为《水浒传》的故事本事：

补志卷三《曾鲁公》记曾宣靖为平民时行侠仗义救助落难父女事，现将原文节录如下：

> 曾宣靖鲁公，布衣时游京师，舍于市。夜闻邻人泣声甚悲，朝过而问焉，曰："君家有丧乎？何悲泣如此！"曰："非也。"其人甚凄惨，欲言有惭色。公曰："忧愤感于心，至于泣下，亦良苦矣！第言之，或遇仁心者，可以救解。不然，徒泣继以血，无益也。"其人左右盼视，歔欷久之，曰："仆不能讳，顷者因某事负官钱若干，吏督迫，不偿且获罪，环视吾家，无所从出。谋与妻，以笄女鬻商人，得钱四十万，今行有日矣！与父母诀而不忍焉，是以悲耳！"公曰："幸勿与商人。吾欲取之。商人转徙不常，又无义，将若女浪游江湖间，必无还理，一旦色衰爱弛，将视为贱婢。吾江西士人也，读书知义，倘得君女，当抚之如己出，视弃与商人相万矣，可熟计之。"其人跪拜曰："某平生未尝有一日之雅，不意厚贶若此，虽不得一钱，亦愿奉君子。然已书券受直，奈何？"公曰："但还其直，索券而焚之。彼不可，则曰诉于官，彼畏，必见听矣！"遂出白金约四十万，置其家，曰："吾且登舟矣，后三日中以女来，吾待于水门之外。"公去而商至，用前说却之，商果不敢争。及朝，父母载女来访所谓曾秀才者舟，不见，询之旁舟人，言其已去三日矣！女后嫁为士人妻。[1]

不难发现此则与《水浒传》第三回鲁提辖救助金莲父女故事相似，鲁达、李忠、史进三人喝酒闲谈时，"只听得隔壁阁子里有人哽哽咽咽啼哭"，两个故事的侠义行为都由隔壁悲伤的哭声引发，无奈的父亲把女儿卖给商人还债，这一不幸激发了侠义之士对素不相识者的鼎力相助。在救助过程中为对方考虑周全细致是曾鲁公和鲁达共同表现出来的，救助后不求答谢和回报更突出其品德的高贵，被救助者都因此改写了人生，曾鲁公帮助的女子后来嫁与士人为妻，金莲被财主赵员外养做外宅，衣食丰足。不仅故事梗概大致相似，在某些细节处也可发现两故事的密切关系，如鲁达虽在渭州救助金莲，但金莲在回答鲁达询问自己乡里籍贯时说："官人不知，容奴告禀。奴家是东京人氏。因同父母来这渭州，投奔亲眷……"[2]

---

① （宋）洪迈：《夷坚志》，北京：中华书局 2006 年版，第 1566－1567 页。
② （明）施耐庵、罗贯中：《水浒传》，北京：人民文学出版社 1984 年版，第 44 页。

可知金莲父女本为东京人，而曾鲁公救助的父女正为京都人氏，显然《水浒传》将此故事的发生地从东京移至渭州，但还保留了被救助者的原始居里。曾鲁公的故事应在当时流传较广，丁志卷十一《南安黄龙溪》也记其事，提到当地许多老人都能谈其事。因此水浒故事在累积成书时，这位曾鲁公因与鲁达名姓相近、侠义精神相仿而被借用、移植。

不唯如此，鲁达救助金莲的重要行动——《鲁提辖拳打镇关西》，这一精彩的情节和场面与三志壬卷八《徐咬耳》也有一定程度的相似："池州人徐忠者，虽出市井间，而好勇尚节气，赴人患难，急于己私。闾里有争阋不平之事，横身劝解，必使曲直得其清然后已，以故与之处者，无不心服。"小说记录了徐咬耳两件侠义事迹：一是徐咬耳拳打恶鬼使当地太平，二是教训欺诈强取他人钱财的某屠户：

（徐咬耳）后渡淮省亲，过崇阳，道中值一屠，执箠一客索钱。徐知曲在屠，责之曰："他是远乡小客，汝是当地屠户，岂得耽嗜村酒，欺凌取财！"客得脱去。而两人争忿不息，自朝至午，面血淋漓，屠左眼为徐所枯，屠亦啮下徐右耳，各以倦极分散。徐自是不复还乡，虑以缺耳取笑，人呼为徐咬耳。①

《鲁提辖拳打镇关西》是《水浒传》中语言表达精美绝伦的篇章之一，这一精彩的场面在《徐咬耳》中不难发现故事本来的痕迹。鲁提辖打斗的时间从郑屠为其切精肉、肥肉算起，持续的时间正好是徐咬耳与屠夫争斗相持的"自朝至午"。"面血淋漓"在《水浒传》中演绎为具有强烈表现力、能引起视觉、触觉等感官的文字："打得鲜血迸流，鼻子歪在半边，却便似开了个油酱铺，咸的、酸的、辣的，一发都滚出来。"②"屠左眼为徐所枯"也演绎得非常生动："打得眼棱缝裂，乌珠迸出，也似开了个彩帛铺的，红的、黑的、绛的，都滚将出来。"为了突出鲁达的勇猛，《水浒传》将"屠亦啮下徐右耳"进行了移花接木、偷梁换柱，巧妙地移植到鲁达将郑屠打得惨状："又只一拳，太阳上正着，却似做了一个全堂水陆的道场，磬儿、钹儿、铙儿，一齐响。"③《水浒传》中精彩的场面一般都经历了诸多说话艺人的加工改造，是他们经常表演的内容。宋元说话艺人对作为教科书的《夷坚志》烂熟于胸，《徐咬耳》可能是他们比较喜欢的篇章，《鲁提辖拳打镇关西》的精彩场面及精妙绝伦的文字有可能由《徐咬

① （宋）洪迈：《夷坚志》，北京：中华书局2006年版，第1532页。
② （明）施耐庵、罗贯中：《水浒传》，北京：人民文学出版社1984年版，第47页。
③ （明）施耐庵、罗贯中：《水浒传》，北京：人民文学出版社1984年版，第48页。

耳》生发而来，由此可见《夷坚志》对水浒故事形成的巨大意义。

除鲁达形象得益于《夷坚志》外，林冲的故事有可能也借鉴了补志卷二《英州太守》。《英州太守》记刘器之被贬到英州后，宰相章子厚还一心想置其于死地，领会其意图的林某被章子厚任命为英州太守前去结果刘器之的性命，消息被刘器之的朋友某和尚获悉，和尚为刘器之忧心不已劝其早做打算，在形势万分危急之刻，林某却在深夜抵达英州后被门槛绊倒跌死，刘器之因此免于谋害。此则与《水浒传》第十回《林教头风雪山神庙　　陆虞候火烧草料场》有一定程度的相仿，《英州太守》中的林某与《水浒传》中的陆谦、富安，都是受奸人指使从京城千里迢迢来执行阴谋，欲加害的对象都因熟人相告而有心理准备，最后阴谋未能得逞均由于意外变故或曰天意。故事框架相似，只是《水浒传》在具体内容上根据人物性格、情节发展的要求作了改动。值得注意的是，两个故事中受害者躲过大劫的时间地点相同，刘器之在林某深夜欲带兵追杀时在寺庙得以全身，林冲当夜由于在古庙栖身而幸免于难，故事发生时间、地点的一致，更足以证明《水浒传》中林冲故事可能对《英州太守》篇的因袭和传承。

鲁迅较早指出《夷坚志》中《舒民杀四虎》与李逵沂岭杀四虎有关，侯会进一步补充，认为丁志卷十一《丰城孝妇》、支景卷五《郑四客》两则，也对李逵杀虎故事产生过影响。《夷坚志》中有许多人虎搏斗的故事，笔者觉得支丁卷五《蜀梁二虎》可与武松景阳冈打虎相比勘。《蜀梁二虎》记与虎祸有关的两个故事，其中第二个故事展示了人虎的直面交接：

> 兴元府近郊，有农民持长刀将伐薪，行甽田狭径，其下皆沮洳。相去丈许，一虎在彼，望农至，欲奋迅登岸。农遽跳坐其背，以刀乱斫之。虎亦勃蹸与相抗。里人环睨，不敢救，相率投戎帅乞援。帅命猎骑百辈，鸣金鼓驰往，至则人虎俱困。骑刺虎杀之，扶农归，遍体断，裂成纹。盖尽力用刀，且惊怖故也。①

农夫无奈之中与虎拼命搏斗，自然与武松的勇猛豪气无法相提并论，但农夫骑上虎背与之相抗相持，显示了农夫也有其令人敬畏之处。农夫在情急之中的勇猛很容易令人联想到武松打虎的场面："武松将半截棒丢在一遍，两只手就势把大虫顶花皮胜嗒地揪住，一按按将下来。那只大虫急要挣扎，早没了气力。被武松尽力气纳定，那里肯放半点儿松宽。武松把只脚望大虫面门上、眼睛里，只顾乱踢。……那大虫吃武松奈何得没了些

---

① （宋）洪迈：《夷坚志》，北京：中华书局 2006 年版，第 1005 页。

气力。"① 武松打死老虎后，"原来使尽了气力，手脚都疏软了，动弹不得"。② 从故事的情境来看，农夫和武松所经历的危险及其奋力求生与虎搏斗的内容相同，《夷坚志》略陈事状的志怪叙事策略在展示农夫时不够精彩，而《水浒传》经过说话艺人在语言上的加工锤炼，以及围绕突出武松的勇猛这一主题对材料的取舍，使得武松打虎的形象深入人心。但故事元素的相似，令我们在赞赏武松打虎的精彩时，不能忽视《夷坚志》提供的素材对这一形象的塑造作出的贡献。

此外，支甲卷五《游节妇》与《水浒传》中的淫妇形象应该也有一定的关系。《游节妇》记拙朴的宁六被淫荡的弟媳游氏诬陷，宁六含冤而死，游氏受朝廷表彰并被称为贞妇，后游氏与和尚私通时，奸情败露受到惩处。游氏的形象与潘金莲、潘巧云相同：潘金莲勾引武松不成，诬陷武松调戏她；潘巧云向杨雄恶人先告状，称石秀无人时非礼自己。这些诬陷都是发生在兄弟与淫荡的嫂子（弟媳）之间，对淫荡的揭露令被诬陷者付出沉重代价：宁六被处死，武松、石秀杀死仇家后只能投靠梁山。尤其是潘巧云与淫僧的奸情与《游节妇》的内容更为相近。

项裕荣认为丙志卷四《阆州通判子》中的皮袜，对神行太保戴宗的甲马给予了启发。其实《夷坚志》中还有一些神奇之物可助人日行千里，如《夷坚志》佚文《崔倅乳媪》③中能使小丫鬟站在小箕上，顷刻从广州回到家乡福州，丙志卷三《杨抽马》中纸剪的骡子。

二、《夷坚志》为《水浒传》提供故事素材的旁证

侯会、项裕荣还从《夷坚志》中辑出与《水浒传》所描写的社会风俗、故事场景设置等相似的篇章。因为两书都以宋代社会作为背景和表现对象，所以《夷坚志》中的这些篇章应可视为《水浒传》故事的旁证，虽然从篇章内容和故事形态上无法判断两者的关系，但对水浒故事在宋代的形成特点和传播情况提供了依据。现有的研究成果认为《夷坚志》中可作为《水浒传》旁证的篇章有：

（1）乙志卷六《蔡侍郎》记蔡巨厚于宣和年间杀掉梁山泊降贼五百人并遭冥报事，因宋江在梁山泊聚义未得到史料证明，《蔡侍郎》对《水浒传》中梁山泊根据地的定位，意义深远，可以说影响了整个故事的框架。

---

① （明）施耐庵、罗贯中：《水浒传》，北京：人民文学出版社1984年版，第300页。
② （明）施耐庵、罗贯中：《水浒传》，北京：人民文学出版社1984年版，第302页。
③ （元）郭霄凤：《新刊分类江湖纪闻》卷七，中华再造善本，北京：北京图书馆藏本。

（侯会）

（2）丁志卷三《谢花六》、支癸卷八《阖山排军》、支癸卷九《吴六竞渡》中民间青皮、盗贼之雕青文身，与《水浒传》第二回"花绣"满身的史进，十七回"背绣僧"鲁智深，第四十四回"两臂雕青"的杨雄，第六十一回"遍体绣花"的燕青，说明宋代有此社会风俗习尚。（项裕荣）

（3）甲志卷四《方客遇盗》与《水浒传》中常见的旅客江心遇盗、被揎入水的情节，如第三十七回"船火儿夜闹浔阳江"、第六十五回"浪里白跳水上报冤"。（侯会）

支庚卷五《金沙滩舟人》《辰州监押》、支癸卷六《尹大将仕》等舟中行凶与《水浒传》中宋江流配江洲途中遭劫，张横、张顺为此类江湖盗匪的代表。（项裕荣）

（4）甲志卷八《金刚灵验》与《水浒传》第二十七回、三十六回写到的孙二娘十字坡黑店与李立的揭阳岭黑店。（侯会）

三志辛卷三《建昌道店》、补志卷八《京师浴堂》中的黑店、人肉包子与孙二娘、李立的黑店。（项裕荣）

（5）丁志卷二《张通判》中张通判将所恶之人送至官府，并"阴语录参吴军，使毙之"，阴谋未得逞后，又买通押解军校，将男仆杀害于充军发配的路上。这与《水浒传》中林冲、武松、卢俊义等好汉遭遇相同。

除以上各条外，笔者经过细细比勘，认为还有以下几则也可与《水浒传》中相应内容互为参见：

补志卷一《吴氏父子二梦》，记湖南匪首曹成正活动猖獗，县尉吴信与贼兵抗击时，发现郝大夫也在匪贼队伍中，郝泣曰："吾以母故，陷于此，不能自还，羞见故人。"郝大夫因母亲被乱军扣留而被迫弃官从盗。《水浒传》中有些好汉上梁山也非自愿，如善写诸家字体的圣手书生萧让，吴用先让其模仿蔡京笔迹，随后使人赚了他老小上山，萧让无奈只能入伙。这说明在《水浒传》被逼上梁山的主题中，逼的势力并非全是腐败的官府、贪婪的官员，作品的主题因此而丰富复杂。

两宋之交农民起义频仍，有些起义队伍甚至组成了强大的组织和武装，官府多方镇压未见成效的情况下，只能采取招安措施。《水浒传》中梁山好汉被招安的情节至今为学者争论不休①。其实宋朝统治者用招安的

---

① 如陈大康在《明代小说史》中说："为什么施耐庵要为梁山义军选择受招安的结局呢？当然，首要的原因是史实与以往的平话奠定的故事框架起了很大的限制作用。"见《明代小说史》，上海：上海文艺出版社 2000 年版，第 50 页。

方式化解农民起义队伍的势力为常见之举，如丁志卷五《陈才辅》，建阳范汝为、叶铁、叶亮作乱，活动猖獗攻占了郡城，朝廷无奈只得招安。

关于《水浒传》的主题，有多种观点，其中农民起义说是其中重要的一种。对此观点的质疑首当其冲是起义队伍的组成，因为各成员来自不同的社会阶层，如军官出身的豹子头林冲、僧侣出身的花和尚鲁智深。《夷坚志》所记有规模的"匪盗"队伍中也有各社会阶层人群，如支庚卷七《盛珪都院》，建炎庚戌（1130），王念经啸聚旁邑，狂僭称尊，因罪逃亡的官员前去投奔，并被授职。丙志卷十二《僧法恩》，记绍兴十年（1140）以明州僧法恩为首领的聚众暴乱，起义队伍杀富豪官吏势力直逼临安。可见梁山泊好汉来源于各个社会阶层，这与宋代社会生活实际相符的。

梁山好汉中有许多以水性高超而著名，如"混江龙"李俊、"出洞蛟"童威、"翻江蜃"童孟、"船火儿"张横、"浪里白条"张顺等，这些江湖好汉凭借出色的水性劫富济贫。舟中行凶也在《夷坚志》中屡见不鲜，除侯会、项裕荣所列诸条外，还见于支庚卷三《兴化官人》、丙志卷十九《朱通判》、丁志卷十七《西江渡子》。

此外，开黑店者还见于支景卷一《江陵村侩》、支甲卷三《刘承节马》、三志辛卷六《胡廿四父子》、乙志卷三《浦城道店蝇》。

三、相同的社会生活、共同的审美追求

陈大康认为《水浒传》的创作与施耐庵经历的元末农民大起义有关："丰富的见闻与经历使施耐庵在创作时拥有了大量的生动素材，那些人物与事件又会影响到作家的生活，这迫使他有心作更敏锐的观察，更深入细致的思考。就这个意义而言，《水浒传》的创作可以看作是施耐庵曲折地反映现实的一种方式。"[1] 如果施耐庵是借历史反映现实，那么洪迈的创作则为直面现实，记叙其对身边战乱的见闻及感受。

洪迈的家乡农民起义及各种反抗斗争不断，明代穆希文《说原》卷四《原地》"江西"条说：

江西之地三面距山，背沿江汉，实为吴楚闽越之交。外析险阻中包壤地，安危轻重常视他藩。南昌圻江汇湖，右荆龙浙乃一都会也。九江独处上流，人有市利；南康逼临彭蠡，土瘠盗兴；饶州称为裕阜，广信传道，下邑殷盛；抚州人悍，寇多而衣食自足。建昌僻在东南，而藩封亦靖；南

---

① 陈大康：《明代小说史》，上海：上海文艺出版社 2000 年版，第 54 - 55 页。

安赣州则汀漳雄韶，山溪会焉林谷，为盗窟也，虽抚臣统制而军费不支。袁州地逼长沙而喜狱好争，绥训不易。临江瑞州素称乐土，安吉地灵人杰利甲诸郡焉。①

可见从江西风俗沿革看，南康、抚州、建昌、南安、赣州、袁州皆为"匪气"旺盛之地，作乱者频频有之，《夷坚志》有许多篇章反映了此种情形，如丁志卷三《谢花六》，江西吉州太和人谢六因偷盗发家，"举体雕青，故人目为花六，自称曰'青狮子'。"② 又如支乙卷十《傅全美仆》，建昌士人傅宗道设宴请客，突然几十个强盗敲锣打鼓而来，傅"因急唤壮仆治御备，妇人皆登山。盗入门，见酒馔，恣饮食焉，掠财物四千缗而去。"③ 支庚卷七《盛珪都院》中王念经起义也发生在江西余干的金步地区，从王念经的称王及官员入伙等判断，规模应该不小。正是洪迈对身边这种乱世生活的感同身受、耳闻目睹，使得江西各地农民起义的题材屡屡出现在一部志怪小说集中，并吸引洪迈记录发生在江西之外的起义聚众之事，如支景卷一《张十万女》云："绍兴初，巨盗桑仲横行汉、沔间。"所到之处抢劫一空，没有人烟。支乙卷五《张花项》，"建炎、绍兴之交，江湖多盗，张花项、戚方尤凶虐"。《夷坚志》反映的宋代战乱和各地蜂拥而起的农民起义等社会内容极为丰富，这正是《水浒传》故事发生的时代背景。水浒故事在宋元平话中和《夷坚志》所记几乎相同，如《宣和遗事》中说："宋江等犯京西、河北等州，劫掠子女金帛，杀人甚众。"④ 不同的是《夷坚志》所记的各地农民起义规模相对较小，也较为零散。

《夷坚志》所记录的宋代各地农民起义，呈现出和《水浒传》相同的社会生活内容，而且《夷坚志》还拥有和《水浒传》相同的故事人物。《夷坚志》有许多篇章记载了当时重要人物的事迹，如宋徽宗、张天师、蔡京、童贯、张叔夜等，甚至所记的一些次要人物也在《水浒传》中出现，如乙志卷七《西内骨灰狱》中的彭玘，在《水浒传》中随呼延灼进攻梁山被俘虏后纳降入伙，由宋朝军官转化为农民起义的英雄，丁志卷九《陕西刘生》中的使臣李忠，怀疑即为《水浒传》中的打虎将李忠。⑤ 《夷坚志》和《水浒传》共同的故事人物更增添了两书的相似性。

---

① （明）穆希文：《说原》卷四，《四库全书存目丛书》子部杂家类第107册，济南：齐鲁书社1995年版。

② （宋）洪迈：《夷坚志》，北京：中华书局2006年版，第562页。

③ （宋）洪迈：《夷坚志》，北京：中华书局2006年版，第876页。

④ 丁锡根：《宋元平话集》（上），上海：上海古籍出版社1990年版，第299页。

⑤ 见王利器：《〈水浒传〉中的真人真事》，《水浒争鸣（第二辑）》1983年第8期。

　　《夷堅志》和《水浒传》不仅有共同的社会生活内容和故事人物，而且在某种程度上《夷堅志》体现了和《水浒传》相同的审美追求，即对勇武之力的肯定。洪迈作为一个上层文人、达官显宦，不可能理解当时轰轰烈烈的农民起义，不可能完全认清当时吏治的腐败和统治者的软弱无能，所以在《夷堅志》的许多篇章里称这些起义作乱者为匪盗或贼寇，表达了痛恨和谴责。但《夷堅志》的有些篇章流露出对这些抢劫富室、胆量超群之勇士的赞赏和歌颂，而这正是与《水浒传》肯定和弘扬的勇武精神是契合的。如《吴氏父子二梦》中攻打州县的"匪贼"郝大夫，前来劫掠黄太守聚敛的钱财，黄太守闻风弃城而逃，郝大夫知悉情况后秋毫未犯，指挥部队退去，逃难归来的黄太守还因此谎报军功得到赏赐。郝大夫与黄太守两厢对照，作者的褒贬立场非常明确。又如支甲卷八《吴皋保义》中勇悍多力的吴皋聚众抢劫富室，朝廷悬赏张挂吴皋画像到处捕拿，吴皋毫不畏惧，并指着画像戏称画得不像自己，太守认为其胆量过人而将其释放。再如支甲卷八《哮张二》，身强力壮的哮张二帮朋友杀死仇人一家三口，自首后始终不牵连朋友半句，岳飞赞赏其义气，没有治他的罪并留用军中。从这些篇章可看出洪迈对这些勇武之士的欣赏，而武松、鲁智深、李逵、林冲、石秀等，都是《水浒传》中淋漓尽致的勇武英雄。虽然这种勇武形象伴随的是暴力和血腥，但唤醒了斗志，激发了人们的反抗精神。

　　《夷堅志》对勇武精神的张扬有着特定的时代基础，鲁迅曾说："宋代外敌凭陵，国政弛废，转思草泽，盖亦人情。"[①] 一方面政治腐败、奸臣的暴政激化了阶级矛盾，迫使人民在绝境中揭竿而起；另一方面是尖锐的民族矛盾，尤其南宋时北方在异族统治压迫下所受的痛苦更深，南宋当局奉行的妥协投降政策，使这些勇武之士成为人们反对异族统治和侵略的一种精神寄托。《夷堅志》中对勇武精神的肯定体现了民间的美好愿望，也寄寓着洪迈所代表的上层文人对改变现状的向往。

　　综上所述，《夷堅志》在故事素材、作品内容及思想倾向等方面都影响了《水浒传》的创作。施耐庵生活在《夷堅志》传播较广的江浙地区，其对《夷堅志》的全方位继承，有一定的社会条件和文化基础，也证明了《夷堅志》在明代江浙地区的普遍接受。

---

　　① 鲁迅：《中国小说史略》，上海：上海古籍出版社1997年版，第99页。

第二节 《夷坚志》对《西游记》的影响

《西游记》是一部世代累积型创作的小说，从玄奘（600—664）取经的真人真事，一直到明万历二十年（1592）世德堂刊刻一百回《西游记》，这期间都是故事的孕育和发展阶段。其间说话技艺对其故事的贡献非常突出，南宋出现的《大唐三藏取经诗话》便是西游故事发展的一个转折点。而宋元的说话艺人对《太平广记》《夷坚志》等文言小说依赖程度很高，这些志怪小说中丰富的佛道内容、神魔题材成为西游故事的重要来源。尤其是被说书艺人誉为与苏轼齐肩的洪迈，其创作的《夷坚志》有许多篇章与《西游记》在题材内容、故事模式甚至具体细节上相同，虽然这些篇章只是零碎地表达西游故事的某一片段，但《夷坚志》无疑对西游故事的形成功不可没。

一、取经人物形象的塑造

孙悟空是《西游记》中的主角和核心人物。这一光彩夺目的形象，其原型有外来和本土之争。项裕荣在《〈夷坚志〉与小说〈西游记〉——也谈孙悟空的原型》[1] 首次提出《夷坚志》对孙悟空形象塑造的影响，补充和丰富了原型本土化的观点。该文认为：甲志卷六《宗演去猴妖》、三志己卷九《石牌古庙》、支戊卷九《蔡京孙妇》、补志卷二十二《侯将军》，这四则对孙悟空形象的生成、演变不容忽视。

《宗演去猴妖》《石牌古庙》记福建、江西等地的民俗：将生擒的猴子"缚之高木上，饿数日，乃炼制熟泥，塑于案上，送入山后古庙，祭以为神"[2]。被祭祀的猴子便成为精怪，法力无穷，还有鸟鸢枭鸱之类的下属，它们掠夺良家妻女，对百姓滥施淫威，给人间带来祸害。宗演诵大悲咒为猴怪超度，猴妖才得以解脱升天。既然作为民俗，猴子的故事在这些地方应比较丰富，这正是孙悟空形象生成的土壤。《夷坚志》中猴精的改过是由于佛教的劝化，这与孙悟空受菩萨、如来指引取经修炼相同。

《蔡京孙妇》中在蔡京府作祟的精怪"生于混沌初分之际"，状如猿

---

[1] 项裕荣：《〈夷坚志〉与小说〈西游记〉——也谈孙悟空的原型》，《复旦学报》2005 年第 2 期。

[2] （宋）洪迈：《夷坚志》，北京：中华书局 2006 年版，第 1374 页。

猱，"大则首在空中"，全身到处都会放火，"上通于天"。其他法师对它无能为力，最后张天师将其制服，流放到海外沙门岛。孙悟空从仙石中孕育而生时，也是盘古开辟之际，所以孙悟空在取经时屡次提及自己生时不可考。孙悟空能随意变化，天上诸神在其取经遇难时都会相助除妖收怪。大闹天宫后被压在五行山下，五行山即为两界山，因东半边归大唐管，西半边是鞑靼的地界，由此可知孙悟空也是被流放镇压到海外。《蔡京孙妇》中猴精的诸多特征与孙悟空形象契合，显然是受了《夷坚志》的影响。

《侯将军》中侵犯吴医生女儿的妖怪"仕御马院"，宁先生前去施法时，此妖先以黄雀现身，随后变成老鹰，打死后原来是只巨猴，长着蝙蝠一样的翅膀，狐狸、蛇虺、鸟兽等为其党羽。猴怪有上天入地的本领，"盖其徒千百成群，往来太空间，纵有奏章，必为所邀夺，虽城隍里域之神，尚不能制，况于人乎！"① 猴怪的善于变化、灵敏、能随意飞翔均与孙悟空相似。尤其是孙悟空曾任弼马温，在花果山为美猴王时，有四万七千群猴，狼、虫、虎、豹、熊、牛等七十二洞妖王也奉其为尊，过着不服帝王管、不受阎罗辖的生活。孙悟空与猴怪显然有血缘关系，可以判断孙悟空的形象塑造直接借鉴了此篇的内容。

西游故事在形成和流传的过程中，吸收了《夷坚志》等作品的奇幻情节，融入了丰富的想象，孙悟空在日益累积、不断铺垫中腾空出世。所借鉴的作品因西游故事的不断传播，经过了许多传播者的删改，与原来的面貌有很大的出入，形成与西游故事亲疏不同的关系，但从故事的内在精神上还留有借鉴的线索。如《蔡京孙妇》和《侯将军》作为孙悟空的近亲原型，"它的诞生壮大的过程也就是个不停地被道教或佛教征服的过程。它的神通与'邪恶'在道教故事中丰富着，而它的'改邪归正'也只能在佛门的'宽大'中得到确认"②。

《夷坚志》中除以上四则对孙悟空的形象塑造有影响外，笔者经过细细比勘，认为丙志卷五《小令村民》、丁志卷十九《江南木客》、三志己卷九《婆律山美女》等也与孙悟空形象存在亲疏不同的关系。

《小令村民》中附身村妇的妖怪为猴精，"似十二三岁儿，遍体皆黄毛"，经常偷盗财物给村妇。和尚施法驱逐时，一把大镰刀在空中飞舞，但不见执者形貌。此篇中猴怪的外貌、隐身的本领、善偷等与孙悟空流传

---

① （宋）洪迈：《夷坚志》，北京：中华书局 2006 年版，第 1751 页。
② 项裕荣：《〈夷坚志〉与小说〈西游记〉——也谈孙悟空的原型》，《复旦学报》2005 年第 2 期。

中的形象不差分毫。《江南木客》记江南民间有五通神信仰，五通神的原形为猴子、狗、蛤蟆之类，江西某村妇被五通神奸淫怀孕，胎儿在腹中叫喊，并手扯脚踏，令村妇痛彻心脾，后产下个猴子。《西游记》中孙悟空与妖怪争斗时，动辄钻进对方的肚子叫骂打闹，妖怪在疼痛难禁中退拜下风，此情节或许传承自《夷坚志》。《婆律山美女》记占城（今越南）和真腊（今柬埔寨）交界处的婆律山，在一个风雨交加、雷声轰鸣之夜山崩石裂，两个倾国倾城的美女从石中姗姗而出。此则很容易让人联想到孙悟空从石中孕育而出的情节，而且孙悟空诞生的花果山处于海外傲来国之界，使花果山与婆律山之间的因袭关系更为明显。孙悟空出世后，率领群猴以水帘洞为安身之处，此水帘洞外面是一股飞泉瀑布，里面无水无波，有花草树木，还有石锅、石灶、石床等。这与丁志卷八《华阳洞门》所描绘的环境相同：李大川到和州（今安徽和县）郊区旅游时，"见悬泉入帘，下入洞穴"，李大川不小心滑入洞中，落在一片草地上，看到洞中荷花烂漫，还有石制棋子摆成的残局。两相对照，不难发现华阳洞与水帘洞的相似。而《西游记》最早的刻本，即金陵世德堂于明万历二十年（1592）梓行的《新刻出像官板大字西游记》未署作者姓名，仅题"华阳洞天主人校"，此华阳洞与《夷坚志》所记华阳洞有无关系，尚待学者的进一步探讨。孙悟空被压在五行山下后，饮铜汁食铁丸度日，支戊卷一《闽僧宗达》提到小沙弥梦见已死的宗达说，谤佛之僧死后每天食粥三次，先为洋铜汁，次铁汁，最后才是粥。

《西游记》作为一部世代累积型作品，广泛地吸取了其他史书、小说、戏曲、笔记等资料，使故事内容日趋丰富，情节也更为复杂。其中最晚成书于南宋末年的《大唐三藏取经诗话》① 已出现了孙悟空的形象，如第二节中，玄奘路遇猴行者，自称"花果山紫云洞八万四千铜头铁额猕猴王"，前来帮助玄奘西天取经，由于猴行者的加入，使玄奘取经的历史故事向文学作品转变。但《大唐三藏取经诗话》残缺不全，今存三卷十七节，孙悟空的形象也没有进一步的展开。宋元出现的《西游记平话》记"庆仙衣会"时，孙悟空摄走金鼎国女子做压寨夫人，又去王母宫偷王母绣仙衣一套。明初杨景贤的《西游记》杂剧，孙悟空也是喜偷吃人贪色的形象。可见孙悟空早期的形象与《夷坚志》中所记猴妖形象相同，由此可断定《夷坚志》应该对西游故事形成具有一定程度的贡献。

---

① 《大唐三藏取经诗话》，日本高山寺旧藏。1916 年罗振玉用日本所藏本影印，原本上、中卷有残缺。

《夷坚志》中以高僧为主人公的篇章极多，在现有的故事中，与唐僧形象有直接关系的内容则较为罕见，唐僧本来就以历史人物玄奘为原型，可能宋元时期的西游故事多遵循历史原貌，对此形象较少进行增饰虚构。三志己卷三《张充家怪》记张充家被怪所祟，一身材伟岸者前来驱治，杀死了无数老鼠、鸡、鹅、鸟枭等，后其突然被变为一只白狼。降妖者法力有限，自身反被妖物化为异类。这一情节似与唐僧在宝象国被奎木狼星下界变成的黄袍怪变为老虎相仿，只是《西游记》中唐僧没有法力除妖，而向国王举荐猪八戒、沙僧，二人本领不及黄袍怪，唐僧反被国王视为妖。

　　唐僧形象塑造在《夷坚志》中虽然较为少见，但《西游记》中唐僧出身的情节完全与支庚卷九《金山妇人》相似，此则记一官人携美妻赴任，船过金山寺时遇大风而翻，妻子奴婢全落入水中，幸免于难的官员独自赴任，三年任期满后经过金山寺，设水陆祭奠亡妻，全身湿淋淋的妻子复活与其团聚，原来妻子被水府判官相救并占有，妻乘机而逃脱。《西游记》"陈光蕊赴任逢灾，江流僧复仇报本"一回中，新科状元陈光蕊携新婚美妻殷小姐前往江州赴任，船家贪图殷小姐美色而将陈光蕊打死推入水中。殷小姐因有孕在身只能顺从，所生子为金山寺长老抚养取名玄奘。玄奘复仇后，殷小姐前往江边祭奠，陈光蕊尸体浮出水面并复活，原来海底龙王用定颜珠相救，一家人得以相会。

　　这两个故事发生的地点、故事经历的时间、情节内容基本相同，只是落水的男女身份作了互换，但无论是苟活人世的殷小姐，还是被水府判官所占的金山妇人，都有共同的生活经历，都设法为摆脱霸占而斗争，最后前者从容自尽，后者夫妇如初。这体现从《金山妇人》到《西游记》第九回故事的演变中，理学思想的渗透和强化。文本从失去妻子的官员演变为失去丈夫的殷小姐，正是为了突出这一主题，殷小姐被解救后，"羞见父亲，就要自缢"，并说："吾闻'妇人从一而终'。痛夫已被贼人所杀，岂可靦颜从贼？……唯有一死以报丈夫耳！"① 西游故事在累积形成的过程中，不仅广泛吸收了各种著述中的情节素材，还根据时代思潮对借鉴的情节内容作了调整改编。

　　金山妇人与丈夫团聚后说："……此身堕九泉下不知岁月，赖君再生，皆佛力广大所致。"落水多年的妻子能复活与丈夫团圆是由于佛法无边，陈光蕊最后得以昭雪也与金山寺长老的功德密不可分，《金山妇人》体现出的佛教主题与《西游记》相同，这也是西游故事对此篇感兴趣的原因之

---

　　① （明）吴承恩：《西游记》，北京：人民文学出版社 1980 年版，第 109 页。

一。唐僧出世这一情节在明刊本中均没有，清初《西游记证道书》加入此故事，清代各种百回本都因循而成为通行本。这说明《金山妇人》被借用到西游故事中的时间相对比较晚，经历的传播周期较短，因而在《西游记》中保留的情节内容较多。

取经队伍中的另外两个人物——猪八戒、沙僧，因其在西游故事流传中出现得较晚，所以《夷坚志》中找不到完全对应的篇章。但《夷坚志》有些篇章依稀可见猪八戒的雏形。甲志卷十五《猪精》提到舒翁曾给岳飞看相说："君乃猪精也。精灵在人间，必有异事。他日当为朝廷握十万之师，建功立业，位至三公。"① 猪八戒为猪精灵，本为天蓬元帅，总督天河，掌管八万水兵。支庚卷二《蓬瀛真人》记书生与母猪变化的美女之间的情爱，女常着皂衣，所居之处需"穿践荆棘"，其宴席"器用不备，饮馔恶薄"。这则大概与猪八戒好色、所居云栈洞的内容有一定的关系。补志卷十九《猪嘴道人》记猪嘴道人善于变化之术，对一片瓦施过魔咒后可随心所欲地去任何地方。因为主要记书生与舞女的爱情故事，所以只提到猪嘴道人宣和间在洛阳售卖异术，对其形貌未做介绍。王明清《玉照新志》则较为详细："宣和初，西京有道人来，行吟跌宕，或负担卖楂桃李杏之属，不常厥居，往往能道人未来事，而无所希求。以其喙长，号曰猪嘴道人。"② 北宋这位猪嘴道人无论从形象还是善变化的能力上，对猪八戒形象的塑造应有一定的启发。

二、《西游记》奇幻的构思与其他精怪形象

《西游记》表现出的想象力极为丰富，情节奇幻瑰丽，不论动物、植物，还是没有生命的具体东西，都赋予了善于变化的神奇本领，这一创作思维在《夷坚志》中就体现得非常突出。如丁志卷七《王厚萝卜》，菜碟中的萝卜在桌上行走；补志卷二十一《童贯咎证》，烧熟的肉化为蝴蝶飞走；丙志卷五《缙云鲶飞》，烹煮后的鲤鱼从盘中跳出，并带来天昏地暗、大雨倾盆。《夷坚志》有许多篇章记道士匪夷所思的法术，如丙志卷六《范子珉》，范道士用定身术惩罚欺骗自己的仆人。支庚卷九《朱少卿家奴》，黄道士稍微一跳就有五六尺高，后越跳越高，直冲入云霄，有次与人喝酒时从所站地方飞起来无影无踪。补志卷二十《潘成击鸟》，篇中道士将乌鸦变成老太婆。这些神奇的法术不是道士所独有，《夷坚志》中许

---

① （宋）洪迈：《夷坚志》，北京：中华书局 2006 年版，第 132－133 页。
② （宋）王明清：《玉照新志》，《丛书集成初编》，北京：中华书局 1985 年版。

多普通人通过学习都能掌握，如补志卷二十《董氏子学法》，龙虎山的后山有一些巫祝所学邪术谓之南法，"能使平地成川，瓦石飞击，败坏酒稼，鼓扇疾疫，其余小伎作戏，更多有之"①。补志卷二十《桂林秀才》，僧人告诫商人向十郎："此子精于南法，非特能变化百物，亦能害人。"② 丁志卷十二《谢眼妖术》，善邪术的谢眼将饼变成蛇、猪头变成人头。这些神奇的法术在《西游记》中大多通过精灵的形象体现出来，使《西游记》中的精灵变化能力大为增强。《夷坚志》不仅以志怪的奇思异想启迪了《西游记》的创作构思，也在具体细节上为各种精灵形象的塑造提供了素材。

1. 人参果

丙志卷四《青城老泽》，青城老泽是有名的老人村，在此居住的几百人年纪最轻的也是龙眉白发。关寿卿偶然来到此处，好客的一村民热情招待，"俄蒸一物如小儿状，置于前，众莫敢下箸"，老翁见此独自尽食，称此物为松根下人参，"吾储此味六十年，规以待老"③。这大概是《西游记》中人参果的雏形，万寿山五庄观的人参果如三朝未满的小孩，四肢俱全，五官咸备，人若有缘，得此果闻一闻，可活三百六十岁，吃一个活四万七千年。唐僧不知此果究竟，起初也不敢食用。人参果的形状与长生的功效在两书中一致，而《西游记》更夸张渲染了其神奇。

2. 芭蕉扇

支戊卷八《陆道姑》，僧人送给陆道姑神奇的扇子：遇见有病的人，扇一下不用吃药病即可痊愈，但反扇一下，又会重新生病。《西游记》中罗刹女的芭蕉扇，一扇熄火，二扇生风，三扇下雨。孙悟空初调芭蕉扇时得到一把假扇，一扇火光烘烘，二扇火光愈盛，三扇火头飞有千丈之高。两相比勘，《陆道姑》中扇子的两种相反功效演绎成芭蕉扇的真假之分，都寄寓着民众希冀风调雨顺、五谷丰登，远离火灾疾病等美好愿望。

除真假芭蕉扇外，真假不谐在《西游记》中应用极为普遍，孙悟空动辄变成妖怪，如牛魔王、玉面狐春娇、莲花洞金角大王的母亲等，或变成要救助的人，如高翠兰、陈家庄童男等，六耳猕猴也变成孙悟空，真假猴王众莫能辨。《夷坚志》中真假表现出的奇幻情节也为数甚多，如丙志卷十五《燕子楼》中的真假酥酥，丁志卷十一《沈仲坠崖》中的真假刘行，三志己卷二《璩小十家怪》中的真假璩小十，支庚卷六《海口谭法师》中

① （宋）洪迈：《夷坚志》，北京：中华书局 2006 年版，第 1736 页。
② （宋）洪迈：《夷坚志》，北京：中华书局 2006 年版，第 1733 页。
③ （宋）洪迈：《夷坚志》，北京：中华书局 2006 年版，第 392 页。

的真假父亲等，这些鬼物妖怪化为与现实生活中某个模样相同的人，让世人在疑惑不解中受到欺骗和愚弄。真假构思在《西游记》中多用于孙悟空降魔的需要，与其火眼金睛相配合，突出孙悟空善识妖除妖的本领。

3. 金箍棒、钵盂、风火轮及哪吒民间形象的生成

补志卷十四《郭伦观灯》，郭伦妻女受到十个恶少的侮辱，郭伦对此无能为力，青衣道人挺身而出相救。道人有一把神奇的宝剑，"耳中铿然有声，一剑跃出坠地，蹑之腾空而去"①。此剑藏在道人耳中，乘之可腾空疾驰。此宝剑与孙悟空常放在耳中、能粗细变化的金箍棒应有一定的关系。

甲志卷二《宗立本小儿》，宗立本收养的男孩实为五台山的一条小龙，僧人喷水将其变为原形，然后"僧执净瓶，呼神授名，蛇即跃入其中"。此情节与《西游记》中诸天神菩萨降妖的手段相同，而收妖的器物各有名称，如六耳猕猴变成孙悟空后，如来用钵盂将其盖住，假悟空现出真身。无论是净瓶、钵盂，还是观音菩萨降金鱼精的竹篮，这些神奇的器物精灵对动植物精灵有更强的威慑力，由此可见《宗立本小儿》的示范意义。

丙志卷一《九圣奇鬼》、丁志卷十二《薛士隆》记薛士隆家遭九圣奇鬼之祸，巫师沈安之来驱逐，沈安之役使的所谓神将也是妖鬼山魈，最后张彦华才将这些假托正神而实为鬼怪的妖物扫除。篇中的山魈披头散发，乘坐铁火轮在空中飞来飞去。在正邪斗法时，火轮石斧交相出现在云间。九圣奇鬼的铁火轮兼为交通工具和武器，哪吒的风火轮与此应相同。补志卷二十一《鄱阳六臂儿》也与哪吒形象有关，此篇记鄱阳某民妻生怪胎，两胳膊下各生三条手臂，此儿日后非常强壮，放牛时与其他孩子争执，他六臂齐举，没有人打得过。从《夷坚志》的这些篇章看，哪吒在民间流传的形象比孙悟空更早定型，其形象接受更为具体。

关于哪吒最早的记载是北凉时期翻译的《佛所形赞》②，哪吒为毗沙门的太子，唐宋佛教典籍中常见关于哪吒的资料，如《景德传灯录》卷二十五："哪吒太子，析骨还父，析肉还母，然后于莲花上为父母说法。"③而从《夷坚志》来看，哪吒在宋代与道教联系更为密切，成为民间俗神之一。三志辛卷《程法师》，程法师善用"茅山正法"治病驱鬼，深夜归家途中以哪吒火球咒结印与石精怪斗法，"俄见火球自身后出，与黑块相击，

---

① （宋）洪迈：《夷坚志》，北京：中华书局2006年版，第1676 – 1677页。
② 《大正大藏经》（第4册），东京：大藏出版株式会社1933年版，第3页。
③ 《大正大藏经》（第51册），东京：大藏出版株式会社1933年版，第408页。

久之，铿然响进而火。火球绕身数匝，亦不见"。程法师称哪吒为神将，可见哪吒在宋代接受时向道教的演变。此则可视为《封神演义》第十二回、十三回哪吒出世、哪吒与石矶娘娘争斗的蓝本。明代杂剧《西游记》《锁魔镜》中，哪吒以"三头六臂、六般兵器"的形象出现，这与小说《西游记》是一致的。因此可以说《夷坚志》丰富了佛教中哪吒的内容，对哪吒在民间形象的塑造作出了很大的贡献。

4. 九头驸马、千目怪及其他精怪

补志卷四《九头鸟》记长沙太守不堪忍受九头鸟的啸叫而悬赏捕杀，此鸟"身圆如箕，十胫环簇，其九有头，其一独缺，而鲜血点滴，如世所传。一胫各生两翅，当飞时，十八翼霍霍而动，亦有所向不同，更相争拗，用力竟进而翅翮伤折者，其异如是"。① 此则还引用唐代陆长源《辩疑志》对九头鸟的记载，但陆文对九头鸟具体形象没有描述。《夷坚志》所记载的九头鸟的形象是《西游记》中九头驸马的原型，九头驸马现本像后生得："毛羽铺锦，团身结絮。方圆有丈二规模，长短似鼋鼍样式。两只脚尖利如钩，九个头攒环一处。展开翅极善飞扬，纵大鹏无他力气；发起声远振天涯，比仙鹤还能高唳。"九头驸马被二郎神的细犬将一头咬将下来，血淋淋地朝北海逃去，"至今有个九头虫滴血，是遗种也"。《西游记》中九头虫的特征与《夷坚志》中九头鸟毫无两样。

三志壬卷九《傅太常治祟》，许某被妖怪缠身，许多巫师都奈何不得，法力广大的法师傅太常以九幽醮禳解，几十个怪物在黄幡上上上下下乱窜，原来作祟的是蜈蚣螳螂之类的虫子。蜈蚣成精祸害人间，与《西游记》黄花观千目怪蜈蚣精、盘丝洞蜘蛛精相似。《傅太常治祟》事简文略，着力突出蜈蚣精的肆无忌惮，对其形貌未做刻画。怪物在黄幡间的相互打闹这一场景，与千目怪居住的黄花观，以及眼中进出金光将孙悟空困在金光黄雾的细节相同，由此可知《西游记》可能对《夷坚志》此篇应有传承。

《西游记》中妖怪层出不穷，其中有许多是动物听佛谈经而成为精怪的，如观音莲花池中的金鱼，每日浮头听经修成手段，蝎子精在雷音寺耳沾目染练得本领，黄风怪是灵山脚下的得道老鼠等。这一创作构思虽然没有依据断定是源于《夷坚志》，但《夷坚志》中不乏此题材的作品，如支癸卷三《大圣院虾蟆》，李夫人念经时，虾蟆从井底跳出倾听，坚持一年多而得道。支癸卷二《天柱雉儿行》，天柱寺崇惠禅师诵《法华经》时，一野兔前来倾听，

---

① （宋）洪迈：《夷坚志》，北京：中华书局 2006 年版，第 1585 – 1586 页。

坚持三年脱离动物身，托生为农家子。

除动物精怪外，《夷坚志》中的植物精怪在被铲除时，树根下鲜血直涌，如丙志卷十二《紫竹园女》、三补《杨树精》等，《西游记》唐僧师徒过荆棘岭时，遭遇松树精、柏树精、枫树精、杏树精等，猪八戒一顿钉耙，把蜡梅、丹桂、老杏、枫树俱挥倒在地，果然那树根下鲜血淋漓。其中松树精十八公变作土地将唐僧摄去，与补志卷十七《刘崇班》中鬼怪扮作土地捉弄刘崇班的情节相同。

三、相同的细节

《西游记》不仅在取经人物形象、精怪特征、奇幻构思等方面吸收和借鉴了《夷坚志》，而且在具体细节处也有沿袭《夷坚志》的现象，这是《西游记》受《夷坚志》影响的最有力的证据。

《西游记》第六回二郎神将孙悟空抓获后，"即将绳索捆绑，使勾刀穿了琵琶骨，再不能变化"。① 第六十二回孙悟空将八旬塔的鲇鱼怪、黑鱼精拿铁锁穿了琵琶骨锁起来。第六十三回孙悟空让驾官取铁锁，把龙婆琵琶骨穿了。锁链穿琵琶骨最早见于乙志卷八《长人国》，航海商人漂至异国，被海岛长人"引指穴其肩成窍，穿以巨藤"。这种惩罚极为恐怖残忍，有许多小说都采用了此情节。

《西游记》第二十五回五庄观镇元大仙善"袖里乾坤"，将袍袖轻轻一展，唐僧师徒连马全被笼住。支戊卷九《蔡京孙妇》，数十丈的猴妖被张天师擒获后"纳诸袖中"。

《西游记》第三十八回猪八戒去井中捞取乌鸡国国王的尸体时，看到井底"水晶宫"三字，八戒大惊道："罢了！罢了！错走了路了！跄下海来也！海里有个水晶宫，井里如何有之？"② 丁志卷四《建昌井中鱼》、支癸卷四《吴江二井》、三志壬卷一《涂氏井龙》皆记井中也有龙王，作者不厌其烦地将此作异事记录，表达的惊讶之情与猪八戒相同。

《西游记》第四十三回黑河妖坐的船是一段木头凿成的，中间只有一个舱口，只能容下两个人。这条船与洪迈在福州亲眼所见船相似，载于乙志卷八《无缝船》，此船从东南方的异国漂来，"其舟刳巨木所为，更无缝罅，独开一窍出入。内有小仓，阔三尺许"。③

---

① （明）吴承恩：《西游记》，北京：人民文学出版社 1980 年版，第 75 页。
② （明）吴承恩：《西游记》，北京：人民文学出版社 1980 年版，第 492 页。
③ （宋）洪迈：《夷坚志》，北京：中华书局 2006 年版，第 251 - 252 页。

《西游记》第四十五回车迟国虎力大仙用五雷法行雨时，没有求到雨，称龙神不在家。丁志卷六《翁吉师》，巫师为村民祈祷作法不灵验时，便模仿神灵的口气说："吾当远出，无得辄与人问事治病。"而且此回中鹿力大仙、虎力大仙与孙悟空赌"隔板猜枚"的情景，与乙志卷五《上犹道人》有几分相似。

《西游记》第五十三回唐僧、猪八戒误饮子母河水怀胎，孙悟空取笑八戒道："古人云'瓜熟自落'。若到那个时节，一定从胁下裂个窟窿，钻出来也。"① 胁下生子见于三志辛卷六《蒋山长老师》，杜妻左胁下生了一个小疮，十个月后疮溃生出一个男孩，男孩与佛像有缘，长大后为僧，相貌似布袋和尚。

总之，诸多事实证明《夷坚志》为西游故事提供了奇幻的构思和丰富的素材，为西游故事的最后累积成书作出了很大的贡献。志怪和神魔本来就有难分的渊源，清人王韬在《新说西游记图像序》中评价《西游记》说："其所述神仙鬼怪，变幻奇诡，光怪陆离，殊出于见见闻闻之外，伯益所不能穷，夷坚所不能志……"② 洪迈《夷坚志》的书名采自《列子·汤问》："大禹行而见之，伯益知而名之，夷坚闻而志之。"王韬的评价道出《西游记》在志怪基础上的超越。

除《西游记》外，吴承恩还创作了志怪小说《禹鼎志》，此书已佚，仅存自序："余幼年即好奇闻。……比长，好益甚，闻益奇，迨于既壮，旁求曲致，几贮满胸中矣。……斯盖怪求余，非余求怪也。彼老洪竭泽而渔，积为工课，亦奚取奇情哉？"③ 从序中可看出吴承恩和洪迈都有嗜奇尚异的爱好，并注意广泛搜罗准备素材。吴承恩在序中还格外称赞"老洪"，即洪迈④，肯定其长年累月达六十载的征集异说之举。由此可见《夷坚志》在吴承恩心目中的重要性，西游故事对《夷坚志》的借鉴自然应在情理之中。当然由于《夷坚志》略陈事状、不事铺叙的文体特征，追求奇特不凡而缺少借题发挥的创作主旨，使《西游记》更多的是从细节或某些情节片段的段承改动，而这正是西游故事在最后成书时情节丰满、更为合情合理的原因所在。

---

① （明）吴承恩：《西游记》，北京：人民文学出版社1980年版，第682页。
② 吴承恩著，张书绅注：《新说西游记图像》，北京：北京市中国书店1985年版，序。
③ 吴承恩：《吴承恩诗文集》，上海：古典文学出版社1958年版。
④ 李正明：《吴承恩〈禹鼎志序〉中的"老洪"是谁》，《山西大学学报》1984年第3期。

第三节 　《夷坚志》对《续金瓶梅》的影响

《续金瓶梅》为明末清初的山东作家丁耀亢所著，此书综合经史、笔记、长篇小说为一体，熔世情小说、神魔小说、历史演义于一炉，不拘格套，体制独特。作品表面主旨为倡导寡欲修身，劝诫世人"诸恶莫作，众善奉行"，实则借宋金交战影射明清易代，表达作者在政治上的压抑情怀。

丁耀亢在书前附《〈续金瓶梅〉借用书目》[①]，罗列各类型书 59 种，其中大部分为佛道典籍，还有历史著作、小说、戏曲，《夷坚志》便为作者的参考小说书目之一，此书目是证明两者之间存在承继关系的直接证据。其他小说书目也与《夷坚志》有不同程度的关系，如《艳异编》收录了《夷坚志》中大量作品，《耳谈》则以"夷坚体"的方式创作。丁耀亢不仅在书前直接标明《夷坚志》对自己创作的影响，而且在书中也有提及，如第五十二回写刘学官的家童随青霞道人入仙境，带回了许多珍奇物品，作者用韵文详细描绘，称"米芾袖中藏琥珀，《夷坚志》里少珍奇"。丁耀亢在书前罗列书目并非为了显示其学术性，给人以严谨的印象，《续金瓶梅》的许多章回，都可明显发现对《夷坚志》某些篇章内容或相关情节的借用。

一、《续金瓶梅》的历史演义题材与《夷坚志》的关系

《续金瓶梅》名为世情小说《金瓶梅》的续书，但引出了三条线索：一是金兵南下，宋金两兵交锋；二是吴月娘母子的坎坷遭遇；三是《金瓶梅》中转世人物的生活经历。由于全书没有一条贯穿始终的主线，由宋金交锋引出了许多宋代的历史人物，作者用近十个章回来展开叙述，如第十九回《宋道君隔帐琵琶　张邦昌御床半臂》，第二十一回《宋宗泽单骑收东京　张邦昌伏法赴西市》，第三十四回《排善良重立党人碑　杀忠贤再失河南地》，第五十四回《韩世忠伏兵走兀术　梁夫人击鼓战金山》，第五十八回《辽阳洪皓哭徽宗　天津秦桧别挞懒》等，小说中比较细致地展现了张邦昌、韩世忠、岳飞、洪皓、秦桧等历史人物形象，有些重大的历史事件描写得也比较生动，如第五十四回的黄天荡之战。

---

① （清）丁耀亢撰，张清吉点校：《续金瓶梅》，《丁耀亢全集》（中），郑州：中州古籍出版社 1999 年版。

　　《夷坚志》作为一部志怪小说，作者本无意于人事，尤其是对战争、政治等严肃话题常避而不谈，但由于作者搜集近事的创作原则，保留了宋代许多名臣显宦的故事，如甲志卷三《张夫人》、丁志卷七《秉国大夫》、支庚卷四《姚时可》、补志卷十八《张邦昌卦影》等篇均记张邦昌事。有些是对其家庭生活的记载，如《张夫人》，张邦昌向临终妻子发誓不再娶，但官位升迁后而负约，亡妻前来质问，并以手拊其阴，张疼痛难忍，自是若阉然。《秉国大夫》《张邦昌卦影》等篇是对张邦昌仕途的记载，如《秉国大夫》说："靖康元年正月九日，围城中拜少宰，出质于虏营，挟以归燕山。明年，都城失守，虏胁立为楚帝，遂坐诛。"[1]《张邦昌卦影》记其被立为楚帝后，"僭居宫阙者三十六日。及谪长沙，赐自尽""缢于梁间"[2]。《夷坚志》记事简洁，《续金瓶梅》第十九回、二十一回可视为这些内容的铺叙展开，虽然有一些具体情节有所出入，如《续金瓶梅》记张邦昌贬往谭州后，因入宫僭卧龙床、与华国夫人奸事被孟娘娘奏知，宋高宗大怒，"推上西市，钉上木桩，问了凌迟之罪。这百姓们恨邦昌受金人伪命，都来争割他肉吃"[3]。丁耀亢不同于洪迈对张邦昌的冷静、理智叙事，充满了强烈的爱憎情感，抒发了作者的民族情结。张邦昌被百姓们争割其肉，表达了对叛臣逆子的愤慨和谴责，这与丙志卷九《聂贲远诗》相同，聂贲远因割河东之地给金国，招致愤怒的百姓将其凌迟，"抉其目而脔之"。丁耀亢生活在明清易代之际，对故国充满着深情，故借此宣泄心中的不满。

　　《夷坚志》中许多故事为洪迈家人姻亲提供，甚至有一些篇章即以此为主人公或事件的见证人，其中洪迈的父亲洪皓在书中多次提及，如支戊卷五《妙缘寺》、甲志卷一《冷山龙》《熙州龙》等与洪皓的使金生活有关。《中国方志丛书·江西通志五》"人物卷"对洪皓有记载："少有奇节，政和进士。使金，因不仕刘豫被流放至冷山，教邪粘罕八子读书。生活异常艰苦，同使金十五人，唯三人归。为金人敬重，所著诗文争钞诵求，为桧所嫉，不死于敌国乃死于谗匿。"[4]《续金瓶梅》第五十八回敷衍洪皓事，记洪皓建炎三年使金，被囚禁云中，因向二帝秘传高宗即位事，

---

　　① （宋）洪迈：《夷坚志》，北京：中华书局 2006 年版，第 593 页。
　　② （宋）洪迈：《夷坚志》，北京：中华书局 2006 年版，第 1720 页。
　　③ （清）丁耀亢撰，张清吉点校：《续金瓶梅》，《丁耀亢全集》（中），郑州：中州古籍出版社 1999 年版，第 157 页。
　　④ （清）谢旻等修，陶成等纂：《江西通志》（五），《中国方志丛书》，台北：台湾成文出版社 1989 年根据嘉靖四年刻本影印，第 1686 页。

被递解到冷山，用桦树皮为纸墨石为笔，写成《桦皮四书》教番童读书。得知二帝亡故，换孝衣望北而祭，在辽东待十三年后才还国，"真可以愧杀李陵，比美苏武"。洪皓因揭发秦桧与番将暗中交好事，"桧知大怒，贬皓江州太平观提举，又徙袁州，使人杀于路"。而秦桧"至今在阿鼻受罪。或化为畜类，常遭雷击的朱字，相传秦桧化身"。① 第五十八回是《续金瓶梅》中篇幅较长的章回之一，除记洪皓事外，还详细记录了秦桧夫妇与金人的暗中勾结，私自逃回骗取高宗的信任，擅权后残害岳飞，遭到洪皓揭发而置其于死地等内容。

洪皓和秦桧在《夷坚志》的许多篇章都有记载，但由于作者"专以鸠异崇怪，本无意于纂述人事及称人之恶也"②，所以缺少《续金瓶梅》中具体的政治斗争内容及场面。对秦桧的擅权、残害行为以另一种含蓄委婉的方式揭露，如丙志卷十五《岳侍郎换骨》："绍兴十一年岁除之夕，岳少保以非命亡。其子商卿霖并弟震同妻女皆羁管惠州，郡拘置兵马都监厅之后僧寺墙角土室内。兄弟对榻，仅足容身，饮食出入，唯都监是听。秦桧死，朝廷伸岳公之冤……"③ 所记为秦桧对岳飞及其家人的迫害，用神灵为岳侍郎换健骨表达对岳飞行为的肯定和表彰。丙志卷十六《张常先》，"凶愎不逊"的张常先因是张叔夜的儿子而得到秦桧"超资用之"。丁志卷六《永宁庄牛》，连秦桧家中的牧童都桀骜蛮横，骑牛任食村民庄稼，官府皆不予受理，村民只能向天祷告。丁志卷十《建康头陀》，道人告诫其他书生："君勿浪言，他时生死都在其手。"④ 支景卷二《蜀中道人》，张魏公谪居和州时，"为秦丞相所忌，必欲置诸死地"⑤。多行不义必遭到天谴，补志卷二十五《郭权入冥》，郭权看到地狱中有"宰相狱"，有一个人在里面受刑。

丁耀亢虽然没有直接采用《夷坚志》中关于洪皓、秦桧的具体故事，但《夷坚志》对二人的丰富记载，启发了丁耀亢对其事迹的关注，《续金瓶梅》在原作的基础上新增加了此二者人物形象。丁耀亢对此有自己的创作目的，一方面符合当时流行的忠奸斗争的故事模式，另一方面丁耀亢借洪皓任辽东教习，表达自己入清后任旗学教习的人生经历。丁耀亢的大部

① （清）丁耀亢撰，张清吉点校：《续金瓶梅》，《丁耀亢全集》（中），郑州：中州古籍出版社1999年版，第475-476页。
② （宋）洪迈：《夷坚丙志序》，《夷坚志》，北京：中华书局2006年版，第363页。
③ （宋）洪迈：《夷坚志》，北京：中华书局2006年版，第496页。
④ （宋）洪迈：《夷坚志》，北京：中华书局2006年版，第621页。
⑤ （宋）洪迈：《夷坚志》，北京：中华书局2006年版，第894页。

分人生在明朝度过，屡试不第，虽然不能称作明代遗民，但其诗作多激楚之音，传递出强烈的故国之思。入清后，为避祸兼为稻粱之谋而任旗学教习，后授福建惠安令，但没有赴任而选择辞官归隐。丁耀亢对这段事清的人生经历一直耿耿于怀，他认为"为人臣子，有死无二"，"再无个骑两头马的道理"①，"忠臣义士，到了国破君亡，要舍了性命妻子替那国家出力"。②丁耀亢用洪皓任辽东教习时身在金国心在宋自诩。洪皓作为《续金瓶梅》中光彩夺目的忠臣典范，洪迈及《夷坚志》的影响也应是丁耀亢塑造此人物形象的原因之一。

二、《续金瓶梅》中的世情小说题材与《夷坚志》的关系

《续金瓶梅》作为世情小说，首先在许多章回都写到宋金交战时，金人大肆杀戮无辜，乱世中匪盗横行猖獗。如第一回写金兵："杀得这百姓尸山血海，倒街卧巷，不计其数。""杀的人多了，俘掳不尽，将这死人堆垛在一处，如山一般，谓之'京观'。"③又如第五十八回，金人"将我中国掳的男女，买去做牲口使用。怕逃走了，俱用一根皮条穿透拴在胸前琵琶骨上。白日替他喂马打柴，到夜里锁在屋里。买的妇人，却用一根皮条使铁钉穿透脚面，拖着一根木板，如人家养鸡怕飞的一般"④。此外，作者在第三十四回、三十五回、三十六回等，都长篇累牍地铺陈金兵惨无人道的屠杀。

《夷坚志》有许多篇章也以战争为内容，记录平民百姓在死亡线上的挣扎，如支癸卷七《光州兵马虫》、三志辛卷四《巴陵血光》、乙志卷十七《沧浪亭》等，写金兵的掳掠和无辜生命的死亡。《续金瓶梅》显然借鉴了《夷坚志》的相关内容，甚至在具体细节上也有沿袭现象，如第一回的有些内容与补志卷十《王宣宅借兵》相似，"虏逢人辄杀，有数百尸聚一处"，一会儿鬼神持簿而来，"指姓名听呼，尸辄起应"。这些令人毛骨悚然的场景在《续金瓶梅》第一回中也有：金人杀戮使尸堆如山，逃难到寺中的吴月娘看到一个戴吏巾的外郎官，手执大簿点名。吴月娘看到鬼"俱

---

① （清）丁耀亢撰，张清吉点校：《续金瓶梅》，《丁耀亢全集》（中），郑州：中州古籍出版社1999年版，第141页。

② （清）丁耀亢撰，张清吉点校：《续金瓶梅》，《丁耀亢全集》（中），郑州：中州古籍出版社1999年版，第152页。

③ （清）丁耀亢撰，张清吉点校：《续金瓶梅》，《丁耀亢全集》（中），郑州：中州古籍出版社1999年版，第3页。

④ （清）丁耀亢撰，张清吉点校：《续金瓶梅》，《丁耀亢全集》（中），郑州：中州古籍出版社1999年版，第467页。

是披发无头，面伤臂折，赤身露体之鬼，也有妇人，也有男子，也有老汉、小儿，挨肩挤背，满寺中站不下"①。吴月娘看到的鬼是在战争中死去的人所变，这些鬼的形象，与丙志卷十七《沈见鬼》中罹兵祸而成为鬼的形象相同："桥上下披发流血者，斩首断臂者，三两相扶，莫知其极。""田间水际亦如是。"②

《续金瓶梅》第五十八回金人将俘虏的汉人用皮条穿透，拴在胸前琵琶骨的情节，借用了乙志卷八《长人国》的有关内容。《长人国》记明州商人泛海遇风至一岛屿，被岛上长人所执，"引指穴其肩成窍，穿以巨藤"。商人在海外的奇遇借来表达金统治者对中原民众的残暴。《续金瓶梅》所写将妇女的脚用铁钉钉在木板上，或许是丁耀亢对北方养鸡方式的借鉴，也不排除受支乙卷五《张花项》的影响。《张花项》记强盗张花项趁乱抢了无数妇女，将其中不能行走的八百妇女双脚砍下，然后还丧心病狂地将这些脚堆在庭院中才离去。《续金瓶梅》第五十回写道："多有强人截路，把肥胖客人杀了，腌成火肉一样，做下饭的。百姓穷荒饿死大半，还有易子而食，析骸而爨的事。"③ 这些内容也见于三志辛卷三《建昌道店》、补志卷八《京师浴堂》、补志卷九《饥民食子》等篇章。两相对照都是惨不忍睹令人发指的情节，《夷坚志》中这些与侵略者、强盗有关的内容能给人以深刻的印象和强烈的震撼，丁耀亢因此汲取其中内容用来丰富自己的创作。

其次，《续金瓶梅》中的世情内容还表现了世风日下，民众好货好色的社会风气。如第四回提到武大郎被潘金莲毒死是由于前生的因果，前世二人皆为商人，来往汴梁贩卖毡货，途中一人染疾，另一人图财而趁机将其药死。死者投胎潘氏来报毒药之恨。支癸卷六《尹大将仕》、三志辛卷十《陈小八子债》、补志卷六《周翁父子》等篇均记歹人图财害命，死者托生为其子，不仅忤逆不孝，而且挥霍无度以败家来复仇。丁耀亢将《夷坚志》中的父子前生恩怨变为夫妇情仇，图财害命、关系不和、复仇是共同的情节单元。

《续金瓶梅》第二十六回记扬州盐商苗青，家资有十万之巨，究其发家史是由于当年伙同水贼劫杀主人苗曾。仆杀主谋财在《夷坚志》中也屡

---

① （清）丁耀亢撰，张清吉点校：《续金瓶梅》，《丁耀亢全集》（中），郑州：中州古籍出版社1999年版，第4页。

② （宋）洪迈：《夷坚志》，北京：中华书局2006年版，第507页。

③ （清）丁耀亢撰，张清吉点校：《续金瓶梅》，《丁耀亢全集》（中），郑州：中州古籍出版社1999年版，第392－393页。

见不鲜，如支庚卷三《莆田人海船》、补志卷五《张客浮沤》等，从故事的主要人物、案件发生的地点、情节模式可判断出《续金瓶梅》对《夷坚志》的因袭。

《续金瓶梅》第八回、第九回写张小桥父子为独占吴月娘财物设计谋杀来安，来安鬼魂向妻子托梦，这也是《夷坚志》中司空见惯的内容，如甲志卷四《方客遇盗》。《续金瓶梅》中也有重义轻利者，第十二回记刘学官在吴月娘母子缺衣少食的寒冬雪中送炭，并还六年前的欠债，一个穷教官能在西门庆死后这么多年不昧孤儿债，刘学官夫人说："何苦做来生债，变驴变马也要还人！"刘学官夫人所言在《夷坚志》中俯首即拾，如丁志卷七《夏二娘》、丁志卷五《张一偿债》《师逸来生债》、甲志卷四《俞一公》等。虽然凭借相同的思想内容无法判断《续金瓶梅》就是受《夷坚志》影响所致，而且丁耀亢也只是简单概述，没有用具体的故事来演绎这一主题，但至少丁耀亢和洪迈的思想意趣、所关注的问题是相同的。

好色也是《续金瓶梅》表现的世情内容之一。第三回写寄居在观音庵中的吴月娘，看到庵中来了一个胖大粗黑的尼姑，此尼姑实为和尚所扮，与薛姑子、妙凤、妙趣等均有奸情。这与支乙卷三《妙净道姑》如出一辙。《续金瓶梅》第三十八回记显赫一时的李师师府被改作大觉寺、三教堂，和尚尼姑在此练大喜乐禅定，百花宫主用邪教宣淫，书生和心仪尼姑密约。这种情形与三志壬卷六《滕王阁火》相同，《滕王阁火》中，和尚所建的三层水上楼台，也是浪子淫妇聚会的地方。不论是水上楼台还是大觉寺，展示的都是淫秽玷污圣贤、色情充斥圣殿的淫乱之景。

当然也有不为色所动的谦谦君子，《续金瓶梅》第三十三回写金桂勾引住在隔壁法华庵读书的秀才严正，严正见色不迷，甚至在暴雨淋塌隔墙的深夜，面对金桂赤身裸体的投怀送抱也能坐怀不乱，并且事后把淫奔之事只字不提，恐坏了人家闺誉，失之刻薄。严正的"不欺屋漏"得到神灵的嘉赏，中金朝状元即为善报。丙志卷三《费道枢》《杨希仲》、补志卷九《童蕲州》等篇均记书生拒绝女子的求爱，遂得上天庇佑而考中进士。如《童蕲州》，"童壮年伟貌，邻室处女素慕之，久不能自抑。一夕，排闼来奔，径前抱持……"童蒙严加拒绝，并说："宜速归！我亦不语，仍不可令他人得知。"①邻家女的热烈大胆、童蒙的坐怀不乱、守口如瓶与金桂、严正毫无两样。

---

① （宋）洪迈：《夷坚志》，北京：中华书局 2006 年版，第 1628 页。

三、《续金瓶梅》神魔小说题材与《夷坚志》的关系

《续金瓶梅》中还有许多佛道、神鬼的内容，如第一回提到李瓶儿因向善刻经，前往袁指挥家托生为其女银瓶。因诵经、刻经得到善报者在《夷坚志》中极多，如支景卷五《董性之母》，李氏因诵经三十年而死后复活。《续金瓶梅》第六回写银瓶入冥为花子虚和西门庆案作证，五日后还魂。入冥为证在《夷坚志》中也有许多篇章敷衍，如乙志卷五《张女对冥事》，洪迈的妻妹入冥对质亡叔叔张渥杀赵哲事。完整的入冥故事最早见于曹丕《列异记》"蒋济亡儿""临淄蔡支"两则，《夷坚志》中的入冥故事与之前同题材的作品相比，总体上宗教色彩淡化，故事承载的伦理教化和劝惩功能加强，但也不乏纯粹记录异事仅为娱乐的篇章，如《张女对冥事》便没有任何功利目的。这些入冥故事在民间传闻中已形成相对稳定的母题，具有民间故事的特征，所以断言《续金瓶梅》中银瓶入冥受《夷坚志》中《张女对冥事》等篇章的影响具有一定的难度，但银瓶入冥只是为了故事情节的发展需要而添设，没有任何的教化目的，这一点与《张女对冥事》相同。

《续金瓶梅》受《夷坚志》影响的最直接有力的证据在于细节上的相似，第四回西门庆鬼魂来到东岳泰山，冥司官员拿出天平，两个铜盘，一个黑的，一个红的，用来称善恶。这一细节与甲志卷十六《卫达可再生》有关描写相同："吏捧牙盘而上，中置红黑牌二：红者金书'善'字；黑者白书'恶'字。"[①]可谓细节处见精神，因此足以断定《续金瓶梅》借鉴了《卫达可再生》的内容。《续金瓶梅》第七回写阎王将金莲、春梅、经济三人下油锅，捞出只剩光骸骼，判官用扇子一扇，白骨仍化人形，接着重受酷刑。做恶事会在地狱中遭碎剐分尸，不如阳世一死了事。这些内容明显借鉴了三志辛卷三《许颖贵人》，许颖某贵人在世时以刻薄严酷著称，孙女病中入冥看到其在地狱中受刑："入墨暗一室，镬汤滚沸，便剥去衣服，又向其中，闻叫苦之声，移时乃息。旋又出之，赫然一烂躯，肌肉糜溃。覆以锦被，良久揭示，已一切如初。复导去原坐处，席未暇暖，又报时节到，一日之间，若是者四五。"[②]

由于丁耀亢对《夷坚志》的钟爱，《续金瓶梅》中出现了完全游离于长篇小说之外的人物和情节，如第十四回《梦截发大士解冤　不食牛帝

---

① （宋）洪迈：《夷坚志》，北京：中华书局 2006 年版，第 136 页。
② （宋）洪迈：《夷坚志》，北京：中华书局 2006 年版，第 1402 页。

君救劫》。① 此回所记的两个故事都取材于《夷坚志》。第一个故事记赵居先夫妇孝敬父母，敬奉的观音菩萨提前告知灾难即将来临，因赵居先前世有冤仇，今生该死在金兵完颜活之手。菩萨告诉其化解方法，让赵居先煮鸡立完颜活牌位供奉，并让完颜活割下自己的头发了却恩怨。赵居先遵照菩萨的吩咐，果然围城之日完颜活闯进赵家，赵居先好生侍候，恳求将自己杀死，完颜活大笑不已，赵居先又恳求割掉自己的头发，完颜活又笑了，割下一点头发后离去。故事中屡次写完颜活的笑，似乎无意间提及，但如果知道这些内容取材于甲志卷七《搜山大王》、卷八《佛救宿冤》二则，便知其笑的意义。《搜山大王》中王居常被伪齐捉住，逃亡时梦见有人相告："汝来日当死。如遇乘白马著戎袍挟弓矢者，乃杀汝之人，宜急呼搜山大王乞命。若笑，则可生，怒，则死。缘汝曩世曾杀他人，故今受报。"② 可见完颜活的笑意味着赵居先可以活命，而丁耀亢借用此则内容时没有交代，但在具体展开故事时却屡次强调完颜活的笑。《佛救宿冤》记张公子虔诚供奉古佛像，金兵入侵时，佛告知张公子难中当死，因前生在黄巢乱中所杀之人转世为丁小大，此人将前来索命报仇。果不出所料，张公子直喊丁小大其名，丁惊讶不已，获知原委后不想再结怨而释放了张公子。

此回第二个故事记不食牛肉获报事，连缀了两个小故事：朱之蕃会试前梦见神人相告诫食牛肉可中状元；三秀才逃避金兵战祸，其中二秀才俱被金兵掳去，不吃牛肉三十年的另一个秀才得以保全。《夷坚志》中有许多篇章记戒杀牛、戒食牛肉，如补志卷四《李氏父子登科》《顾待问》分别记不食牛肉、戒食牛肉而中举事。

四、《续金瓶梅》受《夷坚志》影响的原因分析

综上所述，《续金瓶梅》在许多章回都有借鉴《夷坚志》的现象，借鉴方式多样，有些是将《夷坚志》相关篇章作为故事内容，有些是作为丁耀亢反映世情时的一种社会现象概括；有些明显是对《夷坚志》相关内容在情节、细节上的因袭，有些则体现出相同的故事框架和母题。无论何种情形，丁耀亢对《夷坚志》的借鉴绝非偶然，与《续金瓶梅》的内容主旨、丁耀亢

① 潘建国在《周越然言言斋所藏通俗小说辑考》中认为，周越然藏有《续金瓶梅》两个版本，即八卷五十四回的旧抄本和十二卷六十四回的坊刻巾箱本，巾箱本溢出的第十四回、十九回、二十一回等十回，与上下回前后内容有断裂之感，疑为后人增补。见潘建国：《古代小说文献丛考》，北京：中华书局 2006 年版，第 336 页。

② （宋）洪迈：《夷坚志》，北京：中华书局 2006 年版，第 62 页。

的创作环境、性格爱好、人生经历等因素有关。

首先，《续金瓶梅》以宋金战乱为故事背景，展现了尖锐的民族、阶级矛盾，此作的主旨是借宋金交战影射明清易代，表达丁耀亢的故国之思。洪迈编写《夷坚志》时，本着搜罗近事的写作原则，保留了大量宋金交战的社会生活内容和生动的乱世图景，为丁耀亢的创作提供了现成的第一手资料。

其次，《金瓶梅》就有以《夷坚志》为故事素材的做法。《金瓶梅词话》第三十四回，西门庆对李瓶儿讲衙门中发生的一件事：

> 咱这县中过世陈参政家，陈参政死了，母张氏守寡，有一小姐。因正月十六日在门首看灯，有对门住的一个小伙子儿名唤阮三，放花儿看见那小姐生得标致，就生心调胡博词、琵琶，唱曲儿调戏他。那小姐听了邪心动，使梅香暗暗把这阮三叫到门里，两个只亲了个嘴，后次竟不得会面。不期阮三在家相思成病，病了五个月不起。父母那里不使钱请医看治？看看至死，不久身亡。有一朋友周二定计说："陈宅母子每年中元节令，在地藏庵薛姑子那里做伽蓝会烧香。你许薛姑子十两银子，藏他在僧房内，与小姐相会，管情病就会好了。"那阮三喜欢，果用其计。薛姑子受了十两银子，在方丈内，不期小姐午寝，遂与阮三苟合。那阮三刚病起来，久思色欲，一旦得了，遂死在女子身上。①

此事在五十一回中再次被引用，因薛姑子等女尼常常出入西门府中，并受到吴月娘的礼遇，西门庆极为不满，又以此故事揭发薛姑子的丑行。此事与支景卷三《西湖庵尼》内容相同，《西湖庵尼》记一少年爱恋某官员妻，日日坐在对门茶肆如痴如狂，少年向西湖庵捐了许多钱，尼姑设计安排与官员妻在僧房相会，先藏在房中的男子眼看自己的愿望要实现了，惊喜之极而死。故事大致相类，而男子的死亡原因，《金瓶梅》比《西湖庵尼》更合情理。因为《金瓶梅》能随情节发展选择符合生活逻辑的具体细节，如阮三与陈小姐早有接触，并为之相思成疾久病在床，有了这些铺垫，阮三之死令读者更容易接受，这是《金瓶梅》在艺术上具有较高造诣的表现。丁耀亢深谙《金瓶梅》借用《夷坚志》之道，续作是对原书的沿袭。兼原作续书都以宋朝为时代背景，内容丰富、影响深远的《夷坚志》自然成为借鉴的对象。

最后，酷爱《夷坚志》并将其中故事作为自己创作来源，是丁耀亢喜

---

① （明）兰陵笑笑生著，陈诏、黄霖注释：《金瓶梅词话》，梦梅馆 1992 年印行，第 409 页。

欢谈奇说异的性格使然。丁耀亢，字西生，号野鹤，山东诸城人。乾隆《诸城县志》说："县人丁耀亢、李澄中殊好传异事。"① 丁耀亢所写的《山鬼谈》自述遇仙人张青霞事，此情节在《续金瓶梅》第五十二回用来写刘学官的超脱，王云也将此事写进笔记《秋灯丛话》。李澄中为丁耀亢挚友，丁耀亢辞世前将自己著作相托付，《诸城县志》卷三十六载："（丁）诗甚多，李澄中尝为选择，序曰：余取其言之昌明博大者，以与世相见云。"李澄中自称为李攀龙转世，创作的小说《艮斋笔记》有十余则与《聊斋志异》故事题材相同②，是《聊斋志异》的故事提供者之一。蒲松龄到山东诸城搜集素材时，丁耀亢已不在人世，《聊斋志异》中《紫花和尚》记丁耀亢孙子事，《丁前溪》记丁耀亢同姓近支事。

蒲松龄对《夷坚志》在故事本事、创作方法等方面均有借鉴，笔者将有另文论及。可见《续金瓶梅》《聊斋志异》等作品实际反映了《夷坚志》清初在山东地区的传播，而在洪迈创作《夷坚志》的过程中，山东作家王质已仿作有《夷坚别志》。《夷坚志》中丰富的志怪内容得到了山东文人的喜爱，在互谈异事的同时，借鉴《夷坚志》的情节与故事模式进行创作，进一步扩大了《夷坚志》的影响。

丁耀亢除在山东的文人圈接受《夷坚志》外，还与《夷坚志》传播范围最广、影响最深的江浙文人圈有关。明万历四十七年（1619），丁耀亢"负笈云间，从董玄宰、乔剑圃游"。③ 董玄宰，名其昌，著名画家、书法家，江南大名士。钱希言以"夷坚体"创作的志怪小说《狯园》，董其昌就是其中材料提供者之一。《续金瓶梅》是丁耀亢于清顺治十七年（1660）客游杭州时所作，苏杭历来是谈异之风的中心，公开声称模拟洪笔的祝允明，在小说《志怪录》自序中说："恍悟惚说，夺目惊耳，又吾侪之所喜谈而乐闻之者也。"④《夷坚志》当时通过刊刻、仿作、选编等多种传播方式，对江浙文人而言已深入人心。杭州的文化氛围让丁耀亢已有的"夷坚"情结复活，广泛借鉴亦在情理之中。

---

① 张清吉：《丁耀亢年谱》，南京：南京大学出版社 1996 年版，第 24 页。

② ［英］白亚文：《略论李澄中〈艮斋笔记〉及其与〈聊斋志异〉的共同题材》，《蒲松龄研究》2000 年第 1 期。

③ 张清吉：《丁耀亢年谱》，南京：南京大学出版社 1996 年版，第 18 页。

④ （明）祝允明：《志怪录》，《四库全书存目丛书》子部 246 册，济南：齐鲁书社 1995 年版。

结　语

《夷坚志》是中国古代文言小说史上一部非常重要的作品，洪迈用近六十年的时间从事正统文人所不屑的小说写作。他意识到民间是小说素材的重要来源，坚持以记录近事为写作原则，使其小说写作具有类似记录当时社会新闻的文体特征，反映了宋代丰富多彩的世俗生活，从多个方面体现了宋代文化精神中的一些独特风貌。

《夷坚志》写作于说话艺术繁荣的南宋，不可避免地与通俗小说发生密切的关系，产生频繁的互动，一方面洪迈在说话艺人心目中享有崇高的地位，《夷坚志》成为他们说话的必备参考书，另一方面《夷坚志》在题材、审美、创作风格等方面受南宋说话的影响，体现了宋代文言小说向世俗化叙事的转型。正如有的学者所指出的："为洪迈提供故事的人中大约有不少是说话艺术的爱好者或熟悉者，因此，其中的故事颇多市井趣味，这从它们受到明清时代通俗小说作家青睐的情形可见一斑。"① 实质上，《夷坚志》与民间文化有着某种近乎天然的联系。

《夷坚志》的故事类型，除市井趣味浓厚、最受通俗小说作家青睐的世风民情类、婚恋丽情类故事外，还有鬼灵精怪类、神巫佛道类、博物杂记类三种志怪小说的传统题材，另外宋代的官僚政治和洪迈的高官显宦身份使科举仕宦类故事也格外丰富。《夷坚志》的鸿篇巨制，洪迈异于以往志怪小说作家的写作追求，使《夷坚志》出现了许多新的故事题材和类型，对后世小说创作产生了深远影响。

在文言小说领域中，《夷坚志》树立了"夷坚体"的写作典范，随后宋元出现的四种标明续《夷坚志》的志怪创作，尤其是文坛领袖元好问的续作，进一步扩大了人们对《夷坚志》在叙事内容、风格方面确定性特点的感知与接受，使"夷坚体"成为一种典范而流传下来。李剑国等人认为，南宋中期是宋代志怪小说发展最繁荣的时期，而"南宋中期以来，几

---

① 陈文新：《文言小说审美发展史》，武汉：武汉大学出版社 2007 年版，第 393 页。

乎没有一篇小说不受《夷坚志》的影响"①，而且这些作家多为江西人氏，或在江西有过仕宦经历，说明"洪迈效应"在南宋影响和波及的地域范围以洪迈的家乡江西最为突出，由此带来了江西作家的创作在宋代志怪小说史上的领先地位。

明代是古代小说获得高速发展并取得辉煌成就的时期，文言小说的创作在历朝数量最多，《夷坚志》在明代还未刊刻前，就受到赵弼、祝允明等明代小说作家的追捧，其同族近亲，或有交游师承关系者对《夷坚志》也甘之如饴，侯甸、徐祯卿、陆粲、陆延枝、陆采、钱希言等人的志怪创作都具有"夷坚体"的特征。随着明代小说创作的繁荣和印刷业的进一步发展，翻刻、汇编前人作品盛行，《夷坚志》因已有良好的传播基础，在明嘉靖、万历时期多次刊刻，洪迈遥胄洪楩的清平山堂刻《新编分类夷坚志》成为明清两代的通行本，在万历朝小说选集成批出现时，《夷坚志》亦成为多种小说选本收录的对象，据笔者不完全统计，明代文言小说选本收录《夷坚志》者有 18 种之多，尤其是一些名家、名作的收录、评点，如冯梦龙的"四大异书"、王世贞的《艳异编》《续艳异编》《剑侠传》、梅鼎祚的《青泥莲花记》《才鬼记》、钟惺的评点本②等，更扩大了《夷坚志》的影响。"夷坚体"的志怪小说创作者，以及收录《夷坚志》的文言小说编选者大多是科举及第或有仕宦经历的上层文人，编创目的多出于娱乐性的追求，也有劝惩教化、抒发个人怀抱的意图，风格多样，文人化、世俗化都有不同程度的体现，传播地域主要集中在江浙地区，显示了《夷坚志》在明代有较高的地位和深远的影响，有资料证明嘉靖皇帝曾阅读过此书。

"夷坚体"的影响持续到清代。清代著名的志怪小说创作，如蒲松龄的《聊斋志异》、纪昀的《阅微草堂笔记》、袁枚的《子不语》等，作者都公开声称受《夷坚志》的影响，清代"夷坚体"的志怪小说创作与《夷坚志》的不同之处是文后议论增多，作者的主体意识和关注现实的精神明显增强。清代收录《夷坚志》的小说选本明显减少，编选者态度严谨，重考证、广征引，有学术著作的特点。

《夷坚志》所开创的"夷坚体"及其故事文本（尤其是收录于文言小说选本中的）传播于文人阶层，获得知音和共鸣；更值得关注的是，它们

---

① 李剑国、陈洪：《中国小说通史·唐宋元卷》，北京：高等教育出版社 2007 年版，第 797 页。
② 华东师范大学 1997 年张祝平的博士学位论文《〈夷坚志〉研究》第六章第五节"《夷坚志》的评点"有详细研究。

还通过话本、戏曲改编等方式在社会各阶层人群中扩大影响，从最早记录说话名目的《醉翁谈录》到《清平山堂话本》、"三言""二拍"等，都可发现对《夷坚志》一些篇章的直接承袭或改编，其中"三言""二拍"有36篇作品的入话或正话直接取材于《夷坚志》的47篇作品，《夷坚志》中的这些改编作品多为世俗喜爱的婚恋世情类题材。在从文言志怪到话本短篇不同小说体制的转变中，从语言、叙事、情节、形式、内涵、风格等方面都发生了改变，改编倾向上更突出世俗内容和教化意图。《夷坚志》的创作与宋杂剧的发展同步，宋元杂剧、明清戏曲都从《夷坚志》中汲取了丰富的营养，据笔者不完全统计，《夷坚志》中有20篇作品被戏曲作家敷衍成31部戏曲作品。不同时代对《夷坚志》的题材选择有别，宋金社会公案剧多，明清传奇婚恋题材多，明清杂剧社会问题剧和文人抒情剧多。《夷坚志》的话本、戏曲改编传播地域高度集中在江浙地区，传播者由文人、刊刻者扩大至戏曲与说唱艺术家、书坊主，接受者由书面接受者转为视听接受者。

《夷坚志》的影响不止于此，它还向章回小说、民间文学中渗透，无论是章回小说中的累积型成书还是文人独创之作，无论是历史演义、英雄传奇，还是神魔、世情、公案小说，都能发现《夷坚志》中的故事内容对章回小说创作的渗透，如将《夷坚志》和《水浒传》相比勘，不难发现《夷坚志》有大量篇章为《水浒传》某些故事的本事，还有为《水浒传》提供故事素材的旁证；《夷坚志》对《西游记》亦有影响，体现在取经人物形象、精怪形象的塑造及奇幻的构思等方面。《夷坚志》具有民间传闻的性质，对民间文学作出了很大的贡献，如许多篇章记录吕洞宾、钟离翁、何仙姑等的传说，还有许多篇章记发生在宋代的蛇妻故事，是八仙故事、白蛇娘娘故事的重要组成，对研究八仙故事、白蛇娘娘故事的流传和演变提供了重要的资料和线索。①

从文化史的角度看，《夷坚志》研究的意义和价值具有特定的内涵。

邓广铭在《谈谈有关宋史研究的几个问题》中说："宋代是我国封建社会发展的最高阶段，两宋时期内的物质文明和精神文明所达到的高度，在中国整个封建社会历史时期之内，可以说是空前绝后。"② 内藤湖南认为唐宋是中国社会的转型期，宋代是中国近世的开端。宋代文化作为源远流

---

① 《夷坚志》与民间故事这部分内容，笔者在知识积累和材料搜集上都不完备，期待在以后的学习研究中进一步探讨。

② 邓广铭：《谈谈有关宋史研究的几个问题》，《社会科学战线》1986年第2期。

长的中华文化发展过程中的高峰阶段，其闻名不仅体现在以程朱理学为代表的主流文化中，也体现在小说、民间信仰、风俗等非主流文化中，主流文化长期以来都是学者研究宋代文化的重点，对作为宋代文化重要组成部分的非主流文化的认识则相对较为欠缺，而《夷坚志》与民间文化有着千丝万缕的联系，它的众多故事文本反映了南宋非主流文化的诸多内容，充分体现了宋代文化的某些长期被学术界所忽视的特点。《夷坚志》是研究宋代文化的重要资料。

宋代文化承传开拓，勇于出新，具有独特的风貌。《夷坚志》在南宋的写作，有繁荣的民间说话、说唱、小戏表演等社会背景，这是宋前社会生活中所少见甚至没有的文艺土壤，而《夷坚志》正是体现了中国古代文言小说走向世俗化叙事的审美特征，它与南宋说话等民间文艺的频繁互动，在小说发展史上有重大意义。其非主流文化的特征与宋代社会的主流文化构成了互补关系。一般而言，主流文化容易随着朝代的更替、统治者政策的改变等因素而改变，非主流文化则由于其平民性和世俗化，植根于普通大众之中，具有顽强的生命力，《夷坚志》在后世的传播及深远影响充分体现了这一点，其在明清时期的话本戏曲改编、向章回小说的渗透显示了其价值以及在小说发展史上的重要地位，也显示了宋代文化根深叶茂、绚丽多姿的巨大魅力。

《夷坚志》的文化品位和文化特质，以及它的故事类型、传播途径和影响后世的方式，都值得我们进一步探讨和思考。

参考文献

一、古代著述

[1] （唐）苏鹗：《杜阳杂编》，《文渊阁四库全书》，上海：上海古籍出版社1981年版。

[2] （唐）段成式：《酉阳杂俎》，北京：中华书局1981年版。

[3] （宋）洪迈：《夷坚志》，北京：中华书局2006年版。

[4] （宋）洪迈：《容斋随笔》，北京：中华书局2005年版。

[5] （宋）祝穆：《方舆胜览》，北京：中华书局2003年版。

[6] （宋）张杲：《医说》，上海：上海科学技术出版社影印1984年版。

[7] （宋）张镃：《仕学规范》，《文渊阁四库全书》，上海：上海古籍出版社1981年版。

[8] （宋）尤袤：《遂初堂书目》，上海：上海古籍出版社2006年版。

[9] （宋）陈振孙：《直斋书录解题》，北京：中华书局1985年版。

[10] （宋）李心传：《建炎以来系年要录》，上海：上海古籍出版社1992年版。

[11] （宋）李心传：《建炎以来朝野杂记》，北京：中华书局2000年版。

[12] （宋）罗烨：《醉翁谈录》，上海：古典文学出版社1957年版。

[13] （宋）李焘：《续资治通鉴长编》，上海：上海古籍出版社1986年版。

[14] （宋）徐松：《宋会要辑稿》，北京：中华书局1957年版。

[15] （宋）叶绍翁：《四朝闻见录》，北京：中华书局1989年版。

[16] （宋）赵与旹：《宾退录》，上海：上海古籍出版社1983年版。

[17] （宋）吴自牧：《梦粱录》，杭州：浙江人民出版社1984年版。

[18] （宋）周密：《武林旧事》，上海：上海古籍出版社1995年版。

［19］（宋）周密：《齐东野语》，北京：中华书局1983年版。

［20］（宋）孟元老：《东京梦华录》（外四种），上海：古典文学出版社1956年版。

［21］（宋）朱弁：《曲洧旧闻》，北京：中华书局2002年版。

［22］（宋）庄绰：《鸡肋编》，北京：中华书局1983年版。

［23］（宋）王明清：《玉照新志》，《丛书集成初编》，北京：中华书局1985年版。

［24］（宋）陆游：《老学庵笔记》，北京：中华书局1979年版。

［25］（金）元好问：《续夷坚志》，北京：中华书局1986年版。

［26］（元）脱脱等：《宋史》，北京：中华书局1977年版。

［27］（元）马端临：《文献通考》，杭州：浙江古籍出版社1988年版。

［28］（元）阙名：《湖海新闻夷坚续志》，北京：中华书局1986年版。

［29］（元）阙名：《异闻总录》，《丛书集成初编》，北京：中华书局1985年版。

［30］（元）郭霄凤：《新刊分类江湖纪闻》卷七，中华再造善本，北京：北京图书馆藏本。

［31］（元）钟嗣成、贾仲明：《录鬼簿正续编》，成都：巴蜀书社1996年版。

［32］（明）吴承恩：《西游记》，北京：人民文学出版社1980年版。

［33］（明）臧晋叔：《元曲选》，北京：中华书局1958年版。

［34］（明）胡应麟：《少室山房笔丛》，北京：中华书局1958年版。

［35］（明）江瓘：《名医类案》，北京：人民卫生出版社影印本1957年版。

［36］（明）赵弼：《效颦集》，上海：古典文学出版社1957年版。

［37］（明）祝允明：《志怪录》，《四库全书存目丛书》，济南：齐鲁书社1995年版。

［38］（明）梅鼎祚：《青泥莲花记》，郑州：中州古籍出版社1988年版。

［39］（明）梅鼎祚：《才鬼记》，郑州：中州古籍出版社1989年版。

［40］（明）王世贞：《剑侠传》，上海：上海古籍出版社2017年版。

［41］（明）王弇洲编：《艳异编》，沈阳：春风文艺出版社1988年版。

［42］（明）吴大震：《广艳异编》，《古本小说集成》，上海：上海古籍出版社1994年版。

［43］（明）洪楩：《清平山堂话本》，上海：上海古籍出版社 1992 年版。

［44］（明）詹詹外史：《情史》，沈阳：春风文艺出版社 1986 年版。

［45］（明）冯梦龙：《增广智囊补》，《笔记小说大观》，扬州：江苏广陵古籍刻印社 1983 年版。

［46］（明）冯梦龙：《古今谭概》，北京：中华书局 2007 年版。

［47］（明）冯梦龙：《情史类略》，长沙：岳麓书社 1983 年版。

［48］（明）冯梦龙：《喻世明言》，北京：人民文学出版社 1958 年版。

［49］（明）冯梦龙：《警世通言》，北京：作家出版社 1956 年版。

［50］（明）冯梦龙：《醒世恒言》，北京：人民文学出版社 1956 年版。

［51］（明）凌濛初：《拍案惊奇》，北京：人民文学出版社 1991 年版。

［52］（明）凌濛初著，王古鲁编注：《二刻拍案惊奇》，上海：古典文学出版社 1957 年版。

［53］（明）抱瓮老人：《今古奇观》，北京：人民文学出版社 1957 年版。

［54］（明）周清源：《西湖二集》，北京：人民文学出版社 1999 年版。

［55］（明）天然痴叟：《石点头》，上海：上海古籍出版社 1985 年版。

［56］（明）施耐庵、罗贯中：《水浒传》，北京：人民文学出版社 1984 年版。

［57］（明）李濂：《汴京勾异记》，《丛书集成初编》，北京：中华书局 1985 年版。

［58］（明）阙名：《剪灯丛话》，北京图书馆藏本。

［59］（明）秦淮寓客：《绿窗女史》，《明清善本小说丛刊》，台北：天一出版社 1985 年版。

［60］（明）潘之恒：《合刻三志》（8 册），日本内阁文库、公文书馆藏明刻本。

［61］（明）施显卿：《古今奇闻类记》，《四库全书存目丛书》，济南：齐鲁书社 1995 年版。

［62］（明）朱谋㙫：《异林》，《四库全书存目丛书》，济南：齐鲁书

社 1995 年版。

[63]（明）汪云程：《逸史搜奇》，《四库全书存目丛书》，济南：齐鲁书社 1995 年版。

[64]（明）李本固：《汝南遗事》，《丛书集成初编》本，北京：中华书局 1985 年版。

[65]（明）徐应秋：《玉芝堂谈荟》，《文渊阁四库全书》，上海：上海古籍出版社 1981 年版。

[66]（明）闵文振：《涉异志》，《丛书集成初编》本，北京：中华书局 1985 年版。

[67]（明）徐𤊻：《榕阴新检》，《续修四库全书》，上海：上海古籍出版社 2002 年版。

[68]（明）许自昌：《捧腹编》，《续修四库全书》，上海：上海古籍出版社 2002 年版。

[69]（明）周绍濂：《鸳渚志馀雪窗谈异》，北京：中华书局 2008 年版。

[70]（明）钱希言：《狯园》，《续修四库全书》，上海：上海古籍出版社 2002 年版。

[71]（明）陆粲：《庚巳编》，北京：中华书局 1987 年版。

[72]（明）王同轨：《耳谈》，郑州：中州古籍出版社 1994 年版。

[73]（明）沈泰：《盛明杂剧》，《续修四库全书》，上海：上海古籍出版社 2002 年版。

[74]（明）祁彪佳：《远山堂剧品》，《续修四库全书》，上海：上海古籍出版社 2002 年版。

[75]（清）徐士銮辑，舒驰点校：《宋艳》，杭州：浙江古籍出版社 1987 年版。

[76]（清）潘永因编，刘卓英点校：《宋稗类钞》，北京：书目文献出版社 1985 年版。

[77]（清）汪森：《粤西丛载》，《笔记小说大观》，扬州：江苏广陵古籍刻印社 1983 年版。

[78]（清）丁耀亢撰，张清吉点校：《丁耀亢全集》，郑州：中州古籍出版社 1999 年版。

[79]（清）袁枚著，申孟、甘林校点：《子不语》，上海：上海古籍出版社 1998 年版。

[80]（清）乐钧：《耳食录》，济南：齐鲁书社 2004 年版。

[81]（清）蒲松龄：《聊斋志异》，上海：上海古籍出版社 1979 年版。

[82]（清）周清源：《西湖二集》，北京：人民文学出版社 1999 年版。

[83]（清）纪昀：《阅微草堂笔记》，重庆：重庆出版社 1996 年版。

[84]（清）纪昀等：《四库全书总目提要》，石家庄：河北人民出版社 2002 年版。

[85]（清）纪昀等：《钦定四库全书总目（整理本）》，北京：中华书局 1997 年版。

[86]（清）莲塘居士：《唐人说荟》，民国十一年（1922）上海扫叶山房石印本。

[87]（清）钱大昕：《十驾斋养新录》，南京：江苏古籍出版社 2000 年版。

[88]（清）阮元：《揅经室外集》，四部丛刊本 1823 年版。

[89]（清）黄虞稷：《千顷堂书目》，上海：上海古籍出版社 1990 年版。

[90]（清）周中孚：《郑堂读书记》，北京：中华书局 1993 年版。

[91]《宋元方志丛刊》，北京：中华书局 1990 年版。

[92]《宋元笔记小说大观》，上海：上海古籍出版社 2007 年版。

[93]《宋元平话集》，（上、下），上海：上海古籍出版社 1990 年版。

[94]《明代笔记小说大观》，上海：上海古籍出版社 2005 年版。

[95]《古本小说集成》，上海：上海古籍出版社 1994 年版。

[96]《丛书集成初编》，北京：中华书局 1985 年版。

[97]《续修四库全书》，上海：上海古籍出版社 2002 年版。

[98]《四库全书存目丛书》，济南：齐鲁书社 1995 年版。

[99]《笔记小说大观》，扬州：江苏广陵古籍刻印社 1983 年版。

[100]《文渊阁四库全书》，上海：上海古籍出版社 1981 年版。

二、今人论著（按著者姓氏音序排列）

[1] 常金莲：《〈六十家小说〉研究》，济南：齐鲁书社 2008 年版。

[2] 陈大康：《明代小说史》，上海：上海文艺出版社 2000 年版。

[3] 陈寅恪：《金明馆丛稿二编》，上海：上海古籍出版社 1980 年版。

[4] 陈国军：《明代志怪传奇小说研究》，天津：天津古籍出版社 2006 年版。

[5] 陈文新：《文言小说发展审美史》，武汉：武汉大学出版社 2002 年版。

［6］陈文新：《传统小说与小说传统》，武汉：武汉大学出版社 2007 年版。

［7］陈桂声：《话本叙录》，珠海：珠海出版社 2001 年版。

［8］程国赋：《唐代小说嬗变研究》，广州：广东人民出版社 1997 年版。

［9］程国赋：《"三言二拍"传播研究》，北京：中国社会科学出版社 2006 年版。

［10］程民生：《宋代地域文化》，开封：河南大学出版社 1997 年版。

［11］程毅中：《宋元小说研究》，南京：江苏古籍出版社 1999 年版。

［12］程毅中：《宋元话本》，北京：中华书局 2003 年版。

［13］丁锡根：《中国历代小说序跋集》，北京：人民文学出版社 1996 年版。

［14］董上德：《古代戏曲小说叙事研究》，广州：广东高等教育出版社 2007 年版。

［15］董乃斌：《中国古典小说的文体独立》，北京：中国社会科学出版社 1994 年版。

［16］董康等：《曲海总目提要》，北京：人民文学出版社 1959 年版。

［17］傅惜华：《元代杂剧全目》，北京：作家出版社 1957 年版。

［18］傅惜华：《明代传奇全目》，北京：人民文学出版社 1959 年版。

［19］傅惜华：《明代杂剧全目》，北京：作家出版社 1985 年版。

［20］傅惜华：《清代杂剧全目》，北京：人民文学出版社 1981 年版。

［21］傅承洲：《明代文人与文学》，北京：中华书局 2007 年版。

［22］高致华：《探寻民间诸神与信仰文化》，合肥：黄山书社 2006 年版。

［23］龚国光：《江西戏曲文化史》，南昌：江西人民出版社 2003 年版。

［24］郭英德：《明清传奇综录》，石家庄：河北教育出版社 1997 年版。

［25］［美］韩森著，包伟民译：《变迁之神：南宋时期的民间信仰》，杭州：浙江人民出版社 1999 年版。

［26］侯忠义：《中国文言小说参考资料》，北京：北京大学出版社 1985 年版。

［27］侯会：《〈水浒〉源流新证》，北京：华文出版社 2002 年版。

［28］胡士莹：《话本小说概论》，北京：中华书局 1980 年版。

［29］贾二强：《唐宋民间信仰》，福州：福建人民出版社2002年版。

［30］贾贵荣、王冠：《宋元版书目题跋辑刊》（全四册），北京：北京图书馆出版社2003年版。

［31］景李虎：《宋金杂剧概论》，广州：广东高等教育出版社1996年版。

［32］李剑国：《宋代志怪传奇叙录》，天津：南开大学出版社1997年版。

［33］李剑国：《宋代传奇集》，北京：中华书局2002年版。

［34］李剑国、陈洪：《中国小说通史·唐宋元卷》，北京：高等教育出版社2007年版。

［35］李鹏飞：《唐代非写实小说之类型研究》，北京：北京大学出版社2004年版。

［36］李玉莲：《中国古代白话小说戏曲传播论》，太原：山西教育出版社2005年版。

［37］凌郁之：《走向世俗——宋代文言小说的变迁》，北京：中华书局2007年版。

［38］刘勇强：《中国古代小说史叙论》，北京：北京大学出版社2007年版。

［39］刘道超：《中国善恶报应习俗》，西安：陕西人民出版社2004年版。

［40］鲁迅：《中国小说史略》，上海：上海古籍出版社1957年版。

［41］苗壮：《笔记小说史》，杭州：浙江古籍出版社1998年版。

［42］苗怀明：《中国古代公案小说史论》，南京：南京大学出版社2005年版。

［43］宁稼雨：《中国文言小说总目提要》，济南：齐鲁书社1996年版。

［44］欧阳健：《中国神怪小说通史》，南京：江苏教育出版社1997年版。

［45］祁连休：《中国古代民间故事类型研究》（上、中、下），石家庄：河北教育出版社2007年版。

［46］邵曾祺：《元明北杂剧总目考略》，郑州：中州古籍出版社1985年版。

［47］沈松勤：《南宋文人与党争》，北京：人民出版社2005年版。

［48］石昌渝：《中国小说源流论》，北京：生活·读书·新知三联书店1994年版。

［49］宋莉华：《明清时期的小说传播》，北京：中国社会科学出版社

2004 年版。

　　[50] 孙楷第：《小说旁证》，北京：人民文学出版社 2000 年版。

　　[51] 孙楷第：《戏曲小说书录解题》，北京：人民文学出版社 1990 年版。

　　[52] 孙楷第：《中国通俗小说书目》，北京：人民文学出版社 1982 年版。

　　[53] 孙逊：《中国古代小说与宗教》，上海：复旦大学出版社 2000 年版。

　　[54] 谭正璧：《三言二拍资料》，上海：上海古籍出版社 1980 年版。

　　[55] 谭正璧：《话本与古剧》，上海：古典文学出版社 1956 年版。

　　[56] 谭正璧、谭寻：《古本稀见小说汇考》，杭州：浙江文艺出版社 1984 年版。

　　[57] 王国维：《宋元戏曲史》，上海：华东师范大学出版社 1995 年版。

　　[58] 王立：《佛经文学与古代小说母题比较研究》，北京：昆仑出版社 2006 年版。

　　[59] 王德毅：《洪迈年谱》，台北：新文丰出版公司 2006 年版。

　　[60] 王昕：《话本小说的历史和叙事》，北京：中华书局 2002 年版。

　　[61] 吴组缃、沈天佑：《宋元文学史稿》，北京：北京大学出版社 1989 年版。

　　[62] 吴志达：《中国文言小说史》，济南：齐鲁书社 1994 年版。

　　[63] 吴毓华：《中国古代戏曲序跋集》，北京：中国戏剧出版社 1990 年版。

　　[64] 萧相恺：《宋元小说史》，杭州：浙江古籍出版社 1997 年版。

　　[65] 徐中玉：《中国古典小说理论史》，上海：华东师范大学出版社 2005 年版。

　　[66] 徐大军：《元杂剧与小说关系研究》，郑州：河南人民出版社 2006 年版。

　　[67] 薛亮：《明清稀见小说汇考》，北京：社会科学文献出版社 1999 年版。

　　[68] 杨义：《中国古典小说史论》，北京：中国社会科学出版社 1995 年版。

　　[69] 虞云国：《细说宋朝》，上海：上海人民出版社 2002 年版。

　　[70] 叶德钧：《戏曲小说丛考》，北京：中华书局 1979 年版。

［71］占骁勇：《清代志怪传奇小说集研究》，武汉：华中科技大学出版社2003年版。

［72］张培锋：《宋代士大夫佛学与文学》，北京：宗教文化出版社2007年版。

［73］张祝平：《〈夷坚志〉论稿》，北京：中国文史出版社2002年版。

［74］张邦炜：《宋代政治文化史论》，北京：人民出版社2005年版。

［75］张毅：《宋代文学思想史》，北京：中华书局1995年版。

［76］赵章超：《宋代文言小说研究》，重庆：重庆出版社2004年版。

［77］赵景深：《中国小说丛考》，济南：齐鲁书社1980年版。

［78］赵明政：《文言小说：文士的释怀与写心》，桂林：广西师范大学出版社1999年版。

［79］郑振铎：《中国文学研究》，北京：人民文学出版社2000年版。

［80］周文英等：《江西文化》，沈阳：辽宁教育出版社1995年版。

［81］朱一玄：《〈聊斋志异〉资料汇编》，天津：南开大学出版社2002年版。

［82］朱一玄：《〈金瓶梅〉资料汇编》，天津：南开大学出版社2002年版。

［83］朱一玄：《明清小说资料选编》，天津：南开大学出版社2006年版。

［84］朱一玄、宁稼雨、陈桂声：《中国古代小说总目提要》，北京：人民文学出版社2005年版。

［85］朱恒夫：《宋明理学与古代小说》，上海：上海古籍出版社2005年版。

［86］庄一拂：《古典戏曲存目汇考》，上海：上海古籍出版社1982年版。

三、学位论文

［1］张祝平：《〈夷坚志〉研究》，华东师范大学博士学位论文，1997年。

［2］陈昱珍：《唐宋小说中变形题材之研究——以〈太平广记〉与〈夷坚志〉为主》，（台湾）中国文化大学博士学位论文，2001年。

［3］刘锡涛：《宋代江西文化地理研究》，陕西师范大学博士学位论文，2001年。

［4］任明华：《中国小说选本研究》，华东师范大学博士学位论文，2003年。

［5］王祥：《宋代江南路文学研究》，复旦大学博士学位论文，2004 年。

［6］李小红：《巫觋与宋代社会》，浙江大学博士学位论文，2004 年。

［7］赵章超：《宋代文言小说研究》，四川大学博士学位论文，2003 年。

［8］关冰：《〈夷坚志〉神鬼精怪世界的文化解读》，宁夏大学硕士学位论文，2004 年。

［9］凌郁之：《走向世俗》，复旦大学博士学位论文，2005 年。

［10］金源熙：《〈情史〉故事源流考述》，复旦大学博士学位论文，2005 年。

［11］李菁：《南宋四洪研究》，武汉大学博士学位论文，2005 年。

［12］杨洪涛：《从宋代笔记小说看宋代科举制度下的社会心态》，曲阜师范大学硕士学位论文，2006 年。

［13］于国华：《佛禅与〈夷坚志〉》，东北师范大学硕士学位论文，2006 年。

［14］朱广文：《〈夷坚志〉报应故事所见南宋民众观念与基层社会》，陕西师范大学硕士学位论文，2006 年。

［15］唐瑛：《宋代文言小说异类姻缘研究》，四川大学博士学位论文，2006 年。

［16］陈静怡：《〈夷坚志〉梦故事研究》，（台湾）中兴大学硕士学位论文，2007 年。

［17］邓庆猛：《〈夷坚志〉之叙事解读》，兰州大学硕士学位论文，2007 年。

［18］金周映：《〈太平广记〉与〈夷坚志〉比较研究——以定命观为主》，（台湾）东吴大学博士学位论文，2005 年。

四、其他学术论文

［1］孙楷第：《三言二拍源流考》，《国立北平图书馆馆刊》1931 年第 5 卷第 2 期。

［2］张福瑞：《〈夷坚志〉对文学作品的影响》，《沈阳师范学院学报（社会科学版）》1980 年第 2 期。

［3］张白山：《〈夷坚志〉扎记》，《社会科学战线》1984 年第 4 期。

［4］康保成：《〈夷坚志〉辑佚九则》，《文献》1986 年第 3 期。

［5］王秀惠：《〈夷坚志〉佚文辑佚》，《汉学研究》第 7 卷第 1 期。

［6］李裕民：《〈夷坚志〉补遗三十则》，《文献》1990 年第 4 期。

［7］李剑国：《〈夷坚志〉成书考——附论"洪迈现象"》，《天津师范大学学报（社会科学版）》1991 年第 3 期。

［8］李剑国：《〈夷坚志〉佚文考》，《天津教育学院学报（社会科学版）》1992 年第 2 期。

［9］李剑国：《宋人小说：巅峰下的徘徊》，《南开学报（哲学社会科学版）》1992 年第 5 期。

［10］刘勇强：《论"三言二拍"对〈夷坚志〉的继承与改造》，《文学遗产》1995 年第 4 期。

［11］刘良明：《洪迈对志怪小说理论批评的历史性贡献》，《武汉大学学报（哲学社会科学版）》1996 年第 6 期。

［12］张祝平：《〈分类夷坚志〉研究》，《华东师范大学学报（哲学社会科学版）》1997 年第 3 期。

［13］张祝平：《〈夷坚志〉材料来源及搜集方式考订》，《南通师范学院学报（哲学社会科学版）》1999 年第 2 期。

［14］莫秀英：《浅谈〈夷坚志〉叙事艺术的得失》，《贵州教育学院学报（社会科学版）》1999 年第 1 期。

［15］张祝平：《明代戏剧对〈夷坚志〉的改编再创作》，《艺术百家》2005 年第 1 期。

［16］凌郁之：《洪迈著作系年考证》，《文献》2000 年第 4 期。

［17］张祝平：《论洪迈的小说观》，《淮阴师范学院学报》2001 年第 5 期。

［18］胡绍文：《〈夷坚志〉版本研究》，《大理学院学报》2002 年第 2 期。

［19］刘黎明：《〈夷坚志〉与南宋江南密宗信仰》，《四川师范大学学报（社会科学版）》2002 年第 3 期。

［20］刘黎明：《〈夷坚志〉"建德妖鬼"故事研究》，《清华大学学报（哲学社会科学版）》2003 年第 1 期。

［21］刘黎明：《〈夷坚志〉"黄谷蛊毒"研究》，《四川大学学报（哲学社会科学版）》2003 年第 1 期。

［22］张祝平：《〈夷坚志〉的版本研究》，《古籍整理研究学刊》2003 年第 2 期。

［23］丁峰山：《宋代小说在中国小说史上历史地位的重新估价》，《福建师范大学学报（哲学社会科学版）》2003 年第 6 期。

［24］周榆华：《〈夷坚志〉反映的江西民俗》，《江西社会科学》2003 年第 6 期。

［25］赵章超：《〈夷坚志〉佚文小辑》，《文献》2004 年第 4 期。

［26］项裕荣：《〈夷坚志〉与小说〈西游记〉——也谈孙悟空的原型》，《复旦学报》2005 年第 2 期。

［27］周以量：《〈夷坚志〉在日本的传播与接受》，《明清小说研究》2006 年第 2 期。

［28］李正学：《〈夷坚志〉研究述评》，《淄博师专学报》2006 年第 3 期。

［29］赵章超：《〈夷坚志〉佚文拾补》，《古籍整理研究学刊》2007 年第 3 期。

后　记

　　流光容易把人抛，红了樱桃绿了芭蕉。十年后的今天，当我回首往昔，曾经的求学经历，生活的悲欢离合，不禁感慨时间的匆匆和岁月的无情。

　　父亲就是在这期间永远离开了我们。父亲是高中的数学老师，因对我寄予厚望也就特别地要求严格，可惜我当初年少不懂事，考大学时一意孤行地要离家越远越好，毕业后又接着南下，把父亲和家乡留在远方。养儿方知父母恩，当我为人母时，才感受到了父母的苦心和思念，父亲故土难离，每次来粤不适应，住两个星期就要回去，回去又挂念异乡的我。随着我肩负的工作、家庭责任的增多，家乡也成了一个回不去的地方。2004年，在女儿不到两岁时，父亲突发脑中风，当接到病危通知的我匆匆赶回老家，看到一夜之间衰老的父亲时，才真正意识到了自己当初的任性。由于父亲顽强的毅力以及母亲和姐姐妹妹悉心的照顾，父亲度过了危险期。

　　独在异乡，我又在高校任职，父亲很早就提醒我要不断提高自己才能站稳脚跟，鼓励我继续深造，2007年我终于如愿以偿地攻读博士学位，父亲无比欣喜和自豪。随后的寒暑假，是我记忆中最充实，也是现在看来最岁月静好的日子：在天水的家里，一边是无忧无虑玩耍的女儿，一边是坐在沙发上看我苦心孤诣写论文的父亲。2010年博士如期毕业，我特地把穿过的学位服带到家乡给父亲做纪念。中风后的父亲虽然生活尚能自理，但健康受到很大的损伤，2016年，父亲在经受了病痛的百般折磨后永久地离开了，而我当时在千里之外，连最后的一面都错过了！

　　人生注定是充满遗憾的！十年前的博士论文自然也是如此，后来我在博士论文的基础上做了一些修补，2019年把书稿交付暨南大学出版社，由于学浅才疏，多不尽如人意之处。但我还是决定出版，或许在学术界微不足道，但毕竟它见证了我曾经的努力，见证了一位父亲对女儿的指引和深爱。岁月匆匆，就让它留作我奋斗的痕迹吧！我更想以此纪念我的父亲。

　　论文的部分章节已公开发表在《明清小说研究》《学术交流》《山西

师大学报》《澳门文献信息学刊》《广州大学学报》《广东技术师范学院学报》《历史文献与传统文化》《文学地理学》等刊物，感谢诸刊，承蒙不弃！感谢广东省哲学社会科学"十三五"规划基金的资助出版。

王　瑾

2021 年 9 月

【后记】